网络文学纵论

顾 宁 著

辽宁大学出版社

图书在版编目（CIP）数据

网络文学纵论/顾宁著. --沈阳：辽宁大学出版
社，2013.10
ISBN 978-7-5610-7519-7

Ⅰ.①网… Ⅱ.①顾… Ⅲ.①中国文学－当代文学－
文学研究 Ⅳ.①I206.7

中国版本图书馆 CIP 数据核字（2013）第 253977 号

出 版 者：辽宁大学出版社有限责任公司
　　　　　（地址：沈阳市皇姑区崇山中路 66 号　　邮政编码：110036）
印 刷 者：辽宁彩色图文印刷有限公司
发 行 者：辽宁大学出版社有限责任公司
幅面尺寸：170mm×240mm
印　　张：17.5
字　　数：350 千字
出版时间：2013 年 10 月第 1 版
印刷时间：2013 年 11 月第 1 次印刷
责任编辑：赵光辉
封面设计：韩　实
责任校对：齐　悦

书　　号：ISBN 978-7-5610-7519-7
定　　价：38.00 元

联系电话：024－86864613
邮购热线：024－86830665
网　　址：http://www.lnupshop.com
电子邮件：lnupress@vip.163.com

前　言

　　人们在 20 世纪初惊异于电影银幕后面到底隐藏着什么，与今天人们惊异于电脑屏幕后面到底隐藏着什么的情形颇为相似。答案已经揭晓，电影银幕的后面空无一物，电脑屏幕的后面是被称为"赛博空间"的无限疆域，在这一片借由互联网实现的无所不包的无限空间里，文学亦不例外。或者更确切地说，文学开始找到了比以往任何时候都更加宽广的生存场域。在这一片崭新的场域中，新生的文学带给我们更加令人振奋的精神体验，这是一种嬗变了的文学样式，而其中充满着回归、不确定性以及神秘感。很显然，文艺女神缪斯在"惊世界殊"的同时，也在享受这样的嬗变。

　　20 世纪中叶以后，人类社会开始进入信息化社会。其中一个最重要的技术性标志就是计算机的诞生以及互联网的普及。与传统的信息传播工具，诸如纸张、电报、电话甚至是电影、电视相比，这种基于数字技术的新形式的媒体在传播信息方面具有压倒性的优势。网络时代的到来，给文学观念及文论观念带来的主要冲击是文学传播手段的大众化与个人自主化，传统文学视域下的中心、边界、权威以及价值标准等因此面临被全方位颠覆的困境。由于数字化媒体的技术性特征，网络环境下的文学理论将明显地具有技术人文主义的特点。关注中国文学在新的网络化社会环境中的现代性诗学特征，并通过对差异性文化的体认，获得更为宽松多元的文化差异性结论，无疑将是考察文学未来发展方向的重要命题。传统的文学理论架构在以技术化消费为特征的新媒体论的冲击下激烈震荡。围绕当今网络社会环境下"文学为何"的中心命题，通过对当下中国文学诸要素的解析，从而达到形成关于网络环境下文学存在形式及意义的、具有一定深度的理论探讨成果的目的。

发展中的文艺学正面临着新的历史语境，我们不妨从四个主要方面对当下网络环境中的文学形态加以描述，对几个在学科前沿具有代表性的问题作出原创性的论证：（1）由数字化媒体的"地球村"效应导致的边界消失，引发西方文化对中华传统文化的挤压与渗透，使得为我们的文化的"民族持守"寻找安身立命的空间成为日益紧迫的任务。面对由此引发的"文化殖民"的隐忧和呼唤"文化对话"的诉求，我们将如何应对？（2）以互联网为标志的现代信息技术对社会生活的巨大影响力，特别是由电子媒体催生的"世界图像"文化转型，使得艺术的技术性成为技术艺术化的一种注脚，而由此带来的文艺存在方式、创作模式、功能范式和传播与欣赏方式的改变，其所改变的不仅是文学艺术的形态和惯例，还有"何为艺术"与"艺术何为"的逻各斯原点命意。面对数字化媒体的强劲挑战，文艺学该如何担当起自己阐释抑或引导文艺现状的使命？（3）数字化媒体时代后现代主义在中国的撒播，带来文化纳受或拒斥的对立心态，后现代对中国当下文化症候的阐释困境愈发凸显。在传统价值观的合法性遭到质疑后，如何重建新的价值立场，以便在阐释世界和确证意义时，对文艺学知识体系的更替和学术思想的创新找到自身存在的理由和学科延伸的契机，已成为网络化社会环境下的文艺学无以回避的新命题。（4）网络媒体的技术特征从先天上决定了其承载内容的随意性和宽泛性，由于网络媒体对其使用者存在技术性约束松弛，网络使用者在享受大自由度的创作空间的同时，"文责"与"自律"成为不可回避的问题。

在学术理论创新方面，结合西方传播学理论与经典文艺学理论，为当下我国网络社会环境中的文学研究找到理论支持，强调传播学当中的媒介论为传统文艺学研究增添了技术化色彩。在对网络媒体的特征进行较全面分析的基础上，对其在网络文学的兴起、发展、现状以及未来发展趋势等方面所起到的作用逐一进行了探讨，对今后网络文学的发展方向加以探讨和预测。首先，从网络文学的创作内容来看，未来网络文学的创作倾向将更趋于类型化创作。当前网络文学的类型化倾向主要表现在：（1）类型化网络文学作品的大量生产、快速消费状态将会长期持续下去，甚至愈演愈烈。（2）商业化和模式化是当下网络文学类型化的必由之路。（3）相当一部分网络文学作品由非作家写作，属于亚文化，但是在一定条件下，完全可能具备强大的市场冲击力；网络文学类型化作品中的一部分在一定条件下也完全可能在市场化、娱乐化的同时实现主流化；网络文学类型化作品完全可能生成文学经典。其次，从网络文学的载体——创作平台来看，新兴媒体技术为网络文学的繁荣带来新机遇。其中，日益发展的移动终端媒体——手机无疑将成为网络文学持续发展的强有力平台。手机发展到今天，已经集语音通话、视频、图像及电子书等诸多功能于一身，而如此丰富的技术功能对于未来的网络文学的走向意义深远，或许我们可以预见未来的网络文学绝不仅仅会停留在以文字为主的层面上，那将是一个声音、图像以及文字多元素的集合体。最后，游戏与文学的关系到了前所未有的、令人不能忽视的时代。无论是原创性的流行文学作品，还是专门为网络游戏创作的文学脚本，在将文学的娱乐功能发挥到极致的同时，都对文学存在价值的原初性提出质疑。

目录 MULU

绪　论

　　20 世纪中叶出现的互联网技术为网络文学的诞生提供了条件。进入到 21 世纪，随着互联网技术的进步，网络文学获得了大发展。关于网络文学的研究在学术界正在成为热点问题。

　　人类社会进入到 21 世纪，互联网之于人们日常生活的重要性达到了空前的高度。世界凭借无处不在的互联网而成为名副其实的"地球村"。在工业产品制造上也呈现出多元化、组合化的倾向，比如一辆汽车的制造，大到发动机、小到后视镜的各个组成部分也许分别由世界各国的制造厂家制造。也就是说，正是由于信息的共享成就了今天我们所处的多元化社会环境。而在这样一个大的社会环境下，文学也不可避免地被放置到网络化语境当中。

　　网络时代给文学观念及文论观念带来的主要冲击是文学传播手段的大众化与个人自主化，传统文学视域下的中心、边界、权威以及价值标准等因此面临被全方位颠覆的困境，由此产生的新的理论需求被强力提出。并且由于数字化媒体的技术性特征，网络环境下的文学理论将明显地具有技术人文主义的特点。当下的文学理论视建构多元多样性诗学为己任，这种多元文化观将使汉语学界突破西方文论的单一知识框架，重新审视东方文学传统中的文化理念和文学观念。关注中国文学在新的网络化社会环境中的现代性诗学特征，并通过对差异性文化的体认，获得更为宽松多元的文化差异性结论，无疑将是考察文学未来发展方向的重要命题。网络社会环境中，文学走下神坛，历经经典消亡与祛魅，口语写作在互联网写作中实现了价值，"文字文化"呈现出向"声音文化"回归的态势。日常生活感成为这个时代的合法性标志。从"立德、立功、立言"的"三不朽"到文字的速朽，文字的魅力不再惊天地、泣鬼神，而是不断生产又不断被覆盖，就像安妮宝贝称她的网络小说是"在水中"的写作一样：不断地写，不断地消失。从珍惜语言到滥用语言，语言成为随波逐流的无思平台；从人的神话到神死了，剩下的是小写的人和自足的人；从理性中心主义到感觉中心主义，整个世界和文学知识分子心态发生了整体倾斜，新的电信时代正在导致精神分析的终结。如希利斯·米勒所说："读者、电视观众或者因特网用户的身体——在眼睛、耳朵、神经系统、大脑、激情这个意义上的真实的人体——通过所有生物个体中人类所独有的奢侈倾向，至少是以夸张的形式，被挪用以成为幻像、精神和大量萦绕于心的回忆相互纠缠的战场。我们把身体委托给没有生命的媒介，然后，再凭借那种虚构的化身的力量在现实的世界里行事。"①

拜汹涌而来的技术化浪潮所赐，传统的文学形态就如同一个披上"超级铠甲"的肉体凡胎，顷刻间变得神通广大。昔日苦苦求索的文学青年轻而易举地成为网络写手，他们参与文学创作的热情空前高涨，面对这种"全民皆作家"的火爆场面，向来端坐于文学殿堂的严肃作家们开始感到恐慌。同时，传统的文学理论构架也在以技术化消费为特征的新媒体论的冲击下激烈震荡。这种引发文艺学取向性变化的"涅槃性调适"主要表现在以下几个方面：（1）网络社会环境下，传统意义上的"审美逻各斯"标准在理论逻辑上被解构主义釜底抽薪的同时，又被当代消费社会所奉行的物质主义的欲望击得粉碎，文艺女神不得不低下高贵的头颅，走下神坛。（2）以互联网为代表的新媒体所造就的大众文化带有明显的泛娱乐化倾向，它带给精英文化的强势冲击造成精英与大众合流趋势加剧，在消除"文学经典"头上神圣光环的同时，也混淆了高雅与通俗、精英与大众、传统与现代、形而上与形而下、灵魂与肉身等二元分立的思维模式，乃至出现"价值非意识形态化"的艺术"渎圣"理念。（3）从日常生活的审美化到审美的日常生活化导致"艺术与非艺术"边界模糊，艺术的"自律性"神话隐退，文学的"纯文学性"神秘面纱被祛除。（4）传统意义上的"文学"的定义被不断建构的社会文化语境不时改写，文艺学的学科理论边界被不断打破，使得原有的文学艺术场域露出巨大的豁口，文艺学研究似乎已不仅限于文学事实、文学经验和文学问题，而是需要面对一个全新的技术先行的泛文学环境，正像传统意义上的学科划分出现全面融合的征兆一样，文学批评的主要工作也将被置于多学科理论共同作用的背景之下。

发展中的文艺学正面临着新的历史语境，由数字化媒体的"地球村"效应导致的边界消失，引发西方文化对中华传统文化的挤压与渗透，使得

---

① ［美］J·希利斯·米勒. 全球化时代文学研究还会继续存在吗？［J］. 文学评论，2001（1）.

为我们的文化的"民族持守"寻找安身立命的空间成为日益紧迫的任务。面对由此引发的"文学失语症"、"文化殖民"的隐忧和呼唤"文化对话"的诉求，我们将如何应对？现代信息技术对社会生活的巨大影响力，特别是由网络信息传播引发的文化转型，使得艺术的技术性成为技术艺术化的一种注脚，由此带来文艺存在方式、创作模式、功能范式和传播与欣赏方式的改变，其所改变的不仅是文学艺术的形态和惯例，还有"何为艺术"与"艺术何为"的逻各斯原点命意。面对数字化媒体的强劲挑战，文艺学该如何担当起自己阐释抑或引导文艺现状的使命？数字化媒体时代后现代主义在中国的撒播，带来文化纳受或拒斥的对立心态，后现代对中国当下文化症候的阐释困境愈发凸显。在传统价值观的合法性遭到质疑后，如何重建新的价值立场，以便在阐释世界和确证意义时，对文艺学知识体系的更替和学术思想的创新找到自身存在的理由和学科延伸的契机，已成为网络化社会环境下的文艺学不可回避的新命题。网络媒体的技术特征从先天上决定了其承载内容的随意性和宽泛性，由于网络媒体对其使用者存在技术性约束松弛，网络使用者（本文指创作者）在享受大自由度的创作空间的同时，"文责"与"自律"成为不可回避的问题。网络环境下的文学能否仍旧成为人类希冀的精神家园而保持原有的那份"诗意栖居"的纯净？互联网在开发网络写作方面，改变了人们的交流方式和交流意识，文学写作大众化随之到来，这种情况带给人们的影响正从根本上改变着人们的文学意识。网络时代文学大众化问题因此成为重要的文学理论问题。

综上所述，20世纪西方思想家，以德里达、鲍德里亚、罗兰·巴特、福柯等人为代表，以各自原创性的理论体系从传播学视角对后现代主义与解构理论进行了阐释。在上世纪中叶互联网尚未诞生的社会背景下，能够从文本与读者、文本与作者、作者与读者诸方面对文学写作与文学批评进行前瞻性的阐释，堪称文艺理论的先行者。特别是关于文本解构的理论与数字化语境中的文本特征表现惊人地吻合，这无疑为今天网络环境下的文艺学理论研究提供了难能可贵的理论支持。本书将在综合以上西方有代表性的文艺理论体系，结合当下国内具前沿性的有关数字化媒体与文艺学理论关系的学术研究成果的基础之上，提出具有原创性的理论见解，尝试为当下网络环境中的文学发展提供可供参考的理论资源。

诚然，通过对上述网络环境下文学形态诸前沿问题的粗浅论证，也许并未能形成极具学理性的学科理论，但是尝试将德里达与詹姆逊的后现代解构主义作为解读网络环境下文学形态的理论支撑，至少已经触摸到了"科技文艺学"这一跨学科命题的面孔轮廓。在探究网络环境下的文学存在形式的诸特征和整合西方媒体论与中国传统文学理论的基础上，把握由方法论的转变带来的脉动，从而形成初具规模的新的学科理论将是本书的终极目标。

第一章

数字化媒体对传统文学观念的冲击

一、数字化媒体的登场

20世纪，人类社会的信息传播媒介经历了由平面媒体向电子媒体的转变。从单纯的文字媒介发展到声音及影像媒介，媒体世界发生了巨大的变化。以广播电视为代表的电子媒体为人类的信息生活增添了全新的内容。到了20世纪60年代，基于电子媒体技术的数字化媒体——互联网诞生了。自诞生之日起，互联网便展示出超过迄今为止的所有形式的媒体的强大功能。互联网的诞生，标志着人类社会真正地进入了信息化社会。

（一）从电子媒体到数字化媒体

毋庸置疑，对于人类社会而言，20世纪是属于电子媒体的时代。电子媒体不需要经过将声音变成文字然后进行印刷的过程就能够实现对声音的记录和储存。电讯能够将文字转换成信号进行传输而不需要借助书籍之类的印刷品。电话甚至不需要对文字进行转换而是直接传输声音本身。留声机和录音机则实现了声音的储存与重放。正因为如此，即使不在现场同样可以听到声音。之后出现了收音机。收音机与同样是传送声音的电话的最大区别在于：在使用电话的时候，声音和讲话者无法分离，是一种双向互动的交流；对于收音机而言，声音和讲话者可以分离，是一种单方向传送的媒体。与讲话者分离、缺乏双向互动以及单方向传送这一系列属性与印刷媒体有着共通之处。尽管如此，收音机被麦克卢汉称为"热的媒体"，也就是说，在更深的层面上引发人们的参与和群体情感。

另一方面，发明于19世纪的照相技术，却可以不依赖语言直接将视觉信息进行固定、储存、发布以及分析。就如同电报和电话从独霸语言的文字手中将语言夺走一样，照相技术打破了印刷对影像信息的独霸状态。人们获得了不借助印刷就可以对影像进行固定、精密再现和分析的能力。显然这在科学上是一大贡献。在19世纪末叶，照片动了起来，不是某一瞬间的固定影像，而是像单位时间内活生生的现实一样动作。动作的获得使得影像有了生命。电影在最初并非用于娱乐而是作为科学观察的装置。电影在最初是只有影像的无声电影，虽然无声电影的独特表现方式得以发展，但是最终在 20 世纪 30 年代有了声音。不借助语言就能够对影像进行记录、储存和分析的媒体最终获得了声音和语言。如麦克卢汉所言，电影变成了具有高解析度的、参与性低的、更倾向于娱乐而不是科学观察的媒体。电视将这种仅限于影剧院里观赏的多媒体带进家庭。于是，它就像广播网一样直接将信息的刺激带给人们。人类变得愈发不依赖文字来达到认识现实、储存信息的目的。这种发展的速度和规模都远远超越了印刷书籍。可是有一点电影和收音机完全相同，就是单向性。像收音机和电视机这样的电子媒体给我们带来的是"二次声音"。这里所谓"二次声音"在以下几方面和"一次声音"趋同：（1）具有参与性和共有性；（2）重视现场表演；（3）某些时候，使用像吟游诗人一样的定式用语。可是，事实上这种声音始终是以书写物和印刷物为基础的。书写物和印刷物在制造产生这种声音的道具（这里指收音机、电视机）的时候不可或缺。制作电视节目和广播节目同样离不开脚本或者原作。与吟游诗人的朗诵行为不同，电子媒体由于受到时间限制，要在限定时间内完成播放，所以必须依赖文本。

由此看来，"二次声音"既有和"一次声音"极其相似的一面，又有着截然不同的一面。与"一次声音"一样，"二次声音"产生了极强的群体意识。之所以这样说，是因为它通过收听这一行为形成了一个现实的听众群体。这与阅读行为当中个体分别面对文本和印刷物所形成的内向性形成鲜明对照。但是，正如麦克卢汉的"地球村"一语所昭示的那样，属于"二次声音"的群体分散存在于属于"一次声音"的群体所无法比拟的广阔空间当中。生存于"一次声音"文化当中的人们不可避免地具有群体意识。因为如果不处在声音的发源地，或者不是在人群聚集的地方发表讲话的话，就根本谈不上共享。可是，在今天我们生活的"二次声音"的时代，人们并不需要聚集到书写者的身前来。即使身处不同的地方，同样可以传递信息，共享信息。也正因为这样，我们必须为保持群体性而努力。今天作为个体的人，因为不处在声音的发源地，每个人都必须具有社会以及群体意识。生活在"一次声音"时代的人们普遍具有外向意识的原因是因为他们没有面向内部的机会。而今天"地球村"的村民们正借助电子媒体面向外部，形成超越物理空间的群体。与声音文化时代的人们不同，他们正在形成的群体完全能够超越声音所能到达的物理距离。因此，当下我们正处在电子媒体的过渡期当中。这个时代也被称为新媒体、多媒体以及数字化媒体时代。之所以称其为数字化媒体时代，是因为无论声音、影像还是文字都可以通过转换成共通的数字信号，将这些一直以来分别存在的内容装入 DVD 或者 CD-ROM 之类共通的媒介里面。

网络媒体在其诞生之初是被用在军事用途上。但是，当它被用在民用领域并得以迅速普及之后，网络媒体很快成为 20 世纪最后 15 年最强势的信息传播媒体。有趣的是，当网络媒体似乎一夜之间来到我们面前的时候，电视——这个传统媒体阵营的代言人——虽然在致欢迎词的时候面露尴尬之色，可是仍然略带无奈地接受了这位媒体大家庭的新成员。因为它很清楚地感觉到网络媒体来势之凶猛——不由得你不接受。这一点在网络媒体日渐普及时从一些有识之士的感慨声中能够清晰地听到：随着网络媒体的风行，传统的信息传播媒体将会受到巨大冲击，比如报纸；即使是曾经无比强大的电视，也将会在网络媒体的冲击下日渐衰退。对于诸如此类的惊呼，人们已经从最初的惊慌慢慢平静下来。报纸很显然会受到冲击，电视同样会受到冲击，可是说到被完全取代，则未免有些耸人听闻。以下我们可以通过一组统计数据来看看网络媒体对传统媒体的影响。随着因特网的不断普及，使用因特网的人数不断增加，由此而产生的对于传统媒体的使用的影响日渐明显。日本文部省曾经做过调查，调查选在因特网利用率较高的神奈川县茅崎市。调查对象的年龄设定在 20—49 岁，共 1473人。采取邮寄问卷形式，回收问卷 405 份，其中有效回收问卷 397，有效回收率为 27.0%。通过调查发现，因为使用因特网导致人们看电视的时间大幅度减少的占 9.3%，有一定减少的占 22.8%，没有改变的占 67.1%，有所增加以及大幅度增加的占 0.4%。这一调查结果显示，由于使用因特网人们明显地减少了看电视的时间。另外，通过调查还了解到使用因特网对其他一些方面，诸如"读报的时间"、"与家人谈话的时间"、"读书的时间"等，分别都产生了相应的影响。

对于媒体而言，不能简单地说新媒体取代了旧媒体，而应该说新媒体加入到旧媒体当中去了。因为在这种情况下，最初的时候往往是新、旧媒体一起使用，共同存在的。新媒体出现一段时期后，新、旧媒体开始逐渐分工从而使它们所扮演的角色也开始发生变化，由此产生主流媒体的变化。但是，始终没有出现旧媒体因为新媒体的登场而快速消失的情形。同时，在很短的时间内新的方法论便将旧的方法论淘汰这种戏剧性的转变也不多见。可是，媒体方法论也在一定程度上有着"非共同适用性"或者叫做方法论的论争。即使在相对较短的一段时期内同时存在两个以上的方法论，随着时间的推移这种状态也将会消解，最终会形成一个单一的方法论。而在没有形成单一的方法论之前，即使是一些平稳的、不起眼的东西，在它们不同的方法论之间也会存在着论争。

媒体方法论的转变不容易把握的另一个理由就是，那是一种复合型的变化。媒体往往在改变信息量的同时带来质的变化。而信息的量与质的变化给人和社会带来的影响是广泛的、复合型的。比如说从印刷媒体向电子媒体的转变绝不仅仅意味着信息量的增大。同时，这种转变也不仅仅意味着从文字到声音以及从影像到声音的信息的质的变化。这种转变改变了我们思考的方法论，改变了我们的世界观、生存状态，甚至是社会形态。关于这一点，麦克卢汉做过如下的阐述：电子回路加深了人们之间的相互联系。信息总是在第一时间源源不断地涌向我们。就在我们还没来得及接收信息的时候，新的信息又来到我们面前。我们所处的这个以电子方式形成的世界，把我们从前的资料分类的习惯改变成类型认识的模式。我们已经无法再按照次序分步骤地来进行组合工作，为什么呢？因为瞬间性的信息交流势必将所有环境和经验因素都置于能动的相互作用的状态下。①

（二）关于赛博空间与艺术真实

赛博空间（Cyberspace）是哲学和计算机领域中的一个抽象概念，指存在于计算机以及计算机网络里的虚拟现实。赛博空间这一术语是由加拿大籍美国裔科幻作家威廉·吉伯森在 1982 年发表于 omni 杂志的短篇小说《融化的铬合金（*Burning Chrome*）》中首次创造出来的，是将"控制论"（cybernetics）与"空间"（space）两个词拆解合并得来的，并在其后的科幻小说《神经漫游者》中得以普及。"赛博"也衍生出电脑和数字网络的含义。《神经漫游者》描写一个网络黑客凯斯受命于某跨国公司，被派往全球电脑网络构成的空间之中执行一项极其危险的任务。进入这一空间既不需要乘坐飞机火箭，也无需进入时空隧道，只要在大脑神经中植入插座，接通电极，当网络与人的思维意识合为一体后，即可遨游其中。吉伯森将这一虚拟空间称为"赛博空间"。从传媒与空间的关联思考，当今电子文化传媒与赛博空间的生成密不可分。我们可以把赛博空间想象为一种具有后地理、后历史特质的超空间，把电脑理解为一种"时空隧道"，它能够在眨眼之间让用户在信息宇宙空间穿梭旅行，链接时空。在这一空间里电脑就像一架"太空穿梭机"，而赛博空间则是一个令人惊愕的巨大网络，

---

① ［美］Mcluhan Marshall. *The Media is the Message* ［M］. New York：Bantam Books，1967：63.

有无数现存的和可能的村庄、市镇。这是一个容纳社会、宗教和政治的万花筒似的空间。

空间观念由来已久，在后现代时期呈现出前所未有的丰富性和重要性。视觉文化的增殖与后现代的"空间转向"成为整个社会从传统、现代到后现代转型的一个重要维度。法国学者多斯在其着"法国文化革命的百科全书"之誉的巨著《从结构到解构》（2004）中指出了这种空间转向的特质：在后现代，"历史意识受到了星际意识、地型学意识的压制。时间性移向了空间性"，"后历史带来了历史与'膨胀的现在'的一种新关系"。① 列斐伏尔提出了作为社会生产的空间理论，福柯将空间与统治技术联系起来，而杰姆逊提出的晚期资本主义文化逻辑，空间观念渗透其中。学者们开始把以前给予时间、历史和社会的关注纷纷转移到空间上来，传统的地理空间与线性历史的观念遭到瓦解。爱德华·索雅在《第三空间：去往洛杉矶和其他真实和想象地方的旅程》（1996）中提出的"第三空间"理论已成为近年来后现代学术中的一个热门话题。麦克·克朗等主编的《思考空间》（2000）一书，其学术框架涵括本雅明的城市空间批判、巴赫金的空间对话、德勒兹之后的空间科学、德·赛都和布迪厄的空间观念、拉康的主体性空间、法农的问题空间、爱德华·赛义德的想象性地理空间和地理政治空间，等等。② 空间存在与日俱增地呈现出相互交叉渗透的趋势。

约西·德·穆尔在其专著《赛博空间的奥德赛》中对赛博空间进行了精彩的解读。他认为赛博空间不仅是一种新的实验性维度，超越了我们日常生活发生于其中的地理空间或历史时间，它是后地理的和后历史的，而且也创造出与我们日常生活中几乎所有方面的种种的杂交关系。这就是说，不仅人类事务被部分地转移进虚拟场景，而且我们的日常世界也将与虚拟的空间和时间发生难分难解的纠葛。我们在向赛博空间移民，或者说，赛博空间正在向我们的日常生活殖民。不是这样吗？我们用银行卡购物付款，有时在真实的超市，有时就在网上超市，这后者即是赛博空间的后地理区域。打开收音机，我们可能听到歌星 Erykah Badu 与 Bob Marley 的二重唱。我们知道，Marley 早在 1981 年就已经去世，这是数码剪辑的结果。在此，我们一方面处于历史的时间——节目的制作和我们的收听都发生在确定的时间段，但同时也在经受一种后历史的感觉。穆尔

---

① ［法］多斯. 从结构到解构：法国 20 世纪思想主潮（上卷）［M］. 季广茂，译. 北京：中央编译出版社，2004：470-473.

② Crang Mike, Nigel Thrift. *Thinking Space*［M］. London：Routlege，2000：1—25.

用选择几何学、物理学和宇宙论中的"超空间"(hyperspace)概念来喻解赛博空间；而对赛博空间的喻解又将反过来帮助我们形成一种更贴切的宇宙空间概念以及日常生活世界的空间概念。

他认为威廉·吉布森关于三维空间的描述，只能是间接地帮助我们去理解多维的赛博空间。它只是站在三维空间对四维空间的一个想象，这种想象或者也可以说是三维物体在二维平面上的投影，好像一个旋转的立方体投射在墙壁上的影子。当然，四维不是不可以在三维上投影，可它是柏拉图的那种"影子的影子"，无助于或者可能会搅乱我们对四维特性的认识。这是因为，生活在二维世界的居民所理解的三维世界，只能是平行存在的两维世界的无限堆积，就像小人书那样一页一页地即一个平面一个平面地往前延伸。同样道理，我们三维世界的居民也只能将四维世界想象成无限多的三维世界的叠加。我们不会实质性地把握四维空间。作为超空间的赛博空间既是虚拟的，又是真实的。说它虚拟，是指它是一个潜在的和可能的世界，对于三维世界的我们，它是一个平行的存在，所以是可能的，但又无法同时地呈现出来。赛博空间这一概念的本体论意味必须按着"真实的虚拟性"来理解，我们可以进入其中，它也确确实实地进入我们的传统的现实之中，我们与它发生互动性关系。在穿越时空的旅行方面，赛博空间开辟了一个崭新的后地理和后历史的阶段。借助网络计算机，我们可以用"超跳"的方式穿过地理空间的物理的和社会的维度进入与我们相平行的世界；我们也可以"超跳"地穿越历史。这可不只是科幻小说才有的情节，这也见于我一开始提到的活着的和死去的歌手的真实二重唱。虚拟现实正日益成为我们日常现实的组成部分。计算机对过去和未来的模拟也是这种后历史体验的例子。互动小说或电脑游戏更是可以重新设置历史及其进程、人物的命运，等等。①

的确，穆尔指出的赛博空间的"真实的虚拟性"，正是实现"虚拟"的艺术真实性的平台与渠道。在赛博空间里，人们能够运用数字仿真技术创生与现实世界极其相似甚至一模一样的虚拟景象，其所具有的感性丰富程度能让人产生"全身沉浸"的感觉，从而导致真假莫分、虚实难辨的奇特现象。置身赛博空间的文学艺术就如同给自己插上高科技的翅膀，更加自由地在"超空间"里翱翔。借助数字仿真技术，文艺作品实现了一些前所未有的新体验。而像那些能够带给我们所谓的"全身沉浸"式体验的文

---

① 赛博空间：后地理与后历史的新体验 [N]. 中华读书报，2004-07-21 (10).

艺作品，"已经使我们的'冷'环境变得'热'起来，并由此导致了某种程度的'感觉化'，我们久久地浸泡在'电子澡堂'中，一种日益加强和扩大的刺激区域加诸到个人身上"①。在这种全息艺术世界中，出现了人们的虚拟体验与在现实世界中的体验是一致的极端现象，面对的一切都和现实世界中的一样，甚至会觉得比现实生活更真实，这也许就是一种鲍德里亚所说的"超真实"。除此之外，虚拟具有无限可能性。由于数字仿真能将现实世界事物的观测值转换成以"比特"形式存在的数据流，再利用数据流确定的参数生成具有光影、声音、色彩、三维时空运动等感觉特性，使虚拟的事物不受现实实在和因果律的限制，不仅能虚拟实存的事物，即现实性虚拟，也可以对现实作超越性的虚拟，即对可能性的虚拟，还可以作背离现实的悖论的或荒诞的虚拟，即不仅是指对事实上不可能事物的虚拟，而且可以是对逻辑上不可能事物的虚拟。从此，世界上就只有想象不到的，而没有虚拟不了的事物。

前卫艺术家们早已开始在探索虚拟的艺术真实性上做着不懈努力。在此，我们仅以台湾前卫艺术家洪东禄和大陆画家李晖的作品为例，对虚拟空间里的艺术真实性加以探析。洪东禄和李晖的作品中表现出对于灵魂、身体及永生的诉求。洪东禄创作题材深入探讨虚拟空间的可能性以及人与机械人的命题，李晖则是紧扣着时间的快速流转与生命的永恒性这一对冲突的命题作为自己的创作理念。

虚拟世界的本质虽然带有虚拟性，但是其建构出来的世界却又带有真实性，正是这种虚实间的模糊地带，导致身处虚拟空间的人们产生不安全感。我们一般认为的虚拟是非真实的，而以物质形式为表征的真实，带有可触摸可看见的物理特性。然而，现代社会中虚拟文化不断自行扩大，人类正被虚拟文化实行无差别"殖民地化"。现在，几乎每一个人都可以透过虚拟方式进入各种不同的虚拟族群。像这样不断被编入虚拟世界的我们，正在转变为将自己彻底交给虚拟文化秩序的虚拟人类，成为虚拟人类已经是不可避免的现实。生化人也许就是我们逐渐开始面对存在意义论争的一个象征性的切入口。从洪东禄的作品中，可以看到其试图探讨生化人存在的可能性，例如在其 Innocence 中，我们很难判断作品中的人物究竟是仿若真人的合成人还是仿若合成人的真人，作品暗示人类和生化人的分

---

① 弗雷德·弗里斯特. 交流美学、交互参与、交流与表现的艺术系统［M］//载［美］马克·第亚尼. 非物质社会——后工业世界的设计、文化和技术. 滕守尧，译. 成都：四川人民出版社，1998：174.

界线早已模糊，揭示人类与机器人的共存必将是人类社会的未来之路。19世纪法国作家维利耶·德·利尔-阿达姆（Auguste Villiers de l'Isle-Adam）在其小说《未来的夏娃》（*L'Eve future*）中首次使用"Android"一词，"Android"一词在希腊语中含有"像人的"的意思，小说中描写一位贵公子与合成人失败的爱情故事，流露出作者对人类厌恶的哲学思想。人类为什么会与机械人发生感情？人类为什么把机器人制作成具有人类的外观？这些疑问正是洪东禄所要探讨的虚拟真实的人类与合成人之间的矛盾命题，同时引发后现代社会中关于身体的新语境及新观念。李晖则借由多种媒介与具象物体的冲突性引发生命的内在精神属性。虽然这些创作的媒介都带有可复制性，但是作品中仍旧散发出应有的灵韵，这些作品并未因为其可复制性而如本雅明所说的"灵韵消失"。本雅明认为在现代复制技术发达的社会中，人们希望快速捉住事物本身，大众需要的是明确清晰，而不是距离和模糊，导致灵韵消失。然而在不管是可复制还是不可复制的艺术创作中，每样艺术品都带有其独自的精神属性，也就是所谓的灵韵，灵韵不会消失，它存在于每件作品的精神内部。

洪东禄　*Disclosure*　140cm * 180cm * 20cm　3D摄影，3D网格，灯箱　2007①

网络文学纵论

---

① 洪东禄，台湾新兴艺术家、画家。官方网站 http://artist.artxun.com/20750－hongdonglu/

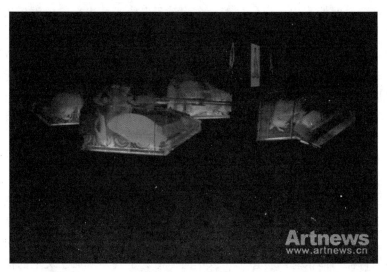

李晖　《佛龛 NO. 2》　240cm * 130cm * 80cm　亚克力板、LED 灯、不锈钢　2007

　　同样，正像其他存在于虚拟空间的艺术真实一样，网络文学使文学创作的自由性和创造性得到几乎无限制的发挥，前提只是熟练掌握相应的技术和技巧，并使之转化成为艺术表达手段，像传统写作中对文字的驾驭一样得心应手。虚拟真实彻底突破了传统艺术真实观中虚拟与写实的矛盾分野，使虚拟的想象世界与写实中的现实世界在网络文艺文本的创造与构成中实现无缝对接与融合，从而抹去了二者的疆界。高楠认为，"机体与精神在体验的整体结构中融贯流转，对这样的现实实在达到构成性认识与把握，再将之赋诸艺术表现，就有了一种与时代、与历史、与社会、与民族共在的真实。由于每个人生存并且无处无时不生存，无论创作主体、批评主体还是接受主体都构入并体验生存，所以这是大家共同构成、共同面对、共同接受的真实，这是至博至深的真实"①。这里所说的生存的有机整体性、融贯流变性和互动生成性在网络文学活动中有充分表现。网络文学的艺术真实正是这样一种共在的真实、至深至博的真实，网络文学因此而拥有深刻的艺术魅力。

（三）数字化媒体的特征

　　准确地说，我们正处在漫长的由印刷媒体向电子媒体的过渡期。而正

---

① 高楠. 别一种真实——艺术的生存体验［J］. 思想战线，2005（2）.

是在这一过渡期当中，还包含着一个同属于电子媒体内部的由模拟式媒体向数字式媒体转化的过程。换句话说，即我们当下正在经历着一个双重过渡期，既是印刷媒体向电子媒体的过渡期，同时也是模拟式媒体向数字式媒体的过渡期。在这样的过渡期当中，数字化媒体已经显现出不同于以往任何形式的媒体的特性。

下面我们将要列举的这些数字化媒体的特性从本质上来看显然将区别于以往任何形式的媒体。这就像文字是声音的赋形而又有着与声音完全不同的方法论一样。或者说，电子媒体具有声音文化的方法论但却以文字媒体为基础一样。下面将从五个方面来论述数字化媒体的特性。

1. 双向互动性

双向互动性是数字化媒体区别于从前媒体的一个显著特性。数字化媒体的双向互动性是指在信息传播过程中，信息的发布者与接收者之间具有互动的特征，即信息的传递不再以单向传播为定式，从前意义上的接收者一方同时也成为信息的发布者。今天还要来讨论这样一个话题似乎并不具有新意。然而，由于很少有人能够站在媒体的历史性方法论的高度来看待这一问题，很显然关于这一特性的真正的重要性和革命性并未能够得到充分的认识。数字化媒体的双向互动性的重要之处在于：它把文字文化特别是古登堡发明印刷术以来延续至今的方法论，在诸多方面再一次引回到声音文化的方法论上来。

这里首先需要就声音文化的概念作出说明。本文提出的声音文化主要指文字产生前人类的文化形态——以口头文化为主要表现形式，具有互动、随意、非稳定性的特征。它来源于英文"Orality"。与普遍意义上存在于声音文化方法论中的接受条件论、接受语境论以及口头传承论等相比较而言，本文旨在强调其互动论。声音文化中的互动性自从声音被文字赋形以来便消失了。在声音文化里面，说话这一行为无论表现为故事还是诗歌或者是戏剧，与其说仅仅是在陈述，不如说是一种伴随着音乐和舞蹈的表演。在这种情形下，说话者与听讲者之间的界限并不十分明确。听讲者一方在听讲的过程中情不自禁地击节叫好或者随声附和时有发生。在声音文化时期，讲述者常常一边观察听讲者的反应，一边有意鼓励听讲者参与，并且在掌控参与者的节奏的同时即兴地展开讲述。对于声音文化而言，所谓作品是在说话者与听讲者共同参与和相互认可的前提下建构而成的。而为这样的共同参与和构建提供素材的平台便是今天我们所说的故事，而且故事的所有权也不仅仅归讲故事者所有。因为原本讲述者所讲述的内容不过是从别人那里听来的，并且这些内容还将会在其他的讲述者那里得以继续发挥。《奥德赛》的作者不是荷马。荷马讲述过的《奥德赛》在后来的岁月中被各种各样的吟游诗人讲述过，并且在这样不断的讲述过程中发生了改变。《奥德赛》始终表现为一个过程，而绝不是在每一次讲述时都是完全相同的终极作品。然而，随着文字成为书籍，或者多少带有一些开放性的手写本成为印刷品，文本变成了孤立的、与外界隔绝的、不容许作者以外的人参与进来的东西。尽管像沃尔夫冈·伊瑟尔和雅克·德里达等人提出了读者优先，即读者并非单纯地被动地接受一方的主张，但是读者参与到作品当中的情形仍然极为少见。借用一句交通术语，即由作者到读者始终是单向通行。即使到了电子媒体时代，除了电话和收音机，也并没有实现向声音文化时期的双向互动性的回归。收音机和电视作为传播媒体得以发展。所谓传播是指对不特定多数受众的信息传达方式，进一步说是指一个信息发送设备对其电子信号覆盖范围内的不特定多数的信息接收者发送信息的行为。

数字化媒体的出现改善了文字文化单向通行的传播方式，使得久违了的双向互动性得以复活，在诸多方面使得声音文化的方法论得以复归。数字化媒体通过因特网使得网络使用者能够通过双向互动实现文本交换、共同参与的交流方式。假设即使是原本不具有参与可能性的单一作者的文本，只要被上传到因特网上，就会被引用、改写、修正而导致面目全非。并且，在这样不断被改动的过程中，原始作者的版权意识会逐渐淡化。即使作为原创者坚持对作品表示所有权，网络使用者也会不以为意，将"拿来主义"坚持到底。数字化媒体彻底地动摇了以文字文本为代表的印刷媒体时代的固有观念。对于印刷媒体而言，文本意味着终点，可是对数字化媒体而言，文本却只是起点或者最多算是中转站而已。在数字化媒体看来，文本始终是一个流动的过程，并且该过程没有终点。伴随文字文本的所谓权威、绝对、完全之类的字眼在网络环境当中了无踪迹。而且，对于网络媒体而言，诸如作品的所有、归属或者版权之类属于印刷文化时代的概念变得不能成立。如果写作者坚持对版权或者所有权的要求就只有不上传到网上。数字化媒体在以上诸方面将印刷媒体的方法论还原成声音文化的方法论。

但是，数字化媒体并不是和声音文化具有完全相同的方法论。对于前文提到的"二次声音"，沃尔特·翁进一步指出尽管看上去它具有"一次声音"的特征，然而事实上其根植于文字文化当中。虽然数字化媒体使得久已失去的双向互动性得以复活，但是它并不完全等同于声音文化中的双向互动性，而是和迄今为止的电子媒体一样，数字化媒体同样根植于文字文化，在此的双向互动性不同于声音的双向互动性，而是文字文本的双向互动性。因为声音文化的双向互动性限于嗓音和记忆力，最多仅仅停留在为对方击节和随声附和这样局部的、细小的表现上，然而基于文字文化的数字化媒体的双向互动性，却使得在更大范围内的、更大规模的共同创作或者写作成为可能。而且，与不存在空间、时间以及心理上的阻隔表现直接的声音文化的双向互动性相比，数字化媒体的双向互动性表现为处于不同时间、空间的个体网络使用者之间的交流。声音文化的双向互动性表现为集体性而且情绪化，而数字化媒体的双向互动性则表现为个体性并趋于理智。

由此，数字化媒体的双向互动性引发的最大的变化在于，诸如讲述者与听讲者、作者与读者、制作者与受众的二元分立虽然继续存在，但其存在形式开始变得模糊。例如，互动式电影、互动式小说，从前完全依赖制作方进行的选择现在需凭借受众的选择得以展开情节。换句话说，从前只有制作方具有的特权现在被受众分享。关于互动式电影和小说，因其繁杂而琐碎，即便情节设置有趣，仍然为一般受众敬而远之。的确，对于伴随旧媒体成长起来的一代人而言，对互动式电影和小说的兴趣有限，可是对于新媒体时代成长起来的小学生们而言，兴趣在慢慢滋长。随着新媒体时代这一代人的成长，互动式电影和小说将会更加普及，市场将会更加扩大。像这样的双向互动性将会离我们越来越近。

2. 非线性

数字化媒体的另一重要特性是非线性。所谓非线性是指不按照数字的1、2、3，或者字母的A、B、C的顺序行进的属性。从传播学角度说，这不是传播者与受众间单向或双向信息往来，而是一种多元的、跳跃式的、分蘖式的传播方式。数字化媒体可以通过简单的操作实现搜索，通过点击在电脑屏幕上实现即时显示，而不必按照所谓的顺序进行操作，或者说对于数字化媒体而言并不存在所谓顺序。正如沃尔特·翁所指出的按序排列、依次进行是属于印刷时代的方法论。比如小说，即使分成若干章节，但是对于整个故事而言，仍然是按照一条主要线索展开情节，即便其中包含有无数的副线索，自始至终循序渐进仍然被认为是主流的创作方法。若非如此，则被认为"基本轮廓缺失"、"多处远离主题"或者"凌乱破碎"。对于印刷媒体而言由于故事与讲述者被分离开来，而又不具备双向互动性，因而其自身必须具有能够适于情节展开的结构。这也是导致故事必须具有线性结构的原因。当然像这样的线性构造在属于声音文化的吟游诗人们朗诵的诗歌当中同样存在，不过与文字文化中的线性构造相比则显得尤其缓慢而且规模较小。通常吟游诗人在他们朗诵作品过程中的"跑题"往往在听众可以跟得上的范围之内。印刷媒体由于其线性的特征而不喜欢"跑题"。它无法做到围绕一个主题同时展开两组叙述。如果非要那样做的话，无疑会给依靠视觉来阅读故事的读者造成混乱。哪一行在叙述故事的哪一部分呢？作者则常常将自己要写的内容设定在既定的轮廓之内，对于超出设定范围的内容坚决舍去。印刷媒体的方法论只允许"非此即彼"，而不允许"既此又彼"。

其实在声音文化当中就已经存在线性，比如说讲述者无法同时讲述两件事情，而听讲者同样无法同时听取两件事情。只不过在文字文化当中线性得以空前地强化。像这样的线性特征不仅仅限于小说，同样适用于音乐以及影像作品。直到不久以前当我们欣赏古典音乐的时候，一般不会也不能够跳过第一乐章而直接听第二乐章。至于电影，虽然没有像音乐那样分章节而是连续不断的，可是如果我们想绕过开头看中间部分或者直接看结局部分，也是做不到的。这一切在 CD 和 LCD 出现之后不复存在。虽然在 CD 和 LCD 出现之后，我们可以随意挑选章节而不必按照先后顺序阅读，但是作品本身并没有有意按照非线性进行制作，以及考虑到受众进行非线性的接收。CD 和 LCD 中先后章节的随意选取其实仍然是线性结构中的选取，不可能选到线性之外。但是到了数字化媒体这里，尽管可以进行线性制作与接收却已经没有必要。数字化媒体创造出一种完全不同于印刷媒体的有限空间的"赛博空间"。在"赛博空间"里不存在"非此即彼"的限制与压抑。相反，它允许"既此又彼"的随意取舍，并且允许旁枝丛生。这一特性在"超文本"中表现得尤为突出。凭借"超文本"我们能够围绕一个主题无限地伸展枝叶，就像一棵枝繁叶茂的树。

在这样的"超文本"构造当中，开始和结束这样的概念变得毫无意义，或者说遵循一定顺序进行的思维方式失去了意义。最初呈现在电脑屏幕上的即是开始，最后出现在屏幕上的便是结束，而不是作为一个结构的开始与结束。实际上，当我们浏览因特网上的网站的时候，借助超级链接从一个网站到另一个网站，并不属于"循序渐进"或者"按图索骥"的行为，这完全是无序的浏览，是在信息的海洋里漂流，在这里没有前进、后退以及依次找寻。赛博空间的结束并非空间的结束，而是意味着我们的好奇心以及持久力的结束。对于这种情形，如果我们看看迈克尔·乔伊斯的互动小说将会更加清楚。在互动小说中，迈克尔·乔伊斯不断地给读者提供选择的机会，而作品也正是凭借来自读者的选择展开情节，作品情节因此而变得复杂，形成一种无限伸展的树一样的结构。像这样的作品不存在结局，也不存在结构上的结尾，仅仅存在无数的无法进一步展开的情节的断面而已。不过在一个局部的章节里面的确也存在线性，并且情节也会按照线性延伸，只是数字化媒体能够将这样的局部无限制地细分。章节的长度并非取决于媒体，而是取决于人的意志。数字化媒体所具有的非线性给予迄今为止由文字形成的线性而导致的对人的思维和表现力的束缚以极大的自由。从这样的意义上说，数字化媒体的非线性具有哥白尼日心说一般的潜力。

3. 百科全书性

数字化媒体又称多媒体。计算机能够通过对声音、影像以及文字进行数字化处理，然后再利用同一媒体进行录制或制作及播放。多媒体这一称谓可谓名副其实。声音曾经以录音磁带为媒介，使用磁带录音机进行存储、制作以及播放；影像则以胶片和录像带为媒介，使用照相机和摄像机进行存储、制作和播放；文字以书本为媒介，使用铅字印刷机和照排印刷机进行存储、制作和播放。诸如此类被置于不同媒介并使用不同装置进行存储、制作和播放的内容，由于不同媒介而造成的阻碍使得它们之间的融合殊为不易。或者说最初的时候人们对于冲破这种阻碍本身连想都未曾想过。声音是声音，影像是影像，文字是文字，完全是不同的内容怎么可以用同一装置进行处理呢？可是如今无论是声音还是影像或者是文字通过软盘或者 CD 一类的媒介完全可以使用计算机进行操作。无论是钢琴演奏曲的软盘还是数码相机的存储卡还是文档软盘，都可以在同一台电脑上同时进行处理。对于制作者、作家以及艺术家而言，无论是声音还是绘画或者是文字都不过是素材而已。相反，执拗地认为声音只属于音乐家，绘画只属于画家，照片只属于摄影家，电影只属于导演，文字只属于作家这种狭隘的认识倒显得不自然。事实上，随着数字化媒体的高度发达，像这样的分类最终将会消失。

也许在这之前行业的差别将会消失。现在诸如信息、传媒以及娱乐等众多企业纷纷加入到综合媒体巨头的伞下，类似的产业融合正在加快步伐。不过仍然存在着音乐产业是音乐产业、影像产业是影像产业、出版业是出版业这样的区分。但是随着数字化的进一步深入，产业界的区别将更加暧昧，整合以及一体化将进一步加强。所谓数字化就是消除由于盛载内容的媒介的不同所引起的区别。消除迄今为止奉行的有关艺术和娱乐的传统的分类而形成融合。当然像这样的融合和整合并不仅限于艺术和娱乐，它还波及学术领域，特别是在电子词典的领域我们能够清楚地看到这种情形。在以前，比如说汉英辞典、英汉词典或者汉语词典等彼此互不相干。但是，今天的电子辞典却实现了一体化。一台电子辞典完全可以同时收录多本纸质词典的全部内容，成为名副其实的百科全书。通过词典的整合我们似乎可以看到学术领域的整合。至少在网上的学术网站我们可以看到这种倾向。例如，由美国布朗大学乔治·兰道教授开设的4个网站就明显地显示出此种倾向。在最初设置的"维多利亚网站"当中，登载了维多利亚时期作家约翰·奥斯丁、查尔斯·狄更斯以及艾米莉·勃朗特等人的资料，以及关于他们的作品研究的信息等，但是后来逐渐地扩大到有关维多利亚时期文化、社会以及制度等更广泛的领域；而在"赛博空间、超文本、理论批评网站"里面，从最开始的关于超文本与现代文学理论的关系的研究，逐渐拓展到媒介研究和大众文化研究方面；而最后启动的"后殖民、后帝国小说网站"同样从最初的文学研究逐步扩展到殖民地统治、人种歧视以及东洋学等领域。① 其他的学者的网站同样或多或少地呈现出此类倾向。很明显，超文本这种超越文本空间的系统发挥了巨大的作用。存在于物理属性的文本间的阻隔的消失导致文本的融合，至少像上述这样一些网站已经开始了学术领域的融合。

18世纪以来，学术领域的分类越来越细致和专业化。被细分化了的专业领域自顾自地发展本专业的方法论。从某种意义上来说，这种情形与文字中心主义的线性特征不无关系。数字由小到大、字母由A到Z的排列方式与通过限定的处理程序对事物进行细致分类的思维方式不谋而合。如此限制和细分的结果导致今天的学术研究不具有宏观的整体性。事实上在数字化媒体出现以前关于学科融合的主张已经被提出。尽管今天我们可以借助数字化媒体在网站上拥有更具灵活性的发表手段，但是研究的方法论并没有显现出清晰的整体性。虽然我们可以期待在不久的将来这样的变革会更进一步，不过就目前来看超越从19世纪以来延续至今的精细专业划分体系绝非 朝一夕之事。但是，今后随着网络在教育上的应用，在教育领域实现学科融合被认为具有可行性。因为对于浏览因特网网页的学生而言并没有文学、政治、传媒之分。通过浏览网页获得的知识浑然一体，不存在传统的学科划分。假设在初中或者高中使用因特网授课，无论是语文还是英语，数学还是物理，这种文、理科的划分都将失去意义。类似第一堂课上语文，第二堂课上数学，第三堂课上英语这样的课时划分同样将

---

① http：//www.stg.brown.edu/projects/hypertext/landow/cv/websites.html

失去意义。事实上，美国波士顿的海尼干小学在全面导入计算机教学之后，就已经在一部分授课内容上不再划分科目甚至上课时间，而实行所谓的"统合授课"。①

与此相关的数字化媒体的一个重要特性是同时性。迄今为止的媒体不具备同时处理不同种类的内容的能力。电影也好录像也好虽然可以同时处理声音和影像，但是将二者分开来同时处理却做不到。电视虽然可以同时处理声音和文字信息，但是在文字信息方面极其有限。数字化媒体却具备同时分别处理声音、影像以及文字的能力。虽然说无论从打开的页面的数量、显示器的尺寸的大小，还是内存的容量来说都是有限的，但是完全能够依据打开的页面的数量进行操作，并且还可以进一步将不同页面上显示的内容进行合成、编辑使之成为一个内容。正如前述的那样，数字化媒体并不适用于从前的二者选一的原则，不是非此即彼，而是可以进行既此又彼的选择，或者说根本就不必作出选择。这一点同样赋予数字化媒体以百科全书性。

4. 网络性

与数字化媒体的百科全书性相关联的另一特性是网络性。当然这一特性并非仅为数字化媒体所拥有。20 世纪登场的几乎所有的电子媒体都具有网络性。诸如电报、电话、收音机、电视等电子媒体都凭借形成各自的网络而拥有强大的力量。网络性是现代媒体普遍具有的特性。然而数字化媒体所具有的网络性却和收音机、电视机等电子媒体的网络性有所不同。迄今为止的传统媒体是公众性的，并带有严格的规制。另外，传统媒体的由单一向不特定多数传送信息的性质决定了它不具有多向互动性。至少在目前来看相比传统媒体，数字化媒体更具有通信媒体的特性。事实上，尽管美国有《通讯端正法》(*Communications Decency Act*)，但其对数字化媒体的规制并不明确。这是因为数字化媒体虽然具有某种公众性，但是却与收音机、电视机之类的传统媒体的公众性有所区别。并且数字化媒体所具有的双向互动性能够避免传统媒体单向传播有害信息的情况发生。互联网上传播的一些诽谤中伤的恶意信息大多集中在点击率较高的网站，与传统媒体相比造成的危害有限。

和这样的数字化媒体具有最相近的网络性特征的是电话。事实上，在1996 年费城法院作出的有关《通讯端正法》的判决当中将互联网解释为

① ［日］有马哲夫. 新媒体观察——来自美国教育第一线［N］. 河北新报晚刊, 1998-2-28.

"对话"，对美国政府将互联网视为传播媒体加以规制的主张予以驳斥。在这次判决当中互联网被视为同电话一样的通信媒体。但是数字化媒体具有与电话不同的网络性，它可以与其他的媒体形成网络。今天在家庭中普及的个人电脑既可以当做电话也可以当做传真使用，用键盘拨号，用耳机和麦克接听和讲话，另外还可以将在电脑屏幕上完成的文档进行传真。也就是说，在电脑网络中可以包含电话网络。数字化媒体还可以将收音机和电视机纳入其网络当中。由于收音机比电视机传达的信息量少，在上世纪90年代就实现了网络使用者下载压缩音乐文件进行播放的网络广播。1998年12月，随着美国主要的广播公司信号传送的数字化，电视变得更接近于电脑。微软公司推出了内置数字电视的电脑，美国的家电公司推出了互联网电视机。① 总之，随着传送信号的数字化，以及内置数字电视的电脑和互联网电视机的出现，收音机和电视机的网络也被纳入到数字化媒体的网络当中来，使一边浏览网页一边看电视，或者一边编辑文档一边听收音机并且进行下载的操作成为可能，使在收音机和电视机的网络中间自由地转换、浏览、巡航成为可能。换言之，数字化媒体能够将收音机和电视机的网络加以网络化，这是电话所不具备的特质。数字化媒体的网络是一个能够包容一切的终极网络。而且，这个前所未有的网络性在文字文本的领域也创造出了全新的景观。迄今为止，由于文字媒体的孤立的物理属性导致其缺乏联系性，文字文本被封闭于文字媒体当中。就像布朗大学的兰道说的那样：书籍表现为文字机器，但却无法实现链接。一本一本的书完全独立地存在于空间里，彼此不发生关系。所以，比如虽然在阅读论文的时候读到注释，可是你想查阅注释的出处却并非易事。可是电子文本却可以凭借超文本将文字文本链接起来，形成网络化。在这样的网络化空间里个别存在的文本形成一体化、统合化的终极链接，形成一个巨大的终极的文本。只要是上传了的文档，只需要通过屏幕上的搜索引擎，都可以立刻在屏幕上显示出来。这将文字文本置于一个前所未有的革命的环境之中。

5. 直接性

数字化媒体的最后一个特性是直接性或者叫做同时性。数字化媒体的直接性是指数字化媒体凭借其技术特性，可以对客观存在的事物进行直接的反映的特性。这一特性可以从以下四个方面进行论述。

---

① ［日］长屋龙人. 电视将往何处去？［J］. 广播研究与调查，1997（1）：25.

（1）个体参与的直接性。在人的五官感觉当中，数字化媒体能够不借助文字对其中至少两种进行直接的再现。例如，像电视游戏使用的振动摇柄和迪斯尼乐园"星际之旅"中的乘坐物，都是利用人的触觉和身体感觉来达到模拟真实效果的目的的。像"星际之旅"这样的主题公园的魅力来自于乘坐物中人工制造的雾能够让人产生皮肤感觉以及嗅觉上的刺激，剩下的还有味觉。但是，要产生除了听觉和视觉以外的感觉所需的设备通常规模庞大，价格昂贵，通常仅限于游乐场或者主题公园。不过，如果类似设备得以轻量化和降低成本的话，同样可以成为像电视游戏的振动摇柄一样的电脑附属品，只要连接到电脑上就可以方便使用，或者可以考虑不通过人身体的器官而直接刺激人脑来达到再现的效果。这也许可以不必在人脑中埋入电极，或者使用药物等辅助手段，而仅仅依靠头部外置装置就可以实现。重要性在于无需借助文字进行直接再现和提示。之所以这样说，是因为迄今为止在技术上做不到而不得不依赖文字作为媒介。有人说如果在发明文字之前有了磁带录音机的话可能就不会有文字了。但是，录音磁带的保存性和耐久性都不如作为文字载体的黏土版和羊皮纸，况且人的本性更倾向于依靠某种实物象征来进行表达和理解。即使先有了磁带录音机，人类仍然会使用文字或者类似于文字的具有象征意义的符号类的东西。不过，如果真是二者同时存在的话，那么文字所扮演的角色将会有所不同，文字被赋予的方法论当中有一部分比如说理论性和内在性将会发生改变①。

（2）信息传播的直接性。当然数字化媒体以前的媒体同样具有直接性。电话的出现改变了从前只能传送电子信号而不是直接传送声音的状况。即使是最初被称为无线广播而后才改名的收音机刚开始也只能传送信号，后来凭借德·福雷斯特（Lee De Forest）发明的三极管以及埃德温·阿姆斯特朗（Edwin H. Armstrong）发明的调频电台，才开始能够直接传输声音。这之后人类又发明了不仅仅可以传输，而且可以记录并重播的留声机和录音机。19世纪出现的照片虽然只是截取一个瞬间，但却同样可以不依赖文字进行记录和再现。而19世纪末出现的电影却赋予那个截取的瞬间以生命。1927年有声影片诞生，电影不仅仅可以显示画面同时还获得了声音，变成了今天我们说的多媒体。电视利用电波通过网络将声音和影像实时传送到千家万户。电视不像电影那样再现事先录制在胶片上

---

① ［美］斯文·比克兹. 谷腾堡的挽歌：电子时代阅读的命运［M］. 纽约：费伯与费伯出版社，1994：146-147.

的内容，电视摄像机不进行录制而是在摄像的同时传送。电影不可以在拍摄的同时进行播放，电视做到了这一点。于是，曾经有一段时间电视凭借其直播功能为立足之本。而且，电视在最初的时候不具备录制的功能，而只能进行直播，随着录像带和录像机的发明，电视终于具备了录制以及再现的能力。今天，无论是电视节目还是电影，我们都可以通过录像带观看。像电视这样的兼具声音和影像的多媒体，借此成为了拥有传输和接收网络的、具有记录和再生功能的强大的媒体。电视作为无需借助文字直接进行传播、记录和再现的媒体，被看做是依赖文字的书籍的最大的敌人。

（3）资料提取的直接性。所谓数字化媒体的直接性特征，就是能够对诸如电话、收音机、电视机以及录像带的内容进行完整的、直接的提取，并进行记录和再现。而且应该特别指出的是，虽然上述媒体并不都具备电话的双向性，但是至少都能够互相传递信息。迄今为止，由于像唱片、录音带以及电影、录影带之类不同的媒体分别具有不同的录放设备，因而对其内容进行提取、合成以及编辑需要必要的技术和劳动力。但是数字化媒体却可以将这些不同的内容转换成相同的数字信号，再使用相同的录放装置，对这些内容进行直接的提取、合成以及编辑。这一切需要高度精细的区分。由此，数字化媒体使得迄今为止仅限于文字文本当中的科学分析能够使用影像文本和声音文本来完成。比如像莎士比亚戏剧由于没有声音和影像的记录和再现，一直以来仅仅对其进行以文字或语言为对象的研究分析。并且由于对最能够表现戏剧的表演缺乏记录和再现，很难对其进行有针对性的研究。但是数字化媒体由于能够对表演进行记录、再现以及文本化，使得比较对照分析的手段成为可能。过去的电影和录像想要对某个章节进行细致的分析比较并非易事，对于数字化媒体而言却是小事一桩。数字化媒体在对声音和影像文本进行比较分析的时候，完全可以做到像对文字文本那样的逐行逐句地分析。数字化媒体具有从前的电影和录像所不具有的可操作性，这也使得影像和声音等直接成为研究分析的对象成为可能。数字化媒体能够以印刷媒体所不具备的精度进行比较和分析，这来自于上述百科全书性和直接性。不过印刷媒体除文字之外还可以登载插图和照片，但是印刷媒体无法让照片动起来，并且也不能播放声音，自然也就无法将这些元素一一提取，同时处理。数字化媒体却可以同时直接提取声音文本、影像文本以及文字文本，并且能够以相当细小的单位进行提取，不论分别逐一还是并行同时都没有问题。数字化媒体还能够对这些文本进行检索、加工、编辑以及统计。这些功能给比较分析研究带来的便利性不言而喻。数字化媒体不仅仅使得从前没有被当做研究对象的资料具有了充分的研究价值，而且使得这样一些研究活动具有了从未有过的精度。从此种意义上来说，不依赖文字和语言，而仅仅依赖影像文本和声音文本从事学术研究将成为可能。这无疑是具有革命性的改变。

（4）资料组合的直接性。数字化媒体使得某些从前的正统学术研究变成了不过是机械式的简单作业。比如说文学当中，为了对某位作家使用词汇和惯用文体进行分析而制作的资料索引库，因其在制作过程中需要花费大量时间和劳动量，曾经被认为是一门非常严谨的学术研究。然而，今天只要将某一作家的所有作品录入到电脑里，电脑就会作出精确的分类及索引，那么此项工作的学术性将会淡化。在人种学当中，始终存在着对于观察者或记述者使用自身语言，从其自身的角度对不同文化进行观察、记述这一研究方法的质疑：这样的观察和记述行为仅仅对观察者或记述者本身有意义，而真实的意义存在于语言之上。至于以绘画和雕刻为代表的美术以及音乐，原本不以语言来加以表现，但是对其进行鉴赏和研究却需要借助语言。艺术家和音乐家通过实践进行表达，批评家和研究者通过语言进行表达，他们的权威和力量来自于语言的表现力，他们的工作是使用语言"讨论"美术以及音乐的杰作。实际上，也是因为在以前不具备对美术和音乐作品进行再现的手段，唯有依赖语言来进行表述。从利用文字这种本身具有方法论的媒介进行间接的分析研究，到不依赖文字媒介直接对研究对象进行分析研究，预示着人们已经从文字的方法论中解放出来，基于一种全新的方法论的研究将成为可能。

（四）进入 21 世纪后网络媒体的飞速发展

在我们详细地分析了数字化媒体所具有的诸般特性之后，很容易得出一个结论：与旧的媒体相比网络媒体具有颠覆性的优势。也正是因为具有了如此巨大的优势，才使得网络媒体在进入 21 世纪之后得以飞速发展。2000 年 1 月 10 日，美国在线与时代华纳实行合并。美国在线董事长凯斯和时代华纳公司董事长莱文宣布：此合并案其意义并不在于交易金额最大，而在于将为人类开创一个美好世界。莱文还称，此举意味着时代华纳公司向数字化公司的转变，时代公司获得新的发展平台，双方合并乃天作之合。"这是一个历史性时刻，新时代的媒体巨子已经真正诞生。"[①] 发展

① 张云中. 美国在线与时代华纳合并的实质与意义 ［J］. 现代传播，2000（1）.

到现在，新经济时代的模式已经日渐清晰：数字胜过（超越）模拟，新媒体比旧媒体增长更快，而网络领袖们将成为 21 世纪的主宰。时代华纳公司的有线电视系统目前为美国 20％的家庭提供服务，这将为美国在线提供一个宽带接入途径。而在这之前，美国在线仅仅想依赖更新本地电话线和利用卫星传送。更快的上网途径不仅将使得美国在线的上网资费对用户更具吸引力，而且使得美国在线各种新的多媒体业务如"美国在线电视（AOL TV）"成为现实可能。AOL TV 是美国在线于今年 6 月推出的将网上资源传送至电视机的一项服务。当所有这些宽带途径和上网设备（包括电视机）联结在一起时，美国在线—时代华纳将拥有世界上最多的信息内容，这些内容将吸引到世界上最大的受众群体，最多数量的订户，最大数量的广告，同时可以进行最庞大的电子商务活动。美国在线与时代华纳的合并其真正的意义在于思维方式上的重大突破，超出了前人的想象空间，让人有眼前豁然一亮的感觉。它等于重新为媒体产业的未来发展作了界定，为世界范围网络媒体的发展提供了有价值的参照。

2006 年发生了一件意味深长的事件：2006 年 12 月，互联网成为美国《时代》周刊年度人物。《时代》周刊对此解释说，社会正从机构向个人过渡，个人正在成为"新数字时代民主社会"的公民，今年的年度人物将是互联网上内容的所有使用者和创造者。年初接任《时代》周刊执行总编辑的施滕格尔说："如果你选择一个个人为年度人物，你必须得给出他是如何影响数百万人生活的理由。但是如果你选择数百万人为年度人物，你就用不着给出理由了。"[1] 计算机在 1982 年成为《时代》杂志当年的年度人物。时隔 26 年，由亿万台计算机终端织成的网络再一次聚焦了全世界人们的眼球，如果说 26 年前的计算机尚且是与我们的日常生活关系不大的电子产品，那么今天我们则是完完全全地生活在计算机的网络世界里。

---

① 互联网使用者成美《时代》周刊年度人物［OL］. 深圳新闻网，　［2006-12-17］. http：//www.nanfangdaily.com.cn/southnews/jwxy/200612180235.asp.

图 1 《时代》周刊《2006 年度人物》封面

自从 1998 年 5 月联合国新闻委员会将网络媒体称为是继报刊、广播、电视之后的第四媒体，便有人惊呼 21 世纪是网络的世纪。这一点从其与电视的对比中可见一斑：据资料显示，从 1993 年到 2002 年的短短 10 年间，全球因特网的用户已经达到了 3 亿人，而作为最受欢迎的电视在出现了 13 年后才拥有 500 万受众。互联网从 20 世纪 90 年代中期在全球兴起之后，用户数量一路走高。据瑞典互联网市场研究公司 Royal Pingdom 发布的研究报告称，2012 年全球网民总量已经达到 22.7 亿人，较 5 年前的 11.5 亿将近翻番。其中，在过去 5 年中，亚洲在全球新增网民中所占比率最高，达到 53.8%。

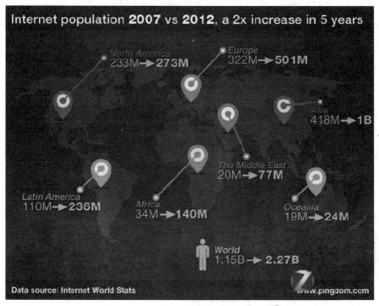

图 2　过去 5 年全球网民增长情况①

通过图 2 可以得到以下信息：在网民增长的数量上，非洲从 3400 万人增至目前的 1.4 亿人，增幅为 317%；亚洲从 4.18 亿人增至目前 10 亿人以上，增幅为 143%；欧洲从 3.22 亿人增至目前的 5.01 亿人，增幅为 56%；中东地区从 2000 万人增至目前的 7700 万人，增幅为 294%；北美地区从 2.33 亿人增至目前的 2.73 亿人，增幅为 17%；拉美地区（南美洲和中美洲）从 1.1 亿人增至目前的 2.36 亿人，增幅为 114%；大洋洲（包括澳大利亚）从 1900 万人增至目前的 2400 万人，增幅为 27%。具体到新增网民的占比，亚洲以 53.8% 位居首位，其次为欧洲（16.1%）、拉美（11.3%）、非洲（9.6%）、中东（5.2%）、北美（3.6%）和大洋洲（0.5%）。Royal Pingdom 发布的报告还显示，过去 5 年中，全球网民变化情况还呈现出以下重要趋势：亚洲目前网民总量与 5 年前全球网民总量相当；非洲和中东地区网民数量增幅最大，增长率均为 300% 左右；2012 年全球网民数量迎来了两个里程碑式数字——欧洲网民数量突破 5 亿大关，亚洲则突破 10 亿大关；目前欧洲网民数量已是美国的 2 倍。

关于我国互联网情况的最新统计是 2013 年 1 月 15 日中国互联网络信

① 马荣. 全球网民数量近 25 亿：亚洲网民增幅最大 [OL]．［2012-04-23]．http：//soft. zol. com. cn/289/2894233. html.

息中心（CNNIC）发布的《第 31 次中国互联网络发展状况统计报告》①。报告显示，截至 2012 年 12 月底，我国网民规模达 5.64 亿人，全年新增网民 5090 万人。互联网普及率 42.1%，较 2011 年底提升 3.8 个百分点。其中手机网民规模为 4.2 亿人，较上年底增加约 6440 万人，网民中使用手机上网的用户占比由上年底的 69.3% 提升至 74.5%。我国网民中农村人口占比为 27.6%，相比 2011 年略有提升，规模达到 1.56 亿人，比上年底增加约 1960 万人。报告还显示，70.6% 的网民通过台式电脑上网，相比上年底下降了近 3 个百分点。通过笔记本电脑上网的网民比例与上年底相比略有降低，为 45.9%。手机上网的比例保持较快增速，从 69.3% 上升至 74.5%。2012 年中国网民人均每周上网时长达到 20.5 小时，相比 2011 年提升 1.8 个小时。报告显示了目前我国网民呈现的特征：（1）网民规模增长维持放缓态势。2012 年中国互联网普及率为 42.1%，较 2011 年底提升 3.8 个百分点，普及率的增长幅度相比上年继续缩小。手机网民 4.2 亿，年增长率为 18.1%，网民中使用手机上网的比例继续提升，第一大上网终端的地位更加稳固，但是手机网民规模与整体 PC 网民（包括台式电脑和笔记本电脑）相比还有一定差距。（2）网吧网民比例明显下降。在网吧、学校机房等场所接入互联网的网民比例下降幅度较大，其中网吧网民占比下降了 5.5 个百分点，在学校公共机房上网的网民占比下降 3 个百分点，这些提供公共上网设施的场所使用率逐年下降，是个人上网设备持有比例提升和网络接入条件改善的必然结果。在家中接入互联网的比例继续走高，至 2012 年底有 91.7% 的网民在家中上网，较上年底提升了 3.4 个百分点，显示出家庭互联网接入率的持续提升。（3）微博用户持续增长，用户逐渐移动化。截至 2012 年 12 月底，我国微博用户规模为 3.09 亿人，较 2011 年底增长了 5873 万人，网民中的微博用户比例较上年底提升了 6 个百分点，达到 54.7%。相当一部分用户访问和发送微博的行为发生在手机终端上。截至 2012 年底，手机微博用户规模达到 2.02 亿人，即高达 65.6% 的微博用户使用手机终端访问微博，用户行为的移动化让微博成为移动互联网时代最具发展潜力的产品之一。（4）网络购物用户规模达 2.42 亿人。截至 2012 年 12 月，我国网络购物用户规模达到 2.42 亿人，网络购物使用率提升至 42.9%。与 2011 年相比，网购用户增长 4807 万人，增长率为 24.8%。在网民增长速度逐步放缓的背景下，网

① 中国互联网络信息中心．［2013-01-15］．http：//www.cnnic.net.cn/hlwfzyj/hlwxzbg/hlwtjbg/201301/t20130115 _ 38508.htm.

络购物应用依然呈现迅猛的增长势头，2012 年全年用户绝对增长量超出 2011 年，增长率高出去年同期 4 个百分点。我国团购用户数为 8327 万人，使用率提升至 14.8%，较 2011 年底上升 2.2 个百分点。团购用户全年增长 28.8%，保持相对较高的用户增长率。团购服务作为一种消费模式在用户端已经扎根。（5）手机端电子商务类应用使用率整体上涨。电子商务类应用在手机端发展迅速，领域整体看涨。相比 2011 年，手机网民使用手机进行网络购物比例增长了 6.6 个百分点，用户量是上年底的 2.36 倍。此外，手机团购用户在手机网民中占比较上年底提升 1.7 个百分点，手机在线支付提升 4.6 个百分点，手机网上银行提升 4.7 个百分点，这 3 类移动应用的用户规模增速均超过了 80%。

图 3　中国网民规模和互联网普及率

通过参照以上数据与表格，我们至少可以得到两点明确的认识：（1）互联网已成为全球庞大规模人群每天必须使用的工具，成为人们生活方式的一部分；中国互联网用户数量的增长是惊人的，而且持续增长的潜力也是巨大的。（2）在新增网民中，18 岁以下、30 岁以上网民数量增长较快，互联网呈现向各年龄阶层扩散的趋势；互联网逐步向学历低的人群渗透，初中及以下受教育程度的网民增长较快；低收入人群开始越来越多地接受互联网。这标志着互联网的技术障碍正在逐渐消除，从而成为像电视、电话一样简单易用的新媒体。但是，我们仍然要看到我国因特网服务还存在诸多问题：上网费居高不下，用户望而却步，无法形成规模经营；经营环境很差，面临不平等竞争。中国网民平均年龄 27 岁，大多收入属中等以下水平，即使目前上网费用一降再降，但相对于其收入水准仍偏高。人们呼唤中国网络业能尽快迎来环境宽松、繁荣发展的美好明天。

二、媒体方法论之变革

新形式媒体的出现必然引发对新的方法论的需求。适用于数字化媒体的方法论显然区别于传统媒体的方法论，媒体自身由科技发展带来的进化总是领先于方法论的产生。重要的是找到并能够正确地理解随新媒体出现的新的方法论。同时，旧有的媒体方法论仍然会持续影响人们对媒体的认知，但是，伴随着学术界对新媒体方法论的厘清，旧有的方法论将退出。

（一）数字化媒体引发媒体方法论之论争

人们往往不理解由媒体引发的方法论的转变是由于新媒体总是试图捕捉旧的媒体的方法论。任何新工具的创造因素都是在原有工具的固有因素中发展起来的。工具创新的历史延续性是由于工具使用与创造主体的实践延续性所致。工具的这种延续性体现在使用工具的行为模式及意识中，大家总是习惯于从既有工具的角度思考与理解工具的创新或改造对其作出既有工具属性的解释。电视就曾经被称为带图像的收音机。收音机被称为无线电收音机的原因就是因为它具有某些无线电话的特征。人们对于新出现的媒体总是很自然地想到它是在旧媒体的基础上增加了某些新的功能和便利性。互联网也曾被认为是能够传送文档的打字机，或者是有线的电视，尤其在最初的时候被看做是文字处理机。其后，计算机变得除了能够处理文字还能够处理图像和声音。而今天，计算机不仅仅具有传送的功能，更多的是在网络上实现了共同操作、网络会议以及播放节目等新功能，在这一点上越来越接近于电视和收音机一类的广播媒体。

往往人们面对由数字化媒体引发的变革并不认为是由数字化媒体的方法论形成的，而是仍然用旧的媒体的方法论进行衡量和评判。由此可见，数字化媒体的方法论与旧的媒体的方法论发生着论争。有学者呼吁计算机的过度使用会对文字学习造成妨碍。这种担心是因为在计算机上不需要手写。使用汉字的人当忘记某个字的写法的时候喜欢用手在空中比划帮助记忆，而计算机却省略了这一过程从而影响文字文化的修养的形成。而且现在的学生们计算机使用得很熟练，但是在理论建构方面却很欠缺。他们更喜欢借助使用影像和声音进行演示，只对事物的表象感兴趣，而对事物本质缺乏认识。类似的观点是用文字文化的方法论讨论数字化媒体；从根本上说计算机不是用来学习文字的。随着计算机变得更加人性化、更加简单易用，并且因此而成为使用频度最高的人际交流工具，文字文化将不再是不可或缺的东西。确实，迄今为止掌握文字文化被看做是学习的主要内容，具备高水平的文字文化也被看做是研究人员的必需条件。人文科学普遍被认为是和文字文化相关的学问。但是，从今以后这样的认识将发生改变。俗话说：百闻不如一见。言语说明永远无法超过亲眼所见获得的信息；从根本上说言语信息与视觉信息有着本质的不同。语言变成文字之后更是失去了原本声音所具有的双向性。文字从来都是不完整和不充分的。即便如此，我们仍然坚持掌握文字文化，是因为迄今为止除了文字我们没有其他的表意手段。然而，当下因为有了数字化媒体而变得不同。

对于传统语言的局限性，海德格尔在对存在的追寻过程中予以了阐释。他认为存在是传统语言根本无法言说的，一经"说"出就已不再是"存在"了。他指出："言说意味着什么？现行的观点解释为：言说是发声器官的活动，言说是音响表现和人类情感的交流。这种情感伴随着思想。在这种语言的规定之中，它允诺了三点：首先和最主要的：言说即表现。作为表达的言语的观念是最普遍的……其次，言语被看做是人的活动。据此，我们必须说：人言说……最后，人的表达总是现实的和非现实的显现和再现。"[①] 在他看来，"存在"是主客体尚未分化之前的本源性状态，因而在传统语言内无法"说"出，一经"说"出便沦为"存在者"了。"存在"不能如此被"说"出，而只能自己"显示"，自己"言说"，传统语言在"存在"面前无能为力。既然"存在"无法"言说"，那么人在"存在"面前只能保持沉默吗？在此，海德格尔提出了一个新的概念——Sage（本质的语言）。他认为只要能放弃传统的言说方式，实现语言由 Sprache（传统的、非本质的语言）到 Sage（本质的语言）的转化，就可以进入"不可说"的"存在"领域。与海德格尔晦涩的哲理认知相比，数字化媒体为我们提供了更为直观、感性的对于"存在"的认识。今天我们完全可以不依赖文字或者中介系统对声音和影像进行直接展示。这一点其实也暗合了我国古代关于"立象以尽意"的主张。《易·系辞上》说："子曰：'书不尽言，言不尽意。'然则圣人之意，其不可见乎？子曰：'圣人立象以尽意。'"由此提出了"言不尽意"、"立象以尽意"的思想。综其要点有

---

① ［德］海德格尔. 诗·语言·思［M］. 彭富春，译. 北京：文化艺术出版社，1990：167-168.

二：一是认为书（文字）不能尽言，言不能尽意，而象可以尽意；二是暗示了形象思维——"象"式思维优于概念思维，实际上确立了中国传统审美"以象明意"、偏重"意象"的思路。人类语言从其诞生伊始，要面对的是描摹世上万物、转述心性情思，描摹事物要纤毫毕现，转述情思需细致入微，以人类掌握的有限词汇谈何容易。然而，对于今天的数字化媒体而言，无需转换成文字便可以实现原封不动的超时空信息传递。文字作为记录和表意的重要媒介依然存在，但是很显然它将不再是唯一的存在。由此可见，那些认为计算机在文字学习方面或者通过文字进行交流方面贡献甚少，作为媒介和教育装置存在某种缺陷的看法实在有些可笑。计算机具有实现无需文字的交流和无需文字的世界的可能性。它也许会创造出一个无需文字文化实现交流的世界。计算机并不是文字学习机，也并非仅仅是作为文字媒体机能的延伸，虽然它具有这样的功能。它的确具有处理文字的功能，但是它是远远超过文字的强有力的媒体。对于文字而言，在将所见到的影像、所听见的声音转换成具有象征意义的符号之后，就只有依靠受众的想象力了。但是计算机却能够将所见所闻原封不动地再现和传送。在过去，如果要表现眼中所见的鲜花之美或者耳中听到的天籁之音，就只有去掌握高超的语言文字技巧。然而，今天只要按下手中数码摄像机的按钮无论是谁都可以轻松做到这一切，并且摄录下的声音和影像还可以使用计算机进行处理、编辑以及传送。对于这样巨大的信息量，文字仅仅能够传递其中的一小部分，而且接收者还需具有文字文化以及想象力。另外，对于像使用数字化媒体进行演示的学生缺乏理论性的指责，完全是以印刷文化的方法论来衡量基于计算机文化方法论进行的演示。通过理论逻辑演绎最后得出结论的方法属于文字文化，特别是印刷文化的方法论。这是作为脱离了声源的声音，孤立的、自我满足的交流工具所必须掌握的便利的方法。计算机的交流属于网络交流而绝非孤立的、自我满足式的交流。在印刷书籍中通行的便利方法对于计算机而言并非必要。明明不需要借助语言就能够对影像和声音进行再现，那么为何还要借助语言来进行间接的表述，进而还要为这样的表述制造理论体系？学生们想要表现的并非理论，而是事物本身，是对事物本身的印象和感受，希望能够和观看者共同感受，正像面对听众朗诵诗歌的诗人，希望通过朗诵与听者产生共鸣一样。生活中有人只有当面对的是印刷在白纸上的黑黑的铅字的时候才会有阅读的感觉，而对于电脑屏幕上电子文本中闪烁的字因为缺乏稳定性不愿意阅读。并且由于电子文本可以被容易地大面积改动和组合，觉得不是一个稳定的文本。即使不是频繁地变动，可是还是担心觉得是最终结局的时候又发生了变化。况且在网络空间引用和共同作业是极其简单的事，网页上的文本究竟是谁写的，存在很多疑问。由此可见，从印刷文化走来的人们固执地坚持着印刷文化的方法论，试图依照旧的方法论来看待具有新的方法论的媒体。

（二）媒体方法论之变革

英国政治家爱德华·布威·利顿（Edward Bulwer Lytton）曾经说过：所有的时代都是过渡期。对于媒体而言，我们经历了从活版印刷到电子媒体时代的漫长的渐进期，并且在电子媒体内部同时还存在着一个由模拟化媒体到数字化媒体的相对较短的渐进期。但是现在我们正处在这一渐进期当中最具有革命性的、最剧烈的转折点。理由有三：（1）迄今为止在模拟形式下蓄积起来的事物有相当大一部分正在被数字化；（2）计算机联网之后作为信息交流的媒体正在发挥着重要的作用；（3）电视和收音机之类的广播媒体开始数字化，广播和通信、计算机和家用电器之间的分界线逐渐模糊，不通过计算机我们也可以享受到被数字化了的内容。当然这一切并非互不相干的行为，而是一系列正在进行中的行为。虽然数字化媒体将声音、影像和文字数字化，但是原本像这样通过数字化记录和制作的内容并不是很多，大部分还是存在于模拟式媒体里面：声音存在于留声机和录音机里面；影像存在于胶片和录像带里面；文字存在于书籍和杂志里面。因此，像这些大量以模拟形式存在的内容如果不将其转换成数字形式，那么能够利用数字化媒体欣赏的内容将很有限。为了能够显示出数字化媒体的特征，首先需要对模拟形式的内容进行数字化，这样的作业需要付出相当多的时间和劳动力。在这样的转换作业进程中，当相当一部分内容在尚未被转化成数字模式之前，数字化媒体很难展示其强大的优势。从模拟形式转换成数字形式需要花费许多功夫，并且在许多时候会受到和模拟式媒体一样的限制。而数字化媒体的优点，即能够超越声音、影像和文字之间的区别将它们一同记录、加工的长处，将难以显现。但是以研究机构和教育机构为中心将大量的内容进行了数字化转换，这为数字化媒体发挥其优势创造了非常重要的条件。

计算机并不是一台台孤立存在的机器，而是通过数据线被连接成网络，这一点是了不起的发明。对于计算机的认识，不能仅仅停留在它有计算、文字处理、图表制作等功能上，而是开始认识到它是人们之间沟通与交流的机器①。互联网虽然在急速发展，但是作为新兴的网络系统得以进一步普及尚需假以时日。互联网使用者还限于熟悉电脑的人群。与此相反，广播网络长期以来植根于社会，在全社会得到普及。广播和通讯本来是互不相干的领域，借助于数字化从技术上打破了二者之间的壁垒。问题在于由于使用公众波段而受制于公共性的桎梏的广播，如何克服与被认为是属于私人信息交流的通讯之间的不同。对于这样两个在历史上就表现为不同概念、接受不同规制的领域，试图以共通的框架与规制进行约束显然并非易事。但是，通过大幅度地调整规制来超越壁垒，形成互联网网络与广播网络的融合，从而实现大量的数字化信息的交互共享将成为可能。如此，互联网的普及将得以最大化，由互联网引发的信息革命将更加如火如荼。广播数字化将成为这一切的导火线。英国在 1998 年 9 月、美国在同年 12 月开始了广播数字化。美国在这之前数字化有线电视已经开播。1998 年 7 月，美国最大的电话公司 AT&T（美国电话电报公司）和最大的有线电视公司 TCI（美国通讯广播公司）宣布合并。这一切昭示着欧美的数字化电视迎来井喷期。日本也在 2000 年开始数字化广播。而实际上日本在这之前已经开始了卫星电视的数字化节目传送，同样数字电视在世界其他国家也开始大规模普及。综上所述，由于信息的数字化，因特网以及广播的数字化，从 20 世纪末到 21 世纪初媒体迎来了剧烈变动的转换期，而就是在这一转换期所发生的媒体的数字化转换与数字化融合带给人们在方法论上的共性与差异性、独立性与融合性的新的理解，而这正是新的方法论的哲学变革。人们由此获得了新的抽象概括与分类组合的方式，总体性的网络概念正奠基于此。

三、声音的文化与文字的文化

美国学者沃尔特·翁（Walter Ong）在 1982 年出版了《口语文化与书面文化：语词的技术化》（*Orality and Literacy：The Technologizing of the Word*）一书，通过对荷马传统、中世纪僧侣教育、印刷史、电子媒介的性质的探索，翁氏认为基于口语文化（Orality）的思维具有附加的、移情作用的、参与共享的、情境化的、聚合的、保守的等特征；而基于书面文化（Literacy）的思维则恰恰相反，具有记录的、客观中立的、抽象的、分析

---

① ［日］西垣通编译. 作为思想的电脑［M］. 东京：NTT 出版社，1997：39-44.

的、创造性的等特征。翁氏及其随后的媒介生态学者认为正在进行的技术化是人类历史上社会与心理转变的基本根源。从口语语词开始，书写的语词、印刷语词到电子记录和传送的语词，我们在转换传播方式的同时，也改变了文化和意识模式。

该书中译本的译者何道宽先生将英文词"Orality"和"Literacy"分别译为"口语文化"与"书面文化"，就原著内容来看，此种译法具有一定的总括性，然而笔者认为如若对人类文化形态中最重要的两个元素进行概括，毋宁以"声音的文化"与"文字的文化"更具有涵盖性。在此，笔者在"口语文化"与"书面文化"的基础上提出"声音的文化"与"文字的文化"概念。正如翁氏在著作中提出的"次生口语文化"概念：即由电话、广播、电视产生的次生口语文化。事实上，声音经由电子媒介的转换从形式上说已经不能称其为"口语文化"，因为经由电子媒介转换过的口语已非直接从人的口中说出，因而称其为"声音的文化"更精确；同样"书面文化"使人更容易想到以纸质媒介为主的文化介质（例如印刷品），然而事实上文字存在于羊皮纸、龟甲、青铜器等各种各样的媒介中，那么用"文字的文化"来概括人类生活中一切与文字相关的文化表象显然更加合理。以下本文试图从宏观文化涵盖方面对人类文化中两个最重要的形态加以区分，通过对两种文化形态在概念、特征、表象诸方面的辨析，考察当下人类社会所处的文化时期的特质，尤其是随着网络时代的到来，关于口传与书写之关系的研究正在向纵深发展，视野也由"口传与书写"的二元对立走向了"口传、书写、电子传媒"的三维观照，探讨由数字化媒体的出现带来的"文字的文化"向"声音的文化"的回归对人类社会具有何种意义。在此，笔者将人类文化属性的进程试分为三个阶段：声音的文化阶段（无文字）—文字的文化阶段（文字专制）—后文字的文化阶段（由文字的文化向声音的文化回归阶段）。如图所示：

图 1

（一）声音的文化

钱穆认为，通常我们说文化，是指人类的生活，人类各方面各种各样的生活总括汇合起来，就把它叫做文化。① "声音的文化"主要指文字产生前人类的文化形态，以口语文化为主要表现形式，具有互动、随意、非稳定性的特征。这一概念的提出参照英文词"Orality"。与普遍意义上存在于声音的文化方法论中的接受条件论、接受语境论以及口头传承论等相比较而言，本文旨在强调其互动论。声音文化中的互动性自从声音被文字赋形以后便消失了。在声音的文化里面，"说话"这一行为无论表现为故事还是诗歌或者是戏剧，与其说仅仅是在陈述，不如说是一种伴随着音乐和舞蹈的表演。在这种情形下，说话者与听讲者之间的界限并不十分明确。听讲者一方在听讲的过程中情不自禁地击节叫好或者随声附和的情形时有发生。在声音的文化时期，讲述者常常一边观察听讲者的反应，一边有意鼓励听讲者参与，并且在掌控参与者的节奏的同时即兴地展开讲述。

　　为这样的共同参与和构建提供素材的平台便是今天我们所说的故事。而且，故事的所有权也不仅仅归讲故事者所有。因为原本讲述者所讲述的内容不过是从别人那里听来的，并且这些内容还将会在其他的讲述者那里得以继续发挥。《奥德赛》的作者不是荷马。荷马讲述过的《奥德赛》在后来的岁月中被各种各样的吟游诗人讲述过，并且在这样不断的讲述过程中发生了改变。《奥德赛》始终表现为一个过程，而绝不是在每一次讲述时都完全相同的终极作品。鲁迅先生就力主这种观点。他认为诗歌从劳动时发生，而小说从休息时发生："人在劳动时，既用歌吟以自娱，借它忘却劳苦了，则到休息时，亦必要寻一种事情以消遣闲暇。这种事情，就是彼此谈论故事，而这谈论故事，正就是小说的起源。"② 但是，后来口语文学却不可避免地走向了衰落，本雅明在《讲故事的人》中探讨了这种现象的成因。他说"活生生的，其声可闻、其容可睹的讲故事的人无论如何是踪影难觅了"，而"讲故事这门艺术已是日薄西山"。造成这种现象的一个明显原因是"经验贬值了"。在本雅明看来，讲故事的人主要有两类：一类是远游的水手和商人，他们讲述来自遥远空间的生活经历、异国他乡的奇闻逸事；一类是世代定居的农民，他们讲述来自远古时代的生活经历、祖祖辈辈留下的逸闻趣事。凡是天才的讲故事的人都有一种实用关怀，往往把他们的经验或者是他们从先人那里获得的经验寓于一种伦理观念，或者寓于某种实用建议，或者寓于一条谚语或警句当中。朱光潜先生

---

① 钱穆. 中国传统文化之演进 [M]. 上海：上海人民出版社，1988：1.
② 鲁迅. 中国小说的历史的变迁 [M] //鲁迅. 鲁迅全集（第8卷）. 北京：人民文学出版社，1963：315.

网络文学纵论

则认为诗歌是最早的文学样式："诗歌的起源不但在散文之先，还远在有文字之先。"① 梁启超说："歌谣即为韵文中最早产生者，则其起源自当甚古。质而言之，远在有史以前，半开化时代，一切文学美术作品没有，歌谣便已先有。"② 只不过当时的诗没有文字记载，是原始人口耳相传的口头文学创作。从内容上看，早期的口头文学创作以劳动为主题，带有明显的功利目的和原始宗教意识。句子比较简单，以二言为主。"断竹，续竹，飞土，逐肉。"简短的八个字就表现了从制作工具到狩猎的全过程。这首古歌出自《吴越春秋·勾践阴谋外传》，善射者陈音应对勾践询问时引用了它。沈德潜把它收入《古诗源》，并题名为《弹歌》。从此这首古歌才得以广泛流传。"卿云烂兮，纠缦缦兮。日月光华，旦复旦兮……"这首《卿云歌》是舜大宴群臣百工时的集体唱和之作，其原意是对五帝禅让制度的歌颂，但由于其气象高浑而成为超越流俗的精品。

以上诸种记事反映了文字产生前人类文化以"声音的文化"为主导的特征。无论是故事还是诗歌，其口头传承的特点鲜明。声音的文化具有强烈的群体性及反复性特征。这一点在早期的文字作品中有明显的反映：如《诗经》作品中随处可见的整个段落的反复。再如稍晚出现的以评书为蓝本的章回体"演义"，其在每一回结尾处使用的程式化结束语"欲知后事如何，且听下回分解"原本是评书表演者在表演现场的噱头，目的是刺激听众隔天再来听讲的欲望。可是在形成文字后，这样的功效不复存在，只要时间允许，人们往往能够将整本小说一口气读完。然而有趣的是，尽管"声音的文化"拥有相当程度的随意性和自由度，但是作为文化活动中心的讲述者仍然保有相当大的权威性，就是说在讲述行为过程中，讲述者始终掌握故事情节的进程，即使听讲者希望尽快知道故事的结局也无能为力。可是在"文字的文化"中这种情形消失了，许多人年轻的时候都有过读书先看结局的经验。这也正是罗兰·巴特所主张的"作者之死"的印证。诸如此类我国传统口语文化的代表，同样得到了国际口语文化研究者们的关注。在国外的口承—书写讨论中，来自中国的案例除了《诗经》研究之外，还有当代的扬州评话、苏州弹词与说书等传统说唱艺术，同样提供了口承—书写之间的深层交织与积极互动的关系。美国密苏里大学口头传统研究中心主任约翰·弗里（John Miles Foley）教授在为瑞典汉学家、

---

① 朱光潜. 诗论 [M]. 上海：三联书店，1984：111.
② 梁启超. 古歌谣及乐府 [M] // 梁启超. 中国之美文及其历史. 台湾：中华书局，1956：3.

民俗学家易波德（Vibeke Brdahl）主编的《不朽的故事讲述人：当代中国的口头文学》（*The Eternal Storyteller*：*Oral Literature in Modern China*）作序时，将当代中国的说书艺术进行了"跨文化的并置"，也就是将这种古老而常新的口头艺术纳入了国际口头传统的比较研究框架中。她客观公允地评价了翁氏等人早期的口承—书写二分法的理论预设，认为二元对立的分析模型是通向正确理解并鉴赏口承传统及其多样性的第一步。同时，弗里也指出，口头传统本身打通了口承与书写之间的壁垒，在二者之间假设的"鸿沟"上架设了一道通向正确认识人类表达文化的桥梁。弗里由此再次重申了"传统指涉性"（traditional referentiality）的理论见解，强调了传统本身所具有的阐释力量，提醒我们要去发掘口头传统自身的诗学规律，而不能以一般文学批评的诗学观念来考察口头传统。①

"声音的文化"以松散的形态存在于文字诞生前的人类社会。曾经有人说假设文字出现前就有了录音机或录像机的话，也许文字就没有存在的必要了。诚然此种假设并不成立，可是它却反映了人类更钟情于对事物或信息的直接掌握，这就像婴儿是通过耳朵而不是眼睛学习语言一样。也许正因为如此，"声音的文化"在被"文字的文化"淹没了一段时间之后重新焕发了它的生命力。

（二）文字文化的专制

人们习惯于把文字的方法论，或者说文字文化套用在数字化媒体上。尽管新生的数字化媒体需要在新的方法论的指导下使用，可是人们似乎并不愿意那样做。掌握文字文化就意味着掌握知识，只有遵从文字文化的方法论进行思考才能称为思考，只有遵从文字文化的方法论获得的科学认识才算得上科学的行为，只有教授文字文化才被认为是教育。除此之外不再有其他的方法论值得考虑，因而遵从方法论就意味着遵从文字文化。于是，文字文化不仅仅是读与写的方法论，同时也是思考的方法论、科学认识的方法论。关于文字文化与思考以及科学思考的关系，沃尔特·翁作过如下论述：……表现为声音的语言最初并没有因为书写而退出历史舞台，相反因为书写其价值得以升高。例如对演说而言，正是由于有了书写构成演说的诸要素获得了科学性的"技巧"，按照一定的顺序形成有组织的完整体系，演说也因此获得了各种各样的效果，同时向人们展示了操作方法

---

① 巴莫曲布嫫. 口头传统·书写文化·电子传媒体［J］. 民俗学刊，2003（5）.

以及缘由。但是，作为修辞学的一部分被加以研究的话语或者其他的口头表述，实际上并不是在口头表述进行当中的话语。话语说出口之后再进行研究将一无所获。那么，要想对其进行研究就只有对记录它的文本进行研究。因此，文本通常是在讲话完毕一定时间之后通过记录而形成。像这样，本来通过口头说出来的话语，却是以书写成文本的形式加以研究。[①]翁氏在此对西方传统中只承认书写为学问，只把书写文本作为研究对象的原因作出了解释。

所谓文字文化，就是对声音信号进行分节和符号化以便能够传达现实，并且通过分节和符号化了的语言信号对现实进行再现。为什么是声音呢？因为同大多数动物一样，人与人之间的信息交流除了声音别无选择。虽然肢体语言也能够达到交流的目的，但条件是对方要在离自己很近的地方并且注视着自己，而声音却可以传到远离自己的人那里，并且发声可以引起对方的注意力。声音作为主要的交流手段得以发展。包括人在内的动物正是通过对声音进行分节和符号化才得以再现现实和处理现实。能够使用声音信号意味着具有能动的对待现实的能力。这种声音信号被善于使用工具的、具有系统符号化智慧的人类转换成了文字。通过对声音书写记录，特别是印刷使得语言变成了文字，当文字成为印刷品，成为能够再现、保存以及分析的资料的时候，文字文化就通过文字对声音进行重放，借此对现实进行重放，从而达到理解现实和掌握现实的最终目的。文字文化具备传达现实、了解现实以及把握现实的能力，就像具备了与体力相对的智力所具有的意义。只有借助于文字文化，我们才终于拥有了能够接近具有再现、保存以及分析功能的资料的界面。假设在文字显现其功能的阶段人们有了数码摄像机，那么人们一定会对影像进行分节和符号化，从而使得影像信号得以发展，并且借此发展出同样能够再现、保存和分析的别的"文化"，进而形成别的方法论。然而事实并未如此。

作为象形文字，汉字比字母文字使得人们更加远离了声音的文化。从某种意义上来说，象形文字与声音文化毫不相干，就如同从生理功能上来区分眼睛和耳朵没有联系一样。象形文字以其强势的图像特征引发人的大脑的次级思维，即人必须通过眼睛对表意图像识别之后才能领会文字的含义，而字母文字通过声音的提示引发人的大脑的条件反射般的认识。这种差别直接导致人们对掌握汉字要远远比掌握字母文字更困难。汉字复杂的

① Walter Ong. *Orality and Literacy*：*The Technologizing of the Word* [M]. London：Methuen，1982：29.

构造注定使其成为文字文化专制的重要工具，在汉语言体系当中，声音和文字完全是两回事。汉字所具有的天生的复杂性和神秘感，使得古代的统治者们如获至宝，他们凭借对文字的垄断轻易地掌控人们的言论及思想，盛行于明朝的"八股文"就是很好的例证。统治阶级通过"八股取士"，在最大限度地钳制读书人思想的基础上，达到最终将读书人完全培养成无思躯壳而为己所用的目的。文字，这个原本为人类文明的发展做出重要贡献的文化符号，在这里令人悲哀地成为了阻碍文化昌明、思想进步的屏障。另一方面，由于字母文字掌握起来要容易很多，进而对知识的掌握也更加容易。当然，如果说仅仅因为文字体系的不同造成东西方现代文明发展的差距，则未免肤浅，但是我们不能回避字母文字在知识掌握上较之象形文字更具便利性。中国文学始终没有发展出等同于西方意义上的现代主义阶段，即时间性压倒空间性的阶段，这也许与中国文字的特点有关。象形文字作为一种形象感很强的文字，始终摆脱不了空间感。因此，当代汉语语言的危机可能是双重意义上的：一是这种被新技术强化、扩张了的"空间性现时"对语言的深度意义上的剥蚀，使语言成为一种构形的符号，只能搭建起一座色彩斑斓的迷幻宫殿，读者对这一宫殿的欣赏和消费都是感官的，是一次性的；二是汉语语言经受了传统的断裂，也就是丧失了词语的历史（或者说记忆），象形字本有的空间感因为缺乏历史性的沉积，从而丧失了内在的时间向度，往往成为空洞的能指。历史性就是一种文化归属感，失去了历史性，词语就失去了文化归属感。然而，今天我们所处的数字化时代，新媒体技术凭借其强大的功能性大大削弱了文字的专制，如果鲁迅先生能够泉下有知，恐怕也无需再发出"汉字不灭，中国必亡"的呐喊。

在信息时代，不管哪种文明，所有语言都必须转换成计算机代码才能进入比特世界，才能在数据库中存储，在不同电脑之间进行交流。汉语和西语存在许多重大的区别，这些区别使汉字的编码及输入成为一个让人头疼的问题。经过多年的努力，中文输入法已经比较成熟。但不同的编码和输入法给汉语电脑写作带来了不同影响。前面已经论证，电脑写作对人的思维习惯甚至主体特征都将进行不知不觉的修改和调整。汉语电脑写作无疑会给华人思维方式，进而中华文明的走向产生一场无声无息的地震。其实，不同语言在文字编码方面的差异早在印刷术诞生之时就初见端倪。汉语与拼音文字在印刷术的发展上明显走出了不同的轨迹。我们暂且把汉语的基本符号规定为字，那么按《汉语大字典》所列，常用字和次常用字加起来就有 3500 个了。而西文，如英文，基本符号是字母，26 个字母可以排列组合成所有的单词，进而连成语句。当印刷术最初在唐代开始发展时，汉语只能选择雕版印刷术。当时，虔诚的佛教徒以广制佛像和传播经文来积累"功德"。到元代时，有人开始试着用锡铸成单字。这样的话，至少要有 3000 多个字模才能进行活字印刷。西方人使用的是拼音文字，这使得活字印刷的诞生水到渠成。西方人普遍认为印刷术的发明者是德国人谷登堡。他们这里所说的印刷术，自然不是指雕版印刷，而是指把各个字母的金属印版多次使用的新方法。谷登堡发现整页印刷其实是反复印刷各个字母的累积工作，因而他的所有努力是把每个字母制成多个复制品，在印刷时按需取用。

拼音文字除了能够以 26 个字母为基本符号组成所有单词，还有另一大优势，那就是字母表。有了它，人们才有可能把字母以最简单明确的方式排列起来。而汉字没有字母表。传统汉字字典的编排与发音完全无关。如果某人要在这种字典中找到一个汉字，随便翻开字典后，无论察其音还是观其意，均无法判别应该向前还是向后翻。中国使用汉语拼音后，汉字的排列方便多了。看到某一拼音，便可立刻知道：为了找到所需的汉字应该向前翻还是向后翻。这就是字母表的作用。从信息排列角度讲，汉字其实不是语言的书面符号，而是无声的图形，一个汉字是在二维平面上排列笔画，没有固定顺序可言。部首检字法是将一个图形分为两部分，先数部首的笔画，再数其余部分的笔画。因此，汉字极不便于信息的排列，从字典到大规模的信息库（Database），如电话簿、图书目录等，都包括在内。这是因为信息排列的实质是排列语言，而不是排列无声的图形。洛根（R. K. Logan）说，学习拼音文字不仅可使人们学会读写，而且能用字母表将词汇排列起来，而意识到世界上的事物可以有一定的次序。[1] 这样，在使用拼音文字的国家和地区，打字机的发明和应用自然水到渠成了。比如英文，由 26 个字母和其他符号组成的键盘可以敲出所有的单词。而中文在这方面却一筹莫展，中国人既不能把键盘设计成由五六个笔画组成，更不可能把 3500 多个常用汉字都搬上键盘。当人类文明迈入计算机时代，问题显得更加迫切了。如果不能把汉字简单编码，中国文化就无法进入计算机的比特世界。到今天，汉字的电脑输入已经出现过好几百个方案，但从原理上说，基本可分成拼音输入法和字形输入法两大类。许多来自语言学、教育工作系统及汉字信息处理领域的学者都认为，现在总的趋势是拼

---

① Logan Robert K. *The Alphabet Effect：The Impact of the Phonetic Alphabet on the Development of Western Civilization* [M]. New York：St. Martin's Press，1986.

音输入法越来越普及，而字形输入法除少数捷足先登占据了一定市场而现在还有一定群众基础的之外，绝大部分都将烟消云散，拼音输入法将是未来的发展方向。有学者认为，最终统一市场的一定是一种"以简化汉语拼音为代码"的智能化的方法①。

（三）后文字的文化

"后文字的文化"时代的到来，以数字化媒体的诞生为标志。数字化媒体的出现改善了"文字的文化"单向通行的传播方式，使得久违了的双向互动性得以复活，在诸多方面使得"声音的文化"的方法论得以复归。作为数字化媒体的因特网使得网络使用者能够通过双向互动实现文本交换、共同参与的交流方式。假设即使是原本不具有参与可能性的单一作者的文本，只要被上传到因特网上，就会被引用、改写、修正而导致面目全非。并且，在这样不断被改动的过程中，原始作者的版权意识会逐渐淡化。即使作为原创者坚持对作品表示所有权，网络使用者也会不以为意，将"拿来主义"坚持到底。数字化媒体彻底地动摇了以文字文本为代表的印刷媒体时代的固有观念。对于印刷媒体而言，文本意味着终点，可是对数字化媒体而言，文本却只是起点或者最多算是中转站而已。在数字化媒体看来，文本始终是一个流动的过程，并且该过程没有终点。伴随文字文本的所谓权威、绝对、完全之类的字眼在网络环境当中了无踪迹。而且，对于网络媒体而言，诸如作品的所有权、归属或者版权之类属于"文字的文化"时代的概念变得不能成立。如果写作者坚持对版权或者所有权的要求就只有不把作品上传到网上。数字化媒体在以上诸方面将印刷媒体的方法论还原成"声音的文化"的方法论。

但是，数字化媒体并不是和"声音的文化"具有完全相同的方法论。关于"声音的文化"，沃尔特·翁进提出了一对重要的概念——原生口语文化（primary orality）和次生口语文化（secondary orality）。"所谓原生口语文化就是文字产生之前或文字使用之前的社会文化，包括所谓古今'蛮族'的文化。次生口语文化产生了强烈的群体感，因为听人说话使人形成群体，使人成为真正的听众……不过，次生口语文化产生的群体感大大超过了原生口语文化里那种群体感——这就是麦克卢汉的'地球村'"，"次生口语文化恢复了古代口语文化的一些特征，和电子媒介相比，它的

---

① 郭军. 汉字编码为何不能统一？［N］. 光明日报，1996-4-15.

确是次生的、第二位的；此时的口头交谈只扮演相对次要的角色，不再享有首要的地位。次生口语文化不是真实的会话，而是虚拟的仿真会话，是一种感觉，一种言语—视觉—声觉构建的公共会话，以电影、广播、电视、电话和互联网等为载体的公共会话"。① 结论是：次生口语文化尽管看上去具有原生口语文化的特征，然而事实上其根植于"文字的文化"当中。"电子技术是次生口语文化的技术，次生口语文化不像原生口语文化，原生口语文化是文字和印刷术的前身，次生口语文化则是文字和印刷术的产物，且依靠文字和印刷术。"② 虽然数字化媒体使得久已失去的双向互动性得以复活，但是它并不完全等同于"声音的文化"中的双向互动性，而是和迄今为止的电子媒体一样，数字化媒体同样根植于"文字的文化"，在此的双向互动性不是声音的双向互动性，而是文字文本的双向互动性。因为"声音的文化"的双向互动性限于嗓音和记忆力，最多仅仅停留在为对方击节和随声附和这样局部的、细小的表现上，然而基于"文字的文化"的数字化媒体的双向互动性却使得在更大范围内的、更大规模的共同创作或者写作成为可能。而且，与不存在空间、时间以及心理上的阻隔表现直接的"声音的文化"的双向互动性相比，数字化媒体的双向互动性表现为处于不同时间、空间的个体网络使用者之间的交流。"声音的文化"的双向互动性表现为集体性而且情绪化，而数字化媒体的双向互动性则表现为个体性并趋于理智。

由此，数字化媒体的双向互动性引发的最大的变化在于，诸如讲述者与听讲者、作者与读者、制作者与受众的二元分立虽然继续存在，但其存在形式开始变得模糊。例如，互动式电影、互动式小说，从前完全依赖制作方进行的选择现在需凭借受众的选择得以展开情节。比如 R. L. 斯坦的《鸡皮疙瘩》惊悚系列小说，它不同于普通的书籍那种只可按照从头到尾的顺序阅读，而是书的每一页都会给你多种选择，读者就如同站在一个岔路口，面对着几条不知道会延伸到哪里的道路，选择不同，故事的进程与结果都将不同。

像这样的互动式文本与从前的印刷文本的不同之处在于并不是预先设定好完整的文本，而是根据读者的选择来决定故事情节与文本的构成。并

① ［美］沃尔特·翁. 口语文化与书面文化：语词的技术化 ［M］. 何道宽，译. 北京：北京大学出版社，2008：6.

② ［美］沃尔特·翁. 口语文化与书面文化：语词的技术化 ［M］. 何道宽，译. 北京：北京大学出版社，2008：168.

且这样的作品从始至终并不是线性演进的，这也是称其为互动小说的原因所在。换句话说，从前只有制作方具有的特权现在被受众分享。在这里我们还必须关注台湾的数字文学创作。由姚大钧创作的"电子影像"诗颇为独特。在《妈的！我的〈全唐诗〉掉到太空舱外面了……》这首诗中，"阅读线早已经在文字飘散的同时灰飞烟灭，语言本身所表达的讯息不再重要，因为文字已经被对象化，可以被安排定位、散落一地。这些文字是构图的一部分，他们被上色、摆位，远方的文字甚至小得无法辨识。这首诗的重点在于画面带给人的视觉感受，文字原本表达意义的功能变得破碎且不连续。在飘散的文字中，读者偶尔可以拾取到'花、月、水、晚、风、情'，这几个字构筑了简单的质感，与画面之间形成某种程度的呼应。然而，这首诗已经大幅跳脱了文字范畴之外，逐渐走入了纯粹视觉图像的世界。因此，它其实不是用'阅读'的，而需要被'观看'"①。

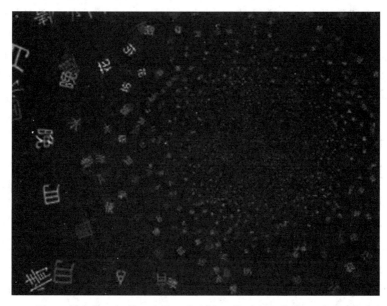

图1 姚大钧《妈的！我的〈全唐诗〉掉到太空舱外面了……》

① 陈征蔚. 文学科技化历程之一：拒绝通电的文字？从诗的创作谈起联合在线数位文化志. 2006.

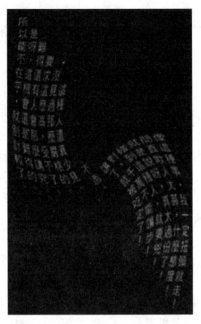

图2 曹志涟《语相十面》第二

图3 米罗·卡索《风车》

另外还有从事数字文学创作多年的诗人米罗·卡索（苏绍连）先生，他的作品已然较为成功地在图像、文字以及计算机技术之间取得了等距的平衡。例如他在《风车》中，将父母、儿女与妻子、家人化为了一架风车，这架风车是会转动的，在运转的同时，甩出了"风"与"云"。远方的旅人，踏在以"路"这个文字所构成的道路上，每当读者点击一次旅人，他就会前进几步，画面右上方同时出现几句诗。纯就构图而言，这首诗虽然仍保留了以文字作画的风格，以文字构成风车、道路，虽然新奇，却也有点儿奇怪。然而，他的作法却更近似于传统的"图像诗"，由文字形成图像，图像构成意境，而意境则呼应了文字的诗句。除此之外，诗人利用计算机让图像全部都动了起来，风车运转，风云飘散，旅人踽踽独行，原本是合家团圆的"家"，如今却风车般回旋，暂无休息。在这首诗里面，图像仅仅是一种表达意象的工具，而真正从深层传达意境的，毕竟还是画面右上角的诗。读者通过鼠标点选，交互式控制着诗句出现的节奏，从而达到了所能够营造的另一种阅读效果——"自动"与"互动"。

关于互动式电影和小说，因其繁杂而琐碎，即便情节设置有趣，仍然为一般受众敬而远之。的确，对于伴随旧媒体成长起来的一代人而言，他们对互动式电影和小说的兴趣有限，可是对于新媒体时代成长起来的小学生们而言，他们的兴趣在慢慢滋长。随着新媒体时代这一代人的成长，互动式电影和小说将会更加普及，市场将会更加广阔，像这样的双向互动性将会离我们越来越近。

人们习惯把适用于旧的事物的方法论强加于新生事物上，就像喜欢用文字的方法论，或者说"文字的文化"套用在数字化媒体上一样。这其中蕴含两方面的含义：一是从旧时代走过来的人们尚不能清楚地认识新的事物所具有的方法论的科学性所在；二是人们往往有习惯于旧规则、依赖于旧规则而不愿意花费精力去学习新事物法则的惰性。可是，在数字化媒体占据主导地位的信息时代，当图像与视频、声音与符号开始大量代替文字说明概念的时候，我们将无法回避这种现实。"后文字的文化"时代，呈现在自然界面前的是一个浑身武装了高度数字化设备的、奉行"声音的文化"游戏规则的"新新人类"。

（四）数字化媒体呼唤新的文化

数字化媒体使得不借助文字，完全依靠声音和影像进行交流成为可能。无需文字即可对声音和影像进行再现、保存以及分析。数字化媒体具有人类的眼睛和耳朵所不具备的捕捉和分析的方法。埃德沃德·迈布里奇（Eadweard Muybridge）拍下了人类史上第一部奔跑的马匹的电影。在他的电影里首次对人类的肉眼无法捕捉到的马的连续动作进行了记录，不借助语言形成了能够再现、储存和分析的资料。今天的影像处理技术完全可以得到比埃德沃德的记录更加精密的影像文本，借此获得的信息量也是间接的、不完全的、文字媒介所无法比拟的。在今天，如果想要传递完整准确的信息，仅仅依靠文字很显然是不够的。如果没有计算机做成的，并且使用计算机来操作的声音和影像文件，信息传递将不充分。或者说，根据题目和内容的不同，与其使用间接性的文字文本，不如使用直接性更强的声音和影像文件来获得更准确的交流。在以往限于技术而无法想象的使用声音及影像文件直接展示的愿望成为了现实。利用计算机对声音和影像进行直接地再现、储存以及分析，进而实行即时交流的结果是，文字文化不再是绝对的、唯一的专制文化形式。计算机将声音和影像文件变成了和文字一样简便的东西。因此，像这样基于声音和影像实行的交流，需要有为了配合创造新的知识体系的新的"文化"。

即便如此，人们仍然不理解新的文化，仍然坚持用旧的方法论来判断数字化媒体的产物。事实上，引起数字化媒体方法论论争的正是文字文化绝对主义。现在的一些研究数字化媒体的研究者基本上都会将其研究成果以著作的形式公之于众。这当然是合乎常理的事情，可是难道他们不是更应该将研究成果以声音和影像文件的形式在互联网上公开吗？何况书籍作为印刷媒体并不能够充分地传达他们的研究成果，印刷媒体并不适合作为他们研究成果的发布载体。尽管如此，人们仍然钟情于使用书籍作为发表成果的载体。这看上去有些滑稽。他们拘泥于书籍的理由是因为至少在现阶段只有以印刷文本形式出现的成果才能成为评价的对象。即使同样为印刷物，著作还是要比杂志论文看上去分量重。与此相反，互联网上上传的内容以及制作成 CD-ROM 形式的业绩并不能成为评价对象。这里当然有许多原因，然而根本原因还是文字文化的专制。由数字化媒体产生的电子文本在许多方面具有文字文化之前的声音文化的特征。例如对于"作品"而言并不属于某个最终固定的作者，在多数情况下常常会遭到被更改及改变的命运。即便如此，电子文本并不属于声音的文化。如果说收音机和电视机属于二次声音文化，那么电子文本可以看做是二次的文字文化。因为它毕竟是以文字文化为基础的，是通过对文字进行二次建模产生的，也就是说是二次的文字文化。所以，与初次的文字相对照，这种二次的文字的方法论的意义显而易见。现在关于互联网上的电子文本是否可以作为学术资料加以引用尚无明确的规定。从具体技术环节上说，由于文本格式的不同，电子文本很难实现规范的页码。退一步说，就算没有页码也可以，可是电子文本无法指定范畴。对于电子文本而言，整个网站是最小的范畴。

并且，引用的网站不可能在较长一段时期毫无变化，即使网站没有变化，网页文本也不可能原封不动，所以引用了网页的内容经过一段时期之后很难参照核对。这些都是导致网页文本不被传统学术界认可的原因。即使是颇具学术价值的文献，如果不能作参考资料也将变得毫无意义。这也导致互联网上数量巨大的信息资源因不能作为参考资料而变成没有价值的信息。如果想要让这些电子文本成为具有学术价值的文献，就只有把它们多打印几部装订成册，寄赠到图书馆以便保存。只有这样，电子文本才能够以固定的，有行数、页码的形式呈现在读者面前，成为图书馆里可供参考引用的文献。很显然这样做没有意义。不辞辛苦地将具有众多长处的电子文本还原成原始的墨水与纸张当然没有意义。但是，即使是像这样的权宜之计也仅仅对文字的电子文本有作用。而数字化媒体除了文字文本之外，还有声音和影像文本。尤其是影像文本当中的动画已经大大超出了传统学术论文可以接受的范围。要么改变学术论文的方法论，要么在互联网上开设只上传固定不变的电子文本的网站。只有到了数字化媒体上发表的研究业绩被认可的那一天，这个问题才会得到解决。

尽管数字化媒体能够对具有研究价值的，高精度的声音、影像及文字文本进行记录、储存以及再现，然而由于与文字文化的方法论相悖，并不能充分发挥声音与影像文本的功能，就连文字文本也受到极大的制约。数字化媒体所具有的前所未有的高性能、多功能以及由此带来的好处，在现行方法论体系当中无法得到充分的发挥。那么，我们不仅要产生疑问：究竟为什么要推行数字化？科技进步的目的何在呢？显而易见，文字媒体与数字化媒体正发生着有关方法论之争。这样的论争完全来自人们对文字文化没有深刻的认识。所谓文字只不过是供人类使用的媒介之一而已，人们必须认识到识字并不代表你具有高级的智慧。今天，我们在很多场合使用和文字文本具有同样精度的声音和影像文本。因此，在这里我们需要和文字文化同样重要的新的文化。如果不能认识到这一点，即便媒体技术再进步、数字技术再进步，同样会因受到文字文化的阻碍而无法看清问题的本来面目。尽管如此，我们并不否认文字文化与数字化媒介的互补性。文字文化在对于对象的一般性把握、本质性把握及直接的普遍性分类方面具有其他性质文化无法取代的优势，而它在具体化、连续化、生存化地记录与建构世界方面则不如声音和影像。数字化媒体呼唤新的方法论始终是建立在汲取既有方法论中的优势的基础上。

第二章

数字化媒体与文学理论

一、网络环境下文学何为

基于电子技术的网络媒体为文学提供了全新的载体。当作为纯粹精神活动的文学被放置到技术特征明显的网络视域下，文学的存在方式是否发生了变化，发生了如何的变化，都将成为值得关注的问题。

（一）麦克卢汉的媒介论

自从加拿大传播学大师马歇尔·麦克卢汉提出了以"媒介即讯息"这一著名论断为代表的一系列媒介理论之后，在接下来的半个多世纪的时间里，对于麦克卢汉颇具预言性的论说，传播学乃至整个人文科学界始终处于见仁见智的论争之中。从其论著面世初期遭受的冷遇与怀疑，到之后的风靡一时，在交替着平静与喧嚣的戏剧性的论争过程中，麦克卢汉的媒介论却愈发清晰地呈现在广大受众面前。那么麦克卢汉究竟是"出尽风头，自我陶醉，赶时髦，追风潮，迎合新潮"的猖狂者，还是"货真价实的——自牛顿、达尔文、弗洛伊德、爱因斯坦和巴甫洛夫以来——最重要的思想家"呢？时间到了 20 世纪最后的 10 年，随着网络媒体勃兴给现代社会带来的深远影响，麦克卢汉深邃独到的预见性论断所闪耀出的智慧之光再一次照耀了传媒领域。究其原因，是因为那些在 20 世纪中叶被视为梦呓般的预言得到了现实的印证。

2006 年年底发生了两件意味深长的事件。一是互联网使用者成为美国《时代》周刊 2006 年年度人物。这一不同寻常的事件说明 2006 年年度人物是我们中的每一个人——每一个信息时代的掌握者（You Control the Information Age）。《时代》周刊对此解释说，社会正从机构向个人过渡，个人正在成为"新数字时代民主社会"的公民。《时代》周刊执行总编辑施滕格尔对此作了进一步说明："如果你选择一个人为年度人物，你必须得给出他是如何影响数百万人生活的理由。但是如果你选择数百万人为年度人物，你就用不着给出理由了。"的确，当新数字技术将数以亿计的个人通过网络联结为一个整体的时候，它完全有资格成为一个时代的代言人。这也许就是麦克卢汉笔下的"地球村（Global Village）"的现实写照。二是北京时间 12 月 26 日晚，这一天正是西方的圣诞节。台湾近海发生地震造成海底光缆断裂，中国大陆地区联系外部的互联网络发生错乱：MSN 拒绝登录，Live.com 国外域名的网站显示空白，微软、yahoo 等邮箱不能打开。在北京一家报社工作的张先生这样描述了网络中断之后报社内部的情形：平日里同事之间都以 MSN 为主要联系方式，即使是背靠背的同事，"说话"也是通过网络。MSN 的突然失灵，使得偌大一个办公室里互相叫唤的吼声淹没了一切。同在一个楼层的吼吼就行，有的同事还需要楼上楼下地找人，可真是锻炼了身体！① 这种听起来颇觉轻松滑稽的表述，恰恰揭示了一个严肃的事实：一场地震引发的光缆中断，其影响已经大大超出了网络本身，随之而来的电信、商务交易、股市、金融等方面的负面效应像"多米诺骨牌"一样迅速蔓延到了社会生活的方方面面。当网络已经不再是单纯的技术范畴，而成为与经济生活息息相关的一种经济元素，其运行稳定与否将直接影响社会经济的发展。

网络文学纵论

① 徐春柳，白杰戈. 断网之后 ［N］. 新京报，2006-12-29.

1. 媒介即讯息——数字化媒体引领传播方式的回归

1964 年，麦克卢汉的惊世之作《理解媒介》问世。在这部著作的开篇麦克卢汉便提出了他的标志性论断"媒介即讯息"。针对这样一句颇令人费解的文化警句，麦克卢汉曾经作出过解释："由于媒介对人无所不在的影响，媒介本身成了讯息……实际上，媒介作用于每一种感知的比率，渗透进去，塑造它，改变它。"① 这个观点的提出是为了说明媒介本身才是真正的讯息，也就是说，人类有了某种媒介才可能从事与之相应的传播或其他社会活动。因此，真正有意义的讯息不是各个时代的传播内容，而是这个时代所使用的传播工具的性质，以及它所带来的可能性和造成的社会后果。

2006 年 11 月，中国数字报业战略与实践高层研讨会在北京召开。解放日报报业集团社长尹明华在谈到新时期报纸和读者的关系时作了如下的阐述："报纸和读者的关系限度和黏度，在非多元化的社会里，是牢固的，不易破损的。但是在当下，这种限度也有很大的不确定性，黏度随时会被割裂，或会被肢解，报纸读者群很可能为他人培养。但是这种不确定可以被数字化战略化解，数字化帮助我们增强需求的黏度，可以根据个性定制产品……今后，这种服务将更加困难，但是数字化战略可以帮助我们，数字化战略要清醒地规划新媒体和传统媒体，发展不同路径和阶段，认清方位坐标，找准方向。"从以上的谈话中我们可以很明确地得出一个结论：数字化媒体将在传统媒体的变革中充当具有战略意义的重要角色。值得注意的是这种变革正在快速地发生着：《纽约时报》公司研制的识报器可以对浏览的文章进行评阅，从而戏剧性地改变了报纸和读者之间的关系；哥伦比亚报纸已经通过传媒显示器为读者提供全球 300 多张报纸的阅读和下载服务，读者可以将自己感兴趣的信息下载到电脑中进行离线阅读；英国美伦电讯网站向读者出售阅读服务的收入已经占到总收入的 1/3；而在我国几乎所有市级以上的报纸都拥有自己的电子版，这些也是构成报业集团网站的主要内容。诚如麦克卢汉所说，数字化媒体正在凭借它的独特的技术属性改变着类似报纸这样的纸媒介传播信息的方式，更进一步说，正在改变着人类传播信息的方式。

如果有人认为报纸的电子版化并不能说明人类社会信息传播方式发生了根本性的变革，那么我们来考察一下一个绝对具有代表意义的数字化媒

---

① 弗兰克•秦格龙. 麦克卢汉精粹 [M]. 南京：南京大学出版社，2000：361.

体——手机，看看它是如何颠覆传统信息传播方式的。按照美国学者马克·波斯特的说法；手机无疑应该成为他所说的"第二媒介时代"的代表性媒介。马克·波斯特认为，只有进入互联网时代才是"二媒时代"：第一媒介时代是由文化精英、知识分子主导的自上而下的文化传播和发布；而第二媒介时代则是"双向的去中心化的交流"。它是大众文化的一次狂欢，这一点与尼葛洛庞帝所指出的数字化生存的四个特征之一的"分散权力"① 有着异曲同工之处。无线网络的普及化，使得每个人在成为信息使用者的同时，更是信息的制造者。手机的无线网络传播技术同样经历了技术进步的过程：由最初的"大哥大"、模拟手机、数字手机、单色手机、彩屏手机，再到拍照手机以及智能手机的过渡（当然这一进步的过程并没有完结），为我们充分展示了新技术状态下日新月异的"信息方式"。也许那些专业的研发人员也未曾预见到手机的技术更新会如此迅速，从2G 到 2.5G 再到 3G 的进程只有短短的数年而已。2005 年 3 月，随着 3G 门户网（http：//wap.3g.net.cn）的建立，仿佛一夜之间我们就可以在手机上进行文字阅读、声音传播、影像沟通，实现快速地参与和互动，这意味着手机媒体时代已来临，一个新媒体正在冉冉升起。它集中了以往纸质媒体、广播媒体、电视媒体、网络媒体的所有优点，而且具有无线网络媒体传输的随时、随地、随身的新特征。

于是，人们传递与接收信息的方式发生改变就成为自然而然的事情了。如果说"第一媒介时代"之前的信息传播方式表现为"人对人的直接传播"，比如有线电话，那么到了"第二媒介时代"，传播的主要方式随着网络媒体的兴起而表现为"人与电脑的交流"。可是，随着后网络时代 3G 手机的普及，人与人之间的信息传播方式发生了有趣的变化，那就是人类凭借新技术找回了从前的"人对人直接传播"的信息方式。麦克卢汉媒介论从宏观上作出了准确的预言。新媒介凭借其强大的功能具有了话语权，同时势必形成在传播领域的新尺度。最新近的事例是 2006 年 12 月，CCTV 手机电视合作签约、开通仪式在中央电视台隆重举行。CCTV 联手中国移动、中国联通两大移动通讯运营商，共同启动开通了 CCTV 手机电视业务。据统计，中国的手机用户目前已达到 4.43 亿。随着手机的业务形态和功能的不断拓展，特别是与互联网、广播电视的结合，使手机发展成为多媒体的信息终端成为可能。中央电视台作为中国电视领域的龙

网络文学纵论

---

① ［美］尼葛洛庞帝. 数字化生存［M］. 胡泳，范海燕，译. 海口：海南出版社，1997：269.

头，与中国移动、中国联通两大无线通讯业务运营商共同合作推出手机电视业务，必将对新媒体产业产生深远影响。如果说无线网络技术的成熟给传统媒体带来的打击是毁灭性的还为时尚早，可是我们从 CCTV 主动出手的姿态中不难看出，面对无线网络媒体的山雨欲来，作为传统媒体的代言人的中央电视台正在以积极主动的姿态来争取不陷入被动局面当中。可以想象，当成熟的无线网络技术以廉价、稳定的服务占领媒体市场之后，将会有相当数量的传统媒体，包括平面媒体以及广播电视，对信息消费者而言会成为可有可无的商品。"事实证明，麦克卢汉关于'媒介即讯息'的论点含义深刻，在信息高速公路建设的浪潮席卷全球的今天倍显出其指导意义。"①

　　2. 热媒介、冷媒介——新技术环境下的冷热转换

　　在麦克卢汉的媒介论里面，他将媒介分为热媒介和冷媒介。定义二者的理论依据如下：热媒介通常传递的信息明确清晰，接受者无须动员更多的感官和思维活动就能理解，它本身就是"热的"，如照片、广播、电影等，需要受众参与其中的程度低；与此相反，冷媒介通常提供给受众的讯息模糊、不充分，需要受众予以补充、联想，受众参与其中的程度高，如漫画、电视、电话等。很显然，麦克卢汉的冷热媒介论自其提出伊始，便打上了时代技术背景的深深烙印。并且由于其理论依据无法与实际媒介一一对号入座，这一理论所表现出的牵强性和模糊性，从一开始便受到学界的质疑。然而，如果将此冷热媒介论置于麦克卢汉媒介论的整个理论背景中来考察，特别是从其高屋建瓴的宏观理论构建来看，则对于其作为一个英美文学研究者先天缺乏科学实证性和推理严密性的理论瑕疵，应当情有可原。即便麦克卢汉具有如此深邃的洞察力，对电子媒介的发展在大方向上作出了正确的预言，但是他仍然无法对电子媒介的技术性进步作出精确的判断，当然这一点就连具体从事电子技术研发的工程师们对于技术发展的未来一样无法发表确切的判断。

　　麦克卢汉说："我们借电影把真实的世界卷在拷贝上，以便像会飞的魔毯似的把世界重放出来。电影是老式的机械技术和新兴的电力世界最令人叹为观止的结合。"② 囿于时代技术水平，麦克卢汉对"电影是拷贝盘上的世界"这一认识是再合理不过的事情。然而，随着电子技术的飞速发

---

　　① 张咏华. 新形势下对麦克卢汉媒介理论的再认识 [J]. 现代传播，2001 (1)：33-39.

　　② ［加］马歇尔·麦克卢汉. 理解媒介 [M]. 何道宽，译. 北京：商务印书馆，2000：33.

展，当数字技术能够成熟地应用到生产当中，电影工业不可避免地发生了本质上的改变。这一改变的标志就是数字电影的诞生。数字电影包含了电影制作、发行方式及放映、传输方式上的全面数字化。与传统的拷贝电影相比，数字电影最大的区别是不再以胶片为载体、以拷贝为发行方式，而换之以数字形式通过网络或卫星直接传送到影院、家庭等终端用户。如果说诞生于 20 世纪 80 年代的数字电影终将取代传统胶片电影还为时尚早的话，那么我们从其诞生之后给传统电影带来的冲击应该可以获得某种强烈的预感。事实上，上世纪末好莱坞的一些著名影片当中都大量使用到了数字技术。影片《拯救大兵瑞恩》中通过数字化技术，仅用 200 人就完成了对第二次世界大战时有数万人参加的诺曼底登陆的演绎；《泰坦尼克号》中为了逼真地再现巨型豪华游轮，光是视频特技部分的花费就达到 2500 万美元；还有《侏罗纪公园》里身手敏捷的速龙等一系列深入人心的银幕形象，都得以借助数字技术完美地呈现在观众面前。

  技术的进步首先反映在生产方式的进步上，而当此技术成熟之后，它对人类思维方式的潜在影响就会逐步显现出来。麦克卢汉认为传统的电影"不仅是机械主义的最高表现，而且它提供的是最具有魔力的消费品，即梦幻"。在麦克卢汉的眼里，传统的胶片电影已经是具有高清晰度的媒介了。但是数字电影的色彩更加鲜明、饱满，清晰度更高。如果将无声电影向有声电影的转变称为第一次电影革命，黑白电影向彩色电影的转变称为第二次电影革命，那么胶片电影向数字电影的转变无疑应当被看做是第三次电影革命。而当第三次革命浪潮来临时，电影这一热媒介将会给我们提供愈加美轮美奂的梦境。借助像素、比特之类的数字元素，数字电影能够把观众带到那些匪夷所思的虚拟空间里面，面对完美的、活灵活现的虚拟世界，我们的逻辑思维和清醒意识显得不堪一击。正如清华大学教授尹鸿所说的："因为人物关系被高度简化了。它基本上是按照一个游戏程序设计的，然后把一个游戏程序设计好的人物放在一个游戏的假定空间里边去战争、去搏斗。但是人和人之间的关系已经变得情感含量越来越低，而且故事的叙事本身的精巧度也越来越小，变得越来越程序化。"① 这段话也许从一个侧面诠释了麦克卢汉"机械新娘"的理论：人类自己动手实现的工业化反过来改变了人类自身，情感和人性在冰冷的机械面前逐步退化，功能先进的标准化模式为人类微妙纤细的情感戴上了"路易十四的铁面

---

  ① 刘莉. 数字化技术引入电影到底给我们带来什么？［OL］. 科技日报电子版，2006-7-25.

具"。对数字化电影而言，数字化技术所造成的影像奇观，尽管无法改变我们对一个世界的真实感受，但是它却已经改变了传统电影艺术真实的最终意义。难怪英国电影大师彼得·格林纳韦会发出一声观点极端的叹息——"旧的电影已经死亡"。

如果说作为热媒介代表的电影在今天仍然延续了麦克卢汉的媒介论的话，那么我们再来看看冷媒介的代表——电视——的情况是怎样的吧。麦克卢汉之所以将电视视为冷媒介，是因为"电视媒介具有清晰度很低的、使人深度介入的特性"，"电视图像每秒轰击收视者的光点约有 300 万之多。从这么多光点中，他只能每一刹那接收几十个光点，他只能靠着少数的光点去构成一个图像。电影图像每秒钟提供的光点超过电视的光点，数以百万计，看电影的人不用急剧缩减光点的数目也可以构成影像"。① 诚如麦克卢汉所言，20 世纪 80 年代之前的电视与电影比起来从影像清晰度方面来说相去甚远。于是，1972 年向来在技术上精益求精的日本人开始致力于在他们眼中的下一代电视的研发工作，他们称之为高清晰电视（Hi-Vision）。高清晰电视追求更高的分辨率，以求达到电视画面的更高清晰度，也就是追求家庭影院的视听效果。然而，日本人投入了巨大数量的金钱和时间用以研发高清晰电视，结果却面临一个尴尬的处境——当数字化媒体在 20 世纪 90 年代开始占据媒体技术主流的形势下，基于模拟技术的高清晰电视从其一出生就注定要面临夭折的命运。尼葛洛庞帝在 1992 年见到日本首相宫泽喜一时说："高清晰电视没有前途。"② 虽然当时日本首相感到极度惊诧，然而很快尼葛洛庞帝的话就得到了验证。在上世纪 90 年代初短短的数月之内，美国所有关于高清晰度电视的提议都改弦易辙，从使用模拟技术转为使用数字技术。接下来当宽带网络技术得以普及之后，传统的电视遭受到巨大的冲击。"英国电信标准制定机构 Ofcom 近日公布的一项全球性调查结果显示，随着宽带接入普及率的提高以及网上视频内容的日渐丰富，全球传统电视观众群呈下降趋势，原因是越来越多的年轻人更喜欢通过互联网来获取信息。调查还显示，七成以上中国网民喜欢通过宽带收看音乐及其他电视节目，居全球之首。"③ 网

① ［加］马歇尔·麦克卢汉. 理解媒介 ［M］. 何道宽，译. 北京：商务印书馆，2000：350、386.

② ［美］尼葛洛庞帝. 数字化生存 ［M］. 胡泳，范海燕，译. 海口：海南出版社，1997 年：54.

③ 艾瑞市场咨询公司网站. ［2006-12］. http：//www.iresearch.com.cn.

络媒介正在迅速地整合传统媒介，电视亦不例外。虽然在麦克卢汉的电子技术论里面暗示了网络的到来，但是对于像电视这样的电子巨人会在网络面前显得无助的情形，是麦克卢汉始料未及的。正是网络所具有的互动性使得电视这个"羞怯的巨人"变得外向起来，使得从来只扮演单方向讯息传播者角色的电视开始积极地与受众互动起来。这一点正是今天基于网络技术下的电视系统的最重要的特征。与今天的网络电视相比，传统的电视属于单一属性的媒介，网络媒体则是多元的、集中整合式的。仅仅从网络电视的视频直播画面来看，它的清晰度尚不能与传统的电视画面相比，但是网络所提供给使用者的丰富的同步资讯、便捷的即时互动参与等数字化媒介元素在传统电视那里是无法实现的。更重要的是，类似于视频直播画面清晰度低这样的技术问题，对于今天高速发展的科学技术而言只是一个小小的障碍。

3. 地球村——变换在真实与虚拟之间的世界

麦克卢汉认为，以电报的出现为标志的电子媒介时代是"重新部落化"的时代。电子媒介帮助人类再次回归部落状态。"地球村"的人再次让所有感官和谐发展，共同拥抱新的媒介环境。麦克卢汉发现，在电子时代，人的感官的延伸不再仅仅是物理层面的事情，媒介技术让人的神经中枢外化，人的思想也被延伸到媒介技术创造的信息系统中。在人类整个融入媒介技术主宰的信息系统中的时代，我们把媒介穿在了皮肤上，我们又回到了没有中心、没有边缘的部落时代，一个平等、自由交流的部落时代重新回到了人类社会中。在这里，人拥有一个圆形的空间、一个领域，而不是线形模式上的一个点。人在这里完整而和谐地发展着各种感官，享受感官平衡发展的文化。"我们今天可以回头看 3000 年中不同程度的视觉化、原子化和机械化。我们终于认识到，机械时代是两个伟大的、有机的文化时代之间的插曲。"①

麦克卢汉的"地球村"理论应该包含两方面的内容：一方面，在电子传播时代，生活在地球村的整个人类合为一体，部分与整体相互依存、相互影响。传播媒介在此过程里起着决定性的作用。麦克卢汉认为，这种变化使民族、国家等概念瓦解和重构。"地球村"里民族和国家不再具有空间上的界限，因为"地球村"消除了时间和空间。"地球村"里的人类面对的是全球责任，而不再是自家门前的那小片菜地。麦克卢汉指出，在电

① 弗兰克·秦格龙. 麦克卢汉精粹［M］. 南京：南京大学出版社，2000：370.

子技术塑造的时代，人们对整体合一的需求就是对人类整体无限和谐的追求。而另一方面，在麦克卢汉看来，"地球村"的主要含义不是指发达的传媒使地球变小了，而是指人们的交往方式以及人的社会和文化形态的重大变化。交通工具的发达曾经使地球上的原有"村落"都市化，人与人的直接交往被迫中断，由直接的、口语化的交往变成了非直接的、文字化的交往。而电子媒介又实施着反都市化，即"重新村落化"，消解城市的集权，使人在交往方式上重新回到个人对个人的交往。"城市不复存在，唯有作为吸引游客的文化幽灵。任何公路边的小饭店加上它的电视、报纸和杂志，都可以和纽约、巴黎一样，具有天下在此的国际性。"① 这种新兴的感知模式将人类带入了一种极其融洽的环境之中，消除了地域的界限、文化的差异，把人类大家庭结为一体，开创永恒的和谐与和平。旧的价值体系已经崩溃，新的体系正在建立，一个人人参与的新型的、整合的地球村即将产生。事实上，这种地球村已经产生。正如麦克卢汉引用的叶芝的话："看得见的世界不再是真实，看不见的世界不再是梦想。"

我们今天所处的"地球村"是介于真实与虚拟之间的世界。说其真实，是因为海底深处的一条条光缆将远隔大洋两端的大陆真实地连接在一起；说其虚拟，是因为我们每天淹没在讯息的洪水之中，而部分讯息本身所具有的不确定性和无法检验性使得作为信息接受者的个体始终处在茫然的情境当中。一个有说服力的例子便是当我们日常生活中习惯使用并形成依赖的网络一旦发生故障，我们便会即刻陷入茫然不知所措的窘境，于是我们恍然发现自己原来是在依赖一个原本脆弱的虚拟环境。正因为它提供给你的是比特，而不是原子，所以当你以为拥有它的时候你就会拥有世界，而当你失去它的时候，你会发现其实你一无所有。麦克卢汉理论的潜台词在告诉我们：国家的角色将会有戏剧性的转变，未来将越来越没有国家发展的空间。与此相反，电脑空间则不然。每台机器之间的距离都一样，除了地球本身的范畴之外，电脑空间完全没有物理边界。因为数字世界全球化的特质将会逐渐腐蚀过去的边界。

从某种意义上来说，托马斯·弗里德曼可以算是麦克卢汉媒体论的继往开来者。弗里德曼于2005年出版了年度畅销书《地球是平的》。谈到自己的理论与麦克卢汉的"地球村"的相关性时，弗里德曼说道："是的，'地球村'早就有了，我不是倡导者。我只是试图把我看到的事实传递给

---

① ［美］保罗·莱文森. 数字麦克卢汉——信息化新纪元指南［M］. 北京：社会科学文献出版社，2001：118.

大众，让人们看到全球化已经发展到什么程度，加深人们对全球化现状的理解。阻止一些全球化可能存在的坏处发生。"① 弗里德曼将人类进入 21 世纪后的时代称为"全球化 3.0 时代"。弗里德曼说，公元 2000 年左右，电邮、Google 之类的搜索引擎，"创造出一个平台，可以从任何一个角落传送智慧产品、智慧资本。它可以拆解、递送、散发、生产，再重新组合"，"个人的力量大增，不但能直接进行全球合作，也能参与全球竞逐，利器即是软件，是各式各样的电脑程序，加上全球光纤网络的问世，使天涯若比邻"。在他看来，如果哥伦布能够在几个世纪后得以重生，他能够发现的新大陆将不会是美洲，也不会是印度，而必将是由海底光缆、路由器、卫星、通信基站、计算机和手机交织而成的互联网世界。哥伦布通过航海发现，地球是圆的；弗里德曼则通过自己在全球化进程中的鲜活体验告诉我们，世界是平的。

作为一个技术决定论者，麦克卢汉媒介论不可避免地忽略了人类作用于技术的能动性。如果从今天美国所处的单一超级大国的国际形势来看，寄托着麦克卢汉美好愿望的"地球村"确确实实是一个技术的乌托邦。即使发源于美国的互联网带给整个世界一种表面上的平等共生，但是当国家利益发生冲突的时候，例如战争，掌握信息源的一方会毫不犹豫地确立单极中心，进而打破虚拟的均衡。直到 2005 年，美国商务部都坚持保留对互联网域名根服务器（root server）的监控权，这一做法的隐含信息是：美国将始终掌握全球互联网的最终控制权。正因为如此，为了最大限度地保护网络信息安全，2006 年 12 月，中国网通集团与美国威瑞信公司达成协议，开通了根域名中国镜像服务器，今后中国网民访问 .com 以及 .net 网站时，域名解析将不再由设置在境外的域名服务器提供服务，长期以来在中国访问 .com 以及 .net 网站的安全性问题借此得到了保障，上网速度也将会得到提升。然而这一切显然停留在改善的层面上，而非根本解决。

综上所述，麦克卢汉汲取加拿大学者哈罗德·英尼斯的媒介论精髓，提出了一系列具有开创性的论断。考察其所处时代的技术环境，则其理论无疑具有预言般的超前性。而当技术的发展给社会带来的变化与麦克卢汉的预言不谋而合时，我们仍然不免为他充满灵性的理论修养以及高瞻远瞩的预见功力而叹服。21 世纪的人类社会较之麦克卢汉的预想来得愈加纷繁复杂，科学技术的进步极大地超出了个人脑力所限。正因为如此，当我

---

① 秦珊. 我也曾为全球化沮丧 ［J］. IT 时代周刊，2006-12-8.

们重新检视麦克卢汉预言的时候，更加体会到理论先行者们带给我们这个社会的非物质生产力的重要性。

（二）超文本与文学理论

乔治·兰道在确立其第一线计算机文学理论家地位的专著《超文本》中写道：如果计算机软件设计者仔细研读《论文字学》的话，他们一定会与数字化了的、超文本化了的德里达不期而遇；如果文学理论家仔细研读《文学机器》的话，他们一定会与作为解构学者或者称后结构主义者的纳尔逊相遇。能够获得如此具有冲击效应的发现的原因在于，最近的数十年，两个表面上看起来毫无关系的研究领域——文学理论和计算机超文本——走得愈来愈近。文学理论家和计算机理论家们令人吃惊地显示出他们之间的共同兴趣。①兰道同时指出，近年文学理论和计算机科学在不断地接近，应当关注的一点是，并不是文学理论单方面地向计算机科学靠近，计算机科研人员也在向文学理论接近。引文中提到的纳尔逊就是上世纪 60 年代最初使用了"超文本"一词的赛道尔·H·纳尔逊。大致来说，纳尔逊是一位计算机科学家和信息科学家。在这样一种接近的过程中，既非文学理论亦非计算机科学，而是双方不约而同地开始讨论同一个问题，或者说所讨论的问题越来越接近。

且不说计算机科学，至少文学理论这方面是受到了电子媒体超文本的吸引。借用兰道的话说就是"超文本几乎令人脸红地、如实地"将最近的文学理论具象化了，超文本如实反映的其中之一就是作者的虚构。在文字文本的作者（author）一词的语源里面含有造世主的意思，而将作品比喻成世界。既然从无到有谓之创造，那么被看做是创造出来的世界的作品就应该是与既存的任何作品都不同的。作者的原始创作，或者说在作品的世界里，一切由具有神一般绝对权威的作者来决定。因此，作品能够反映出创作者的本来面目，寻找创造者的印记就是对那个世界构成的了解、对创作的秘密的探寻，那么对于迄今为止的文学研究以作者研究为中心的现象也就不难理解。然而，兰道认为随着文学作品电子文本化的加强，文学研究将从以作者为中心向以文章为中心转变。实际上，近年的文学理论一直以不同的措辞和表现反复强调，在文字文本当中，作为文章的创世主和权威的作者不过是一种虚构而已。无论是沃尔夫冈·伊塞尔的读书行为论，

---

① Landow George P. *Hypertext*：*The Convergence of Contemporary Critical Theory and Technology* ［M］. Baltimore：Johns Hopkins Univ. Pr.，1992：2.

还是雅克·德里达的解构论，还是罗兰·巴特的《S/Z》都主张作者是一种虚构，取而代之的主体乃是读者的文学理论。而利用超文本可以在网络空间对这样一些文学理论进行实际的验证。作为一个例子，我们来看看伊塞尔的读书行为论。在读书行为当中对抽象的文字文本进行客观而具体的把握是困难的，但是对于电子媒体而言，读书行为成为了一种在电子文本当中对超文本以及其他的参照系统和支援系统进行利用的具体行为。而且，由于可以简单快速地进行参照或是其他的操作，读者绝不会处于被动，相反会做出积极的行动，甚至有时会暂时抛开文章正文和话题，做一些兴致勃勃的漫游。至于读者会做怎样的漫游，以及在漫游中会获得怎样的信息，作者一概无法预测。而且，由于他们从文章中获得的东西是从这样一些作者无法预测的过程当中得到的，那么对于熟练掌握读书行为能动性的读者来说，他们最终获得的信息总量将会大于原文。这种漫游正好显示了德里达的后结构主义的中心概念——脱离中心是怎么一回事。使用数字化媒体的时候常常会经历这样一种体验，即越是想要详细查询什么就越是会快速地远离要查询的事物。读到有关内容的记述，为了更详细地了解它而进入超文本的一个链接，并且进而进入另一个相关链接，这样一步步地离最初的中心越走越远。同一内容的中心解体成数个含有解说文字的超文本，这些超文本再解体成另外一些超文本，由最初的中心无限大地扩散出去。越是想接近事物的中心就越会离它而去。同样的情况在以文字形式印刷的字典身上也会发生。不过数字化媒体进行参照的速度更快，操作起来更简单，造成这种脱离中心的现象经常戏剧性地发生。

也许我们都曾有过如下的经验：我手头有一张光盘百科全书，叫做Encarta 96。里面有 30 大卷的文字，加上大量的图片、音乐、电影等多媒体材料，制作非常精美，令人眼花缭乱。有一次，我在上面查阅"小说"这个条目，发现内容相当丰富，本身就是一篇挺长的文章。在这篇文章中，有许多粉红色的关键词，例如"史诗"、"罗曼司"、"文艺复兴"、"薄伽丘"等，相当于传统书籍中需要加注的术语、人物、事件。但是，在 Encarta 96 中，注解并不出现在书的角落或结尾处。我用鼠标点一点"罗曼司"，发现自己就立刻跳转到了另外一篇文章，而且又有许多粉红色的词散布其间："中世纪"、"罗曼司语言"、"亚瑟王"、"圣杯"、"贵族之爱"。因为想搞清楚"贵族之爱"到底是怎么回事，更因为鼠标点起来实在又方便又好玩，我来到了《贵族之爱》这篇文章。从"贵族之爱"我又跳到了"封建制"。"封建制"里面有一个奇怪的粉红色的词"Samurai"，忍不住又要用鼠标去点一下，于是知道那是日本武士的意思。在 Samurai

这篇文章里，又看到一个很有特色的词"Harakiri"，虽然心里已经猜到了八九分，但还是想证实一下，于是又点了一下。不错，正是"切腹自杀"。你看，从"小说"出发，最后却闹了个"切腹自杀"。我每次使用 Encarta 96 都难以逃脱这样的厄运，它像一个极为健谈的人那样，总是离题万里，越扯越远。①

Encarta 96 把结构主义的"文本间性"（intertextuality）发挥到淋漓尽致的地步，文章与文章之间的界线被摧毁殆尽。在传统的文章当中，相对正文而言，脚注、尾注等只拥有仆从的"边缘"身份，德里达便曾经致力于对这种"中心—边缘"关系的颠覆。然而，在超文本当中，中心烟消云散，脚注、尾注们摇身一变升格为正文。在这样一种文本的乌托邦中，一切要素都平等相处。超文本使用者可以像风一样自由地在无数的文本之间穿行，而不必再像过去那样只有乘坐有固定路线与停靠站的班车。阅读不再是一种不可逆的线性的历史过程，而变成了交互指涉的快乐游戏。这种阅读具有一种非时间化的意识流的结构，仿佛电影里的蒙太奇镜头。这是一幅全面解构的图景。事实上，Encarta 96 已升级为 Encarta 2000，一个将多媒体与万维网络（WWW）紧密结合的范例，将不定性扩展到了世界的每一个角落。

除此之外，电子文本的使用者往往具有一边阅读文章一边对其进行加工和改写以便为己所用的习惯。他们常常一边准备好用于保存和加工的两种文本，一边开始阅读或者称为共同创作的行为。在这样一个解构—重构的文本处理与创制过程中，用于保存的文本通常只用来阅读，或者为了当共同创作有必要从头做起之时而事先准备好。而用于加工的文本则作为他们阅读或共同创作的成果被不断加工和改写。因此，在大多数情况下，用于加工的文本被做成多种形式的版本。在这里，读出来的文章借助超文本这一装置愈加成为读出来的文章，同时还可以成为用于保存的文本，以及作为使用者制作自身版本时的原始文本。读者或称共同创作者在将保存用的文本进行复印之后，将复写本作为写出来的文章来使用，通过阅读或称共同创作行为不断地形成新的版本。写出来的文章成为由阅读或称共同创作行为产生的新版本的堆积物，成为阅读或称共同创作行为的产物的积累。换一个角度来看，阅读或称共同创作行为是读出来的文章的后结构主义，同时又是写出来的文章的再构造主义。电子文本上的阅读、共同创作

---

① 严锋. 数码复制时代的知识分子命运 [J]. 读书，1997 (1).

行为将这一切清楚明白地展示给我们。像这样，不存在文字文本所具有的物质极限的电子文本，可以将读书行为以高度抽象化和纯粹化的形式予以展示。借此我们可以更好地理解与体验在摒弃了文字文本的物质性极限后的读书行为。打一个比较古老的比方，文字文本是在沙子上画的三角形，而电子文本则是一个想象中的三角形，电子文本优越于文字文本之处在于，它将意念中的三角形清晰地展示给我们。正因为这种展示过于明了，以至于就连德里达和巴特也似乎不过是在讲述一些极其自然的事。这有可能危及今后有关数字化媒体方面的文学理论家的存在意义。或者至少由于超文本的出现，使得那些主张解构主义的文学理论家们曾经显示过的灵气逐渐消失。

（三）德勒兹《千高原》与超文本理论

法国学者德勒兹与加塔利在1985年合著了《千高原：资本主义与精神分裂症》一书。从一般意义上看，这是一部哲学论著，但是它独特的文本构成方式以及充满其间的后现代主义论调，却于无意识中契合了超文本文学理论的精神意旨，而这些正是我们在这里对其加以考察的原因所在。

被誉为"赛博福音论者的哲学圣经"① 的《千高原》一书，在形式与内容两方面都为我们展现了一种独异的范式。首先，来看其文本形式。《千高原》以地理学上"原"的概念取代一般书籍中的"章节"，关键在于并非单元名称的不同，与传统书籍章节循序渐进的构成不同，整部书读者可以从15个"原"中的任何一个开始阅读。这种没有编年史顺序可循的阅读呈现明显的非线性。而在那些看似各个独立实则交错相连的"高低不同"的千面"高原"之间蕴含着众多新颖的概念与奇崛的思路。每一个"原"都是一个由不同学科领域和话题构成的一种异质因素共享的平台。例如14"原"，光滑空间与条纹空间的概念通过对布纹、音乐、海战兵法、数学、物理、艺术史的研讨而得到精致详尽的阐发。就这样，不同的"原"互相交叉、巧合并且一一分支发展，提供了多元互联的共振域。德勒兹强调："哲学总是注意概念，搞哲学就是试图发明和创造概念……这是一部哲学著作，既是一本难懂的书，也是一个完全可以理解的东西，只要人们需要它，渴望它，它便是一个打开的工具箱。这本充满了科学、文学、音乐、人种学叠句的书，力图成为一部概念的著作……这是押在将哲

网络文学纵论

---

① Spiller Neil ed. *Cyber-Reader*：*Critical Writings for the Digital Era* ［M］. London：Phaidon，2002：96-97.

学回归为快乐的学问上的一个赌注。"① 德勒兹还认为，概念犹如砖块，可以用来建筑思想大厦；如果不合用，则可以扔出窗口。因此，阅读此书也犹如你听录音磁带，如果你不感兴趣，可以快速掠过其中一段。这样的文本创作方式正如赛博空间的电子网络与超链接，一方面可以让作者思想的骏马驰骋，而另一方面让读者实现游牧式的阅读。

其次，德勒兹在《千高原》中针对西方哲学界传统的"树状逻辑"提出的"根茎（块茎）"理论与网络超文本理论的暗合，使其成为理解与反思当代社会生活形态与赛博文化的颇为重要的哲学文本。"根茎"理论是《千高原》中最重要、最基本的哲学概念，意指"一切事物变动不居的复杂互联性"②。在生物学意义上，"根茎"是指在土壤浅表层匍匐状蔓延生长的平卧茎。在日常生活中，块茎令人联想到马铃薯或红薯之类的植物块茎和鳞茎。但是，这一术语在德勒兹与加塔利的著作中具有更为殊异的哲学和美学涵义。尤其是在《千高原》中，"根茎"成为一种复杂的思想文化隐喻。它迥异于传统形而上学的"树状"或"根状"模式。"树状"模式具有中心论、规范化和等级制的特征，而"根茎是根、枝、叶的自由伸展与多元播撒，它不断地产生差异性、衍生多样性、制造出新的连接。与树状相反，块茎不是一个有范围的层级，而是一个无边际的平面；没有一个逻辑的结构，只有不受约束的随意连接；不是固定的、可确切把握的，而是流动的、离散的、不能完全把握的"③。之于固定不变、次序生长的树状植物而言，蔓延滋生、流动离散的块茎植物完全是"反中心系统"的象征，是"无结构"之结构的后现代文化观念的一个例子。"块茎之线没有起点，也没有终点，它们总是处于动态的运动之中，因而它们构成的多样性不具有任何认同或本质，当它们的线的构成发生变化时，它们的性质也就随之改变了。"④

下面我们进一步分析德勒兹和加塔利在《千高原》中主张的"根茎"理论的基本特征是如何适用于对赛博空间的诠释的。

1. 连接和异质性的原则。在这里，德勒兹将连接和异质性两个特征

---

① ［法］德勒兹. 哲学与权力的谈判——德勒兹访谈录［M］. 刘汉全，译. 北京：商务印书馆，2001：29-40.

② Spiller Neil ed. *Cyber-Reader：Critical Writings for the Digital Era*［M］. London：Phaidon，2002：97.

③ 张法. 20 世纪西方美学史［M］. 成都：四川人民出版社，2007：167.

④ ［美］道格拉斯·凯尔纳，斯蒂文·贝斯特. 后现代理论［M］. 张志斌，译. 北京：中央编译出版社，2001：129-130.

合而为一加以论述。他强调，"在根茎之间，任意两点皆可连接而且必须被连接。这与树或根不同，它们固定了一个点或一种秩序"①。根茎的一个重要属性是实现平面间的广泛联系，而不是像树状植物那样向空间延伸。树状思维始终以一种自明的、自我同一的、再现性的主题为基础建立起中心化的概念结构，必然性、规律性或目的性成为其永恒的主题。而块茎思维则需要去中心并且置入其他维度，一个块茎总是"不断地在符号链、权力组以及关涉艺术、科学和社会斗争相关的状况之间建立起连接"②。很显然，这种连接和异质性原则同样适用于网络超文本、超链接。关于超文本的特性前文已有较详尽的论述，此处不再赘述。总而言之，连接和异质性原则可以看做是超文本链接理论的哲学解读。

2. 多元性原则。关于多元性原则，德勒兹强调，"多元体是根茎式的，它揭穿了树形的伪多元体。统一性不再作为客体的中枢，也不再被分化于主体之中……一个多元体既不具有主体，也不具有客体，它只有规定性、数量、维度——所有这些只有在多元体改变自身的本质的同时才能获得增长（因此，结合的法则就与多元体一起增长）"。在超文本文学当中，网络写手就扮演了根茎式多元体的角色，其在与读者进行多元互动的时候，往往由最初的创作主体演变为创作活动的参与者，并逐渐沦为既不是主体，也不是客体的存在。

3. 非示意的断裂的原则。所谓非示意的断裂的原则是指"一个根茎可以在其任意部分之中被瓦解、中断，但它会沿着自身的某条线或其他的线而重新开始。人们无法消灭蚂蚁，因为它们形成了一个动物的根茎：即使其绝大部分被消灭，仍然能够不断地重新构成自身。所有根茎都包含着节段性的线，并沿着这些线而被层化、界域化、组织化，被赋意和被归属，等等。然而，它同样还包含着解域之线，并沿着这些线不断逃逸"。每一个根茎都包含诸多的分割路线，并通过这些分割路线而被分层、分域、组织、指代和归属，每一个根茎也包含许多解域路线，使其能够不断地沿着这些解域路线逃亡，并在逃亡中不断制造断裂、复生或重新分域和分层。因此，根茎的繁殖不再遵循树状的思维模式，它不再遵循谱系和中心，而是反谱系的。例如，兰花和蜜蜂是根茎，从兰花那里我们不能判断

---

① ［法］德勒兹，加塔利．千高原：资本主义与精神分裂症游牧思想［M］．姜辉宇，译．上海：上海书店出版社，2010：7．

② ［法］德勒兹，加塔利．千高原：资本主义与精神分裂症游牧思想［M］．姜辉宇，译．上海：上海书店出版社，2010：7．

出蜜蜂的踪迹，看到的和了解到的只能是兰花和蜜蜂在一起运作的图示，它们更像是一张地图，它们没有终点与起点。根茎的此种特性在超文本写作中也得以反映。例如下文提到的麦克·乔伊斯的超文本小说《午后》，即是一个例证，在这篇纯电子文本的超文本小说中，读者可以在设置有按钮的地方通过点击选择故事情节，而不同的选择可以有不同的情节构成，理论上这种提供选择的按钮可以随意设置在超文本的任何位置，而每一次选择都会有新的情节的生成，理论上这样的超文本小说可以无穷无尽一直延续下去。

4. 绘图法和转印法的原则。德勒兹指出，"一个根茎不能由任何结构或生成的模型来解释。它与所有那些深层结构或演变轴线的观念都格格不入。一个演变轴线是作为客观的、中枢性的统一性，在它之上，连续的阶段被组建起来；一个深层结构则更像是一个基本的序列，它可以被分解成直接的构成成分，而其产物的统一性则进入到另一个转换性的、主体的维度当中"。与树状思维主张模仿与复制不同，根茎不是踪迹，而是表现为无系谱、无中心以及无深层结构，类似一张打开的地图，"可以被撕裂、被翻转，适应于各种各样的剪接，可以被某个个体、群体或社会重新加工"。根茎有无数的入口和出口，有自己的逃逸线，可以随意与其他根茎相连。在这里，德勒兹再次提到了兰花与蜜蜂的例子。兰花与蜜蜂是互相生成的根茎图示，它们一个是植物，一个是昆虫，两者是异质因素，却构成了一种共生的根茎图示。兰花为蜜蜂采蜜提供了条件，而蜜蜂采蜜时为兰花授粉，双方由此延续了生命繁衍的生命链。根茎图示与总是追求中心、追求本源的树状模式不同，我们在兰花的生命中无法追溯蜜蜂的系谱学轨迹，从蜜蜂身上我们也看不到兰花是如何发芽、开花、生长的。兰花除了和蜜蜂形成图示外，还可以和蝴蝶或者其他小昆虫发生关联，同样形成图示。根茎图示是开放的，它的所有维度都是可连接的、可拆解的、可颠倒的、可修改的，可以与多种维度相关联。绘图法的原则是我们联想到作为数字化媒体的互联网。互联网同样是一种根茎。它"不同于更为旧式的多媒体如电影和电视，它所用的一切媒介都共享着数字编码。数字特性不仅使得这些媒介可以互相转换（一台多媒体电脑能够使声音可视，或者把图像转变为声音）"。① 并且可以将其轻易地拷贝（转印），再插入其他的表现形式当中。数字化媒体的这种异质兼容性，使其最终成为一个连接

① ［荷］穆尔. 赛博空间的奥德赛：走向虚拟本体论与人类学［M］. 麦永雄，译. 桂林：广西师范大学出版社，2007：179.

各种不相干物质的根茎。

"千高原"、"块茎"等概念是从哲学与美学空间的维度探讨文学间性，进而建构当代文艺理论形态的一个独特视角。在后现代"千高原"和"块茎"式的繁复多变、多元互动的空间中，传统文学的疆界早已消解，文学空间在裂变与转型，文学研究的理论空间不断在拓展和扩容，尽管从文化研究回归文学本体研究的呼声在文艺理论界一再响起，但是，哲学、美学和诗学经历过 20 世纪学术思想的几大转向之后，向文学空间的单纯回归实际上已经不再可能。文学问题正在悄然地转化成为不同空间的现象、关系与论旨。

在此背景下，虽然我们关注文学本体研究的基点，但是电子数字文化时代又促使我们不得不超越传统学术范式，因为文学研究在学理上已经不可避免地进一步拓展成为文学间性研究，同时，在某种意义上，文学间性问题也就是文学空间链接关系问题。

虽然一般认为是法国著名文艺理论家克里斯蒂娃创造了"文本间性"(intertext ualité 或译为"互文性")的概念，但是在文学"间性"问题上还有颇为丰富的其他思想资源。例如，德里达曾言"文本之外一无所有"① 在此意义上，文学文本与社会文本、政治文本、哲学文本、美学文本、宗教文本、口头文本、印刷文本、多媒体电子文本、超链接文本等之间存在着重叠与交互关系。T·S·艾略特著名的论文《传统与个人才能》中已蕴涵了文本间性的思想元素，他认为成熟诗人"作品中最好的部分，而且最具有个性的部分，很可能正是已故诗人们，也就是他的先辈们，最有力地表现了他们作品之所以不朽的部分……当一件新作品被创作出来时，一切早于它的艺术品都同时受到了某种影响。现存的不朽作品联合起来形成了一个完美的体系。由于新的（真正新的）艺术品加入到它们的行列中，这个完美的体系会发生一些修改……于是每件艺术品和整个体系之间的关系、比例、价值便得到了重新的调整；这就意味着旧事物与新事物之间取得了一致……过去决定现在，现在也会修改过去。认识到这一点的诗人将会意识到任重道远"②。哈罗德·布卢姆曾在其论著《影响的焦虑》(1973) 中提出文本之间总是存在着一种焦虑关系，因为新作会寻求取代旧札。他强调的不是文本对其他文本的抽绎，而是强调每一个文本都会重

① 麦永雄. 后现代多维空间与文学间性 [J]. 清华大学学报，2007 (2).

② 托·斯·艾略特. 托·斯·艾略特文学论文集 [C]. 李赋宁，译注. 南昌：百花洲文艺出版社，1994：7-8.

新调整旧有的意义序列，或者在生活模式上随机打上新的烙印。① 克里斯蒂娃的"文本间性"的概念认为一切发言（无论是口头的还是书面的）都必然指向其他发言，因为词语与语音或语法结构都先在于单个的言者和单个的言说。当作者有意识地引用或者暗指他人的作品时，文本间性就生成了。② 因此，文本间性可以指文本有意识地引用、借鉴、续写、逆写或者戏拟其他文本，其中蕴含着互为文本、互为主体、互为语境、互相交叠、互动认知与阐释的开放结构。

用德勒兹的"千高原"、"根茎"等后结构主义哲学术语来说，文学文本之间、文学文本与其他文本之间的互文关系呈现出一种"辖域化—解辖域化—再辖域化"的空间关系。静态地看，千高原式或者根茎式的千姿百态的文学文本是一种辖域化，自有其生命与价值；动态地看，它们之间又贯通着千丝万缕的逃逸线，可以不断地解辖域化与再辖域化，可以有繁复多姿的链接与游牧的可能性，从而呈现出一种与后现代多维空间和后结构主义文艺美学观念相通的逻辑联系。

（四）《交叉小径的花园》的超文本构成

在讨论《交叉小径的花园》之前，有必要先来看一下博尔赫斯的另一篇著名短篇小说《阿莱夫》。《阿莱夫》是博尔赫斯重要短篇小说集中的一篇，它无疑是奠定博尔赫斯后现代主义代表作家地位的作品。在这篇篇幅不长的小说中，博尔赫斯向我们揭示了一个令人惊异无比的超现实世界——阿莱夫，"那是楼梯下方靠右一点的地方的'一个闪亮的小圆球，亮得使人不敢逼视'：阿莱夫的直径大约为两公分，但宇宙空间都包罗其中，体积没有按比例缩小。每一件事物（比如说镜子、玻璃）都是无穷的事物，因为我从宇宙的任何角度都清楚地看到。我看到浩瀚的海洋，黎明和黄昏……看到世界上所有的蚂蚁，看到一个古波斯的星盘，看到书桌抽屉里的贝亚特丽丝写给卡洛斯·阿亨蒂诺的猥亵的、难以置信但又千真万确的信（信上的字迹使我颤抖）……我看到阿莱夫，从各个角度在阿莱夫中看到世界，在世界中再一次看到阿莱夫，在阿莱夫中看到世界，我看到我的脸和脏腑，看到你的脸，我觉得晕眩，我哭了，因为我亲眼看到了那

① Peck John & Martin Coyle. *Literary Terms and Criticism* [M]. New York：Palgrave，2002：143.

② Wolfreys J，et al. *Key Concepts in Literary Theory* [M]. Edinburgh：Edinburgh University Press Ltd. ，2001：48.

个名字屡屡被人们盗用但无人正视的、秘密的、假设的东西：难以理解的宇宙"①。

　　这是一段奇诡而玄幻的文字，文本带给我们的震撼远超出文字之外，它展示给我们看的是一个真实而又虚幻、贴近而又遥远的存在。很显然，这些文字不属于传统的文字文化时代，而是当人类社会又经过大半个世纪的进步之后，这些文字终于找到了属于它们的归宿——超文本空间。正像博尔赫斯所说："阿莱夫是希伯来语字母表的第一个字母……在犹太神秘哲学中，这个字母指无限的、纯真的神明；据说它的形状是一个指天指地的人，说明下面的世界是一面镜子，是对上面世界的反射；在集合论理论中，它是超穷数字的象征，在超穷数字中，总和并不大于它的组成部分。"② 在这里，博尔赫斯展现给我们的何尝不是超穷无尽的数字化世界呢？

　　如果说《阿莱夫》在宏观上给我们演示了无边无际的赛博空间，那么《交叉小径的花园》（The Garden of Forking Paths）则是对那个浩渺无垠空间构造的微观描述。也许正因为如此，后者被认为不但启发了近代计算机软件工程的基础，而且同时前瞻性地预告了量子力学（Quantum Mechanics）中有关量子比特（Qubit）的概念。这些超时代特质显然对于今天的超文本网络写作来说具有充分的研究价值。

　　《交叉小径的花园》的内容大致如下：第一次世界大战中，中国博士余准希望通过替德国人充当间谍收集情报来证明中国人是世界最优秀的民族。余准在艾伯特发现一处英国人的炮兵阵地，但是由于英国反谍处的马登上尉穷追不舍，他来不及通知柏林的间谍头目。此时，一本电话簿帮了他的忙——上面有一个名叫艾伯特的熟人。余准乘上火车逃往阿什格罗夫村，躲入艾伯特家中。艾伯特博士是一个汉学家，住在一个"小径分叉的花园"里，正在研究余准曾祖彭崔的迷宫——一部奇异的长篇小说。交谈一阵之后，余准开枪打死艾伯特，追踪而来的马登上尉随即将余准逮捕。余准后来被判绞刑，但德国方面却根据余准枪击艾伯特一事猜出了这个军事机密，并派飞机轰炸了英军炮兵阵地，余准"糟糕地取得了胜利"。小说据此揭示了偶然性对命运的决定作用，但小说叙述的真正重心是花园，是迷宫。当余准接近艾伯特家时，孩子们告诉他"走左边那条路，每逢交

　　① ［阿］博尔赫斯. 阿莱夫［M］. 王永年，译. 杭州：浙江文艺出版社，2008：335-337.
　　② ［阿］豪·路·博尔赫斯，阿莱夫. 博尔赫斯文集·小说卷·阿莱夫. 王永年、陈众议等译. 海口：海南国际新闻出版中心，1996：338.

网络文学纵论

叉路口就往左拐"，由此使他想起某些迷宫的做法，想起他曾祖的迷宫。他的曾祖彭崔是云南总督，后来辞职，一心想写一部比《红楼梦》更伟大的小说，建造一个谁也走不出的迷宫。但他被人刺杀了，他的小说形同天书，他的迷宫也无人发现。艾伯特证明，彭崔的两项工作实际上只是一项：迷宫就是小说，小说就是一座象征的迷宫。正像彭崔的遗言所说："我将小径分叉的花园留诸若干后世（并非所有后世）"①，而只有循环不已、周而复始的书才是无限的，小径分叉的花园就是那部杂乱无章的小说。若干后世（并非所有后世）所揭示的形象是时间而非空间的分叉。"若干后世"实际上肯定了选择未来的多种可能性："时间永远分叉，通向无数的将来"。在一个分叉里，决斗者杀死了对手，在另一个分叉里被对手杀死，在其他的分叉里则两人都安然无恙或都被杀死。正是由于这一点，彭崔的小说里才"各种结局都有，每一种结局都是另一些分叉的起点"②。就这样，彭崔建造了一座艺术的迷宫，它的主题是"时间"。

那么彭崔的迷宫和小说的共同主题是什么呢？作者博尔赫斯借艾伯特博士之口告诉读者："……谜底是时间，因为在（彭崔的迷宫和小说）谜语里，从没有出现'时间'这个词……"③《交叉小径的花园》表面上是写命运的偶然性，但其深层主题却是对时间中各个命运交叉点的意义的探寻。正当余准拿出手枪准备向艾伯特的背部开枪之际，他玄玄地继续解释彭崔的奥秘："……时间永远分叉，通向无数的将来……在一个分叉里，决斗者杀死了对手，在另一个分叉里被对手杀死，在其他的分叉里则两人都安然无恙或都被杀死。正是由于这一点，彭崔的小说里才……各种结局都有，每一种结局都是另一些分叉的起点……就这样，彭崔建造了一座艺术的迷宫……"④ 因此，当余准拿出手枪之际，或许余准杀死了艾伯特、或许艾伯特杀死了余准、或许艾伯特与余准两人都安然无恙、或许艾伯特与余准两人都被杀死……这些可能都存在，而可能都"同时"存在。

博尔赫斯的小说从表面上看遵循着传统的叙述方式，一种单线结构，其内容、意义、情节都按照作者所设定好的顺序单向展开，其中并无刻意的渲染和描绘。可读着读着，通常在不知不觉中，读者与作品中人物的位置关系发生了变化，读者逐渐变成了参与者，读者读到的一切也许是自己

---

① 引自《小径分叉的花园》电子书. http://www.douban.com/group/topic/27281825/
② 引自《小径分叉的花园》电子书. http://www.douban.com/group/topic/27281825/
③ 引自《小径分叉的花园》电子书. http://www.douban.com/group/topic/27281825/
④ 引自《小径分叉的花园》电子书. http://www.douban.com/group/topic/27281825/

的心理活动过程或自己对这种可能发生的事的虚构。而这已经是典型的呈现为一种空间网状结构的超文本写作。希利斯·米勒对超文本写作作出的解读，似乎就是为了印证博尔赫斯的创作理念，他说："一个表明以超文件作为肌理的超文件在每一转弯处要求读者必须选择路径，才得以穿过文本，要不然，就是让机运来帮他或她选择。易言之，没有所谓的'正确'选择存在，也就是没有一种可客观地为其辨明的选择存在。超文件要求我们在每一转折处作出抉择，并为自己的抉择负责。这就是超文件的伦理观。"① 超文本通过超链接方式对传统文本和意义进行解体和重组，这为读者在沿着作者的叙述意图进行阅读之外提供了一种新的阅读方式，这是一种不含有任何叙述意图的自由阅读。在这种阅读里，因为文本的顺序以及关联度是由读者自己选择的，所以他从中获得的意义也是个人化的，而并非像传统文本中的意义是由作者设定的，读者只能被动接受这个经设定的意义。在传统阅读中，读者受作者的灌输和同化。在超文本式阅读中，每一个读者都是自己的作者，世界被异化。

（五）非线性互动文本的构造与解释

"非线性"本是数学中的一个概念，指的是一个变量与相应的函数之间的关系不是用一元一次方程所能表达，在直角坐标系中，它呈现为曲线而非直线。这一点在电子学对于放大器特性所作的分析中得到了体现。如果一个电路的输入端与输出端的变化是成比例的，那么，我们说它具有"线性"的特性；反之，这个电路则是非线性的。心理学所进行的考察表明：大脑对于事物所作的反应，在某些情况下也具有非线性，存在均等相（物理强度不同的阳性条件刺激物都产生相同的反应效果）、反常相（强的刺激物反而比弱的刺激物产生更小的反应效果）、超反常相（抑制性刺激物反而引起阳性反应）等异常情况。在数字化媒体的方法论中，所谓"非线性"指的则是非顺序地访问信息的方法。

麻省理工大学的简内特·玛丽博士开设了一门饶有趣味的课程：21·765——非线性互动文本的构造与解释。② 玛丽博士的研究方向是数字化叙事的应用。数字化媒体具有非线性特征。而使得这一特性更具魅力的则是超文本。玛丽博士认为对于文学研究者而言，计算机屏幕上的超文本无

---

① 希利斯·米乐. 因特网银河中的黑洞：美国文学研究新趋向 [J]. 陈东荣，译. 中外文学，1995，24（1）：85.

② http://web.mit.edu/jhmurray/www/HOH.html

疑具有巨大的魅力。尤其对于现代文学研究者来说，像詹姆斯·乔伊斯或者 T·S·艾略特等现代派作家如果使用了超文本，那么曾经试图通过文字媒介做的事情也许通过电子媒介会得以实现。比如对线性文本的解构，或者借此创作出完全不同的文学作品，或者彻底颠覆文学的创作方法。事实上，已经有使用超文本创作的小说。如迈克尔·乔伊斯的《午后，一则故事》①以及斯图尔特·摩尔索普的《维多利亚花园》等。乔伊斯的《午后，一则故事》开头是这样的：

我试着想起冬日。"真的就像是昨天的事情。"她说道，我不置可否。……这是树木的香味儿，她说起各种各样的香味儿。而且在这种阴暗充满着空间。"这是诗。"她不动声色地说道。

想继续听下去吗？

读到这里在电脑屏幕上出现了"是"和"不"的字样。当你选择"是"，那么下面这样展开：

她曾经有一段时间是威尔特的妻子的客户。虽然算不上十分强烈，反正她有一丝不幸的感觉，并且她渴望交朋友。

当你选择"不"，故事并不就此结束，而是继续下去：

我明白你有怎样的感受。没有比发烧更空虚的事情。如果你仔细观察，世界上再没有比蜜蜂们忙碌其中的、四处蔓延的四叶草更令人感到惊异的事物了……

在这里还可以进行"是"或"不"之外的选择。比如如果你选择文本当中的单词"冬日"或者"诗"等，那么还可以选择与这个单词相关的别的片段。并且通过这样的选择你会得到不同的故事情节的展开。事实上，乔伊斯的《午后，一则故事》还停留在超文本小说的最初级阶段，小说所使用的阅读接口不甚理想，以东门早期开发的 Storyspace 软件写成，字形相当粗糙，阅读版面的设计也无法配合屏幕尺寸大小，因而读来非常吃力。作品每页底部有一链接按钮，按下之后会出现多重路径选择。一般超文本小说的多向故事可能是多重线性情节的集合体，也可能是一部非线性

---

① 乔伊斯的《午后，一则故事》（*Afternoon, a story*）称得上是早期超文本小说经典。1987 年在计算机协会第一届超文本会议（ACM Hypertext）上正式发表，磁盘版于 1990 年由东门系统公司（Eastgate Systems）进行商业发行。当时网络阅读正萌芽，超文本概念的应用也大都限于一般信息文件之间的切换，尝试将超文本提升为小说创作的一种新形式在当时算是相当前卫的做法。小说名家库佛（Robert Coover）1992 年曾在《纽约时报》书评专栏撰文，以令人惊骇的《书之终结》（*The End of Books*）为标题，赞誉这部作品是"超文本小说的祖师爷"（Coover, 1992）。

的故事拼贴，企图以散乱片段呈现另一种内涵，杰克森（Shelley Jackson）的《拼缀女孩》（*Patchwork Girl*）便是后一类难得的佳作。回头看《午后，一则故事》，读起来既不像是多重线性情节的故事，也不像是具有深层结构意义的零乱拼贴，倒像是把一则已写就的线性故事剪成片段，再胡乱安插成可接续的多向故事。比如说，在第 1、2 页的情节里，两个角色正走向冬日的停车场，下页的多重选择里有一页却变成两人坐在室内喝咖啡，情节的跳跃叫人摸不着头绪，形式上也寻不着合理的解释。

但是这种被称为互动小说或者网络小说的作品与从前的作品有着一个最根本的不同之处——读者阅读的不是文字文本，而是电子文本。而且，并不是预先设定好完整的文本，而是根据读者的选择来决定故事情节与文本的构成。并且这样的作品从始至终并不是线性演进的，这也是称其为互动小说的原因所在。这样的作品无疑是发挥了电子媒体的特性，符合计算机时代的作品。但是，对此我们有一种似曾相识的感觉，那就是电子游戏。众所周知，在电子游戏当中我们可以在众多人物当中选择自己要扮演的角色。在游戏中随着故事情节的展开往往会出现更多的选择项，游戏玩家可以通过变换选择享受无数的故事情节和文本，不过这些选择项始终还是在事先设定的范围之内，而这个范围当然还是由作者决定的。乔伊斯的《午后，一则故事》固然是饶有兴趣的尝试，但是与同姓的詹姆斯·乔伊斯的《尤利西斯》和《芬尼根的觉醒》相比则远不如后者来得深刻。《午后，一则故事》虽然看上去可以无限延伸下去，但是它仍然受限于某种范围。它始终是一种封闭式的文本，而非像《尤利西斯》那样的凭借文本之间的相互链接能够向外扩张的开放式文本。说得严重一点，就像是只有文字没有影像和音乐的电视游戏。尽管《午后，一则故事》是属于电子媒体上的作品，但是却缺少某种属于文字媒体范畴的《尤利西斯》那样的作品所具有的东西。是什么东西呢？在目前互动小说为数尚少的情况下，必须向文字文本作品学习。在此，英国 18 世纪小说家劳伦斯·斯特恩的《项狄传》，全名为《绅士特里斯舛·项狄的生平与见解》（*The Life and Opinions of Tristram Shandy*），成为超文本互动小说研究者们关注的对象。《项狄传》打破传统小说叙述模式，写法奇特。小说各章长短不一，有的甚至是空白。书中充满长篇议论和插话，并出现乐谱、星号、省略号等。斯特恩对小说形式的实验引起 20 世纪俄国形式主义批评家的注意，《项狄传》被认为是"世界文学中最典型的小说"。评论家指出 20 世纪小说中的意识流手法可以追溯到这部奇异的小说。同时在计算机文学理论家的眼里，《项狄传》被看做是一部具有非线性互动特征的文学作品。在这部小说中，斯特恩主张创作小说本身就是与读者对话，作者应该在最大限度上使得读者与其具有同等水平的想象力。斯特恩说这部小说是在与读者对话的基础上发展情节的。这一点在今天来看完全可以称得上互动。事实上，对于一部反复"跑题"的作品而言，读者如果不把自己放在作者的位置上来考虑问题，则很难阅读下去。更有甚者，斯特恩不仅仅让读者参与故事的构成，甚至让读者参与到文本的写作当中来。斯特恩的文本当中省略的地方常常以星号表示，有时候一个星号即代表一个文字。读者在寻找应该能够代替星号的文字的过程中，无意间被引入了解读密码的游戏。另外他还有意留下一些空白之处以便读者能够添加文字。总之，不仅仅是文字文本，即便是对于电子文本而言，越过了这一道线则读者与作者再无分别。斯特恩要求读者做的正是参与到文本的写作中来。即使将其视为互动小说，《项狄传》无疑都是超前的。

（六）数字化莎士比亚研究

使用计算机研究莎士比亚的历史可以追溯到 1989 年，这一年斯坦福大学英文系的拉里·弗雷德兰德完成了"莎士比亚工程"。在完成项目的过程当中他开发了"表演"和"戏剧游戏"两种软件。"表演"将 3 种不同的表演保存在同一张激光碟片中，使用者可以在电脑屏幕上调出其中任意一种，并可随意与另外两种进行置换，从而可以比较莎剧的任意一个场面的表演。"戏剧游戏"则是可以在电脑屏幕上操纵剧中人物，还可以给他们更换行头及道具。不仅如此，这些软件还可以将上述一些场面的影像与莎剧的对白进行对照。也就是说，利用这些软件，使用者可以一边观看电脑屏幕上显示的戏剧场面，一边在屏幕上调出与该场景对应的文字对白，边对比边观赏。1991 年，在"莎士比亚工程"的基础上推出了一个"莎士比亚互动档案"。具体负责推进计划的是以麻省理工学院的皮特·唐纳森和简内特·玛丽以及斯坦福大学的弗雷德兰德 3 人为核心的小组[①]。除去在麻省的两人外，小组的其他成员散落在世界各地，通过互联网互相联系。这个小组的目标是将所有有关莎剧的版本（包括现在被广泛使用的各种版本，以及 First Folio 和 Quartos 版）和它们的注释或说明文以及被数字化了的戏剧场面，还有被数字化了的绘画、图像、插图以及铜版画等进行联网。通过联网在计算机屏幕上点击莎剧的任何一句对白，都会出现

---

① Brett Edward . Sociomedia Multimedia，Hy permedia and the Social Construction of Knowledge [C]. Cambrige, MA. MIT Pr. 1992, pp. 40—41

与之相对应的电影或电视节目的播放，同时在电脑屏幕上还可以参照作为相关资料出现的数字化了的图像、绘画及插图。因为进行了数字化，这些资料不但可以参照还可以进行加工和编辑。用他们自己的话说，他们创造出一种虚拟研究环境。有数部关于莎剧作品的档案已经完成，并且在麻省理工学院的教学当中被实际使用。由于信息量过大，个人电脑速度跟不上，于是就使用工作站（work station），这是一个并非以语言实验室形式存在的莎士比亚实验室。

迄今为止的文学研究和文化研究，大都以印刷文字为中心，因而也受其限制。不过这样的研究被看做是理所当然，对其局限性意识淡薄，认为现在使用的媒体无非是文字媒体，研究方法固然无可厚非。即使出现了电子文本也不过将其视为印刷文字的替代物罢了。电子文本的长处是可以实现文件中单词的自由检索，这一功能已经令曾经备受重视的词语索引学失去意义，那么仅此而已吗？以往的研究方法始终背负着印刷文化的制约，电子媒体也许能够将文学研究或者文化研究自印刷文化的束缚当中解放出来，或者创造一种全新的研究方法。麻省理工的研究小组，通过在莎士比亚研究领域所进行的研究，即利用数字化了的多媒体互动档案所进行的研究，向我们展示了实现这一可能性的一线曙光。他们制作档案本身并非目的，而是试图通过档案获得解决迄今为止未能完成的研究的手段。这一互动档案是对莎剧的剧场表演进行实验、分析及研究的装置。据此，他们不是将莎剧作为文字文本，而是完全作为戏剧和表演的总体来进行研究，从而将莎士比亚研究的中心从文字研究推向影像表演研究。戏剧不同于小说，只有文字尚不能完全成立，必须是在文字脚本的基础上由演员在舞台上表演才可称之为戏剧，脱离了表演的文字就失去了存在的意义。尽管如此，在相当长的一段时间莎士比亚研究还是以文字为中心，这也是无可奈何之事，不能够随时看到剧场表演，无法进行操作、比较对照以及分析。可以随时接触到的，能够用来进行分析研究之类处理的就只有文字（最多加上图像），所以在很长一段时间内，本应是完整的戏剧表演形式的莎剧为文字所束缚。然而这一问题在莎士比亚互动档案中通过数字化得以解决，这样的非线性互动文本就像 CD 一样无需快进或快退，不受线性的束缚，想要看的场景在电脑屏幕上随时可以看到。而且它还可以进行自由的编辑和加工。现在，电影和电视节目也可以像文字文本一样进行处理。互动档案实现了迄今为止不可能做到的表演文件化。文件化的实现，使得过去无法做到的有关莎剧的表演的研究变为可能，或者说至少互动档案丰富了文本的文字研究，这种丰富是对于文字文本研究的丰富，就目前来看，文字文本研究是互动档案研究得以展开的线索与依据。

现在我们来看一个具体的例子。过去的莎士比亚研究里面有一个成为争论焦点的场景，即《哈姆雷特》一剧中，哈姆雷特在城楼上遇见幽灵的一幕。新教的教义是不承认幽灵的存在的，因而他们认为哈姆雷特看见的如果不是他自身的幻象，便是恶魔的幻影。可是天主教承认幽灵的存在，认为为了把自己的真实死因告诉儿子，哈姆雷特父亲显灵这样的事情并非不可能发生。以前的莎士比亚研究，将这一问题看做是纯粹剧本上的解释问题。根据对当时的历史背景和原典的考证取舍两种观点。但是，因为这种解释上的不同带来表演上的不同是否也是一个重要问题呢？或者说剧中的演员和观众是如何看待分别以遵循新教和天主教的教义进行的演出所产生的不同效果，哪个才是更重要的呢？更何况这一部分的表演与整部剧的演出密切相关。在互动档案里面，计算机屏幕上出现一个很小的画面，画面上播放的是由弗兰克·泽菲雷利导演、梅尔·吉布森饰演的自遇上幽灵后有一些神情恍惚、目光散乱的哈姆雷特。点击鼠标，画面变换成由劳伦斯·奥利弗饰演的听到对幽灵出现的描述后渐渐把幽灵的谈话融进自己思想的哈姆雷特。当然别的电影和电视节目也可以做同样的处理，而且在另外的小画面上还可以调出各种版本的剧本进行参照。通过这样的处理，由上述不同解释所产生的不同效果便可一目了然。像这样的互动档案使得所有有关莎士比亚注释的问题还原成表演形式成为可能。于是，比之追究究竟哪一种文字注释更为正确，不如按照自己的理想中的因果报应选择表演方式，创作自己的作品来得更有意义。莎士比亚研究无疑正向着虚拟研究环境的方向转变，就是说利用多媒体创造出一种可以对莎剧进行创作与实验的环境，创造出了环境，自然就会取得新的成果。在进行这种创作和实验的时候，莎剧的文本并非被看做神圣不可侵犯的经典，而是被看做可以产生出各种表演形式的剧本。莎士比亚戏剧研究已经不再被当做单纯意义上的戏剧，而是一种重要的象征。在世界上各种各样的文化里面，被以多种多样的形式演出、融合并产生出不同意义的莎剧也许原本就是这样一种东西，莎士比亚互动档案在此将莎士比亚从固定意义的文本的束缚之中解脱了出来。面对传统文学理论，数字化媒体这一工业文明的产物提出了一个崭新的文学研究与创作的概念。也许这种丢弃了传统笔、墨、纸、砚的文学理念，在赢得正统文学理论特别是像有着根深蒂固的叙事性特征的东方文学理论的认可的过程中，尚需走过漫长的路程。但是我们还是可以相信，随着数字化日益深入到我们的生活当中，我们的头脑将越来越适应计算机非线性思维方式，并最终形成对文学的新的认知：即我们每一个人都可以成为作品的作者或者主人公。

二、网络环境下的文学批评标准

西方文艺学的重要理论——解构主义，在数字化媒体这里找到了具有实践意义的印证。"由于传统的精英趣味与时下的大众趣味有明显的差异，因而此前合于精英传统趣味的那套文学理论在时下的大众趣味面前便面临着被重新审视与解构的命运。写作方法的现实主义传统、评判标准的艺术传统、功能追求的劝教传统、精神取向的理性传统、审美情趣的儒雅传统，都在短时间里松动、解构甚至舍弃。"[①] 互联网带给文学的革命性的变化为来自于传统文学批评理论的解构主义找到了实物参照。网络环境下的文学创作呈现出"共作"的倾向，传统文学中作者的定义被颠覆，取而代之的是创作群体。

（一）超文本中的解构主义

提到解构主义，就不能不提到雅克·德里达（Jacques Derrida，1930—2004）。作为当代法国哲学家、解构主义的代表人物，德里达于1966年发表的演讲《人类科学话语中的结构、符号和游戏》被公认为解构主义的奠基石。1992年，在英国剑桥大学讨论是否授予他荣誉学位时，巴里·斯密斯等一些教授致信伦敦《时报》表示反对。他们认为："德里达先生把自己描绘成一个哲学家，而他的写作也的确带有这个学科的某些写作标记。然而其作品的影响，在一个令人惊讶的程度上，几乎完全在哲学之外的领域里。例如，在电影研究、法国文学、英国文学等系科里⋯⋯德里达先生的学术生涯在我们看来就是把类似于达达主义者（Dadaist）或具体派诗人（Concretepoets）的恶作剧和鬼把戏翻译到学术领域中来。"这些人的非议是事出有因的。德里达颠覆文学从属于哲学的观念，他所热衷的解构带有鲜明的文字游戏性质，这些使得其作品在文学界的影响超过哲学界，而哲学界则视之为某种"恶作剧"或"鬼把戏"。尽管如此，德里达在20世纪下半叶所产生的影响是不可低估的。从某种意义上说，他是超文本理念的先驱之一。

德里达以对西方从柏拉图以来重语音轻文字传统的批判，树起了迥异

---

① 高楠，王纯菲. 中国文学跨世纪发展研究［M］. 北京：人民文学出版社，2008：38.

于索绪尔所代表的结构主义的旗帜。他不仅着力避免在赋予"所谓时间上的语音实体"以特权的同时排斥"空间上的书写实体"，而且将赋意过程看成一种差异的形式游戏。他说："差异游戏必须先假定综合和参照，它们在任何时刻或任何意义上，都禁止这样一种单一的要素（自身在场并且仅仅指涉自身）。无论在口头话语还是在文字话语的体系中，每个要素作为符号起作用，就必须具备指涉另一个自身并非简单在场的要素。这一交织的结果就导致了每一个'要素'（语音素或文字素）都建立在符号链上或系统的其他要素的踪迹上。这一交织品仅仅是在另一个文本的变化中产生出来的'文本'。在要素之中或系统中，不存在任何简单在场或不在场的东西。只有差异和踪迹、踪迹之踪迹遍布四处。"① 德里达作为前提加以肯定的综合和参照并非发生于文本内部，而是发生在文本之间。作为阅读对象的特定文本是在场的，但它的意义不能由自身指涉获得，而只能在与不在场的其他要素的联系中赋予。如果不是着眼于单一的文本，而是瞩目于多个作为要素的文本或者由这些要素组成的系统，那么，在场与不在场的划分便失去了严格的界限（因为二者可以轻易转化）。

德里达使用"异延（differance）"一词来概括文字以在场和不在场这一对立为基础的存在状态。在法语里，它的发音和"差异"（difference）一词相同，只是写法上第七个字母有 a 和 e 之分。这个新词是听不到的（被读音相同的 difference 所遮蔽），只有在书写中才能辨认，因而恰好可用来概括文本的特点。根据德里达的解说，动词"differ"既指"差异"又指"延宕"。差异是一个空间的概念：符号从间离于系统之外的不同的体系中显现出来。"延宕"是一个时间的概念：能指增强了"在场"的遥遥无期的"延宕"。"异延"是差异、差异之踪迹的系统游戏，也是"间隔"的系统游戏，正是通过"间隔"，要素之间才相互联系起来。总之，"异延"是一种生成性结构，它在时间的顺延中形成差异性空间，差异性空间又以构成差异的事物（文字或图像）为其边缘，并以此为生成的规定。这里有两点需要强调：一是时间中生成；一是时间中生成的上下文根据。这一解释完全可以移用来说明超文本的特性。超文本的基本要素是一个个的文本单位，这些文本单位因为彼此之间存在间隔（不构成连续文本）才得以组成超文本，就此而言，间隔是积极的，是联想生成的空间。当然，间隔使得这些文本单位彼此之间存在差异，这些差异使得"意义"

---

① ［法］巴里·斯密里斯，等. 德里达的学位，一个荣誉的问题［A］. 一种疯狂守护着思想：德里达访谈录［C］. 何佩群，译. 上海：上海人民出版社，1997：232-233.

的在场与否成为一种悬念，当我们点击链接，在经历了需要耐心等待迎来的是浏览器上"此页不存在"的提示之后，完全可以体验到间隔本身的消极性（这是阅读连续文本时体验不到的）。构成文本单位之联系的链接因为这些单位之间的差异而得以延续（从一个页面指向另一个页面）；反过来，链接本身又因为上述延续而产生变异（页1与页2的链接并非页2与页3的链接）。这种因异而延、因延而异的运动正是超文本所固有的。诚如德里达所言"作为文字的间隔是主体退席的过程，是主体成为无意识的过程"①。因为有间隔，链接才成为必要；因为有链接，间隔才不是纯然无物的空白，而是一种特殊形式的文字。间隔出现时，原有的阅读或写作中断，主体从而退席。但是，这种退席与其说是撒手而去，还不如说是新的出场的准备。间隔也促成了使用者心理由意识向无意识的转化，这种转化不过是相反的心理运动的前导。在等待原有的文本退场、新的文本出场之际，电子超文本网络的使用者尽可抓紧时间从事其他活动（如打开另一个浏览器窗口、喝茶等）。因此，间隔增加了信息接收过程中的干扰。但是，这段时间也可被使用者作为反思之用，有助于从新的内心视点审察先前浏览的文本。因此，间隔又增强了信息接收过程中的理性精神。这就是超文本的间隔所包含的辩证法。

德里达创造的"异延"一词，表明了后结构主义与自己的前身的差别。结构主义看重共时性而非历时性，认为结构的各种要素是同时出现的。相比之下，德里达则注意到要素在时间上的差异。"异延"恰好是时空的统一。理解"异延"这一概念对把握超文本的特性大有裨益。超文本的多种路径可以通过地图等形式在空间中展示出来，但是，对于这些路径却不能同时加以探寻。因此，超文本的结构本身就包含了时间与空间的矛盾。当用户选中某一种路径时，其他路径在空间上便由在场转化为不在场，对它们的探寻相应也就被延缓下来。当然，这种延缓并不是结构的破坏，而是超文本的结构魅力之所在：在每次探寻之外总是存在新的探寻的可能性，路外有路，山外有山，峰回路转，奥妙无穷。德里达所谓"异延"实际上是将结构理解成为无限开放的"意指链"（a chain of signification），而超文本则使这种"意指链"从观念转化为物理存在，从而创造了新的文本空间。德里达还使用"播撒"来表达一切文字固有的能力，揭示意义的特性和文本的文本性。在德里达看来，意义就像播种时四

---

① ［法］德里达. 论文字学［M］. 汪堂家，译. 上海：上海译文出版社，1999：97.

处分撒的种子一样，没有任何中心，但又无处不是中心，而且不断变化；文本不再是自我完足的结构，而是曲径通幽的解构世界。不存在所谓终极意义，那么表意活动的游戏就拥有了无限的境地。这个隐喻同样可以移用来概括写作与阅读超文本时意义的变化。如果说线性文本强调文本的内部关系因而强调意义的会聚性（所谓"主题"正是这种会聚性的概括）的话，那么超文本则更为重视文本的外部关系，因而使意义的发散性显得相当重要。漫游于电子超文本网络之中，我们从一个页面进入另一个页面，也就是从一个语境进入另一个语境，这种运动是随着我们的兴趣而延续的，通过阅读所把握的意义随着上述运动而"播撒"，无所谓中心，也无所谓终极。即使上网时心存中心（例如搜寻特定主题的资料），这种中心也会为电子超文本网络的特性所消解；即使上网作为一种活动存在为用户的时间和支付能力所间断，但这种间断并不是发展的螺旋式上升，亦非对终极意义的领悟，不过是新的漫游的准备，同时，它又为所有的中心性寻觅或组构提供了前所未有的广阔空间，任何中心一经确定，各类与中心相关资料就会相继而来。不过，此时的中心已是自由选择的中心，在中心的确认中实现着上网者的自由选择权。

我国古代治学传统中，早就有"六经注我"与"我注六经"的分别。德里达眼里的读者，同样有着重主观与重客观的分别。重主观的读者自以为有权力随便增添什么东西，重客观的读者则拘谨得不敢投入任何自己的东西。德里达认为这两类人都不懂得阅读，要求超出二者之外而进行解构阅读。解构阅读是文本自身解构而造成的意义播撒（dissemination of meaning），依赖于文本而又不为文本所囿。它不追求思想和表达的连贯性，也不追求传统意义上的阐释或说明。它强调互文性，企图抹去学科界线，这在精神上与超文本相通。德里达认为解构是"写作和提出另一个文本的一种方式"。超文本的阅读同时也是写作。网上一位知名作者指出："众所周知，解构阅读和传统阅读的最大区别在于'可写'和'可读'，传统阅读是重复性的可读，解构阅读是批判性的可写……网络上面的联手小说，正是这么一种解构阅读产生的怪胎：没有刻意安排好的故事线索，没有什么主旨、主旋律之类的群众伦理诉求。每个续写者都只是他对于原来的文章进行解构阅读后的主观观察和本体理解，他没有也不肯去猜想故事是否有着在公认价值体系下的统一所指，在网络联手的过程中，这也是不可能的，因为联手者来自各种不同的社会价值环境。"① 作者参与发起的网络联手小说《守门》中，任何一个人都可以用一个虚构的角色参加进去。"角色扮演类型的《守门》让每个人保留的独自的视觉，任何场景和事件都是个体的感受，与他人所知无关，这是一种最为自由的个人精神的张扬。在这样的网络联手小说中，道德、价值观念、文笔、风格都成为了段落性的个别东西，整个情节发展只有能指，没有所指。重复的只是某一个具体生命由于其经历和所思所感在一次叙述中的表露，那不是历史道德的积累，也不需要反映狭隘区域利益的法规。在传统媒体社会中，个体生命感觉的文化表达总是很难拥有最大传播范围的可能，而网络角色扮演小说让这种个人自由叙事伦理得到一个最广阔的相容空间，网络社会环境确实是解构主义的一个最大最好的舞台。"②

（二）超文本与文学的祛魅

加拿大学者查尔斯·泰勒在《现代性之隐忧》一书中将马克斯·韦伯之"世界的祛魅"（the disenchantment of the world）所导致的"意义丧失"和"道德视野的褪色"看作"现代性三大隐忧"之首。③ 他把"世界的祛魅"的根源归结为个人主义和工具理性的"猖獗"，在一定意义上说，"世界的祛魅"过程也就是个人主义和工具理性的"赋魅"过程。不难看出，泰勒对"祛魅"的理解与当下网络语境中文学的"祛魅"有颇多相似之处。

需要着重指出的是，在这里的祛魅主要是针对文字文化中的文学而言，或者换一种说法，即传统意义上的纯文学。指定这一范畴的意义在于：我们必须承认当文字文化取代声音的文化成为现代文明的主流形式之后，文学开始逐渐远离大众，并最终成为大众需仰视的存在。而变化始于互联网的出现。互联网超文本独特的属性，开创了一个全民参与创作的大众文学时代，曾经长时期环绕在文学头顶的光环被祛除。2001 年，当美国批评家希利斯·米勒在《文学评论》上提出"电信时代文学无存"的论点时，文论界的反应相当强烈。2003 年，米勒在《论文学》中又一次重

---

① 梁勇，肖林. 互文性：网络时代对后结构主义的追思 [J]. 企业家天地，2005 (10).

② 笨狸. 网络联手小说——真正的解构文本 [J]. 网络世界，1999 (4).

③ 查尔斯·泰勒. 现代性之隐忧 [M]. 程炼，译. 北京：中央编译出版社，2001：12. 查尔斯·泰勒分析了现代性之隐忧的三个方面：由个人主义所导致的意义的丧失、道德视野的褪色；工具主义理性猖獗所导致的目的的晦暗；自由的丧失。并强调这三个主题虽不能概括全部，但确实触及到人们对现代社会感到困惑的大部分问题。

复了自己的"终结论":"文学的终结就在眼前,文学的时代几近尾声。该是时候了。这就是说,该是不同媒介的不同纪元了。文学尽管在趋近它的终点,但它绵延不绝且无处不在。它将于历史和技术的巨变中幸存下来。文学是任何时间、地点之任何人类文化的标志。今日所有关于'文学'的严肃思考都必须以此相互矛盾的两个假定为基点。"① 从某种意义上说,祛魅的终极其实就意味着"文学的消亡",换句话说,文学终结论实际上可以说是祛魅极端化的必然结果。当然,我们也应该看到,米勒的文学观是以自相矛盾的"两个假定"为前提的,即文学虽趋近终点却又"绵延不绝且无处不在",他的用意与其说是宣判文学的死刑,还不如说是在预言文学的新生,在历史和技术的巨变中,现存文化体系中的许多必将腐朽之物已经到了灰飞烟灭的时候了,而"文学是任何时间、地点之任何人类文化的标志",这个所谓的"终结"如果没有"浴火重生"式的大转折的意思,那岂不是说整个人类文化也即将走向终结?在以全球化、现代性、后现代性为基本特色的网络语境中,媒介文化对文学经典产生了前所未有的冲击,但同时也给文学经典的传承与赓续带来了全新的机遇。在网络文化空间里,我们在讨论时代文学"祛魅"的种种不确定性特征时,至少有以下两个方面的表征与倾向应该引起我们足够的重视。

首先,市场这只隐形手拂去了文学经典作为精神产品的神圣灵光,经典所禀赋的代神立言、为民请命等崇高理念日趋淡薄,娱乐化功能和商品化属性空前膨胀。欲望冲破了人伦的规约,时尚践踏了教化的领地,汹涌于市场的商品拜物教洪流轰然淹没了文化经典的人文价值和审美意义。整个社会发生了历史性转型,精神生产领域几乎都已别无选择地被卷入市场。为了生存的需要,文学不得不面对这个早熟的消费时代,文学经典也不得不接受大众消费的市场化规则。在市场语境中,文学经典的经济学潜能在生产和消费过程中发挥出越来越重要的作用,经典的复制和改造在高额利润的诱使下,纷纷投向商业化消费的怀抱。按照时兴的说法,文学生产,包括经典的再生产,在市场语境中遵循一般生产的基本原则原本也顺理成章。当然,文学既然以生产与消费的方式转入市场,文学经典作为精神产品被消费就成了天经地义的事情。因此,"消费经典"成为时尚也就不足为怪了。"而所谓20世纪90年代肇始的经典消费化思潮,指的是在一个中国式的后现代大众消费文化的语境中,文化工业在商业利润法则的

---

① 金惠敏. 图像增殖与文学的当前危机 [J]. 中国社会科学,2004 (5).

驱使与控制下，迎合大众消费与叛逆欲望，利用现代的声像技术，对历史上的文化经典进行戏拟、拼贴、改写、漫画化，以富有感官刺激与商业气息的空洞能指，消解经典文本的深度意义、艺术灵韵以及权威光环，使之成为大众消费文化的构件、装饰与笑料。"① 由"消费经典"引发的"消解经典"成为今天市场经济浪潮下备受关注的文化现象。曾经的文学经典遭遇今天市场利润的拷问，被毫不犹豫地拿来当做追逐利润的资源。《西游记》被周星驰演绎成"无厘头"喜剧，并因此开创了"大话"模式；《雷雨》被张艺谋演绎成一味追求感官享受的"视觉盛宴"，从而引发中国第五代导演的银幕比富。这种典型的去经典潮流无疑是经典的不幸，但同时我们也清楚地看到，正是在作为"消费文化的构件、装饰与笑料"的过程中，文学经典这些"旧时王谢堂前燕"才真正有机会"飞入寻常百姓家"。事实上，许多读者也正是在这些"装饰与笑料"的指引下走进文学经典世界的，经典在失去尊贵地位的同时反倒可能遇到更多的知音。

其次，时代新潮理论对经典长存的合理性提出了解构式质疑，特别是后现代主义理论，与文学市场化和网络化的调侃经典、消解中心、废弃深度模式等倾向存在着惊人的一致性。从一定意义上说，正是中国近 20 年的社会转型观念与西方后现代文化思潮的涌入，使文学经典遭遇了空前的合法性危机。"经典何谓"与"经典何为"等原本旨在强调经典重要地位的叩问，现在却成了否定经典权威性的诘问。"后现代社会颠覆了经典存在的文化根基。后现代否定传统，嘲弄连续性，消解历史感，信奉断裂性。经典是在拥有中心的文化上建立起来的，但当下世界范围的文化转型使中心性文化失去了过去的飒爽英姿。横空出世的网络彻底地扫清了作家头顶残存的神秘光晕。文学经典'载德载道'等传统理想在备受市场冷落与奚落的同时，正经受着科技理性日甚一日的强烈冲击。如同尼采所说，上帝死了，这是一个诸神狂欢的时代，后现代文化为文学经典唱起了挽歌。"② 套用本雅明的说法，网络的技术复制与拼贴不仅造成了艺术原创韵味的消解，而且使艺术的展示价值替代了膜拜价值，于是，传统经典所具有的那种宗教性神圣感因距离感的消失而丧失殆尽。"网络写手在自由的空间里汪洋恣肆，以短、平、快的文字游弋于虚拟的快乐世界，不追求经典性与精致性，他们要做的只是如何更充分地展示自己和被他人欣赏，

网络文学纵论

---

① 陶东风. 大话文学与消费文化语境中经典的命运 [J]. 天津社会科学，2005（3）.

② 刘晗. 文学经典的建构及其在当下的命运 [J]. 吉首大学学报（社会科学版），2003（4）.

他所诉求的是自况而非自律，他追求的是'当下'和直观，而不是经典的深度与意义。"① 然而，在古老的经典意识和传统的经典信仰被颠覆的同时，文学在市场化与数字化生存境况下必然会建立起新标准与新秩序。

发散性特征是网络文本结构上最为明显的特征。这一特性具有两个方面的表征。从积极意义而言，它可以使得文本具有多向性，产生阅读和理解的"网状"结构；从消极意义而言，它也可以使读者在多向选择的路径中失去方向，产生盲目感，容易忘记自己阅读本身的目的和意义。这两个表征如同一枚硬币的两个面，互为表里，关键在于读者在阅读时能否把握自己的阅读需求，明确自己的阅读动机，从而有效利用超文本这一特征，而不是为这一特征所误导。

如前所述，多向性是网络超文本积极意义的表征。德勒兹的"根茎"理论对于理解网络超文本的多向性特征具有启发意义。德勒兹与加达里曾于1980 年合作完成《千高原》一书。在《千高原》中德勒兹指出，与树干系统的分叉歧出不同，地下茎干的系统能够将互不相连、相距甚远的系统联结起来，从而创造出具有多维层次与多向出口的空间。由根茎组成的具有放射性的网络如同音乐中的复调，节点构成的网络形成"维度的线性繁殖"。

"根茎不是由单位构成的，而是由维度或运动方向构成的。它没有起始和结尾，而总是有一个中间，并从这个中间生长和流溢出来。它构成 n 维度的线性繁殖……根茎与（网）结构不同。结构是由一组点和位置限定的，各个点之间是二元关系，而各个位置之间是双单义关系，根茎只由线构成：作为其维度的分隔和层次的线，作为最大维度的突围角或'解域线'……与图表艺术、画画或照相不同，与踪迹不同，根茎必须与生产、必须与建构的一幅地图有关。一幅地图总是可分离的、可连接的、可颠倒的、可修改的，有无数的进口与出口……与等级制交流模式和既定路线的中心（或多中心）系统相比，根茎是无中心的、无等级的、无意指的系统，没有将军、没有组织记忆或中央自动控制系统，仅仅只是由流通状态所界定。"②

我们可以从德勒兹的描述中看出，"根茎"的状态与超文本写作之间有诸多相似之处。根茎系统将思想放逐，将思想变成"游牧状态"。游牧

---

① 陈定家. 文学的经典化与去经典化［C］//中国社会科学学术前沿（2006－2007）. 北京：社会科学文献出版社，2007.

② 德勒兹，加塔利. 千高原：资本主义与精神分裂症游牧思想［M］. 姜辉宇，译. 上海：上海书店出版社，2010：27-28.

状态摆脱了"条纹空间"或"栅格空间"的局限性，而步入其"平滑空间"。"平滑空间"是对"条纹空间"或"栅格空间"的反叛。"游牧思想"则通过"根茎"之类的"战斗机器"与之斗争。超文本写作具有多向性，改变了以前线性文本的单一阅读方式，而开始进入多线型或互动型阅读，这是超文本写作与阅读的优越之处。

超文本结构上的多层次性及网状结构，其实也会带来一系列的问题，例如盲目性即是其中之一。在超文本的使用与阅读过程中常常会遇到所谓的"迷路"（Disorientation）问题。"所谓迷路，指的是用户在浏览信息网络时，不知自己身处何处，如何到达目的地，或者在浏览时因多次跳转而偏离学习（或搜索）主题。"① 简言之，就是用户忘记自己身处何地和将要如何到达目的地。例如，当用户经由节点 A，通过链 1，进入节点 B；通过链 2，进入节点 C；通过链 3，进入节点 D……通过链 6，进入节点 G。当用户进入节点 G 时，却忘了自己为何要到达这一节点，以及如何返回并到达自己的目的地。随着节点的增多，用户使用目的的盲目性，加之使用过程缺乏必要的导航，会使得用户（读者）如同进入迷宫，无法到达目的地。

在数字化语境下，随着技术与艺术的日渐融合，文学经典正在以网络时代特有的方式谱写其存亡绝续的全新篇章。"栖居网络的文学方式消解了真实与虚拟、话语能指与言语所指的两级分立，抹平了艺术的技术性与技术的艺术化的审美边界，更换了人们对文本诗性的认知与体验范式，用电子数码的'祛魅'方式褪去文学的原有韵味，重铸人与虚拟世界间的审美关系，用符号仿真的图文语像刷新这个时代对文学经典性的命意；同时，数字化媒介的技术叙事在对传统文学性解构中又在不断拓展网络文学性的'返魅'路径，借助虚拟真实的艺术张力设定自己的文学性向度，以科学与诗的统一重铸新的审美境界，书写赛博空间的行为诗学，并最终以遮蔽传统又敞亮新生的超越性，打造互联网艺术灵境中的数字化诗性。因而，电子诗意的文学性生成便成为一个解构与建构相统一的辩证过程。"② 事实上，当下新兴网络文学所显示出的勃勃生机已为重构文学经典提供了多种可能。网络作为文学祛魅的直接动因，它在颠覆文学经典既有价值范式的同时也为经典的新生开辟了重建审美理想的数字化生存之境。

市场和网络所带来的大众文化勃兴，在分化和瓦解文学经典精英读者群体的同时，也激发了文学经典多种潜在的文化功能。一方面，文学经典

① 张智君. 超文本阅读中的迷路问题及其心理学研究［J］. 心理学动态，2001（2）.
② 欧阳友权. 互联网对文学性的技术祛魅［J］. 吉首大学学报，2004（3）.

在走向大众化和娱乐化过程中，其商品化、游戏化、庸俗化倾向所造成的负面影响也日趋严重。大众文艺以其无可比拟的娱乐性功能将传统的文学经典挤出了人们的业余时间。当电视和网络即将把大多数人的读书时间瓜分殆尽的时候，那些偶有闲暇的人，也很难产生阅读经典的欲望，纵有"欲读书情结"也往往挡不住形形色色的侦探、武侠、玄幻、个人隐私等作品的吸引。毫无疑问，对于绝大多数青少年读者而言，恣情快意的娱乐性作品往往要比一本正经的名著更有吸引力。于是有人说，当下的文学经典，除了成为某类特殊人群为稻粱谋的"业务"资料外，就只剩下为部分附庸风雅的人装点门面的功用了。另一方面，大众文化的勃兴也极大地拓展了文学经典生成与发展的新空间。传统文学经典的求真、尚美、向善等正面影响借助于市场与网络的巨大能量更加深入地渗透到了社会生活的方方面面。从这个意义上说，大众文化或文艺永远无法消除经典之母所赋予的神采与胎印。事实上，文学经典潜移默化的影响无处不在，而且历来如此。诚然，当下的文学经典普遍存在着被采伐过滥的倾向，但是，经典之所以成为经典，就在于其自身蕴含着一种生生不息的创生机制。真正的文学经典蕴含着某种不朽的文化品质，经典的形成通常遵循一条消费"递增"原则，并必然要经历一个愈分愈多，愈用愈强，日渐繁盛的经典化过程。因此，文学经典的人文精神和审美价值，以及经典的文化潜力非但不可能被市场和网络耗尽，相反，真正的经典必将在市场化和网络化过程中星火燎原般地创造新的辉煌。

T·S·艾略特说过："我们称赞一个诗人的时候我们的倾向往往专注于他在作品中和别人最不相同的地方……我们竭力想挑出可以独立的地方来欣赏。实在呢，假如我们研究一个诗人，撇开了他的偏见，我们却常常会看出，他的作品中，不仅最好的部分，就是最个人的部分也是他前辈诗人最有力地表明他们的不朽的地方。"[①] 市场与网络语境中历代文学经典"不朽的地方"已被更自觉地应用到大众文化生产与消费程序中。文学经典作为市场的"摇钱树"和网络的"点金术"，在纷纷抖落历史尘埃的同时正在不断地制造新的文化神话。四大名著的"落网"、"化碟"、"动漫"、图解、改编、重拍、戏说、正说、点校、品鉴等，各行其是，各显神通。其他名著如"三言二拍"的加工改造的方式和方法也同样是名目繁多，花样百出。这类"经典还魂"的戏法，通过电视台众星捧月的市场化炒作和

①　T·S·艾略特. T·S·艾略特文学论文集［C］. 李赋宁，译注. 南昌：百花洲文艺出版社，1994：2.

互联网图文并茂的数字化轰炸，获得了亿万票房，这样的奇迹固然应归功于媒体，但人们兴许也能影影绰绰地看到文学经典的深层影响。至于被各种媒介炒得沸沸扬扬的"红楼选秀"等群众运动，无非是借名著造势的又一场消费经典的大众狂欢和感官盛宴而已。市场与网络语境下，所有这些名著的变脸或变相行为，不仅是文学经典产业化、数字化生产和消费的具体例证，同时也是经典"绵延不绝且无处不在"的生动说明。值得注意的是，在市场和网络语境下，传统文学经典不仅是出版商和影视制作人的聚宝盆，悄然崛起于新世纪的游戏开发商也一直牢牢盯紧了文学经典这座永远开采不尽的金矿。作家、艺术家其实也仍然把文学经典看做经验的至贵宝库和灵感源泉，哪怕是那些反传统的"先锋派"或专以解构经典为能事的"新新人类"，他们的文化意义和艺术魅力更多来源于被攻击对象，也可以说是经典的背面折射出的异样光芒。

总之，市场与网络的合谋，使经典在快餐化和数字化蜕变中丧失了许多宝贵的品格。但经典之所以为经典，并不在于它是否被长期摆放在畅销书架上，是否频繁出现于时文的引号中，是否被反复写进时髦的广告里。真正的经典即便是在缺席的情况下，它仍然能够发挥春风化雨般的精神影响。如日中天的文化市场与数字化媒介已经在很大程度上把经典文学精神灌输到大众文化的肌体之中，在大众文化的"陋室"里，我们也许再也找不到文学经典安居"殿堂"的矜持与清雅，但经典文化的种子已就此扎根于寻常百姓的家园。

（三）作者之死

罗兰·巴特（Roland Barthes）在阐释读者与文本的关系、分析文本的意义时，明确宣称"作者死了！"。他在《作者之死》一文中写道："作者的死亡不仅是写作的一个历史事实：它彻底改变了现代的文本（或者这样说也是一样的，文本从此以这样一种方式被书写和阅读。于其中，作者在所有的层次上都不再存在）。"这阻止了作者从创作权到阐释权的非法跳跃，写作因而成为一个界限明确的行为事件。这也还原了读者的原初形态，即他有权对本文本作出个体化的理论回应，"因为，只有在阅读过程中，文学才被展现为文学"[1]。在巴特看来，一部作品的文本一旦完成，文本中的语言符号就开始起作用，读者通过对文本语言符号的解读，解

---

[1]　金元浦. 文学解释学［M］. 吉林：东北师范大学出版社，1997：148.

释、探究并阐明文本的意义。至于作者，他此时已结束使命，没有发言权了，剩下的就是读者如何阐释作品。按照巴特的观点，文本不可能有确定的"神威要意"，文本写作应是消解意义，又生产意义，同时滋生出多元的文本意义；作品的意义是游移变动的，不为文本所凝固；事实一经叙述，就与客观现实断开了联系，写作也就成了语言符号游戏，语言符号的所指和能指不是一一对应的。巴特进一步认为，作者不是作品意义的最高权威，一旦作者写下文字，意义的游移是作者本人无法支配的。因此，他宣布"作者死了!"。这是巴特从他的享乐主义美学原则出发提出的观点，因为他提倡可写性文本，鼓励读者能够作为一个创造性主体参与生产文本的意义，从而获得充分的自由去领略"能指"的神秘和创作的乐趣。当读者带着这样的创造性和自由去接受文本时，同一个文本在不同的读者那里就会产生不同的意义，因为谁都没有特权赋予文本以终极的、确定的意义。于是，要出现这样的读者，就必须以作者的死亡为代价。法国结构主义哲学家米歇尔·福柯（Michel Foucault）的作者死亡理论则是从权力的角度来揭示的。他把权力看做无所不在的现象，任何时代任何话语都不是个人想象和创造的结果，而是权力的产物；权力通过隐性渗透来控制、组织、传播知识，因而权力系统中无个人，无主体。福柯认为，写作中能指依照自身的规则来支配写作，写作"创造了一个空间，在那儿，写作的主体消失殆尽"[①]。他确信在写作和文本中不存在绝对的主体性作者，只有"作者功能"。因此，他提出以"作者功能"取代"作者"的概念。他说，作者只能是一种功能，只起区别话语类型的作用，便于话语类型之间进行比较。[②] 和巴特一样，福柯认为文本无确定意义，批评的任务不是揭示以作者原意为中心的诸多关系，也不是揭示文本确定的意义和经验，而是通过分析文本的语言或其语言结构的内部运作来分析文本。福柯的最终目的是要彻底否定作者，否定传统意义上表现和创造的主体，并努力去揭示那控制和驾驭主体如何言说的内在力量——权力。巴特的"作者之死"和福柯的"作者功能"这样的观点，其本质是对传统作者论中的作者作为意义垄断主体的权威地位的颠覆，其认识论基础则是现代语义理论之意义多元性和不确定性。"写作不断地诉诸意义，却又总是为了使意义消失，以此系统地消除意义。"[③]

---

① 葛校琴. "作者死了"吗？[J]. 外语研究，2001（2）.

② 葛校琴. "作者死了"吗？[J]. 外语研究，2001（2）.

③ 葛校琴. "作者死了"吗？[J]. 外语研究，2001（2）.

事实上，"作者之死"是个隐喻，且不限于形式主义批评领域和解构主义批评领域。它是 19 世纪以来一股反传统，尤其是反浪漫主义的潮流最隐秘的写真。如果说形式主义批评和解构主义批评中，作家论的作家泯然于作品或作品解读的话，那么此前另有两个似乎是谋杀作者的预备步骤：一是泯然于环境，二是泯然于集体。作为隐喻的"作者之死"最初的特征是泯然于外部环境，包括历史环境和自然环境。在马克思主义看来，人能按照自己的类特性自由自觉地活动，同时人的自由必须符合客观规律，人只能在既有的基础和认识上进行活动。强调"个人是社会存在物"，"人的本质是人的真正的社会关系"，① "人的本质不是单个人所固有的抽象物，其现实性上，它是一切社会关系的总和"。② 而作家本质上也是特定历史环境的产物。这一派的理论广为后世现实主义作家加强，譬如契诃夫说"文学家是自己的时代的儿子，因此应当跟其他一切社会人士一样受社会生活外部条件的节制"③。作家虽然有自觉的属性但却无法超越时代天马行空，他们无法拔着自己头发上天，作家的无奈正是作家之死最初的征兆。而这一思路在行为主义、科学主义等环境决定论那里得到确认。如果说"泯然于环境"论只是规定了作家的人间属性的话，那么"泯然于集体"论则是宣告作家不过是道具。T·S·艾略特指出作家要表现的不是个人感情而是人类的感情，他说："一个艺术家的前进是不断地牺牲自己，不断地消灭自己的个性。"因此，诗人"须随时随地准备不断地抛弃自己"。④ 而一个成熟作家成功的地方正是与前辈共享的全人类集体意识。作家就是这样消泯在传统和集体之中的。

今天，网络写作迎来化名作者与群体作者时代，在这个时代，作者成为众人，网络写作成为群体写作，而成为化名作者或群体作者的前提是他们必须同时是读者。因此，作为个体的"作者之死"，同时唤起了网络上成百上千的"作者之生"。网络超文本的使用者在将用以保存的文本复制之后，把复制后的文本作为"可写文本"加以利用，不断地更新版本。像这样由于阅读和共同创作"可写文本"变成了众多新版本的堆积物，成了

---

① ［德］马克思. 1844 年经济学哲学手稿［A］. 马克思恩格斯全集（第 42 卷）［G］. 北京：人民出版社，1979：122.

② ［德］马克思. 关于费尔巴哈的提纲［A］. 马克思恩格斯选集（第 1 卷）［G］. 北京：人民出版社，1995：60.

③ ［俄］契诃夫. 契诃夫论文学［M］. 北京：人民文学出版社，1958：36.

④ T·S·艾略特：T·S·艾略特文学论文集［C］. 李赋宁，译注. 南昌：百花洲文艺出版社. 1994：129-133.

众多阅读和共同创作的产物的积累。换一个角度来看，这种阅读和共同创作行为是对"可读文本"的解构，同时又是对"可写文本"的重构。这一切在电子文本的阅读和共同创作行为中得到淋漓尽致的体现。作者的虚构之理论在数字化媒体这里得到了很好的例证，数字化媒体既有复制、重写、保存以及参照等诸功能，同时又不存在文字媒体那样的极限。依照波尔特（Jay David Bolter）的说法，作者仅仅是印刷时代的产物而已。因为印刷书籍需要消耗金钱和劳动力，故而对于普通读者而言通过出版书籍成为作者的机会很少。而书本的作者将语言变成文字，再将其印刷然后呈现在读者面前，可是读者不过是听从分配。面对印刷成铅字的语言，他们无能为力。这一点在手写时代则完全不同，因为"出版"并不是书本流通过程中的最重要环节，因而读者更看重在文本中加入自己的笔记或注释，这样的情形，使得作者与读者没有严格的分界线。对于印刷媒体而言，由于在将作品物质化的过程中需要耗费大量的资金和劳动力，因而对于一般的读者而言要想成为作者并非易事，这样就在作者与读者之间形成了一道鸿沟。另外，如果没有赞助者而独立完成作品的话，则著作本身必须赢利，为此必须坚持版权。也就是说，作品需具有原创性，必须与其他作品不同，作者对作品拥有无可争议的权威性，并且不允许读者对作品有侵权的行为。总之，作者的虚构来自于印刷媒体的资本主义。然而对于当下的网络化环境而言，作者的必要性也许将不复存在。这一点，反映在今天的网络媒体中屡见不鲜。2008 年初网络上流行一首名为《致西方的诗》，颇受广大网友关注，一时争相转载。现摘录片段如下：

> 当我们被称为东亚病夫时，
> 我们被称为黄祸。
> 当我们被宣传为下一个超级大国时，
> 我们被称为威胁。
> 当我们关上我们的大门时，
> 你们走私毒品来打开市场。
> 当我们信奉自由贸易时，
> 你们责骂我们夺走了你们的工作。
> 当我们被碎成几片时，
> 你们的军队闯进来要求公平分赃。
> 但我们把碎片重新拼接好时，
> 你们又叫嚣解放被入侵的西藏……

但是你们有谁能真正了解我们？
思考一下然后回答。
你们只是想找寻一切机会，
永无休止地让世界变得伪善。

有趣的是这首诗的作者最初被认为是纽约州立大学布法罗校区的林教授。但是后来由于网上求证的人太多，林教授发表了一封说明邮件，在这封邮件里林教授作了如下说明：亲爱的朋友们，非常感谢你们热情的赞扬和支持。关于你们提到的希望我授权以便对这首诗进行翻译和转载，我想既然这是一首流传于网上的匿名诗，那么作者就不会介意被引用、翻译以及转载。不过我并不是这首诗的作者。林教授的简短说明对于数字化媒体电子文本作者的虚构这一论断作出了一个很好的注释。在这样一个无国界的网络环境下，与其说作品没有作者，不如说作者对于作品已经没有意义。因为作者非常清楚，一旦将自己的作品上传到网络，自己对于网上的引用和转载将无能为力，所以我们可以断言，在网络超文本的世界里，作者在一开始就退场了。

三、马克思主义文学观之新世纪解读

19 世纪末，马克思在《〈政治经济学批判〉序言》中对唯物史观作出经典性的表述，他在考察社会变革发生的冲突时指出，必须注意"一种是人们借以意识到这个冲突并力求把它克服的那些法律的、政治的、宗教的、艺术的或哲学的，简言之，意识形态的形式"[①]。正是根据这一经典论述，从 19 世纪末到 20 世纪，马克思之后的马克思主义文艺理论家都把艺术作为"意识形态的形式"，并在此基础上建立马克思主义文学观。"文学是社会意识形态"这样一种马克思主义文学观在经历了漫长的历史时期之后，在人类社会步入 21 世纪后工业化时代的大背景下，正面临着重新解读的时代需求。

（一）"世界文学"概念的嬗变

"世界文学"的概念首次出现于 1827 年 1 月 31 日歌德同爱克曼的谈

---

① 马克思，恩格斯. 马克思恩格斯选集（第 2 卷）[G]. 北京：人民出版社，1995：33.

话中。这段话是这样的："民族文学在现代算不了很大的一回事，世界文学的时代已快来临了。现在每个人都应该出力促使它早日来临。不过我们一方面这样重视外国文学，另一方面也不应拘守某一特殊的文学，奉它为模范。"① 这段话的背景是歌德在阅读中国小说时意识到东西方文学中拥有共同性的感受，整个人类是一体的、相通的，因而表达了一种愿景。对于歌德谈话中隐含着的某种意义上的"全球化"概念，马克思和恩格斯在《共产党宣言》中作出过描述和探索。150 多年前，马克思和恩格斯在《共产党宣言》中全面描述了资本向海外扩张和在各方面导致的后果，并且由此总结道："过去那种地方的和民族的自给自足和闭关自守状态，被各民族的各方面的互相往来和各方面的互相依赖所取代了。物质的生产是如此，精神的生产也是如此，各民族的精神产品成了公共的财产，民族的片面性和局限性，日益成为不可能，于是由许多种民族的和地方的文学，形成了一种世界的文学。"② 由此可见，"世界文学"这个概念虽然是由歌德率先提出的，但是马克思和恩格斯对其进行了充分而科学的论证。他们的结论是在全面考察了世界经济发展的现状和趋势的基础上，合乎世界经济和文化发展内在逻辑的一种精密推导。而 20 世纪的文化发展印证了他们的预见。当代各国文学创作之间的互相借鉴、融合及渗透就是鲜明的例证。在这里我们应当将统一的世界文学理解为一种创作理念和手法的整合。"民族的片面性和局限性"逐渐被克服，但是民族文化的精华和特色仍将得到保留，而随着信息技术的发展，这些优秀的民族特色也就日益成为世界各国各族人民接受的文化成果。

但是从严格意义上来讲，"世界文学"概念的内涵并没有严格的界定，这就给后人留下了巨大的阐释空间。"世界文学"一直处于被不断界定的动态进程中。后世学者试图从不同角度阐述这一术语的含义，给出了多样化的界定，并不断赋予新内涵。总的说来，"世界文学"可以指称："（1）人类有史以来所产生的世界各民族文学的总和；（2）世界文学史上出现的那些具有世界意义和不朽价值的伟大作品；（3）根据一定标准选择和收集成的世界各国文学作品集；（4）歌德理想中的世界各民族文学合而为一的一个时代；（5）专指欧洲文学。"③ 这种概括比较全面，综合了不同多元化的解释，但是仍不断产生新的解读。

---

① 爱克曼，辑录. 歌德谈话录 [M]. 朱光潜，译. 北京：人民出版社，1982：113.

② 马克思，恩格斯. 马克思恩格斯选集（第 1 卷）[G]. 北京：人民出版社，1972：255.

③ 陈庆祝：后现代视野中的"世界文学"[J]. 湘潭大学学报，2007（4）：87-96.

20世纪90年代以来，世界文学再次兴盛。"世界文学"命题被不断提起、阐释甚至重新定义。以大卫·达姆罗什的《什么是世界文学》（2003）为先导，克里斯托弗·普伦德加斯特的《世界文学论争》（2004）、帕斯卡尔·卡萨诺瓦的《文字的世界共和国》（2004），弗兰科·莫莱蒂的《图表、地图、树：文学史的抽象模式》（2005）以及达姆罗什的《怎样阅读世界文学》（2009）等从不同的角度对"世界文学"给以新的理解。其中尤其以达姆罗什的解释引起的反响最为强烈。按照他的看法，"（1）世界文学是各种民族文学的椭圆形折射；（2）世界文学是在翻译中有所获益的文学；（3）世界文学是一种阅读模式，而不是一系列标准恒定的经典作品，是读者与超乎自己时空的世界发生的间距式距离"①。他的解释避免了文学的价值判断，是从文学的生产、翻译和流通的角度展开的，解决了世界文学的构成问题，即世界文学是发生某种"折射"的民族文学的汇集。他还肯定了翻译在重建不同语言和文化背景中的世界文学过程中的作用，并且从读者阅读的角度研究审视世界文学。达姆罗什的阐释刷新了目前学界对世界文学的理解，引起了国际比较文学界的热议，也为目前正在进行中的"世界文学重构"增加了新的认知。

"全球化"的到来验证了歌德"世界文学"理论的预见性。今天文学所面临的时代与当初歌德提出"世界文学"的时代有某种共同之处。正如约翰·皮泽所指出的那样："歌德 Weltliteratur（世界文学）的观念重新引起人们的兴趣，这几乎是必然的，因为当今时代的发展在某种程度上重现了歌德的那个时代，并将其向前推进：冷战结束了，与之相伴的是全球性金融机构和跨国企业（包括出版社）的出现；出现了许多作家，他们的政治观念、文化甚至语言都超越了单一民族国家的界限；出现了互联网这样的科技。"② 也许这就解释了为什么在全球化时期"世界文学"的概念被一再提起，被重新阐释和定义的原因。以至于J·希利斯·米勒惊呼："世界文学的时代来临了！世界文学是当今全球化的伴生物。"③ 在这样一个历史语境中，不论我们对全球化抱有什么态度，一个不可回避的现实是全球化的日益深化，使得世界各民族、国家文化的交流都日益增多。但

网络文学纵论

---

① Damrosch D. *What is World Literature*［M］. Princeton：Princeton University Press，2003：281.

② 约翰·皮泽. 比较文学与世界文学：建构建设性的跨学科关系［J］. 刘洪涛，刘倩，译. 中国比较文学，2011（3）：13-31.

③ J·希利斯·米勒. 世界文学面临的三重挑战［J］. 探索与争鸣，2010（11）：8-10.

是，无论全球化怎样深入，各民族文学都不会完全相同，因为任何民族都不会听任自己的民族文学自行消亡，可以说，民族文学的独特性、主体性才是其根本的价值与意义所在。只有这样，各民族文学才能成为世界文学体系中的"一元"。从这个意义上说，世界文学实际上是多元的民族文学的集合，世界文学主体的多元化趋势在增强。

（二）马克思主义文学观的演进

马克思主义创始人对全球化和文化问题的远见卓识影响着一代又一代的革命家和文学理论家。法国理论家克里斯蒂娃的互文性概念在当代学术文化中影响很大，一般用于符号学、文本形式论的研究，影响所及成为后现代、后结构主义的重要术语。互文性理论解构的依然是一元论本质主义的逻各斯中心主义的传统。按照互文性理论，从对文学性质的研究而言，文学的性质不再可能由单一的概念（作为本文的概念）来概括，在互文性的视野中，由单一概念比如单一的审美或单一的意识形态来贯通的自主、自足的文学观被解构了。正如克里斯蒂娃指出的，"'艺术'揭示的是一种特定的实践，它被凝结于一种极其多种多样表现的生产方式中。它把陷入众多复杂关系中的主体织入语言（或其他'意指材料'）之中，如'自然'和'文化'关系，不可穷源的意识形态传统和科学传统（这种传统因此是有效的）和现时存在之间的关系，以及在欲望和法则、身体和'元语言'等之间的关系中"①。因此，互文性理论揭示了文学艺术文本意指实践的丰富性、意义关系的多元性，既是一种新的文学观念，也是一种新的文学研究方法。作为一种灵活开放的研究方法，它是人们对文学认识的深化，互文性概念在文学性质研究的内部批评和外部批评之间打开了通道。

马尔赫恩强调马克思主义文学理论在其理论建构中一直在实践互文性理论结构。文学艺术是人类文化的主要形态之一，它与人类的生存、发展，与社会生活的各个方面都有本体上的不可割舍的关系。它书写着人类的生存和社会的历史，它的文本本身是互文性的，与此同时，文学研究也应该以互文性理论的开放性视野来丰富理论对文学的认识。当然，马尔赫恩强调的马克思主义文学理论的互文性主要在于，马克思主义文学理论应该是而且必然是唯物史观的意识形态理论与美学的审美理论、文学文本理论等的结合。他说："马克思主义的要求必然是论述社会历史结构和进程

---

① ［法］克里斯蒂娃. 人怎样对文学说话［M］. 引自罗兰·巴特符号学原理. 李幼蒸，译. 北京：三联书店，1988：213.

中的生产方式及其功能。这是马克思主义的权利，也是他自己规定的局限：首先它坚持对所有有关的社会事物作批判性审查；其次，它没有能力在自己观念资源的范围内，产生有关社会的一种详尽无遗的知识。马克思主义总是有意无意地借鉴其他的各种知识。"① 马克思关于艺术是意识形态的规定，是从社会结构、功能方面而不是从美学方面提出问题的。文学艺术活动的实际存在方式是审美方式，如何从文学的具体的审美存在方式入手提出马克思主义的文学本质观，是 20 世纪世界马克思主义理论家的世纪困惑。中国新时期创生的文学审美意识形态论，可以说开始为找到解决这个理论难题的思路做出尝试：即把唯物史观和文学审美特性理论结合起来，提出一个"审美意识形态"的整体文学观。

　　解构主义大师德里达 1993 年出版了专著《马克思的幽灵》，开启了新的思考和研究方向。他在这部专著中讨论了这样一种现象：社会主义运动在欧洲衰落之后，马克思主义依然犹如一个幽灵一般四处飘荡。但令人玩味的是，这个"幽灵"不是单数，而是以复数形式表示的"幽灵们"，而包括他自己在内的当代人文知识分子则都是这样一些漂泊的"幽灵"。他认为，当代知识分子，不管赞成与否，或多或少地都受到马克思主义的影响，因而从总体上来说，马克思主义的巨大影响在当今时代依然存在，无论是存在主义还是解构主义都无法摆脱这种影响。这些幽灵们在漂泊的过程中依然不时地向中心寻找认同，而马克思主义创始人及其经典著作则正是他们必须与之认同的"始源"和中心。德里达并非只是抓住马克思主义创始人的一些只言片语而大做文章，也不满足于阅读后来的马克思主义者对马克思主义的阐释和发展，而是从阅读马克思的原著做起，经过了艰苦的探索之后，终于在对马克思原著的仔细阅读中找到了部分答案。他认为，"不去阅读并反复阅读和讨论马克思——当然也包括另一些人——而且要进行超越学者式的'阅读'和'讨论'，将永远是个错误。而且这将越来越显示出是一个错误，是一个理论上、哲学上和政治责任方面的失误。即使当教条机器和'马克思主义'的意识形态机构（国家、政党、支部、工会和作为理论教义之产物的其他方面）全都处在消失的过程中，我们也不应该有任何理由，其实只是借口，来为逃脱这种责任去辩解。没有这种责任感，也就不会有将来。不能没有马克思，没有马克思，没有对他的记忆，没有马克思的遗产，也就没有未来；无论如何都应该有某个马克

---

① ［英］马尔赫恩. 当代马克思主义文学批评［M］. 刘象愚，等，译. 北京：北京大学出版社，2002：20、35.

思，得有他的天才，至少得有他的精神。因为这将是我们的假设或更确切地说是我们的偏见；有诸多种马克思的精神，也必须有诸多种马克思的精神。"① 在这里，英文中的"精神"（spirit）一词也含有幽灵的意思。显然，德里达已经清醒地意识到，包括解构主义在内的各种当代理论思潮都和马克思主义有些干系，因而无法避免马克思主义的影响。他在这一点上也和詹姆逊一样，认为马克思主义在东欧剧变中的暂时失利并不意味着马克思主义本身的错误，更不意味着马克思主义就此趋于消亡。在詹姆逊看来，诉诸革命实践的马克思主义在当今这个全球化的时代已经成了一种可以赖以进行理论建构的乌托邦。而在德里达看来，马克思的幽灵则转化为一种巨大的精神力量，它已经深入到当今人文社会科学的各个知识领域，对人们的思想和研究方法产生了重大的影响。

马克思主义在经历了一个多世纪的风风雨雨后依然没有过时，它不仅对过去作了总结，对未来可能发生的事件也能够作出一定的预测。今天，数字化媒体的诞生正是为马克思和恩格斯的"世界文学"论作出科学技术的注脚。凭借数字化媒体的技术优势，世界各民族精神产品的融合与交流呈现出前所未有的繁荣景象。世界范围的影视、文学、艺术（音乐与绘画）等具有代表性的文化符号，最终在互联网上找到了共同演出的舞台。国境、种族、语言等在传统意义上阻碍世界文化交流的因素，在数字化媒体那里找到了畅通无阻的方法。对于今天的全球化趋势，希利斯·米勒作出如下阐释："当今的全球化有三个基本的特征：其一，全球化在不同的国家和地区发生的方式和程度有所不同。其二，全球化是异质性的，而非单一的现象。其三，所有这些形式的全球化的共同名称都是新的电信—技术—交流（tele-techno-communication）。尽管马克思和恩格斯在 1848 年已经理解了当时的技术正在改变整个世界，并且使全球化成为一个不可避免的事件，但是他们仍然不可能预见到无线电、电视、手机的出现，甚至都没有预见到电话和留声机的出现……马克思和恩格斯把资本主义的全球化看做既是灾难又是机遇。它对于古老的欧洲民族国家是灾难，因为全球化将削弱它们的霸权。而对于这样的削弱马、恩多少是抱欢迎的态度。他们也预见到，全球化同时也意味着作为一个世界范围内单一的剥削、商品

---

① Derrida Jacques. *Spectres of Marx* [M]. Peggy Kamuf, trans. London & New York: Routledge, 1994: 13.

化和商品拜物教经济体系的资本主义的胜利。"① 虽然马克思没有能预测到网络社会的到来，但是他的高瞻远瞩的全球化预言无疑为今天的数字化语境下的文学发展观提供了强有力的理论依据。也正因为如此，我们今天所处的网络社会环境中的文学活动才展现出前所未有的活力。同时，也正是由于像德里达、詹姆逊这样的具有开创精神的文学理论家对马克思主义文学观的深层解读，赋予了马克思主义文学观新时代的内涵。

---

① Miller J. Hillis. A Defense of Literature and Literary Study in a Time of Globalization and the New Tele-Technologies [J]. *Neohelicon*, XXXIV (2007) 2, forthcoming.

第三章

数字化媒体为当下中国文学带来什么

一、中国互联网与文学之关系

中国互联网的兴起和普及具有自身的特点。中国人使用互联网的特点为网络文学在中国的发展提供了契机。数量庞大的文学青年成为网络文学创作的主体。随着近年文学网站的发展，网络文学开始走上市场化道路。网络文学的繁荣吸引了传统作家的关注，传统文学正在尝试与网络文学接近。

（一）中国网络文学的兴起与发展

迄今为止，我国网络文学的兴起与发展可分为三个阶段：

1. 发端于海外，繁荣于国内。在 20 世纪 90 年代初，大陆的个人电脑普及率仍然处在低水平，互联网服务则刚刚起步。带宽窄，费用昂贵（1995 年上网速度是 9.6K，费用是 2000 元/小时，1999 年费用是 60 元/小时，后来是 10 元/小时、5 元/小时……直到现在的 2 元/小时。网速由原来的 9.6K 猛增到 10M，家庭上网已由原来的 512K 提到 1024K，也就是 1M）等都成为造成大陆互联网使用者数量少的重要因素。而另一方面，身在海外的华人群体在互联网利用方面具有相对的优越性。上世纪 90 年代在美国互联网的使用已经有一定的规模，这为旅居美国的华人提供了相对优越的互联网使用环境。而其中北美留学生扮演了拓荒者的角色，筚路蓝缕，功不可没。1991 年，王笑飞创办了海外中文诗歌通讯网（chpoem－1@listserv. acsu. buffalo. edu），该网实际上是一个邮件订阅系统，以张贴古典诗词为主。翌年，美国印第安纳大学的魏亚桂请该校的系统管理员在 USENET 上开设了 alt. Chinese. text，简称 ACT。这是 Internet 上第一个采用中文张贴的新闻组。1993 年 10 月，方舟子（生物学博士）开始在海外中文诗歌通讯网上张贴其诗集《最后的预言》，并出入于 ACT。他有感于 ACT 中的鱼龙混杂，与古平等人于 1994 年 2 月创办了第一份网络中文纯文学刊物《新语丝》（http：//www. xys. org），以邮递目录的形式刊发诗歌和网络文学。该刊是第一份不隶属于任何机构、以远离时事政治为特色、自始至终百分之百刊登创作稿件的中文电子刊物，风格清新。1996 年 10 月，它建立了万维网主页。其服务器曾几次搬家，目前位于美国加州。海外汉语网络文学刊物陆陆续续出了不少。除《新语丝》外，影响较大的还有诗刊《橄榄树》（http：//www. wenxue. com），它是诗阳、鲁鸣等人在 1995 年 3 月成立的。由世界各地中国学生学者联谊会主办的电子杂志有美国的《华夏文摘》、《威斯康星大学通讯》、《布法罗人》、《未名》，加拿大的《联谊通讯》、《红河谷》、《窗口》、《枫华园》，德国的《真言》，英国的《利兹通讯》，瑞典的《北极光》、《隆德华人》，丹麦的《美人鱼》，荷兰的《郁金香》，日本的《东北风》等。这些刊物都在不同程度上成为网络文学的温床。第一篇中文网络小说《奋斗与平等》（少君著）就是 1991 年 4 月在《华夏文摘》上发表的。1996 年 1 月，原先活跃于中文诗歌通讯网的几位女性作者创办了网络女性文学刊物《花招》，著名作者有鸣鸿等。这个刊物也很活跃。时至今日，海外华人网站与汉语电子刊物的主体已经从留学生扩展到当地出生的华裔青少年，乃至于各行各业的华人企业与社团。文学创作队伍也相应有所扩大。中国大陆网络建设起步比发达国家要晚。与此相应，大陆网络文学的诞生与发展是和海外（特别是北美）汉语网络文学的影响分不开的。世界范围内的汉语网络文学是相互关联、彼此呼应的。我们可以举两个例子来加以说明。一是《新语丝》正在朝成为国际网站的方向发展，其读者有 1/3 左右来自中国大陆。美国的阿瑟、亦歌，北京的老猫、洪亮，上海的一华，天津的 Sunny，长沙的 Dove，哈尔滨的叶振宪等都对它的建设颇有贡献。二是 2000 年初，《都会报》（City Media）与热巢网（City Hot）共同主办"当代华人极短篇大展暨线上征文比赛"，通过自身和网络同学会（City Family）共三个网站同时展出台湾、大陆和香港的作品，并进行征文比赛。相关网址为 www. cityhot. com。时至今日，网络华文文学已经拥有自己的读者群。比起传统文学的读者来，他们更富有参与精神，更强烈地追求精神自由，更不甘于为现实世界所束缚。正是这些读者以旺盛的需求呼唤着文学创作的推陈出新，并且为这种推陈出新提供强大的预备队。当然，没有必要过分夸大网民读者与传统读者之间的区别。事实上，由于传统作品"上网"和网络文学"下网"的缘故，二者的区别正在缩小。网络文学是以网络作为平台而发展起来的。它的繁荣离不开网络商的支持。近年来，网络商与文学界的互动日益频繁，文学站点亦有不少向商业化方向发展。例如，在海外，《花招》成了公司，兼顾服饰、饮食、保健、理财、美容、旅游；在国内，喻汉文将"黄金书屋"（www.goldbook.com，曾被评为中国大陆最具影响力的十大个人主页之一）卖给了门户网站多米来。在文学网站成长过程中，文心与商机既有统一的一面，又有对立的一面。如何处理二者的关系，关系到网络华文文学的命运。1996年底，《新语丝》面临着被商业公司"亚美网络"吞并的危险。这种外部威胁导致了内部分裂：《新语丝》的创办人方舟子毅然决然地在纽约正式将它注册成非营利机构，另一些人却因此退出《新语丝》，去为亚美网络办《国风》。自那时以来，方舟子坚持自己的办刊宗旨，有效地避免了商业网站"烧钱"的通病，并且由于访问量大，带来的广告收入完全可维持运行费用。上述历史经验可资借鉴。

　　2. 大陆网络文学后发先至，网络文学创作中心完成转移。如果说来自于海外学子们去国怀乡之情的网络文学更多地呈现出精英文学的倾向，那么在晚些时候走红于内地网络的年轻写手们则以更贴近生活的创作方式表达他们对流行文化的诉求。1998年3月，抱着娱乐态度的痞子蔡在网上发布了他的网络文学处女作《第一次亲密接触》一举成名，这篇网络小说被认为是通俗网络文学的起点。"桃李春风一杯酒，江湖夜雨十年灯"，之后安妮宝贝、宁财神、李寻欢、慕容雪村等相继登场。2000年1月，安妮宝贝的《告别薇安》在红遍了网络之后成功付梓出版，一度成为国内风头最强劲的网络文学作者；《成都，今夜请将我遗忘》使慕容雪村的名字红极一时。转瞬十年，网络成为实现超越精神以外的梦想的最有效工具。《南方日报》记者总结说："到今天的转角相遇——十年，网络从写手娱乐交流之地，成为文学出版市场巨大的掘金场。"在此，我们对过去的网络文学十年中发生的重大事件作一个简要的概括：1998年知识出版社出版《第一次亲密接触》，蔡智恒一举成名；同一年成名的还有另外一位网络文学风云人物"宁财神"，原名陈万宁，是天涯虚拟社区早期网友之一，曾担任过影视评论版版主；1999年安妮宝贝以《告别薇安》成名于江湖，是当时国内风头最劲的网络文学作者；随着《第一次亲密接触》席卷大陆，1999年"榕树下"举办了第一届网络文学大赛，"三驾马车"（李寻欢、邢育森和宁财神）的称呼第一次出现在传统媒体上；2000年，陆幼青的《死亡日记》在生命最后阶段对人生进行平静而真实的思考，震撼心灵；同年，燕垒生的《瘟疫》问世，堪称网络科幻小说的经典；2001年，长篇小说《病毒》横空出世，"蔡骏心理悬疑小说"申请注册商标保护；2002年的网络风云人物慕容雪村将一部《成都，今夜请将我遗忘》

一气呵成；从 2003 年 6 月起，"血红"这个名字就成为网络文学的一个符号，在长达六年的网络写作生涯中，他创造了无数的奇迹，作品众多，如《流氓》三部曲、《升龙道》、《邪风曲》等；2004 年，北大才女步非烟，敏而好学，文采拔萃，成为网络文学风云人物；2006 年，天下霸唱推出《鬼吹灯》，似乎没有什么比这更吸引读者的眼球；同年，当年明月的《明朝的那些事儿》突然在各大文学网站排行榜上飘红；2007 年，酒徒成为"首届中国网络原创作家风云榜"获奖作家，继而凭借《家园》摘取 2008 年中国国际版权博览会"最具商业价值原创网络文学"大奖、"2008 原创网络文学评选 10 大优秀作品"等大奖。概而言之，我国网络文学从上世纪末至本世纪初的大约 10 年时间内取得了长足发展，产生了一批具有代表性的网络写手及网络原创作品。在这 10 年当中，网络写手通过自身的努力为网络文学开辟出一片属于自己的天空。同时，网络媒体的进一步强大，以及网络使用率的进一步普及为网络文学接下来与传统文学的融合打下了坚实基础。

3. 2008 年，传统文学与网络文学实现了真正意义上的融合。2008 年 8 月，起点中文网举办了"30 省作协主席小说擂台赛"。[①] 由全球最大的华语原创文学网站起点中文网主办的"全国 30 省作协主席小说竞赛"（稍后更名），以推动传统文学与网络的融通、强化传统作家与网络读者交流为目的，得到全国 30 个省作协主席（副主席）的大力支持。参加大赛的作者均是目前中国文坛具备创作实力和影响力的中坚作家，其中不乏各创作类型中的代表人物，如被誉为"短篇小说之王"、擅长煤矿题材写作的北京作协副主席刘庆邦，被称为河北文坛"三驾马车"之一的河北作协副主席谈歌，以短篇小说《心香》闻名的浙江省作协名誉主席叶文玲等。对于此次规模宏大的网络盛典，国内众多媒体给予了高度关注。《人民日报》以《当代作家亲近"当红"网络》为题进行报道；《中国青年报》：《作协主席们　今儿真高兴》；"新华网"：《冯积岐——茅盾奖不会独霸文坛》；"新浪网"：《30 个作协主席的网络新生活》。与此同时，文学界、文化界知名人士纷纷发表看法。文化评论家张颐武认为："30 省作协主席小说竞赛"为传统作家焕发第二度青春提供了机会和平台，文坛主流作家很有可能通过网络寻找到创作生涯的新"起点"。目前传统作家面临出版瓶颈。传统文学变得越来越小众，畅销作家仅有余华、刘震云等十多位，而这十

网络文学纵论

---

① http：//www．qidian．com/ploy/20080905/Default．aspx

多位一线作家已经让小众阅读饱和。大批传统作家的作品找不到出版机会，即便出版，印量也很小，他们曾经是名声很高的作家，迄今也还是文坛的中坚力量，但市场将他们漏掉了；网络发表作品在将来是非畅销传统作家的唯一出路。评论家古清生认为：世界从来没有像今天的网络时代的传播穿透力影响到人的阅读与思考，直至这种阅读与思考的快捷反馈，同时扩展写作与阅读选择的边际最大化。网络可以是真理（好作品）的阳光广场，也可以是谬误的绞索，一切都在网络平台上无以遁形。若说传统文学与网络文学存在分野，那就是在网络时代，谬误存活的周期大大缩短，直至达到见光死的程度。所以，在网络时代，文学写作与思维被制约及单一化的情况被不可挽留地终结。与此同时，从本次网络大赛参赛者的参赛感言中，能够强烈地感受到作为传统文学代言人的传统作家对新兴网络文学的态度。叶文玲说：在我眼中也是一场文学盛宴——文学赛事与运动赛事在这点上特别契合——最终，谁得奖牌谁没得奖牌都不是最重要的，重要的是全民的热情和同行的参与度……15年前，我开始换笔写作，因此，我认为参加这次赛事，实际上是在过现代高科技的"感恩节"。是"盛大文学"为我们拉启了赛事的大幕，让我们对高科技的"感恩节"过得更加有滋有味。辽宁作家协会副主席刘元举：自从得到盛大文学公司的邀请参加网上长篇写作，我感觉到固有的东西已经遭到了前所未有的冲击。这是一次传统意识传统写作与现代意识现代网络冲浪的真正撞击，是寻找传统写作与网络写作的契合点，更是对于我们这些一把年纪的已经陷入了条条框框的专业作家们的挑战。或许这是一次涅槃，但愿能够得以再生。最后，我们必须要听一听作为这一网络文学盛事不可或缺的部分，即文学活动的受众群——广大网友——的反响。"我觉得睡觉之前看看比较好，慢悠悠地品味它几章是个不错的想法。为什么呢？因为你得静下心来看呀。否则的话你就会觉得写得很啰唆，看得人累，尽管它情节和描写都不错，想表达这或衬托那，可看起来啰唆累呀。（发表人：潇洒游鱼　发表日期：10－10　19：07）"；"再看了一次……好详尽的描写，无论是心理活动还是场景，都有一种渐入佳境的感觉。但我始终认为。老作家的书是要实体书的好，是要细细品读的那一种。在网上去看，总有一种不一样的感觉。（发表人：岭南风情　发表日期：10－09　22：29）"；"刚看完第一章，发现失去翻页的兴趣了——原来，看网络小说是会养成毛病的，大约两三个屏幕那么长的篇幅的时候，握着鼠标的手不自觉地就想翻页。故事应该是老套的走西口，作者的功力摆在那里，老套的故事也能写出吸引人的东西来。看看这个太春将来会成为什么人？土匪？将军？巨商？都有可能。

（发表人：叹白头　发表日期：09－23　19：05）"。大赛的组织者、参赛者、读者，此三者构成了今天网络文学的三维空间。显而易见，文学借助网络活生生地站到我们的面前来，像这样从未有过的近距离接触赋予了文学新的意义，它使得传统意义上的读者不再仅仅处于被动的、单方向阅读的地位，而是参与到整个文学作品的创作中来，或者至少是和作品的创作保持同步。而对于作品创作者而言，在创作过程当中能够随时与读者进行交流，随时掌握外界对自己作品的反应，而得以随时调整作品的构架，这种在从前的文学创作中闻所未闻的情形，改变的绝不仅仅是作品的情节发展，而更多的是作者对创作作品的态度，对"文学何为"的重新认识。

综上所述，从我国网络文学发生、发展的过程来看，我国网络文学能够在短短 10 年的时间里发展到今天的规模，一方面是拜新兴网络媒体强大的技术特性所赐；另一方面传统文学面临读者流失的挑战，急需寻求市场突围的窘境，也为网络文学的急速发展提供了契机。今天，由网络媒体特性引发的叙事多元性、创作与接受的互动性等在传统文学世界里难觅踪迹的文艺学元素，渐趋成为当下文学创作中备受关注的倾向。

（二）我国网络文学特征分析

我国网络文学一路走来，星火终成燎原之势。这一切与我国个人电脑的普及发展密不可分，也正因为如此，我国网络文学主体和客体的构成也呈现出网络使用者群体特征——以青年人（网民平均年龄 27 岁）为主流群体。如果以 27 岁的标准推算，则主要网络使用者群体属于所谓的"80后"的一代人（近年网络使用者年龄有向低于 18 岁、高于 30 岁发展的趋势）。纵观我国网络文学发展状况，可以看到我国网络文学的发展历程和现状呈现出以下特征：

首先，"80 后"文学青年成为网络文学创作的主力军。从对数字化媒体技术的掌握上来讲，"80 后"一代人具有先天性优势。我国互联网逐步普及在上世纪 90 年代中、晚期，正值"80 后"一代十八九岁年龄段，对于新技术的掌握和应用具有强烈的欲望和较强的学习能力。从最初的浏览网页，到在论坛上发帖子，再到原始意义上的文学创作，最终到被正统文学认可，"80 后"的网络文学创作之路并不崎岖。尽管在初期受到来自于传统文学阵营的大规模的质疑，但是随着网络媒体的强势发展，传统文学市场的举步维艰，在并不算长的时间内传统文学对于网络文学由最初的排斥发展到最终的接纳。"80 后"现身于世纪之交，大红大紫于 2003－2004年。1999 年，《萌芽》杂志成功策划了"新概念"第一届作文大赛，18 岁的上海青年韩寒成为大赛一等奖得主，第二年他的由作家出版社出版的长篇小说《三重门》投放市场，立刻引起轰动，销售逾百万册，他本人获利200万。在这一届作文大赛上同样获得一等奖的格子，后来成为起点中文网人气最旺的白金作家。这之后《萌芽》杂志又举办了"新概念"第二、三、四届作文大赛，郭敬明、周嘉宁、张悦然、蒋峰、小饭等少年写手相继登台亮相，迅速形成一个令人瞩目的少年写作团体。接着，网络为这批少年写手提供了造势的平台。2001年，从"新概念"走出的刘一寒、刘卫东创办了"苹果树原创文学网"，少年写手有了群体性展示才华的阵地。10年之后，2008年11月，起点中文网在北京为韩寒加盟其网站并开始在线写作新书《他的国》举办新闻发布会，同时宣布韩寒与起点中文网白金作者格子将同台竞技，决定胜负的方式将是网络投票和短信投票。这一次，韩寒被称为传统作家试水网络收费阅读"吃螃蟹"的第一人。沧海桑田，"80后"作家的领军人物与专业的网络作家终于殊途同归，他们在成为文坛一股新的力量的同时，也悄悄推动着舆论风气的转变。这里需要着重指出的是，在以"80后"为代表的文学青年军崛起于文坛的整个过程当中，特别是在早期，纸质媒体的作用不可忽视。甚至可以说"80后"作家最初得到社会认可，还是拜纸质媒体所赐。而其后则是通过纸质媒体与网络媒体的互动，才成就了"80后"作家的社会影响。同时，"80后"作家取得的成功也为其后的新生代写手们在纸质媒体与网络之间的摸索提供了参考经验。

　　韩寒对于"80后"写手群作过这样的描述："所谓'80后'作家，就是出生于80年代，以网络为主要创作媒介，以商业利益为主要目的，作品意境与内涵以城市为背景、青春为主题的青年作者群。"① 可见，"80后"文学创作和网络是密不可分的。显然，"80后"对新技术的掌握更加容易，同时他们有着旺盛的创作精力，在网络这样一个无边无际的创作空间里，需要具有坚韧的创作毅力，才能够平静地面对自己的"作品"不断上传、不断被更新的严酷的现实。正如安妮宝贝所说："网络对我来说，是一个神秘幽深的花园。我知道深入它的途径，并且让自己长成了一棵狂野而寂寞的植物，扎进潮湿而芳香的泥土里面……所以我不停地写着。在电脑上写，在网络上写，在黑暗中写，在寂静中写。文字不断地涌现，不断地消失，好像是写在一面空旷的湖水上。而我确信，自己是在写着一本

---

① 赵晓峰，杨晓冬."80后"作家长大，称现在评论"90后"为时尚早［N］. 齐鲁晚报.
2008-7-27.

写在水中的小说。只要你以相同绝望的姿势阅读，我们就能彼此安慰。"①
网络写作无疑需要这种"绝望"的心态，或许只在乎作品或者写作过程本身，而并不在乎自己的作品能否或者何时能够出名，才是最终能够享受网络创作的应有心态。网络写手经过 10 年的磨炼，从最初的尝试、生涩、过分敏感，到后来的老练、目的性明确、心态平和，年轻的网络写手们迅速地成长起来。他们取得的成绩也是不容忽视的。2002 年，网络作者宁肯的长篇小说《蒙面之城》和传统文学作家张洁的长篇小说《无字》并列第一，获得了传统文学奖项中的"第二届老舍文学奖"。这次获奖的象征意义是明显的，它使得网络文学和传统文学第一次站在了同一个平台上。有人将当下网络写手作了如下的类型划分：（1）投机型。这类作者虽然不是写手的主流，但是有一定的代表性。投机的目的其实只有两个，一个是为了名，一个是为了利。（2）爱好型。这类作者应该是最多的，是因为对文学的爱好才执笔写作。如果说目的，其实有两个，一个是为了爱好，这个是一个主要因素；另一个是如果能成功，能名利双收则更好。（3）尝试型。这类作者有别于投机型，因为两者的目的不一样，也许多少会有点儿投机心，但主要因素还不是那样。（4）专业型。这类作者应该是站在网络文学金字塔塔尖部分的人，这类作者在所有的作者当中还是少数的，因为他们是成功者，比如书盟中的老大级作者龙人。总而言之，怀揣着不同目的、不同动机的年轻人兴致勃勃地涌向网络文学的阵地，也许其中很多人在战斗刚刚开始就开了小差，但是，这些都不能影响网络文学这场轰轰烈烈的大战役的展开。

其次，网络文学在与传统文学的交锋中前行。自从网络文学诞生之日起，怀抱着传统观念的"前辈"作家们，就看不惯这个"另类"的"后生"。网络文学与传统文学之间的交锋自始至终都是新世纪文学的"锐话题"。而二者交锋的焦点则表现在两个方面：（1）关于网络文学的存在价值之争。这一点是关乎网络文学生死存续的根本所在。网络文学由最初个体倾向显著的抒情遣怀的文字，发展到今天成就百万收入网络写手的文学产业，其存在价值不言而喻。诚然，在网络文学发展的过程中，来自传统文学的声音从来不曾停止过。也许看到"80 后"写手们驰骋在虚拟的网络世界，赚到太多的眼球及经济利益，习惯植根于纸质媒介的正统作家们由最初的不屑一顾，逐渐发展到按捺不住内心的焦虑情绪而对网络写手进

———————————
① 安妮宝贝．网络、写作和陌生人（自序）［M］．安妮宝贝全集．上海：南海出版公司，2002：1.

行公开的批评：有直截了当的贬斥，台湾作家李敖说网络文学是厕所文学；有语重心长的评析，刘心武说网络文学还是有新意的，引入新的文学体裁，网络文学的文学情感、文学思维成为文学当中一些新的因素；有略显无奈的感慨，张抗抗表示，我本来做好准备要步入一个新奇的领域，但是阅读后发现目前的文学与传统文学本身区别不大。与此相反，肯定的声音也大量存在。对于当下文学网站与网络文学创作，余华认为文学网站的出现，为众多文学青年提供了一个空间。在通常情况下，文学杂志编辑并不认真对待自然来稿的前提下，发表作品绝非易事。而网络文学是对传统文字出版不公正的一种挑战。尽管文学界对于网络文学存在着这样的迥异意见，但是随着时间的推移，在这一论争过程中出现的强、弱势转换，即传统文学阵营对待网络文学由最初的极力排斥到接纳的转变，成为这一场交锋由波涛汹涌转为微风细浪的前提，网络与传统最终达成共识，走向融合。(2) 关于网络文学存在的合理性之争。对于网络文学存在的合理性，传统文学阵营有过这样的声音："文学就是文学，不管是纸还是网络，它都是一种白纸，那我想如果这个搞清楚的话，就没有什么可以讨论的。"[1]在网络文学发展初期，这种声音代表了一种普遍看法。然而与传统的文学形式相比，网络文学表现出其鲜明的创作特点，有着其自身的固有属性，并在不断的实践与发展中涌现出了大量优秀的作品。媒体生存的独特个性在根本上支持了网络文学的存在合理性。"存在的就是合理的"，这一点从网络写手们对于网络文学的认识当中也有所体现。路金波感慨道："但网络文学如果没有利益驱动，一定不会发展到今天，相对来说，今天是一个产业，是一个繁荣的社会工种，因此它又有存在的合理性。"[2] 慕容雪村：小说本来就应该好看。如果小说一定要难看才能"登堂入室"，那此堂不足登，把故事讲得精彩是个能力，我为有这能力而自豪。我不是作家，只是个网络写手。不过我丝毫没觉得那些体制内的作家有什么高明之处。网络是我的精神故乡，在网上写小说，自有其快意之处，至于别人怎么做，我无权评说。[3] 由此可见，网络文学是虚拟世界里的真实存在。当众多执著的网络写手将网络视为"精神故乡"的时候，谁还能怀疑网络文学存在的合理性呢？

第三，市场经济浪潮下的网络文学产业化。网络文学与传统文学的重

---

① 谈著. 网络文学，一网打尽 [J]. 时代潮，2001 (1).

② 网络文学还缺点什么 [N]. 辽沈晚报，2009-1-16 (C11).

③ 网络文学还缺点什么 [N]. 辽沈晚报，2009-1-16 (C11).

要区别之一是前者拥有一部功率强大的推进引擎——网络媒介，这也是推动网络文学产业化的动力来源。由最初的纯粹个体行为到今天充满商品化气息的文学产业，网络文学的产业化之路呈现以下特征：（1）大型门户网站促成网络文学产业化。在前文提到的起点中文网举办的"30省作协主席小说擂台赛"，尽管对于这样的带有商业炒作倾向的"文坛盛事"许多有识之士颇多微词，一方面不屑于起点网投靠以网游起家的盛大网的行径；另一方面纷纷质疑起点中文网举办的"擂台赛"形式大于内容，属于纯粹的商业炒作。但是，我们仍然欣喜地看到网络文学与传统文学的携手，而起点中文网无疑是开启了一个文学新时代的序幕。接下来的同年10月，三大主流门户网站之一的新浪网读书频道携手河南省作家协会、河南省文学院在京举办了"新浪文学伯乐首聘仪式暨文学豫军冲浪"新闻发布会。河南省作协主席李佩甫、郑彦英、张宇等10位专业作家和在京河南籍作家李洱，一起畅谈对网络阅读平台的新认识和"文学豫军冲浪"的意义。新浪网读书频道还与到场的10位河南作家正式签约，将通过作品连载、出版和影视推荐等多种方式向近3亿新浪网友推荐文学豫军的作品。① 新浪网的举措无疑为传统文学作家涉足网络提供了更具说服力的平台。（2）签约作家——网络写手的终极梦想。网络文学产业化还表现在网络写手的准职业化嬗变上。面对如今进入了日进斗金的"大神时代"的网络文学，曾经的网络红人李寻欢在经历了"穷网络文学时代"的精神满足之后，终于还原了现实生活中网络淘金者路金波的真实面目。从李寻欢身上我们不难看到一代网络写手嬗变的缩影。从最初的流连网络，自我欣赏、自娱自乐，到后来的码字赚钱，"唯利是图"，大批的曾经怀抱文学梦想的有志青年在残酷的市场经济的现实面前沦为码字机器。作为新技术产物的互联网从其诞生伊始就注定与商品经济紧密相关。面对现实，曾经的网络红写手、后来成功转行写剧本的宁财神发表宣言：从此再也不写小说，只写剧本，写小说稿费实在太低。纵然网络创作环境严酷，对于成千上万的不知名的写手而言，往往付出巨大的劳动，赚取微薄的报酬。但是这并不能阻止网络写手们的创作热情，各大文学网站仍然聚集着大批的写手，先赚钱后出书，再成为准职业化的签约作家成为每个写手的终极梦想，为了这一梦想哪怕需要每天近乎万字的码字量也无可动摇。"至少网络作为一种理想主义的存在方式，它总是给人以希望，也总能让人看到希

---

① http：//book. sina. com. cn/author/subject/2008－10－21/1948245760. shtml

望。"① 起点中文、17K、晋江原创、红袖添香、中国小说阅读网，点击率超过百万的写手如今大有人在。80％的写手与网站签的是收费分成的合作方式。当网民按照千字 2 分或 3 分的标准订阅后，网站通常与作者是五五分成，但网站针对一些订阅成绩好的或者上了榜单的作品，会给予作者额外奖励。

综上所述，我国网络文学经过近 10 年的发展，逐渐形成了有规律可循的文化现象。为数众多的文学青年发展成为从事网络创作的主力军。网络文学的存在价值及合理性在与传统文学的不断交锋中得到承认与正视。作为资本大鳄的门户网站涉足网络文学，为网络文学的发展提供了整体性的商业运作，为文学走进千家万户创造了便利条件。

（三）"盛大文学"、"幻剑书盟"与中国网络文学

在中国网络文学的发展过程当中，一个最重要的转变就是网络文学由业余自由创作向商业化企业运作模式的转变。而完成这一转变的内因是网站自身的商业化诉求，外因则是资本注入，这其中凭借成功转型跃升为业界旗舰的有两家网站——"盛大文学"和"幻剑书盟"。下面就两家网站在中国网络文学发展进程当中所扮演的角色分别加以论述。

2004 年 10 月，"盛大"正式宣布收购"起点中文网"，迈出进军网络文学领域的第一步。不过对于"盛大"来势汹汹的收购行动，网友间却是议论纷纷，毁誉参半，我们可以看几则网友的帖子，从中可以看出当时由收购引发的争议之热烈程度：

"有资本注入应该是件好事，但这几天起点的站务几乎一塌糊涂，汇款充值都没人管。交接显然不顺利。但愿不会像 80 年代那样，国内名牌被洋品牌收购以后自然死亡。"（霉狼星）

"别的我不敢说，但是盛大绝对不会像网龙那样主要做游戏小说，盛大看好的是整个网络娱乐小说带来的利益，而不是网游小说这一点点空间而已。

起点被收购我敢保证只会越来越好，不会变得更差。到明年大家看吧，小说、动漫、游戏、影视、周边，一体的娱乐服务会成为体系的，未来一定会给作者们一个成熟的有着丰厚回报的市场的。"（紫菱）

"今天中午上来就在幻剑看见起点被收购的消息，还以为又是传闻，没想到是真的。

---

① 网上写小说年赚 300 万　是谁挖到了这桶金［N］. 辽沈报，2009-1-16（C13）.

……想象以前开的玩笑，还真有些未来不可预测的感觉。

真心希望盛大珍惜网络文学这块生态脆弱的土地，让中国原创的幻想小说在中国的流行文化中也占到一席之地。"（林海听涛）①

从上面这些帖子可以看到面对"盛大"的资本运作，有表示担忧的，有期待祝福的，尽管当时有着各种各样的反响，但是回过头来看，中国网络文学能够走到今天，实现网络、影视、书籍全方位建构的文化体系，"盛大"的资本注入起到了至关重要的作用。

对于"盛大"收购"起点中文网"，"盛大"董事长陈天桥表示："此次对起点的收购是盛大在继续巩固中国网络游戏市场领先地位的又一次有力的举措，我们看到很多深受读者欢迎的小说和电影互动的成功案例，包括《哈里·波特》、《指环王》等。起点拥有的娱乐文学内容本身不但深受盛大用户的喜欢，而且会为盛大在自主研发网络游戏时提供丰富的内容支持。通过这种文学与网络游戏结合的新模式来推动双方的共同发展，由此进一步扩大我们的用户基础。"由此可见，"盛大"收购"起点中文网"的意图是明显的，并且从其后的发展状况来看"盛大"基本上达到了预定目标。当然这种资本与形而上的结合是否可以获得预期效果，与形而上本身的质量密切相关。"起点中文网"创立于 2002 年，一直专心致力于网络原创文学互动写作平台的建设。2003 年 10 月，"起点中文网"正式推出第一批 VIP 电子出版作品，VIP 会员计划正式启动，开创了一种通过网站直接完成网络创作和网络付费阅读的全新出版模式。这是一种网络文学原创网站的全新模式。"起点中文网"借此一跃成为中国网络文学原创网站的领头羊。"盛大"正是看中了"起点"的实力和潜质才对其进行收购的。而在完成收购仅仅两年即到了 2006 年 10 月，"盛大"旗下的"起点中文网"（www. cmfu. com）的日最高浏览量已经突破 1 亿人次，拥有 400余万的注册用户、超过 30000 名原创作者和 60000 余本原创小说，发表文学作品的总字数超过 20 亿字，其中包括玄幻、奇幻、武侠、仙侠、都市、言情、历史、军事、游戏、竞技、科幻、灵异等众多类型，为动漫改编、影视改编、游戏改编等提供了丰富的素材资源。目前，"起点中文网"是中国国内用户数量最大、收藏最全面、受关注程度最高，同时也是最有影响力的文学类站点。这一切堪称创造了 web2.0 时代的奇迹。

正如陈天桥所说："起点中文网是盛大互动娱乐内容中目前唯一的文

---

① http：//www. lkong. net/thread－31740－1－1. html

学品牌，也是 web2.0 时代为数不多的成功的互动写作平台。其优质的内容、良好的运营和服务以及成熟的商业模式已经成为行业内的典范，也必将成为盛大进军家庭的重要环节。我们将用更好的服务让读者、作者满意，给全球华人用户带来更多的快乐。"

在收购"起点"获得成功之后，"盛大"并没有停止收购主流文学原创网站的步伐，之后又相继于 2008 年 7 月全资收购"红袖添香"和"晋江原创网"；2009 年 12 月控股"榕树下"，与"欢乐传媒"联手重新打造新版"榕树下"；2010 年 2 月出资控股文学网站"小说阅读网"；2010 年 3 月收购"潇湘书院"，9 月出资收购上海翠珑文化传播有限公司（悦读网）。

通过这样一系列的收购，"盛大"几乎将目前国内最具影响力的网络文学原创网站尽数收归己有。凭借资本运作打造的网络文学网站航母，虽然从行业垄断的层面上来说难免产生诸如阻碍中小网站发展之类的弊端，但是从整合资源、大力推进网络文学市场化进程上来看，"盛大"的收购行为可以看做是为网络文学的进一步发展加以推手。

"盛大"收购网络原创文学网站的意义主要有以下两方面：

1. "盛大"凭借雄厚的资本涉足网络文学，带给网络文学的是更具效率的企业化管理和市场运作，这其中包括作品发掘、推广以及最终出版等一系列环节，正是在这种现代化资本管理模式下，"盛大"为众多的网络写手提供了获得报酬的平台，同时也为更多优秀作品的创作提供了更好的物质环境。比如，2004 年"盛大"收购"起点中文网"之后便以百万年薪的价格与血红、烟雨江南、蓝晶、赤虎、流浪的蛤蟆 5 位网络写手签约，这在当时的网络文学界堪称万众瞩目。2008 年 11 月，"起点中文网"正式宣布签约韩寒，其新作《他的国》在起点中文网上以 VIP 方式连载，收费等同于其他网络人气作家。随后，兰晓龙的《我的团长我的团》、严歌苓的《一个女人的史诗》以及郭敬明的《小时代》等作品纷纷与起点签约，完成了传统文学作品与网络收费阅读的成功联姻。

2. 作为商业行为的收购正在对当今娱乐文化发生着深层次的影响。而正像陈天桥所说，"盛大"致力于网络小说与网游的联姻，比如，2008 年至 2009 年，"盛大文学"分别以 100 万元和 315 万元的价格售出原创小说《星辰变》和《盘龙》的网络游戏改编权，整合了多媒体开发平台，实现了多方盈利收益。这些看上去纯属商业行为的版权授受，实际上对当下的娱乐型社会文化产生了深远影响。随着数字化媒体的不断推广普及，网络游戏和网络文学的联袂是大势所趋。作为网络游戏脚本的网络小说需要富有想象力的写手进行创作，而一款基于优秀脚本设计的网络游戏，在取得市场成功的同时，能够为脚本作者带来丰厚的经济收益，这一切显然是鼓舞人心的事实。而这种仅仅与市场经济挂钩的网络文学创作显然是日益深化的娱乐型社会文化的重要特征之一。关于文学与游戏的深度结合这一命题笔者将在后文以专章进行论述。

我们再来看看"幻剑书盟"的情况。号称"中国首家永久免费原创文学门户"网站的"幻剑书盟"，其成长历程与"盛大文学起点中文网"有着相似之处，都是由最初的网络文学爱好者建立的网络文学原创网站一步步发展而来，并且都是由于自身具有的良好资源与影响力被投资方看中，在得到雄厚的资本注入之后最终成长为网络文学领域的巨人。

2006年2月，"幻剑书盟"是在出版了被喻为"后金庸武侠圣经"的"幻剑"签约作品《诛仙》、纯爱小说《和空姐同居的日子》、历史小说《新宋》以及《搜神记》、《狂神》、《炽天使传说》、《我的播音系女友》等多部经典小说赢得了广大网友热捧的背景下获得"TOM在线"千万注资的。对于此次并购，"TOM在线"执行董事兼首席执行官王雷雷表示，原创文学始终是网民最喜爱的在线内容之一，"幻剑书盟"拥有国内最高流量排名，"TOM在线"对其成长空间以及商业价值非常看好。"这次并购，将使'TOM在线'获得极具价值的原创文学资源，它将与原创音乐、原创DV、原创动画等网络原创资源一道成为'TOM在线'的独门秘籍，进一步完善、巩固我们的数字娱乐门户战略。"（姜妍　2006年03月17日　新京报）由此可见，尽管"TOM在线"和"盛大"的主营业务有所不同，但是最终目的都是建构大型娱乐门户网站，在这一根本目标上二者其实并没有差异，而这一事实也昭示了网络文学区别于传统文学的娱乐到底精神。

2009年，基于对移动通信行业发展趋势的准确判断，"幻剑书盟"实施了一个高瞻远瞩的举措，就是通过全力出击新兴的无线阅读市场，成为中国移动阅读基地第一批内容提供商。这之后，移动通信行业客户终端设备更新换代的风暴如期而至。具有独立操作系统，像个人电脑一样自行安装第三方服务商程序的智能手机，以一种惊人的速度迅速覆盖国内市场。人们不再满足打电话、发短信的基本手机功能，新时代的智能手机通过全面提升的用户体验改变着人们的生活，其中最引人注目的就是手机在线阅读功能。据权威数据显示，2010年第4季度中国手机阅读市场呈现爆炸式增长，总营收额达9.49亿元，同比增长高达655.73%。

事实证明，"幻剑书盟"把握住了时代赋予的机会，不仅《诛仙》、

《和空姐同居的日子》等经典名作重装上阵，焕发新春，而且力推《都市特工》、《至尊少年王》、《风语2》等新作，捧红了梁七少、飞舞激扬、大碗面皮等一大批新生代作者，在竞争激烈的无线阅读市场占据了一席之地。根据中国移动阅读基地的统计显示，2010年以来，"幻剑书盟"一直占据着市场前五的份额，推出作品反馈热烈，版权收入水涨船高，半年内营业收入增长数倍。仅2010年下半年，"幻剑书盟"就向旗下签约作者派发了巨额稿酬分成，个别热销作品的作者月收入更是达到了业内领先水准。凭借移动无线阅读的收益，"幻剑书盟"的作者们成为网络文学领域"一部分先富起来的人"。

　　而"幻剑书盟"在无线阅读市场获得的成功，不仅使得网络写手趋之若鹜，不少传统图书版权方也从中看到了新机遇，纷纷打破传统出版模式，与"幻剑书盟"签订图书电子版权，这使得"幻剑书盟"拥有了更多的读者、渠道和收入来源。这种传统出版与无线阅读的联姻，不仅未影响传统出版的发展，更为传统图书出版业开创出一片新天地。根据专业机构预计，2013年中国手机阅读市场销售规模将达到65.31亿元，活跃用户将达到3.69亿人，而在可以预见的未来10年，都将是手机阅读市场的黄金发展期。这一切无一不证明了"幻剑书盟"在企业运作上的战略眼光。

2011年中文十大小说网站排行榜①

起点中文网	创立于2001年11月，原域名www. cmfu. com/，是一家以发布娱乐文学为主的原创文学网站，2004年被盛大收购。起点作为国内最大文学阅读与写作平台之一，已经成为目前国内领先的原创文学门户网站，并创立了以"起点中文"为代表的原创文学领导品牌，建立了完善的以创作、培养、销售为一体的电子在线出版机制，成为国内优秀的文学作品在线出版平台，树立了业内具有影响力的行业领导地位，Alexa综合排名第495位，无论是世界排名还是在业界的影响力，起点中文网稳坐第一把交椅。www. qidian. com
小说阅读网	创立于2004年5月，成立之初就以其独特的风格和丰富的内容受到广大文学爱好者的推崇，靠广大会员自发的推荐，主要提供原创小说。该网站风格简洁，没有眩杂广告，深受小说爱好者的喜爱。目前日访问量近5000万。全球流量排名历史最高第171名，现Alexa综合排名第1277位。www. readnovel. com

① 天涯论坛 http://www. tianya. cn/publicforum/content/culture/1/402224. shtm

晋江原创网	创立于 2003 年 8 月 1 日，是全球最大女性文学基地。晋江原创网具备完善的投稿系统、个人文集系统、媒体联络发表系统及高创作水平的原创书库。中文网站前百强。网站拥有注册用户近 90 万，日平均新增注册人数在 3000 人以上；注册作者 27 万；小说 30 多万部。2008 年被盛大收购，日访问量超过 2000 万。全球 Alexa 综合排名第 1287 位。www. jjwxc. net
红袖添香	创办于 1999 年 8 月，是目前国内最具影响力的纯文学网站，拥有完善的投稿系统、个人文集系统、媒体联络发表系统及高创作水准的原创书库。经过 9 年发展，红袖添香已经成为海内外原创作家的梦中之都，更是女性作者纵情笔墨挥洒才情的美妙江湖。形成了以女性为阅读受众、言情小说为特色的原创氛围，深受白领女性喜爱。该网站 2007 年被盛大收购，注册作者超过 100 万，原创作品超过 300 万部（篇），单日投稿量超过 1 万部（篇），全球 Alexa 综合排名第 2556 位。www. hongxiu. com
潇湘书院	创办于 2001 年，由几个热爱武侠文学的伙伴开始进行建设。经过长达 8 年的默默耕耘，潇湘书院已经发展成为集原创、武侠、言情、古典、当代、科幻、侦探等门类齐全的公益性综合小说阅读网站。潇湘书院的用户主要集中在广东、江浙沪、山东、北京、天津、湖北等经济发达地区，用户年龄层基本分布在 15—40 岁之间，女性用户偏多一些。访问用户每天 50 万人次，页面 PV 每天 1500 万，全球 Alexa 综合排名第 3516 位。www. xxsy. net
看书小说网	成立于 2004 年，经过近 5 年时间的发展，现在已有签约作者 3000 多人，签约小说近万本，网站日访问 IP 达到 50 万，日 PV 超过 800 万，每月发放作者稿费达到数十万元，在目前原创小说网站中名列前茅。网站发展很迅猛，已稳居男性小说类网站前三名，全球 Alexa 综合排名第 9702 位。www. qukanshu. com
凤鸣轩言情小说网	成立于 2003 年 6 月，是颇具影响力的女性小说专业网站，拥有较高的人气，提供大量的言情小说阅读、下载，网站日访问 IP 达到 30 万，日 PV 超过 500 万，每日更新言情小说居同类小说网站之首，全球 Alexa 综合排名第 12570 位。www. fmx. cn
幻剑书盟	创立于 2001 年 5 月，由书情小筑、石头书城、小书亭等网络文学爱好者所创立的文学书站合并而成。创站伊始致力于网络文学的发展。广聚网络写手，开创网络奇幻、武侠盛世。奇幻、武侠方面在国内文学网站中独占鳌头，幻剑书盟目前收录作品主要以武侠和奇幻为主，驻站原创作家 2 万多名，收录作品 3 万多部。目前中文网站排名 30 左右，页面访问量 1200～1500 万/天，注册会员 50 万人，已经成为国内最大的原创文学网站之一。2006 年 3 月 13 日，"TOM 在线"以 2000 万元注资幻剑书盟，是迄今为止 SP 进行的首笔针对文学网站的注资。http：//html. hjsm. tom. com/

网络文学纵论

红薯小说阅读网	创立于 2009 年 12 月。红薯网是新兴的中文小说阅读综合平台，集创作、阅读、作品加工、版权贸易为一体的小说阅读网，网站隶属于上海朗阅信息科技有限公司。目标是打造集阅读与娱乐为一体的综合平台，秉承公平、公正的理念，坚持正版阅读。每天访问量超过千万 PV，拥有 220 万注册会员、2 万多名原创作者、10 多万部原创作品。全球 Alexa 综合排名第 4107 位。www. hongshu. com/
逐浪网	成立于 2003 年 10 月，前身为国内著名的文学站点——文学殿堂，曾经获得电脑报编辑选择奖和二十大个人站称号。2006 年 6 月，逐浪网归入大众书局旗下。被收购后的逐浪网发展迅猛，每天访问量超过千万 PV，拥有 200 万注册会员，2 万多名原创作者，10 多万部原创作品、有声读物、经典作品，并正保持持续、快速的增长。全球 Alexa 综合排名第 5107 位。www. zhulang. com/

（四）网络文学代表作品解读

1. 《第一次的亲密接触》——华语网络文学的开山之作

我们将《第一次的亲密接触》定位为华语网络文学的开山之作，并不是说它就是第一部华语网络文学作品，而是第一部真正在网络上引发轰动效应、广为流传并且对后来的华语网络文学创作产生深远影响的作品。换句话说，《第一次的亲密接触》称得上是整个网络文学发展过程中具有划时代意义作品中的开山之作。

1998 年 3 月 22 日，台湾成功大学水利博士研究生蔡智恒以"jht"的笔名，在校园 BBS 上传了网络小说《第一次的亲密接触》。甚至连蔡智恒本人也未曾想到以近似于日记形式写成的小说一经发布，迅速风靡了整个网络。据蔡的回忆，在他连续上传文本的过程中所收到的读者来信几乎要塞爆他的电子邮箱，有很多人表示他们将全文打印了出来推荐给身边的人阅读，而许多女读者都说她们是边哭边看完小说的，以至于一时之间，《第一次的亲密接触》中男女主角第一次见面时那个"到大学路麦当劳，点两杯可乐，与一份薯条"的约定，成了无数青年情侣约会时所仿效的模板。下面通过对小说文本中一些经典段落的分析，尝试找出其成功的原因。

首先，作者以一段诗体文字作为小说的开篇，而这段似诗非诗的文字也成为整部作品最脍炙人口的一章：

"如果我有一千万，我就能买一栋房子。

我有一千万吗？没有。

所以我仍然没有房子。

如果我有翅膀，我就能飞。

我有翅膀吗？没有。

所以我也没办法飞。

如果把整个太平洋的水倒出，也浇不熄我对你爱情的火。

整个太平洋的水全部倒得出吗？不行。

所以我并不爱你。"

说它似诗非诗的原因是，从文本形式上看，它是以诗歌长短句的形式构成的，这一点与一般意义上的诗歌没有明显差异。但是从作者自述的写作背景及整部作品的基调上看，这明显又不是真正意义上的诗。或者准确地说是工科生的一个"plan"。可是这又是一个颇具浪漫气息的"plan"，它的形式是诗化的，它的内容无关科学而是爱情。于是，这样一个既带有严谨推理色彩，又充满浪漫情调的"plan"，在一开始便为整部作品奠定了一个亦真亦幻的基调。

作为网恋小说的先驱经典，《第一次的亲密接触》中网上聊天成为人物对白的主要形式。而这种网络即时聊天与传统文学当中的人物对话有着极大的区别。一般性文学作品当中的人物对白是现实生活中人物对话的直接反映，其行文特征要完全符合真实生活中人物说话的特征。而对于由网上聊天转化成文字的人物对白，却有着基于网上聊天的物理属性形成的特征。下面看一段这样的对话文本（原文格式未做改动）：

「好久不见了。。你好吗？。。」

「痞子。。你又吃错药了。我们才分别 3 个小时而已丫！。。：）。。」

「古人有 \ \ \ "一日不见，如隔三秋 \ \ \ "之叹。。如果真是这样的话。。那我们大概有 3 * 365/8≈137 天没见。。当然可以算很久了。。」

「呵：）。。痞子。。那你想我吗？。。」

「A。想 B。当然想 C。不想才怪 D。想死了 E。以上皆是。。The answer is E。。」

「如何想法呢？。。」

「A。望穿秋水不见伊人来 B。长相思，摧心肝 C。相思泪，成水灾 D。牛骨骰子镶红豆——刻骨相思 E。以上皆是。。The answer is still E。。」

「呵呵。。：）。。。」

看来她真的也累了。。虽然 \ \ \ "呵 \ \ \ "是笑声，但此时我却觉得她在打 \ \ \ "呵 \ \ \ "欠。。

网络文学纵论

「痞子。。我们会 \ \ \ "见光死 \ \ \ "吗?。。」

上面是一段典型的网络聊天对白。首先，在对话当中出现的 A、B、C、D 的选择题以及英文形式的回答，明显的具有印刷文字的属性，像这样的回答形式在口语当中是极少被使用的。同时这也是文字聊天与口语聊天的极大不同之处。与口语会话的瞬时性相比，文字呈现出的存留性明显是为了阅读而不是听的，这种由信息接收器官的不同带给信息接收主体的感受是不同的。这一点对于谙熟网络聊天的年轻人而言是非常易于产生认同感的。其次，文本中使用表情符号，例如代表笑脸的 ":)"。这一点同样是反映在传统文学作品口语对话中所不具备的。这是典型的网络文化的产物，即声音与文字（包括图像）的结合产物。而像这样在文字文本当中使用符号的做法，在后来的网络文学作品当中被大量使用，同时也成为网络文学的一大特征。另外，网络聊天往往具有滞后性。因为对话双方是通过电脑作为媒介来完成会话行为的，所以彼此面对的是电脑屏幕，这与实际生活中进行对话时面对真人的情况有很大不同。一般情况下双方面对面会话的时候是不允许出现滞后的，即便实际生活中由于对话一方"走神儿"会出现短时间的滞后，但那被认为是不礼貌的行为因此很少发生。但是在网络聊天过程中出现滞后（"走神儿"）的情况，不仅仅很常见甚至可以说是网络聊天的一个重要特征。因为在有电脑这一中间媒介介入的情况下，人们不必要承受来自当面的心理压力，而可以从容地"走神儿"。这一点对于坐在电脑屏幕前的双方而言都能够理解并适应。由于台湾的互联网通信要早于大陆（大陆的互联网即时通讯服务至少在 2000 年以后才开始普及），因而《第一次的亲密接触》当中的网络聊天成为之后网络文学特别是网恋小说的经典样板。

作为小说（暂且忽略其"网络"的属性），《第一次的亲密接触》在写作技巧上，虽然有很明显的学生气，并且由于作者本身也并非将其当做纯文学创作看待，因而作品整体上存在略显稚气的随意性。但是，尽管如此，在作品当中仍然常常出现精巧的、智慧的文字。同时由于作者工科生的背景，在文本叙事上又呈现出理性简洁的一面。比如小说中有名的"咖啡哲学"：

即使全是咖啡。。也会因烘焙技巧和香、甘、醇、苦、酸的口感而有差异。。我的鞋袜颜色很深，像是重度烘焙的炭烧咖啡。。焦、苦不带酸。。小喇叭裤颜色稍浅，像是风味独特的摩卡咖啡。。酸味较强。。毛线衣的颜色更浅，像是柔顺细腻的蓝山咖啡。。香醇精致。。而我背包的颜色内深外浅，并点缀着装饰品，则像是 Cappuccino 咖啡。。表面浮上新鲜牛奶，并撒上迷人的肉桂粉。。。既甘醇甜美却又浓郁强烈。。

　　这一段文字还是充分展示了作者的才华。建立在对各种咖啡加工方式了解的基础上的比喻形象而到位，同时带给我们一些具有真实感的浪漫。而正是这样一些散见于作品中的描写亮点，也为这篇网络小说增加了文学性。

　　《第一次的亲密接触》作为早期网络文学代表作品，之所以能够取得成功，一夜之间风行两岸，从其写作内容来看，自始至终呈现在读者面前的"真实感"无疑是一个重要因素。许多人在读完小说后的第一反应就是：这个故事是真实的吗？为什么会有这样的感觉呢？这与整篇小说纪实体叙事有着密切的关系。说是纪实体因为小说中的某些主要元素是完全真实的，比如男主人公的身份（包括大学的名称、所学专业、学校周边环境等）。另外一个重要元素就是细节真实。小说中一个最著名的细节就是"到大学路麦当劳，点两杯可乐（还不必是大杯的），与一份薯条"。这种现实生活中的真实细节往往是最能获得读者认同的。这一点在传统文学当中同样受到重视。关于文学的真实性问题长久以来为古今中外的作家、评论家所议论、关注。从《周易》主张"修辞立其诚"到王充提出"疾虚妄"，从《礼记》倡导"情欲信"到陆游认定"文不容伪"，从刘勰力主"写真"到王国维推崇"真景物、真情感"，都把真实作为立言著文的前提。再如布瓦洛在《诗简》中说"只有真才美，只有真才可爱"，巴尔扎克声称"获得全世界闻名的不朽的成功的秘密在于真实"，杜勃罗留波夫在《黑暗的王国》中断言"作为艺术家的作家，他的主要价值就在他的描写的真实性"。诸如此类，不胜枚举。诚然对于从不把自己当作家看待的痞子蔡来说，也许对于上述的大家之言不以为然，但是关于真实之于文学的重要性应该不会有异议。而事实上从《第一次的亲密接触》的创作背景我们便可以得出关于作品真实性的答案。"1998 年 3 月 15 深夜三点一刻，研究室窗外传来野猫的叫春声和雨声。程式仍然跑不出合理的结果，我觉得被逼到墙角，连喘息都很吃力。突然间我好像听到心底的声音，而且声音很清晰，我便开始跟自己对话。通常到了这个地步，一是看精神科医师，二是写小说。因为口袋没钱，所以我选了二。一星期后，我开始在 BBS 小说版上写《第一次的亲密接触》。"①

　　答案是明确的。如果一部作品是在这样一种如鲠在喉不吐不快的情形

网络文学纵论

---

　　①　痞子蔡：B 面是个水利工程教授［N］. 新商报，2009-11-7（43）.

下开始创作的，那么其真实性就毋庸置疑。当然这里的真实性既包括情节的真实，又包括情感的真实。对于这种称之为艺术真实的命题，是不必要进行世俗化的核实的（例如有人想核实 1998 年 1 月 17 日那天台北是否下了大雨）。不过站在读者的立场上，我们又完全理解人们希望核实真实的心理，这就是艺术的魅力所在。那么我们再看看作者本人对这个问题的解答："这十年来，不断有人问我故事是真或假的问题，不管是认真地问、试探地问、楚楚可怜地问或理直气壮地问。女企划错了，轻舞飞扬不会装死，痞子蔡才会。所以如果碰到这个问题，我总是死给人看。逼得急了，我偶尔也会说出'情节可以虚构，情感不能伪装'之类虚无缥缈、模棱两可的答案。""其实逻辑上'真'或'假'的定义很明确，根本没有模糊的空间。举例来说：'痞子蔡是 1969 年出生，就读成大并拿到水利工程博士的大帅哥。请问这段话是真的吗？'不，它不是真的。因为痞子蔡只是'帅哥'，而不是'大帅哥'。只要有 100 个字的叙述是假，那么 10 万字的东西就不能叫做真。"①

《第一次的亲密接触》"偶然"地成了华语网络文学的开山之作。凭借一段真实感极强的故事在感动了千万读者的同时，更重要的意义在于让人们开始接受网络文学这样一种新的文学样式。这一点正是《第一次的亲密接触》的价值所在。尽管痞子蔡在之后又相继推出《雨衣》、《爱尔兰咖啡》、《榭寄生》、《孔雀森林》及《暖暖》，但没有一部能超出《第一次的亲密接触》曾经达到的流行程度与流行范围。这种情形是完全在情理之中的。《第一次的亲密接触》在打开了网络文学的大门之后，大批有才华的写手和优秀作品涌现出来，不同经历的写手为读者带来不同的感动。而痞子蔡的情感世界已经为人们所熟悉，而其真实的生活状态也难以产生完全不同的艺术创作。对于这一点痞子蔡本人有正确的认识："我后来的创作都无法达到《第一次亲密接触》的高度，这是非常正常的事情。《第一次亲密接触》的畅销不完全是我个人的魅力。历史在上世纪 90 年代末令网络文学兴起，网络文学的兴起必然要出现代表性人物，这个代表人物刚好是我。这有必然也有偶然——必然是一定会出现这样一个人，偶然是这个人可能是我或者是他……我成了网络文学的代表人物是因为幸运，我必须清醒地知道这一点。客观环境是无法复制的，再怎么有这个理想都不可能

---

① 蔡智恒. 第一本书——《第一次的亲密接触》（十周年经典纪念版之序 & 后记）

再达到《第一次的亲密接触》那样巨大的轰动了。"①

在《第一次的亲密接触》之后，我们将看到风格迥异的网络文学作品。

2. 网络中的另一种真实——《成都，今夜请将我遗忘》

2002年，成都青年慕容雪村创作的网络小说《成都，今夜请将我遗忘》成为当年中文网络文学最火爆的作品。

2002年，中国的网民数已达到5910万人②。中国互联网经过近10年的发展，在网民的绝对数量上已经达到相当规模，仅次于美国占世界第二位。尽管互联网在中国的发展如火如荼，但是从网民构成来看，具有一定教育背景的城市年轻人占据绝大多数，另外从经济发展方面来看，城市电脑普及率要远远高于农村与乡镇。正是在这样一个城乡差别较大的经济大环境背景下，以都市生活为背景的网络小说的诞生及走红是在情理之中的事。《成都，今夜请将我遗忘》就是这样一个大背景下的"必然"产物。

如果从真正意义上的文学审美角度来看，《成都，今夜请将我遗忘》实在是一部粗糙的作品。或者充其量算是一篇文学爱好者的习作（对这一点作者本人也有正确的认识③）。那么是什么让其在网络上一夜成名，获得众多网友的喜爱呢？这里有内外两个主要因素：外部因素就是2002年中国大都市方兴未艾的互联网热潮。随着一些大型门户网站诸如网易、搜狐、新浪等的设立，为众多文学青年提供了自由创作与发表的平台，而作为千千万万文学青年中的一员，慕容雪村同样按捺不住内心的创作欲望，在天涯社区发表了《成都，今夜请将我遗忘》。内部因素则是小说呈现给读者的真实感。正是基于这样一种源自作者本人亲身经历的真实的都市生活，获得了广大网友的共鸣。正是充斥整部作品的对现实生活的无奈甚至绝望，引发了缺乏信仰的一代网友的同感。

小说主人公陈重是现实生活中一个普通而典型的个体。他大学毕业后做经理人，原本充满激情爱好文艺的个性看不惯生意场的现实与世故。就像那些怀揣着梦想的敏感的年轻生命一样，当自身与世俗的高墙碰撞，逐渐发现在巨大沉重的现实面前自身的无力，在几经碰撞最终头破血流之后，开始自暴自弃，对待工作开始沉沦，对待爱情开始麻木，对待友情开

---

① 江筱湖. 痞子蔡的蜜月，带着太太和《孔雀森林》 ［OL］. http：//game. people. com. cn/GB/48642/48649/3966425. html

② 中国互联网协会. 中国互联网发展报告2002 ［R］. 北京：人民邮电出版社，2003：8.

③ 慕容雪村作客新浪访谈实录 ［OL］. http：//book. sina. cn/author/2004－06－16/3/76626. shtml

始怀疑，最终人性中美好的存在丧失殆尽，剩下的只有在绝望中的倒塌。有评论称其为"没有价值的垮掉"，应该说不无道理。通过小说中那些日日发生在我们身边的似曾相识的故事，可以看到一座城市的倒塌，看到一代人的迷失。也许正是这样一些读起来令人喘不过气的场景交织在一起构成了灰色的画面。

在《成都，今夜请将我遗忘》获得了超高的网络点击率之后，对小说的相关评论也蔚为可观。下面我们来看几则比较有代表性的评论：

"慕容雪村的小说是一朵朵恶之花，它们的盛开，也许并不代表我们应该去拥抱，而是能让我们感受到现实的危机，懂得除了这样行尸走肉的生活，人性还应该在更高的层面得以彰显。起码，当我读完小说后，我以从未有过的热情审视了我的家庭，并深深地爱上了我的老婆。因为，如果没有她的付出和坚守，我离小说中的人物也许只有一步之遥。"（尧耳）[1]

"虽然《成都》在文字功底与形象化描述上存在局限，但它出色地表现了现代城市的躁动、挣扎与沉沦。它发出刀子划过玻璃的尖锐声音，把生活的痛楚和现实的残酷无比凶悍地展示给人看。它的成功在于它的力量，一种粗糙的颗粒感很强的力量，它用粗豪嘶哑甚至有点粗糙生硬的方式叙述走向毁灭的路途。最后，哀莫大于心死那一瞬间的震撼，是那些文笔优美的名家大作无法企及的。"（正宇）[2]

"陈重对婚姻的态度以及危机的处理方式，也是这个时代男人的通病。如果一个男人说他对自己行将破灭的婚姻作了如何大的努力，千万不要相信，这不过是男人的借口而已。问题婚姻中的男女相互对视、对峙，在男人看来，女人是愚蠢的；在女人看来，男人是自私的。爱情像一颗流星灿烂飞过，只留下熟悉的夜空，沉寂、深邃、平静的没有任何动人景象。

陈重面对拯救婚姻计划的失败是坦然和绝望的，他偶尔会站在道德的平台上来认定这是一种惩罚与报应。"[3]

以上三则评论分别从对人性的揭示、对现代都市生活的展现以及对男女婚姻爱情的诠释三个方面对作品进行了剖析。虽然评论者分别站在各自的角度发表意见，但是综合起来基本上对小说的主题给予了涵盖，应该是

① 尧耳. 怀疑是你的唯一信仰［OL］. 豆瓣读书，［2010-7-28］. http：//www. book. douban. com/review/3482725.

② 正宇书评：网络小说《成都，今夜请将我遗忘》［N］. 光明日报. 2002-8-20.

③ 挣扎的姿势很美——我读《成都》［OL］. http：//www. juzhai. com/bbs/disbbs. asp boardID＝30700

代表了众多网友读者的看法。

作为一部业余文学爱好者的"冲动型"作品，《成都，今夜请将我遗忘》的文学性是欠缺的。这也是一些评论对其诟病的所在。整体上文字运用缺乏锤炼，叙事不够准确到位，给人凌乱无序的感觉。而不时夹杂文中的抒情诗流露出明显的学生气。比如：

我的幸福是一抔黄土
无风的月夜长草突然晃动
纯洁的纸钱飘落山岗
⋯⋯
过路人你珍藏的泪水
必将打湿我前生的遗衣
而那些滴落的
亦将暗暗丰满
⋯⋯

小说的力量在于精准简练的叙事，读者往往通过真实度高的叙事获得同感，而不是过度的抒情。新手作者往往担心叙事是否有效，而希望借助抒情调动读者的情绪，但是事实上结果恰恰相反。这就是真正的高境界是返璞归真的道理，在东方如陶渊明，在西方如海明威。当然，我们不必要对一个网络新手过分苛求。《成都，今夜请将我遗忘》的意义在于展示了一个生活在都市中的年轻人对于现代都市生活的真实感受。它能够获得成功的原因也绝不是因为具有高超的文学价值，毋宁说是它的社会价值。从这个意义上说它是一部具有划时代意义的作品。

尽管如此，对于作品中一些堪称精彩的文字仍然要给予肯定。比如：

外面不时有车辆开过，灯光越去越远，在夜幕中消于无形。夜市散了，小贩们推着锅碗瓢盆，哭丧着脸地回到亲人面前。每个夜行人都会怀想一盏灯火，而这个时候，还有谁在等我、想念我吗？

好的文学作品来自于对生活细致而准确的观察。这一段文字当中描写散市后小贩们收拾回家的场景具有很好的真实感。看得出作者对生活细节良好的观察和把握。而紧接下来"每个夜行人都会怀想一盏灯火，而这个时候，还有谁在等我、想念我吗？"这种建立在真实描写基础上的心理活动是自然流畅的，不会给人以蛇足之嫌。再比如：

往事如流水，我像一个无知懵懂的败家子，一路挥霍而来，直到结局的那一天，才发现自己已经一文不名。

这里的自我剖析是深刻的。让我们看到藏在绝望背后的勇气。尽管对自己清醒的认识过后是一声叹息，但是屡受创伤的心似乎找到某种慰藉。于是我们可以看到这不是陈重一个人的命运，而是生活在这个喧闹浮躁的都市以及时代中的一群人的命运。这也正是文学作品之意义所在。

如果说《第一次的亲密接触》开启了中文网络文学的序幕，那么《成都，今夜请将我遗忘》则是引领了大陆都市网络文学的发端。尽管台湾与大陆在社会环境、文化背景以及生活样式诸方面存在很大的差异，但是两部作品当中展现给我们的真实是有共通之处的。事实上我们并不会过多计较作品当中到底有多少是生活真实，而我们喜爱它是因为从作品人物身上看到自己的影子，即所谓共鸣。正因为我们生活在同样熟悉的社会环境当中，所以我们乐于从作品人物身上发现与自己的共同点，无论是单纯唯美的大学校园恋歌，还是嬉笑怒骂一地鸡毛的都市欲望乐章，我们都感同身受。这才是这些作品在网上的点击率超过千万的真实原因。

3. 虚拟网络的真实人生——《元红》的现实意义

2005 年，扬州人顾坚在《扬子晚报》网站上上传了一部小说——《元红》，一位名不见经传的文学青年的作家之旅悄无声息地开始了。对于充斥着玄幻修真、神鬼穿越的网络文坛而言，这样一部纯粹的乡土小说将面临怎样的命运呢？答案很快出来了，《元红》凭借短时间内数百万次的点击率出人意料地迅速成为网络畅销小说，成就了网络文学世界一次近乎神话般的传奇。这是怎样的一部作品呢？著名作家莫言说："这是一部被淡淡忧伤情绪笼罩着的、带有自传色彩的怀旧小说。作者文笔缠绵、感情真挚，一个男人丰富的人生经历与斑斓多彩的乡村生活如风俗画卷般徐徐展开，给人以诸多情感启迪和美的感受。"[①] 著名作家海岩认为，该书最重要的是讲得真实。"这是写给大家看的小说，或许真的会成为大家之作。"

《元红》描写了主人公丁存扣从孩提时代到上小学、初中、高中、高考、初次高考失利再复读、上人学直到走向社会，从乡村走向城市，从一个懵懵懂懂的孩子，情窦初开的少年，意气风发的青年，直到成为一个为爱情而下海的商人的经历。在这样的人生旅程中，有庆芸、秀平、阿香、爱香、春妮等美丽善良的女子与他相恋，她们帮助他体味到了人生的美好和苦涩、快慰与悲怆，抚慰他那颗敏感而多情的心灵。小说充满了浓郁的苏北水乡风情，如诗如画：诗是淡雅的，间或有浓烈豪气；画是素描的，

---

① 路艳霞. 网络写手著《元红》震动莫言算名家［N］. 北京日报. 2005-9-27.

间或有泼墨重彩。

我们来看小说的开端：

存扣瘫坐在那棵歪脖子苦楝树下面。对着北大河平静白亮的河水。发呆。小嘴嘟着。脸上枯着两道泪痕。

他生气。生哥哥存根的气。

存根和李庄的月红才认识半个把月，两人就黏糊上了。月红三天两头往这边跑。月红一来，存根就干不好活了。后来两个人干脆钻进堂屋西房间里，说说闲话，逗逗乐子。刚开始倒没感到存扣碍事，月红还爱逗弄这个圆头乖脑的小家伙玩呢。有时给他买上几粒糖果，有时捎些炒蚕豆或葵花子儿。存扣也挺喜欢这位姐姐的……

小说的行文风格让我们想到孙犁的《荷花淀》，文字清新自然，极具地方乡土气息。整部小说并没有文学史诗般的宏大叙事，也没有惊世骇俗的故事情节，但这并不妨碍其成为一个时代的剪影。大凡上个世纪七八十年代出生的人，都会从中感受到强烈的共鸣。小说里的细节描写是作品的显著特色。作者以丰厚的生活体验，不断地向读者展示细腻动人的故事细节。对于一个纯粹的业余文学爱好者而言，他的作品没有也不会有空洞的技巧，呈现在读者面前的始终是具有强烈现场感和参与感的真实的生活，这无疑极大地扩张了小说的可读性和受众群。且看下面这段：

乡下人闲适，夏日黄昏时分，家家就在院子里的丝瓜络和葡萄藤下摆好了饭桌。早早煮好了的一大盆碎米糁子或大麦糁子粥端上来；摘两条菜瓜斫瓜菜，浇上半匙菜油，放盐，再拍上几瓣大蒜头拌匀了，爽口得很，搭粥最好了。舍得的人家还会炒上一盘笋瓜丝或老蚕豆。若有闲工夫，女人们到地里揪些山芋藤来，去叶剥梗，加大椒一炒，喷香；孩子们则又玩出新花样，把藤梗儿连皮左一扳右一扳，做成耳坠儿、手镯子和项链，在院里走来走去显摆。吃过饭收拾桌子，把藤椅凉床搬出来，不凉到深更半夜是不回房上床的。好热闹的则在院里待不住，他们要上桥，桥上河风吹得惬意，人又多，说笑逗乐听人说古唱曲儿，有意思得很。晚饭吃得早，日头还在西天赖着，就有人三三两两摇着蒲扇上桥了。

像这样的描写，在小说中随处可见。这种来自生活的真实是无法虚构的，作者娴熟的叙事技巧展现得淋漓尽致。即便是小说中出现频繁的性描写，同样是坦率得近乎天真。作者对性的抒写是干净而唯美的，如天空中的流云，丝丝缕缕却又不动声色，有一种纯朴之美。《元红》小说中的人物纷繁，性格特点各异，但有一点却是共通的：人性善良的一面。这样的人物设定，让我们想起沈从文笔下的湘西风土。小说人物契合了现代人心灵深处那种渴望理解和不设防的、亲爱和谐的人际需求。小说中的存扣、秀平、阿香、爱香、春妮……都可以成为不同层次读者的心理偶像，给他们以美感和向往。

大半来自作者亲身经历的《元红》堪称是一部现实主义文学精心之作，乡村纯真爱情之凄美挽歌。这一点对于当今网络文学界而言尤为宝贵。对于始终受到传统文学界质疑的网络文学界，能够出现这样一部没有任何噱头的纯乡土文学作品，其意义深远。一方面显示了急功近利的网络同样可以产生优美朴实的文学，另一方面也显示了众多网友对真、善、美的追求并不会因为载体的不同而有区别。《元红》的走红具有榜样的意义，它为广大业余文学青年展示了实现文学梦的可能性。而这里所说的文学梦，并不是荒诞离奇、声色犬马的快餐式网络文学梦，而是实实在在回到文学原点的界定。虽然随着时代的变迁，文学的表现形式亦呈现风格各异的多样化的趋势，但现实主义的创作方式仍是许多作家所钟爱遵循的，其作品也是广大读者所喜爱的。《元红》即是一部现实主义的文学作品。它所塑造的人物形象、刻画的人物思想情感；它所描写的情节故事、乡土风情；它所记述的时代风貌及其衍变：无不翔实深刻地反映出现实社会生活中的本真，传递出时代的特征表象与信息。这些东西在众多的网络通俗文学中难觅踪影。

4. 网络文学：从真实走向虚幻，从《升龙道》到《鬼吹灯》

如果说网络最初被人们当做记录生活中发生的一些琐事，对生活的一点感悟，一些希望小小发泄一下情绪的平台的话，那么并没有花费很长时间，当今何在的网络小说《悟空传》出世之后，人们第一次意识到网络同样可以成为创作天马行空的故事的阵地。之所以在《升龙道》之前有必要提及《悟空传》，是因为 2000 年开始在新浪金庸客栈连载的《悟空传》可以说是开了中国大陆网络玄幻文学的先河。"《悟空传》是第一部让我发现原来网络和文学是可以放在同一个句子中的小说。从那个时代的中文互联网走过来的人，有同感者大概不少"（斩鞍）。《悟空传》的最大意义正在于此。从《悟空传》作品本身来看，一个最重要同时也是最被网友推崇的特质就是整部作品中充溢的叛逆精神。作者今何在不过是借用了《西游记》作为现成的框架，而真正的目的则是避实就虚地表达叛逆的精神与思想。就如作品中那句有名的"天问"："我要这天，再遮不住我眼；要这地，再埋不了我心；要这众生，都明白我意；要那诸佛，都烟消云散！"

如果说《悟空传》开了中国大陆网络玄幻文学的先河，那么其后的《升龙道》则是对网络玄幻文学的发扬光大，进而确立了玄幻文学在网络文学占据主导地位的作品。"……这本被称之为'升龙一出，谁与争锋'的《升龙道》，却绝对称得上是网络原创玄幻小说史上一部里程碑似的作品。它的意义甚至已经不是在于它究竟是在写什么，究竟是在怎么写，而是在于由《升龙道》所开创的一系列数据以及为网络玄幻写手所带来的实实在在的可观收入，真真正正地宣告了网络原创小说书站产业终于在产业化的道路上迈出了无可置疑的坚实的一步。"①

事实上与《悟空传》的挑战世俗、叛逆思辨相比，《升龙道》无论从内容还是文字上都显得幼稚粗糙。当然像《升龙道》这种原本就是凭空想象，能够以"一天之内连更五千字章节十章的速度"写出的故事，评价其是否幼稚是无意义的。因为它是写给心智尚未完全成熟、喜欢猎奇、耽于幻想的十六七岁的少年们看的。或者说它是不错的漫画素材和游戏脚本，而并不是真正意义上的文学作品。它是一个被选中者，是商业文学网站为实现盈利大力推广的产品。它的意义在于给众多的网络写手展示了网络码字如何赚钱的模板，给了在网络上辛苦耕耘的写手们以希望，只要肯于付出劳动一样可以获得报酬。也正是从《升龙道》开始，网络文学网站建立起的 VIP 收费制度显示出创收经济效益的潜能。同时，《升龙道》的成功顺理成章地引发了网络玄幻文学风潮。当校园恋歌渐渐沉寂，都市生活难有新意，网络成了那些缺乏人生经历却充满奇思妙想的少年们的天下。《升龙道》之后网络玄幻文学大行其道，其中又生出许多细分枝节（见前文）。

2006 年，中国互联网用户已经超过 1 亿。如此巨大的互联网用户量，无疑为互联网产业的发展提供了巨大的助推力。在包罗万象的互联网世界，网络文学凭借数年的发展逐渐趋向稳定与成熟。网络文学创作题材主要集中在以修真、穿越为代表的玄幻小说。这一年天下霸唱的一部《鬼吹灯》堪称在众多网络玄幻文学中独树一帜。《鬼吹灯》之所以受到关注和热捧（在起点中文网每个章节的付费点击率达到一万以上），一方面是因为它开创了网络玄幻文学盗墓题材系列，另一方面就小说内容而言的确具有相当高的可读性。事实上，《鬼吹灯》的创作灵感来源于民间故事，是一部糅合了现实和虚构、传说和史料、盗墓和探险的作品。

与之前的以《升龙道》为代表的纯玄幻小说相比，《鬼吹灯》最值得称道之处就是其依据史料记载创作的真实的部分。这一点与《升龙道》之

网络文学纵论

---

① 胡笳. 网络小说的前世今生［OL］. http：//www. qdwenxue. com//BookReader/181673831205053. aspx

类玄幻小说子虚乌有、神话似的创作风格相比，明显具有文学价值。尽管像《升龙道》一类的纯粹杜撰的作品仍然有一些游戏、漫画迷们喜欢，但是如果从文学价值角度审视，则如《鬼吹灯》之类具有一定"技术含量"的盗墓系列作品无疑更胜一筹。比如我们可以看看下面这段文字：

　　盗墓不是请客吃饭，不是做文章，不是绘画绣花，不能那样雅致，那样从容不迫、文质彬彬，那样温良恭俭让，盗墓是一门技术，一门进行破坏的技术。古代贵族们建造坟墓的时候，一定是想方设法地防止被盗，故此无所不用其极，在墓中设置种种机关暗器，消息埋伏，有巨石、流沙、毒箭、毒虫、陷坑等数不胜数。到了明代，受到西洋奇技淫巧的影响，一些大墓甚至用到了西洋的八宝转心机关，尤其是清代的帝陵，堪称集数千年防盗技术于一体的杰作。大军阀孙殿英想挖开东陵用里面的财宝充当军饷，启动大批军队，连挖带炸用了五六天才得手，其坚固程度可想而知。盗墓贼的课题就是千方百计地破解这些机关，进入墓中探宝。不过在现代，比起如何挖开古墓更困难的是寻找古墓，地面上有封土堆和石碑之类明显建筑的大墓早就被人发掘得差不多了。如果要找那些年深日深藏于地下，又没有任何地上标记的古墓，那就需要一定的技术和特殊工具了，铁钎、洛阳铲、竹钉、钻地龙、探阴爪、黑折子等工具都应运而生。还有一些高手不依赖工具，有的通过寻找古代文献中的线索寻找古墓，还有极少数的一些人掌握秘术，可以通过解读山川河流的脉象，用看风水的本领找墓穴……

　　通过这样一段文字我们可以了解到关于盗墓的一些基本知识。尽管这样一些知识里面既包含事实又包含传说，可是对读者而言还是具有相当的吸引力和说服力。尽管其中不乏似是而非的内容，可是对于小说而言已经足够，因为没有人会将其视为科普读物，如果你真的按照小说中的理论去实践的话，小说作者的回答一定是"后果自负"。

　　相反，以《升龙道》为代表的玄幻小说在网络上的成功，与其说是文字的成功，不如说是意象的成功。就是说网友喜爱并迷恋它们的原因，仅仅在于从这些作品当中获得的近似于毒品效果的虚无的快感。这里我们也可以看一段《升龙道》的文字：

　　一个街区外，一个阴暗的拐角处，一辆加长的白色劳斯莱斯汽车静静地停靠在路边，一名身材高大足有两米的黑人，身穿笔挺的燕尾服，手戴雪白的真丝手套，头上是短短的银白色板寸头，肃立在车门处。看到易尘走近，他麻利地打开车门，恭敬地接过易尘手中的金属箱子，服饰（原文如此）。易尘上车后，把两口金属箱扔进了车箱，自己坐进了车厢，关上了门。

这是《升龙道》第一章中的一小段文字，这段文字是笔者从网上复制的，因为没有看到成书，不知道在印刷版中文中的一些笔误（如"服饰"）是否得以改正，但仅仅从网络版来看，在小说的开篇文字就如此草率不经推敲，整部作品的文字水准可见一斑。再比如一些常识性错误（黑人是不可能有"短短的银白色板寸头"的。"车箱"还是车后备箱，这是需要做到准确的细节）在如此短的文字当中就出现多处，可见这一类的玄幻小说文学价值的低下。

但是，《升龙道》仍然可以称得上网络文学划时代作品。这与起点中文网开设 VIP 阅读制有着密切关系。

不过这一类作品非常适合改编成游戏和漫画，这些作品的读者群呈现出极大的限定性。与此不同，《鬼吹灯》作为小说本身具有很强的可读性，这与那些流传久远而广泛的民间故事本身便具有极大的魅力密切相关，而建立在这样的民间故事基础上的小说自然受人喜爱。关于小说中一些盗墓的细节和资料，《鬼吹灯》的作者这样解释："首先我想说《鬼吹灯》是故事，是小说，绝不是纪实文学，也不是回忆录，真真假假掺和在了一处，如果要区别真实与虚构，只有具体到某一个名词或某一段情节，才分辨得出。比如在野人沟这一部分的故事中，地点是虚构的，但作为场景的关东军地下要塞却是真实存在的，至今在东北、内蒙古等地仍有遗址保存下来，据说当年的兴安岭大火，便是由于关东军埋藏的弹药库爆炸引发。"[1]很显然，小说作者的话还是中肯的。的确，类似与盗墓相关的一些知识，比如盗墓用的工具、术语以及古墓的所在地等，或多或少都会与历史知识发生关系，比如在谈到"摸金校尉"与"摸金符"的时候作者这样说："书中描写摸金校尉要佩戴摸金符才可以从事盗墓活动。摸金校尉这个名词是三国时期就有的，但并没有作为传统行业流传下来，仅存在了几十年，一切关于摸金校尉的传统行规，包括在东南角点蜡烛，以及鸡鸣灯灭不摸金的铁律，都是我个人编造虚构的，不属事实，世界上也从来不曾有过摸金符这种东西……"[2] 对于这样的内容完全虚构是行不通的，而需要一定程度上查阅古籍，尽量做到言之有据（当然即使是这部分内容也存在

① 天下霸唱. 鬼吹灯全集 [OL]. http：//www. bbs. vivo. com. cn/thread－314477－1－1. html.

② 天下霸唱. 鬼吹灯全集 [OL]. http：//www. bbs. vivo. com. cn/thread－314477－1－1. html.

着相当程度的虚构），而这样做虽然对于创作者而言无疑需要花费更多的时间和精力（似乎不可能做到"一天之内连更五千字章节十章的速度"），但是结果是大大增加了小说的可信度，增加了可信度自然就增加了可读性，这是一个良性循环。

《鬼吹灯》的价值在于开创了网络玄幻文学中一个新的流派——盗墓派。这种真真假假、亦真亦幻的创作风格，在具有游戏化潜质的同时，又有着都市玄幻小说所不具备的历史文化感。《鬼吹灯》掀起了盗墓派创作的热潮，在之后相继涌现了《盗墓笔记》、《西双版纳铜甲尸》等较优秀的作品。

（五）网络写手之殇

网络文学的兴起与普及成就了一个新的群体——网络写手。其实之于文学而言，只有一个作者的称谓似乎就足够了。可是之于网络文学而言，恐怕作者这一称谓要一分为二：网络文学作家与网络文学写手。之所以分为网络文学作家与网络文学写手，主要是从二者的创作动机、目的以及状态等几方面加以区别。首先，网络文学作家是指在网络上从事相对严肃的文学创作的作者，比如早期的痞子蔡、慕容雪村、安妮宝贝等。这些人可谓是开创中国网络文学先河之人，在这些网络文学作家的作品中并不缺乏真挚纯真的爱情、都市青年对人生意义的诘问与思考以及女性作家纤细敏感的情感世界，在上述方面网络文学作家与传统纯文学作家并没有表现出根本上的差异性。其次，所谓网络文学写手则是指在网络文学发展到相当普及的程度与规模，尤其是其商业化程度高度发达之情况下，从事网络文学写作的群体。网络写手以网络为发表平台，通常他们的作品有几个共同特点："奇"，即作品情节奇特，题材新颖，构思巧妙；"快"，即作品在网上具有极快的更新速度；"俗"，即作品通俗幽默，浅显易懂。这一群体以各主要网络文学网站的签约写手为主。称之为写手的主要原因是这一群体写作的商业化倾向十分明显，或者说在主流网络文学门户网站上衡量写手作品是否成功的唯一标准就是点击率。在这种唯点击率是问的机制下，作品内容、文学价值乃至意义都已经不再是考量的对象，简而言之，作品是否能够带来经济效益成为唯一的标准。最后，也是网络写手被称之为写手的最直接的原因，那就是他们惊人的写作量。

网络写手们单位时间内的文字写作数量是传统作家所无法想象的。网络写手飞雪流年这样描述他的写作生活："我一天生活就是宅在家里，睡醒了就写，一个月可能也不出门一次。""跟网站签了约，每天都要更新，一天要更6000字，不更新或字数不够就算违约。有时候脑子里一片空白，什么灵感都没有，可还是得硬着头皮写。原来要好的几个大学同学基本上也不联系了，亲戚也就是偶尔通个电话，面儿也见不着。"①

据《2012－2013中国数字出版产业年度报告》称，目前我国电子书的收入达到31亿元。如此庞大的受众群体和产业规模，与数量众多的网络写手的辛勤耕耘是分不开的。像网络文学网站巨鳄"盛大文学"旗下的签约作家就达160万人之多，规模较小一些的文学网站作家也有10余万之多。而如此火爆的供求关系，进一步催生了网络写手这一职业群体的壮大。调查显示，近年来各路网络写手在起点中文网改版和VIP制度刺激下，迸发出了前所未有的创作热情，涌现出一批明星网络写手。其中"唐家三少"则堪称这些"80后"明星写手中最夺目的"光之子"。"光之子"的名号来自其创作的第一部网络小说《光之子》，同时也是对他每月30万字的创作速度最为准确的诠释。正是凭借这样的"光速"，成就了"唐家三少"5年3300万元收入的伟业，荣登"中国作家富豪榜·网络作家之王"的宝座。促使唐家三少走上网络写手道路的重要原因，是因为当初他在阅读网络小说的时候常常因为那些小说更新缓慢而感到郁闷。于是在他立志做一名网络写手之初，他就下定决心要做一个"快手"。可是真正要成为不"断更"（停止更新）的"快手"，并不是说说那么简单。唐家三少曾经谈到他的写作情况："最多的一年，我写了400万字，最强的时候可以以每分钟140字的速度坚持一个小时，基本一下来手就软了。""我记得有一次发烧40度，那天是30岁生日，晚上烧退了我还写了6000字。""如果一天没写东西的话，会觉得浑身哪都不舒服。"② 如此拼命地写作换来的是稿费的提升，从千字70元一直涨到了200多元。2011年他的稿费是前些年的总和，2012年他的新书简体版卖出了300万册，并创下了单年出版25本小说的纪录。在并不算长的时间内，唐家三少成功地使自己成为高收入网络写手中的一员。

当前，文学网站电子出版是大多数网络写手的主要收入来源。上传到网站的小说，通常前十几万甚至几十万字是供读者免费阅读的，等小说的点击率达到一定的数量，网站才会将其转到VIP区，读者如果想继续阅读转成VIP的作品，则需支付千字2分到6分钱的金额。这部分通过收

网络文学纵论

---

① 陆纯. 网络写手：整月宅着不出门　5年收入3300万元［N］. 北京青年报，2013-07-14（A13）.

② 陆纯. 网络写手5年收入3300万　一年最多写400万字［N］. 北京青年报，2013-7-15.

费阅读获得的收入通常由网络写手和网站分成，具体的分成比例为 50％甚至到 100％（写手拿全部收入）。为了更快速地推出新作品、新章节，文学网站还通过设置"全勤奖"的方式鼓励作者更快、更好地更新作品。而据网站透露，有的读者最高给过 10 多万元。再有就是一些知名网络写手的作品往往能"实体"出版，版权收入也是他们收入的重要组成部分。以业内巨头"起点中文网"为例，网站曾宣称"已有 10 位年薪过百万的网络作家，近百名作家收入也已经达到 10 万"。网络写手和文学网站签约后会规定好分钱比例，若按照网站三成、写手七成来分，写手每天更新 3 章 6000 字的小说章节，以 0.4 元/章节的价格计算，假若有 100 个人订阅该章节，写手可获 84 元的收益，再加上网站支付的稿费，写手 1 天的收益累计为 624 元，还不包括热心读者'打赏'的红包钱。"但实际上一天写 18000 字是很难的，就算是唐家三少这种'光速'写手，一天码 10000 字就到顶了。""只要故事还不错，市场反响很好，每天能写 10000 字，基本上一年赚个 20 万不成问题。"①

这里提到了一种对网络写手来说很"刺激"的赚取外快的方法——"打赏"。所谓"打赏"，简单地说就是对于自己喜欢的作者，读者可以直接通过网站功能给予作者奖励，金额多少随意。在当下网络文学创作中，"打赏"可以说是新奇有趣而又别有深意的新生事物，属于网络文学粉丝经济中具有代表性的内容。网络文学粉丝经济看似复杂而精密，但实际上操作和理念却颇为简单：粉丝喜欢某位作者或者某部作品，随手"打赏"点钱理所当然。为了迎合粉丝这种心理，各大网络文学网站都巧妙地设计出一套消费系统，以满足粉丝的旺盛需求。以起点中文网为例，为了满足狂热粉丝对偶像作者的追捧，特地推出了作品"打赏"的福利道具，作品打赏是用户对作品认可后直接给予作品奖励的互动道具，"打赏"额度从每次 100 起点币（1 元）至 1 万起点币（100 元）不等。主要针对起点中文网所有 A 级签约、合作签约作品。而根据所花费金额不同，粉丝也能获得相应的荣誉称号，从学徒、弟子、执事一直到最高级别的盟主称号。其中粉丝要想获得盟主称号则需要花费 10 万起点币（折合 1000 元）。这一打赏体系推出后引发了狂热粉丝的追捧，而起点中文网也随即诞生了一批百盟小说，即"打赏"达到盟主级别的读者超过 100 人的作品。统计显示，起点中文网目前 17 部作品拥有"百盟争霸"荣誉勋章（拥有 100 个

---

① 江西网络写手 1 部小说仅赚万元 市场盗版网站猖獗［N］. 江西晨报，江西新闻网 http://jiangxi. jxnews1com. cn/system/2013/07/18/012521358. shtml.

及以上盟主级别粉丝的作品可获得此勋章），其中盟主数量最多的《凡人修仙传》据称盟主级别粉丝超过 300 个，粗略计算，这 300 个粉丝至少直接贡献了 30 万元，随着时间推移还在不断累积，最终的数额将极为可观。

2013 年 08 月 12 日，纵横中文网的一条公告消息，震惊了整个网络文学界。

"纵横中文网历史上，也是网络小说界历史上第一个亿万盟主今天诞生了！"

这位新出炉的亿万盟主就是神机营好汉——人品贱格，人称格百万。

短短几分钟时间，他豪掷 100 万人民币，从百万盟主华丽转身为亿万盟主，作为梦入神机的老粉丝一直给予最忠诚最豪放的支持。不仅刷新了纵横月票榜单的记录，也成了网络小说界读者第一人，和其他神机营的兄弟们将《星河大帝》推向了一个新的高度。

新的亿万盟主人品贱格说："神机营诸君，书迷诸君，我的事情做完了，剩下的，希望诸君能够多宣传，拜托了！"①

"人品贱格"豪放地为自己的偶像作者送上 1 亿纵横币（折合人民币 100 万元）的"打赏"，创下了网络文学界有史以来粉丝"打赏"作者的最高纪录，而这位粉丝在获得"亿万盟主"荣誉称号的同时，也让我们惊呼网络文学狂热粉丝背后的巨大商机。事实上，由"月票"、"更新票"、"盖章"等不同形式道具激发的粉丝经济已经悄然成为一个价值亿元的产业，成为网络文学网站和作者获取收益的稳定渠道。

纵观国内主流网络文学网站，全部设置有完善的打赏体系。"打赏"的设置基本符合读者、作者和网站三方的利益。"'大神'②作者或者是有个人独特风格的作者肯定会有一批忠实粉丝，粉丝为表达对喜爱的作者或者作品的支持，花钱追捧也在情理之中。"③而对于不同级别的作者而言，"打赏"收入也有所不同。比如大神级作者骁骑校"打赏"收入占到自己总收入的 20％左右。"有一些很喜爱我作品的读者，经常隔几天就给我的作品盖章（打赏道具），每位粉丝一次就花费 1000 元，隔几天就会盖一次。这让我很感动，也加强了我和粉丝的联系。"④不过对于很多普通写

---

① 网络小说界首位亿万盟主今天诞生［OL］. http：//news. zongheng. com/news/4281. html.

② 网络用语，通常称在某方面很厉害的人为大神。在网络文学领域则指顶级写手。

③ 陈杰. 解密网络文学粉丝经济："打赏"收入破千万［N］. 北京商报，2013-8-16.

④ 陈杰. 解密网络文学粉丝经济："打赏"收入破千万［N］. 北京商报，2013-8-16.

手而言，"打赏"获得的收入就没有那么可观。比如写手道门老九每月写作的收入能达到 3 万元左右，但"打赏"的收入却只有四五百元。而新人写手 W 芥末三三的"打赏"收入只占到自己总收入的 5% 不到，可以忽略不计。相关统计数据显示，网络文学的总产值已经突破 10 亿元，照此估算，每年通过"打赏"产生的收入也早已突破千万元。虽然目前"打赏"并非文学网站的主要收入来源，但依靠数以千万计的庞大读者基数，网站仍然能够获得一笔可观的收入。对于"打赏"的收入，几乎所有网站都选择和作者五五分成，以上述 100 万元为例，写手"梦入神机"和纵横中文网各获得 50 万元。"以 17K 小说网为例，相关的'打赏'类道具收入每年能够达到 500 万元左右，其中有一半会分给作者。虽然相较于我们每年近亿元的总收入，这不到 300 万元的'打赏'类道具收入占很小一部分，但却是很稳定的一个收入来源。"[1]

　　狂热粉丝们的"打赏"钱在给产业带来源源不断利润同时，其存在的诸多问题也引起质疑和关注。在"亿万盟主"事件曝光后，众多网民第一时间表示了质疑："这是否是一次作者、读者和网站联手的炒作？"而更让不少人担忧的是，如此大额的"打赏"，势必会引发粉丝之间的斗气行为，将"打赏"变成比拼虚荣的工具。随着网络文学的发展，盈利的渠道会越来越多，"打赏"的体系也会越来越健全，但前提是业界需要积极合理地引导。"网站当然希望'打赏'的模式越来越成熟，这能够增强网站的抗风险能力，但也需要把握好度，避免出现过激行为。"[2] 很显然，网站需要开发出更多新的盈利模式，这样既能够丰富企业的营收渠道，又能够降低风险。

2012 年的网络写手十大收入排行[3]

排名	姓名	金额（万元）	点评
第一名	我吃西红柿	220	这一年，番茄的《星辰变》、《盘龙》继续在百度风云榜第一占据，起点订阅前五也是不用说的。加之月票长居起点前三名，而番茄自己更新的字数巨多，很是勤奋。2008 年番茄网络作家第一毫无悬念。

---

① 陈杰. 解密网络文学粉丝经济："打赏"收入破千万 [N]. 北京商报，2013-8-16.

② 陈杰. 解密网络文学粉丝经济："打赏"收入破千万 [N]. 北京商报，2013-8-16.

③ 2008 年的网络写手十大收入排行 [OL]. 百度知道，http://zhidao.baidu.com/question/452633168.html.

排名	姓名	金额 （万元）	点评
第二名	血红	210	血红是 17K 高薪买断的作家，这么高的薪水是毫无悬念的。无订阅风险，直接买断，对作家来说是最好的。加之血红《林克》、《巫颂》成绩斐然，以及新书《人途》的继续创作，血红 2008 年 220 万收入是很正常的。然而 17K 说血红年入过 300 万实在是夸大了！不知血红个人有何感想？
第三名	跳舞	180	跳舞的《恶魔法则》一直是起点月票榜第一，无人撼动。跳舞粉丝支持着他的作品，给跳舞创收 180 万也是很正常的。
第四名	唐家三少	150	唐家三少素以勤奋著称。《生肖守护神》2008 年 1 月结束后，《琴帝》震撼推出。三少依然势头很猛。月票始终起点前十，加之小说实体相继出版，2008 年三少创收 150 万是很保守的数字。
第五名	月关	140	月关一部《回到明朝当王爷》奠定其地位，2008 年初结束本书，但是依然订阅靠前。《狼神》虽说订阅没达到月关预期目的，但是也相当可观。最近的《一路彩虹》也彩虹满天飘。
第六名	梦入神机	130	梦入神机的《佛本是道》依然留在读者的心里，2008 年的《黑山老妖》、《龙蛇演义》势头不减，订阅也是很不错的。130 万当之无愧！
第七名	禹言	120	禹言 2008 年的《极品家丁》可谓疯狂一时，不过据说会一直写下去，读者的内心也是承受不了的。此书实体出版，起点仍在连载，2008 年 120 万应该是很正常了。
第八名	猫腻	100	猫腻的《庆余年》可算是要庆祝一下 2008 年了，实体出版，起点订阅也是很高。猫腻应该可以好好地笑一笑了。
第九名	云天空	90	云天空当年和起点闹翻纯属起点问题，和血红一起来到 17K 也算是有所成就了。2008 年 4 月《不死冥王》结束，《近战法师》继续精彩。这一年老云依然很牛逼！
第十名	辰东	80	辰东的《神墓》可谓是超长啊，不过总算结束了。简体、繁体都出版了，辰东收入不菲。2008 年挣 80 万，应该是太少了。不过这只是保守的数字！

这份来自民间的排行榜也许并不具有所谓的权威性，但是其价值在于为我们提供了比较直观的主要网络写手的情况。相对于巨大的网络写

手群体而言，排行榜中这部分人实在称得上凤毛麟角。众多的网络写手表示自己根本不像个或算不上作家，充其量是个"码字民工"。庞大的"码字民工"大军，面对网络这样一种速生速灭的残酷的现实世界，有多少人在无奈地坚持自己的理想。尽管众所周知通往文学殿堂的是一条铺满荆棘之路，可是这些怀揣文学梦，执著坚持的青年仍然在飞蛾扑火般地前行。当下，网络写手面临着两个巨大的困境：一是作品写作要求巨大的更新量。在完全以点击率论英雄的网络文学世界，如果你不能满足读者持续的阅读欲望，那么你将很难持续你的"码字"工作。二是网络写手必须面对管理松弛的网站盗版。网络写手呕心沥血写出来的作品，如果有一定的人气的话，往往会成为一些盗版小网站的盗版对象。面对这些肆无忌惮的盗版侵权行为，绝大多数网络写手无能为力。即便签约网站出面为你打官司，往往也难以收到实际效果。而市场上盗版网站日益猖狂，将很多写手加 VIP 的章节非法晒在盗版网站上，甚至还出版，以 5 元的低价在地摊及旧书市场上销售，这些都给网络写手的收入带来极坏的影响。

网络写手的"文学"之路是如此的崎岖不平。可是青年人梦想的可贵之处在于它始终是充满前进动力的，有朝气蓬勃的正能量，这种不畏艰难的个性之间互相影响着。也正因为年轻，他们不介意失败，他们有重新来过的资本，他们要的是尝试挑战的刺激与满足，网络文学正可以满足这些年轻生命的试练。

二、网络文学之审美价值取向

网络媒体为某些小众的文学形式（如诗词，包括古典诗词、现代诗歌）提供了展示、交流的平台。鉴于当下文学活动的市场化倾向日益加重，诗歌这一纯文学元素愈来愈远离大众的视线，互联网帮助诗歌获得了新的生命。网络文学的审美价值取向与网络媒体的技术特征紧密相关，分别在当下性、普适性以及虚幻性三方面得以体现。

（一）网络文学审美价值取向辨析

文学价值就其现实性而言是文学活动的现实价值，它规定着文学活动的现实功能、现实有用性及现实生活构成。它是在规定着文学的现实功能、现实有用性及现实生活构成中体现的文学活动取向、文学活动展开的制约力量，这也就是"文学何为"的问题；而它的这种取向与制约力量的规定，亦即"文学何为"的规定，又反过来规定着它对于文学的现实功能、现实有用性及现实生活构成的规定，这是被规定与规定的循环。普遍意义上的文学观念侧重于认知对象"为何"的问题，而文学价值观念则侧重于认知对象"何为"的问题，它们和认知对象有着明确的不同，一般文学观念属于"事实认知"，文学价值观念属于"价值认知"。同时，文学价值又是历史性与现实性的统一。历史规定或确认的文学价值借助历史延续的现实力量而具有自然接受或自然规定的性质，对于现实文学活动主体，这是生之于内又见之于内的性质，它的自然性来自于文学活动主体孕生其中的历史现实情境，这种情境对于文学活动主体既是生存语境又是文学活动语境。由于生存只能是此在的亦即语境性的，文学活动作为生存活动也只能是此在的亦即语境性的，因而得于语境的生存规定或文学活动规定就成为生存及活动本身，是生存自然或本身自然。在这样的自然接受或自然规定中，历史是现实化的历史，现实是历史延伸与规定的现实。文学价值作为历史的现实规定，文学价值的现实规定性作为历史延续性的实现，完成着历史与现实的统一，并持守着现实生活的历史稳定性。审美价值在文学中处于极其重要的地位。文学是一个价值的复合体，其各种价值因素依据作品内容的安排而各安其位，它们之间呈现一种有序的关系。而且它们彼此也并非都处于并列的位置。文学价值的层次性表征了文艺作为整体存在，总是探索并表现人类进程中的内在与外在、意识与生命力的复杂矛盾运动过程，并以极其丰富的内容和可感的形式记载了人类的精神历史。而文学的审美价值作为文学客体（文学作品），对主体（读者）审美需要的满足或效应在文学价值体系中不是一种与其他价值并列的价值项。它是文学作品中一切价值因素之上附着的一种特性，它在作品中不单独存在，又无处不在，它是形形色色的价值因素成为文学价值的关键。另一方面，文学审美价值又是艺术其他价值安身立命之所，是文学最根本的追求。具体说来，文学具有认识、审美、教育、娱乐等功能。概括地讲，文学价值又可以分为工具的和艺术的两大类。所谓工具价值包括文学的认知、道德等属于文学固有价值范畴的价值项，同时也包括政治的、伦理教化的、宗教的和其他一切带有宣传性的价值，都属于文学的工具价值。目的价值则是指文学作品中那些必不可少的、固有的价值，没有这种价值，文学便不成其为文学。审美价值等就属于这类价值。正因为文学功能系统的构成是以基于文学价值系统的性质与特性，并以审美为中心的多层次、多方面展开的，因而从审美价值取向的角度来关注文学，甚至于网络文学，可以通过对其取向的分析更好地发掘出网络文学的本质特征。文学价值系统是变动不居的。实践证明，一个完整的文学价值过程，应当是"文学的自我价值——读者接受——社会审美、文化价值"动态展开的过程。单纯的、不为读者阅读的文本，一旦进入文学活动中，其蕴涵的社会审美、文化旨归，决定了它一经生成就是一种社会存在，就必然要通过读者的鉴赏活动而走向社会；反之，潜藏在作品中的作家的审美文化意蕴，通过读者的解读和批评家的价值判断而潜移默化地作用于社会、群体的精神生活领域。同样，文学的审美价值也是变动不居的，它随着文学思潮、社会环境的发展而变化。文学透射人性，反映人的生活、情感，更反映人的类存在和命运、一个国度和时代的精神，时代和岁月的变迁在改变人的类存在的同时，也势必反映到文学作品中去。新时期文学在审美价值的流变轨迹上基本表现为：朦胧诗——"改革"文学——寻根文学——"先锋"文学——"新写实"小说创作思潮——"现实主义冲击波"等。同样，网络文学的审美价值也处于不断的变动之中。自网络文学诞生之初单纯的"内心发泄"，到描写"网恋"，到后来的注重艺术性与时代性的结合，其艺术性不断加强，审美价值也经历了一个由单一到多元、由肤浅到深刻的过程。①就当下的网络原创文学作品来看，其审美价值发生的巨大变化，主要表现在更贴近现实生活与当下社会大众心理的取向、创作主体的大众化、网络原创作品的普适性取向、艺术形式的虚幻性取向等方面。

（二）网络原创作品的当下性取向

网络原创作品的当下性取向可从网络写手（作者）的生存状态与创作方法两方面加以剖析。首先，从网络写手（作者）的生存状态来看，对于为数众多的非专业网络写手而言，虽然能够和文学网站签约成为签约作家，但是依靠与网站分成获取报酬的前提是付出巨大的劳动。每天近万字的码字量，使得网络写手以非专业的身份做着专业的工作，单纯从文字量上来看，甚至远远超出职业作家。虽然很少有人把网络写作当做谋生的唯一手段，但是一旦踏上网络写作这条船便很难下来。对于这样一种生存状态，网络写手们大多有着清醒认识，他们最大的心愿是能够写出高点击率的作品，网络媒体的特性不允许出现"写给未来世纪"人们读的作品，如果没有点击率，就意味着死亡。网络提供的是"瞬时"平台，在这样一个严格规定了时限内的"演出"必须精彩，如果观众寥寥，那么意味着这出

---

① 张贵勇．走向多维的"原创"——从网络获奖小说看网络文学的审美价值取向［OL］．
［2003-10-21］．

戏没有再次上演的必要。陈村指出：现今的网络文学与传统文学最大的不同是不再热衷于对阳春白雪、高不可攀的东西的极力描述渲染，因为曲高难免和寡。① 网络文学对内心的表达更为直接、率真、不矫情。从文学角度看，网络小说虽然略逊于随笔、散文，但这些大多属于"新写实主义"的网络小说以"流水账"式的叙事手法接近和还原了生活的原生状态。突出当下性的网络文学作品无疑更贴近生活，其中很多作品甚至是作者真实的个人体验，比如早些时候慕容雪村的《成都，今夜请将我遗忘》等。其次，从网络文学创作方法来看。当下网络文学创作主要可以分为两种情形：一种是为获取经济利益写作，另一种则是完全出于业余爱好"写着玩"。在此，我们仅就前一种情形加以论述。一个写手从上传文字到网上，到引起文学网站编辑的注意，再到与文学网站签约成为签约作家，这是一个标准的网络写手成长的过程。作为一个文字生产者，一旦与文学网站签约便意味着从前自由随意创作形态的结束，网站编辑的意见（包括选题、篇幅、题目等一系列的创作元素在内）将成为保证作品"火"的重要因素。从这个意义上说像这样的作品具有明显的包装的痕迹，或者说，这样的作品不是创作出来，而是"制作"出来的。重要的是，这样的文学"制作"已经是当下文学网站经营管理的基本模式。虽然借由此方法"制作"出的作品存在着明显的类型化与功利倾向，但是，网站编辑凭借对读者（受众）市场的了解与把握，对网络作品加以定位和包装，终究是为了网站的经济利益得以保障。而对于经济利益的追求则使得网络文学作品的当下性更为突显，网络文学作品"活"在当下，凡是不符合这一规定性的作品，纵使具有再高的文学价值也往往会被忽视。对于目前文学网站施行的这一"潜规则"，网络写手自身感受颇深。曾经的网络红文《西双版纳铜甲尸》的作者肥丁这样说："网络写作就是这样，把写作变成一种工业化生产。"② 网络写手不过是工业流水线上的一环。对于网络写作与市场需求的关系，肥丁这样理解："首先是做市场调研，然后设计产品，接下来是网络宣传，打榜，再接下来出版成实体书上市，如果可能的话，再改编成影视剧，多赚一笔。你所写的每一部作品，都必须听从网站和出版社编辑的意见，在创作过程中，你自己不能随意发挥，必须按部就班，这样加工出来的文字产品才能卖到钱。"③

① 瞿建民. 网络文学如同卡拉 OK［J］. 中国电子与网络出版，2000（4）.
② 翟丙军. "网络大神"：把写作变成工业［N］. 半岛晨报，2008-12-28.
③ 翟丙军. "网络大神"：把写作变成工业［N］. 半岛晨报，2008-12-28.

网络文学纵论

（三）网络原创作品的普适性取向

　　普适性取向亦即大众化取向。所谓大众化取向是一种普遍性的社会心理指向，它具有向着一定对象发动的心理动力性，激发对于这类对象的主体感受，使之进入活跃与敏感状态，形成对于对象的感性组织与加工，使之成为趣味对象。它具有相对明确的对象选择性，这主要是一种感性选择，主体感性对这类对象是在选择中激发敏感性，又将此敏感性现实限于对象选择、组织与加工，它选择趣味对象，又使得趣味对象在选择中成为对象。大众化取向最富于时下意义的即此大众性。大众是现实社会生活的具体存在，作为现实存在力量，它随时随处存在并无时无处不在；作为现实形态，它变动不居，聚散无定，有时它空无一人，只有众声喧哗，有时它汇为众人，这众人群情激昂或杂乱无章地呼喊着、议论着、游走着、狂欢着、消费着，呈现为巨大的数量性存在；作为属性，它又见于现实生活的各种人，它是可以分享也必然分享的社会群体性规定，有时它会以一种抽象力量而游离于众人及各类单个人，它在社会理性中现身，用一种莫名其妙的声音宣示其存在并无形地发挥作用；就时态而言，它则是充分现实性的，并且永远是现实性的。莫里斯·布朗肖曾谈到"人们"这个概念认为，"人们"即相当于"众人"、"大众"。他说："某人就是无象的'他'，就是人们身在其中的'人们'，但是，谁身在其中？从来就不是这人或那人，从来就不是你和我。无人属于'人们'之列。'人们'属于一个无法把其带入光明中去的区域，这并不是因为这个区域可能隐藏某个完全不可披露的秘密，甚至也不是因为它有可能是完全阴暗的，而是因为它把所有可进入的东西，甚至光线，改变为无名的、非个性的存在，变成非真的，非现实的，但却始终在那里的东西。"[1] 网络原创文学所指涉和表现的"大众"是具有群体性特征的，是有具体所指的，是一种真正的"大众"，它体现了中国文学的"大众化"走向（尽管这种"大众化"走向很多时候具有强烈的意识形态色彩，但其根本方向是有迹可寻、不容置疑的）。而网络原创文学之所以出现这种走向，原因在于网络文学的普适性不是概括式评价的普适性，即是说，它不是认识形态的普适性，而是"全民个体"在各自的个别体会及经验中相互流变与碰撞，逐渐地以某种合力的方式体现的普适性。这是以个别形态获得的普适性，而不是现实主义及现代主义

　　① 翟丙军."网络大神"：把写作变成工业 [N]. 半岛晨报，2008-12-28.

创作中通过形象表现或展现的普适性，前者是生成的或构成的，后者是揭示的或表现的。在互联网时代，网络文学不分等级，不分什么精英与大众，不分什么雅与俗（如果说大众的品位是雅，那么网络文学的品位就是雅，反之亦然，这是因为网络文学的创作主体和接受者是真正的大众）。就在弥合现代主义时期高雅艺术与大众艺术鸿沟的同时，后现代主义文化完全改变了艺术与大众的对立关系，使艺术成为真正表现大众生活的艺术。

从现实角度讲，网络文学无限地接近大众群体、表现大众，并成为大众生活的一部分，是当代社会意识和时代背景的一种反映，也是对未来社会文化领域的一种可行性设想。由网络媒体的普及应用带来的网络文学的普适性明显地带有技术性特征：即接受这一普适性的社会群体需要具有初级的电脑知识。但是，无需担心，进入 21 世纪的人类社会网络化环境已经形成，尽管伴随着无奈，但是人们正在努力使自身适应这样一个读屏时代，借由高点击率产生的审美取向将无法回避，这一点也正是网络文学与传统文学的根本区别所在。

（四）网络原创作品的虚幻性取向

网络文学作品似乎与生俱来地带有虚幻的色彩。在网络文学的发展过程当中，我们不得不正视网络游戏对其造成的影响。2004 年 10 月，中国最大的在线游戏运营商盛大公司收购了原创娱乐文学门户网站——起点中文网。在这样原本属于一起平常的商业收购案的背后，实际上隐含着网络游戏与网络文学之间微妙的关系。收购行为一时掀起轩然大波，网友纷纷发表看法。有网友这样认为：起点是一个小说网站，盛大这次收购了起点，有很多喜欢看小说的人在漫骂盛大是想低价剥削其他人的想法，用来出新游戏。笔者看了以后觉得不太赞同，一个游戏和小说的意义不是太大，相反倒是觉得魔法类系列游戏对小说的影响很深远，一个好的游戏可以影响到很多未来的小说。《哈利·波特》几本书可以让一个女教师从在贫困线上挣扎一跃成为全世界女富豪之一，拥有了几亿英镑的身价，甚至比英国女王还富有。她的成功与国外注重知识版权分不开，但是这也从一个侧面说明了魔幻、奇幻小说现在非常受欢迎。这次盛大收购了起点网，也许对中国的魔幻、奇幻文学是一个推进。同时也有不同的声音存在：为起点感到惋惜。起点网站从内容建设和架构上来看已经相对成熟了，而内容也十分丰富，并拥有相当众多的用户支持，但资金短缺是一个问题，主要出现在盈利模式上。有这么好的网站内容和如此多的用户支持，只需要配上一个好的盈利模式或者说配一个好的获益收费模式，资金短缺的问题就能迎刃而解了。正是在这样的争议声中，中国的网络文学与网络游戏结下了不解之缘。好游戏需要好脚本，也许这正是"盛大"钟情于"起点"的深层意味，可是这何尝不是好事呢？尽管满腹经纶、两袖清风的穷秀才投靠在财大气粗的大户人家的"矮檐"下让人难免唏嘘，可是对于今天市场经济社会而言，生存之道远比假清高来得重要。

　　无论是对"盛大"收购事件持积极态度还是持消极态度，有一点却是可以肯定的：那就是网络文学的虚幻、奇幻色彩将会如网络游戏一般瑰丽绚烂。网络文学的虚幻性与网络作者不受传统写作条件束缚而想象自由之间可以更充分地体现相关性，同时也与他们为了更自由地想象而投身网络写作相关，这既是想象自由的体现又是基于自由想象的写作动机。而自由想象、虚幻对于现实的超越就作为想象自由的形态而被解放出来。伴随着诸如起点中文、龙的天空、幻剑书盟等文学网站的发展，以树下野狐的《搜神记》为代表的一大批本土优秀奇幻作品面世，一方面打压了《哈利·波特》带来的西方魔幻潮，另一方面也带起了东方玄幻的热潮。东方奇幻作品以其玄奇、瑰丽的景物，波澜壮阔的场面以及稀奇古怪的各种上古生物给读者带来了一种与众不同的感受，吸引了大批忠实的粉丝。由网络奇幻文学同时还衍生出科幻和仙侠两类作品，这里所指的科幻不是纯粹的科幻，它可以是软科幻，也可以是伪科幻，多与军事类的作品结合，从而形成的"杂交品种"，比较多的是类似星际战争之类的科幻文，比如《小兵传奇》之类。而仙侠类作品又可分为两大类：一是古典仙侠，如《诛仙》；二是现代修真，如《星辰变》。其中，古典仙侠可以看作是传统武侠的升级版，不过这一类与传统武侠类似，正趋于没落状态，相比之下，比较热的是现代修真。现代修真可以看作是都市异能的一个分支，我们可以把仙术看成是异能的一种，只不过它比一般的异能更为强大，也更有体系、更有文化底蕴一些。在写作类型上，现代修真是很占便宜的。现代都市的背景大多为读者所熟悉，以现代人身份出现的主角能很大程度地增强作品的时代感，而传统的仙侠体系在读者中接受度也是相当高的。同时，仙侠和都市的结合，修仙者和高科技文明的碰撞，很容易造成强烈的对比，引发一系列的故事。这也是以现代为主背景的现代修真类作品大红大紫的原因所在。都市类则可以分为两种：一是都市异能，如《寸芒》；二是不带异能的纯粹都市生活，如《成都，今夜请将我遗忘》。前者更多时候会与仙侠或奇幻类相结合产生一种"四不像"的"杂交"类别，比较容易吸引读者，也更容易热。这点与现代修真比较类似。后者则是以现代都市生活经历为背景从而发展的故事，这类故事一向以曲折婉转见长，更接近生活，贴近现代人的生活实际，容易使人产生共鸣，因而也属于比较容易热的大类。

综上所述，可以看出，随着读者口味的变化，玄幻文学大类的进一步细分，作品类型多元化发展将是未来原创作品的大势所趋。2009 年 1 月，盛大文学旗下起点中文网在京宣布签约小说《星辰变》，以 100 万元出售游戏改编版权，盛大游戏为该小说改编权购买方，将会开发相关题材的网络游戏。盛大文学 CEO 侯小强表示，将以《星辰变》等小说的市场拓展成功来证明文学网站有能力为中国动漫游戏和影视产业提供具有改编价值的素材。在这里，文学与游戏相得益彰，互相促进，充分展示了网络文学独有的魅力。

三、网络文学花园中的一朵奇葩——网络诗词

这里提出网络诗词的概念，需要说明的是本书将把网络诗词分为网络古典诗词与网络现代诗词两部分来论述。因为无论从诗词内容还是形式来划分，将网络诗词这一大一统概念拆分为古典诗词与现代诗词两部分分别予以论述显然更具科学性，或者说如果将这两种差别巨大的诗词形式放在一起论说的话显然并非明智之举。下面我们先来看网络古典诗词的情况。

（一）网络古典诗词

"这可能是这个时代最疯狂的文学行为，也可能是汉语文言最终的唯美。现代汉语的小说和戏剧已经退居图像之后，只偶尔借助影视的躯体浓妆艳抹地还魂；现代诗歌的悲鸣则被时代的浪花狠狠抛在岸边的岩石上，在浑浊的急流身后徒劳地回荡。

这个时代，文言诗词这一尴尬的存在，其地位充其量等同于博物馆里精心供奉的标本。

现在，这本《春冰集》摆在你的面前，尘封的标本复活了。

……没有可能市场化，也没有可能成为主流。但这是汉语曾经绚烂的地方。

也许他们不能代表网络诗词的全貌，但至少，这是网络诗词创作的精

华。他们当中年长者刚刚超过四十，他们有时间熔炼得更加璀璨。"①

以上一段文字是网络诗人军持为 2005 年出版的网络诗词集《春冰集》所作宣传词的部分摘录。这一段话传递的一个最重要的信息是：汉语文言正在复活。或者更准确地说是文言古体诗词正在复活。而当下文言诗词得以复活的最重要的土壤是互联网。在这里我们将网络诗词称为网络文学花园中的一朵奇葩，是基于诗词这一文学形式所具有的独特性而言的。即便在传统文学当中，诗词始终是独立于众多文学形式之外的文学语言，它在形式上简短隽永、在意境上抽象朦胧的特有的艺术魅力始终吸引着众多的爱好者。那么，让我们来看看这些吟风啸月、怀古诵今的"互联网才子"们是如何在网络上实现他们的"风骚"抱负的。

有学者用"网络诗词"这个概念将新一代的年轻诗人与依赖《中华诗词》等传统官方媒体成名的中老年诗人群区分开来。这应当是对网络诗词比较妥帖的一种定义，正是由于有了这样的一种限定才使得对网络诗词现象的考察和研究具有了意义。以网络为载体发表诗词最早开始于各高校BBS。最早的网络诗人清一色都有理工科背景，其中最著名的一位便是今天以反伪科学及反学术腐败斗士闻名的方舟子先生。他与莲波女士唱和的诗词辑成了《莲舟集》，开网络诗词传情之先河，也是最早的网络诗词集。这是网络诗词的萌蘖期，我们不妨称之为网络诗词的 BBS 时代。在这一时期，各高校学子处于一种自娱自乐的状态，就创作水平而言，也是普通爱好者居多，他们中的大多数连最基本的格律关都未过，更遑言其余。BBS 时代的网络诗词往往与各高校文学社团形成互动，如果一所高校文学社团中诗词创作水平较高，则该高校 BBS 上诗词水平也就不会低。事实上，BBS 诗词版的版主多是社团中的活跃分子，本来 BBS 也是被社团当作接纳新人的一个宣传平台来用的。其时浙江大学飘墨诗词社、清华大学静安诗词社是创作水平最高的两个学生社团，清华的"容若"、浙大的"老泥"代表了 BBS 时期诗词的最高水平。随着 2000 年全民上网时代的来临，高校 BBS 诗词版渐渐消歇，"老泥"基本退出网络诗词界，"容若"则从水木清华 BBS 走了出去成为网络诗坛的巨星之一。网络诗词的勃兴是在 1999 年与 2000 年间。今天公认的网络诗词名家如莼客、燕垒生、乖崖、容若、矫庵、胡僧、伯昏子、月暗、王景略、苏无名、夏双刃、寥天等人皆是在这两年上网，网易、天涯两大网站是最活跃的两个发表阵地。

① http：//forum. iask. ca/showthread. php? t=87943.

2001 年春，网易、天涯的诗友在北京聚会，是迄今规模最大的一次网络诗词的集会，这之后，网易诗词版人气尽为天涯诗词比兴所夺，今天网络诗词的各路诸侯几乎没有谁不曾在天涯活动过。2002 年，各家新的诗词论坛如雨后春笋般冒出来，其中较为有名者有"诗三百"、"光明顶"、"菊斋"、"故乡诗公社"、"中国诗歌网"、"甘棠中华诗词网"等；新的偶像级的名家也不断涌现，如军持、嘘堂、碰壁斋主、发初覆眉等，究其源流，都与天涯诗词比兴有斩不断的瓜葛。网络对当代诗词的贡献不仅在于多元文化的表征，网络的普遍性、公众性和互动性都比传统媒体给诗词带来更好更多的机会。在前网络时代，诗词爱好者若不加入诗词协会大抵难有交流机会，网络彻底改变了这一状态。正如编著了《网络诗词年选》的檀作文所说："我们很可以说：诗词的希望在网络，全面复苏和发展都将在网络诗坛"。①

纵观"文革"后中国古体诗词复苏、发展的过程，其中有两部诗集分别代表了古体诗词不同发展阶段所取得的最高成就，分别是《海岳风华集》与《春冰集》。"文革"后古典诗词的发展经过初期的以"老干部"为主要创作群体时期，到了 90 年代中后期，浙江文艺出版社出版了由毛谷风、熊盛元合编的具有划时代意义的诗集《海岳风华集》。此集先以线装本印行，收录作者 33 人（女性 6 人），作品 630 首；1998 年再出平装修订本，入选作者增至 52 人（女性 11 人），作品增至 1191 首。选录标准施行"不问其风格流派、师承家数，惟高致真情、正声雅调是求"。编者力主："考当代诗坛平庸之作泛滥，乃在于当今诗人多数未能承继数千年优秀传统，未能深入当代社会生活，率尔操觚，以吟风弄月、应酬唱和为能事。值此世纪之交，社会变革风起云涌，中青年诗人自应谛听民众呼声，肩负时代重任，砥砺意志，开拓胸襟，骋自由之思想，树独立之精神，上继风骚，中承李杜，借鉴前贤成果，关注社会人生，相尊互重，切磋琢磨，熔铸百家，自出机杼，起衰振弊，弘扬诗学。"②。在修订本 52 名作者当中 40、50 年代出生的占过半数，而"70 后"虽占少数也有 4 人。而40、50 年代出生者绝大部分为具有中高级职称、个人文化素养很高的知识分子群体。且多人在青少年时代皆有师承佟绍弼、朱庸斋、夏承焘、吴世昌、寇梦碧诸先生之经历，足见古典诗词功底匪浅。称《海岳风华集》划时代之意义在于诗集对"文革"后至 20 世纪末中国当代古典诗词创作

① 舒晋瑜. 网络助诗词复兴？[M]. 中华读书报，2010-6-28.
② 毛谷风，熊盛元. 海岳风华集（修订本）[G]. 杭州：浙江文艺出版社，1998.

进行了一次集大成之总结，是对 20 世纪 80、90 年代中青年诗词创作成果的一次集中展示。正如孔凡章先生所说："内容既不脱离时代，无背潮流，而格律声韵，又多循唐宋之矩矱"① 这一时期的创作还是基于对传统诗词创作的继承上，这与其后的网络诗词创作形成了极大的差异性。

另一部代表性作品即本节开端提及的《春冰集》。与代表主流诗坛成就的《海岳风华集》不同，《春冰集》一个最显著也是最重要的特征是代表了进入 21 世纪网络诗人的最高成就。故而在探讨作品内容的高下之前，有必要对于传统诗坛与网络诗坛进行一下比较。在这里，网络诗词创作无疑应当归类于网络文学创作。既归类于网络文学，则网络诗词的创作亦具有一般网络文学之创作特征：自由创作、自由发表、无功利性以及即时互动性。在网上人们能够快速有效地找到自己的"组织"，从而体验归属感。例如在网络诗词论坛上，作者可以在几乎没有任何门槛的前提下发表自己的作品，并且能够在第一时间与论坛上志同道合的网友进行互动交流。而这些"人以群分"的网友即是潜在的读者，同时也是创作者，他们会在读你的作品的同时上传他们的得意之作与你共享，而这种即时性的唱和之于诗词这一文学样式而言是何等的重要！从某种意义上说，互联网使得诗歌回到了它应有的原始状态——吟游诗人的朗诵与听众的参与，说得极端一些，最终成为一种集体创作。互联网使得信息不对称的问题得到了根本解决。诗词传播的渠道全面打通了。《春冰集》收录了碰壁、莼客、军持、胡僧、嘘堂、燕垒生等 15 位当代网络诗人的作品。这 15 位诗人具有一些共同点：基本出生于 20 世纪 70 年代；一般具有高学历（研究生及以上）；与早期的网络诗词写手多为理工科背景不同，《春冰集》中作者多为纯中文专业出身；热爱中国传统文化，具有较深厚古典文学造诣。由这样一些共同点可以看出，这一代网络诗人虽然年轻，但是都受到过系统的古典文学专业训练，同时对古体诗词创作怀有极大热忱。正是这种热忱才能够促使他们在当今浮躁的社会风气下实现淡泊名利的追求。

下面我们来看几位《春冰集》中比较有代表性的网络诗词作家。

碰壁斋主，本名卢青山，湖南人，生于 1968 年，现居深圳，为自由职业者。网上颇富诗名，燕垒生编《网上诗坛点将录》称其为"天魁星宋江"。作诗多为古体，借鉴屈原骚体、汉乐府、魏晋古诗，尤其擅长模拟古乐府旧题如《长相思》、《朗月行》等，讲究格调高浑，颇具功力。古体

---

① 刘梦芙. 近二十多年来中青年诗词创作述评［OL］. 新浪读书，http：//sina. com. cn/compose/2008－06－09/1304238113. shtml.

五言有《十月二十四午蓸坐复得十二章》、《采莲曲》、《莲塘曲》、《背欲驼处痛戏作》、《为先父赋岳阳楼》、《班中见鸟》、《明月》、《微风》等；七言有《哭笑歌行》、《北上观海行》、《长相思》、《朗月行》、《飘风行》、《魂拾迹》、《有笔》、《观星作〈天人语〉》、《山歌》等篇，写景状物以寄托情怀，咏古诵今以表明志趣。其杂言长篇则想象绮丽，文字潇洒，意境独到，不输古人。作词多为小令，代表作有《蝶恋花·秋夜四章》及同调之作数篇，还有《卜算子》、《生查子》、《浣溪沙》等，极写世态炎凉，沉郁哀婉，无可名状。

在此，来看《朗月行》一首：

天若有心必此月，地若有望必此月。一丸弹出碧峰间，万古清光辉宇末。游而可为通天津之水，吸而可为羽化之妙气。我驭心神为云车，驰巡周览群星家。帝垂衣裳眠阊阖，群星相语何喧哗。广寒之闺不可入，有人隐约雪帘遮，闻嗳泣兮泪梅蒀。苍穹碧草之原不可以驱马，银汉衣带之水不可以浮槎。彷徨独立，仰首长嗟。天地不仁，铸此离差。长风无翼，欻达海涯；云彼有心，竟尔不通我怀悲紊之如乱麻。蟪不及春，朝菌昧夕，持此孤怀，将何以息！①

诗作中充溢对人生之感悟，对宇宙之思考，纵横沉郁，有太白遗风。再如作于 1990 年的《采莲曲》：

江南可采莲，莲叶何田田。小舟穿莲看不见，罗袂莲叶共翻卷。采莲遗郎郎不语，郎言心似莲子苦。郎不语，莲子苦，鲤鱼风断秋风浦。一朝莲落霜来飞，妾将嫁作他人妇。隔莲相望日斜斜，唢呐吹过莲塘去。②

言情刻骨铭心、缠绵悱恻，真情表露，令人动容，颇得六朝神韵。

菟客，本名钱之江，现为浙江古籍出版社编辑。2005 年与碰壁、菟客、军持、胡僧、嘘堂、燕垒生等人结集出版古体诗词集——《春冰集》，并为之作序。

诗道至今弊极矣！洎逊清以降，语体文兴，而诗道赖以存者亡矣；老成凋谢，而坫坛为之殄瘁矣；文网日密，而言诗者日鲜矣。迁延至今，大雅不闻，伪体斯兴。乃有当路诸公，欲以蠲废声律卑其入门之阶。噫！诗道之凌夷，可知矣！虽然，吾华数千年声教沦肌浃髓，有力者固欲斩之而甘心，岂可得乎？诗道之必不亡，亦可知矣！然声气难求，发布无门，虽老于斫轮，其谁知者？予以戊寅岁末入网间，始得相与言诗者二三子耳。

① 碰壁斋主，等. 春冰集（电子书）[OL]. 石家庄：河北教育出版社，2005.
② 碰壁斋主，等. 春冰集（电子书）[OL]. 石家庄：河北教育出版社，2005.

比年作手迭出，今负不羁之才、掉臂于网络诗坛者，无虑百余家；自具面目、戛戛独造者亦以十数。今择其善者十五人汇为斯编，名之曰春冰集，取"心之忧危，若蹈虎尾，涉于春冰"之意也，盖于先圣存亡继绝之义庶几焉。若言夫诗道中兴，请俟来者。乙酉仲春钱塘钱之江莼客识于春明寓所。①

序文中表达了对于古体诗沦落之哀叹，及希望振兴古体诗之意志。其志可嘉，其心可鉴。莼客作古体诗词，颇有心得。其诗多取法清代诸家，雕琢字句，遵法格律，追求沉郁之美。七律组诗如《湖山四首用亭林〈海上〉韵》、《与军持胡僧二兄登虞山谒言子墓》、《独坐二首》、《感春三首》，典雅精工，骨格遒劲，颇得李义山真昧。其词取法张炎，善作长调，题材多以登临怀古与咏物为主，抒感慨以造沉郁，冀深挚以为至境。胡马曾说"今人词必以莼客为第一"，且不论其语是否过誉，然观《春冰集》中诸作似无出其右者。下面看其《壶中天·长城极目》：

壶中天·长城极目②

云崖叠翠，拥雄关表里。层台森矗。一闭泥丸成锁钥，天险何劳贲育。败木枭鸣，行人蚁聚，黄土销残镞。挟涛东去，怒松时撼深谷。

我欲长啸凌空，余音嘹唳，怕有蛟龙伏。负势惊飞还矫首，风雨神州沉陆。寒玉苍苍，劫埃滚滚，千载闻歌哭。峰头回望，夕阳山海之麓。词作笔势灵动，悲壮苍凉，颇得稼轩神韵。"风雨神州沉陆"句化用郑海藏"神州遂付百年沉"诗，可见其诗词受海藏楼影响。

壶中天·人日谒史公祠③

英灵未歇，绕崇祠，历历云旌风马。欲荐溪毛重叩首，乱叶萧萧鸣瓦。廊庙城狐，生民刍狗，取义公仁者。乾坤清气，与公同此奇夜。追抚邗上风流，弦歌宛在，寂寞寒潮打。岭上梅花如有信，故故向人低亚。挽日孤戈，经年抔土，青史凭谁写？拿舟东去，斗牛光焰相射。

"岭上梅花如有信，故故向人低亚"句，梅花仿佛化身史可法，作欲

① 碰壁斋主，等. 春冰集（电子书）[OL]. 石家庄：河北教育出版社，2005.
② 碰壁斋主，等. 春冰集（电子书）[OL]. 石家庄：河北教育出版社，2005.
③ 碰壁斋主，等. 春冰集（电子书）[OL]. 石家庄：河北教育出版社，2005.

对人倾诉状，一时间时空交错，亦幻亦真，令人唏嘘。

嘘堂，本名段晓松，安徽才子，诗作摹古诗经体，如《冬夜有雾》、《童话》等，形神兼备。于当今古体诗诸家中嘘堂独辟"实验体"，继古以开新。所谓"实验体"者，尝试融合西方哲理神学，表现现代都市生活，反映现代人之精神世界。诗句古语新词间杂，句法新颖活泼，时有以文为诗不拘格式之作。今人为旧诗者最忌一味因循，死守窠臼，而呈腐朽之气，嘘堂致力于继古开新的"实验体"不失为有益之尝试。莼客曾有诗赠之云："坛坫尸气余，此子殆天挺……我诗愧守弱，希古探修缏。君或有不甘，巨刃辟新境。"嘘堂通过自身的戮力实践，证明以旧诗体制亦可具包容性与可塑性，如《自由之白日》、《独饮夜排档》、《春日杂咏》等确为蹈古制而出新体，令人耳目一新。如"理想裸其身，光辉徒乱泻"、"灵魂尽褴褛"等句若以古诗词体制衡量未免不合法度，但是若从文章反映时代精神的角度来看，则其切中时弊，以古体载今语之法尚可嘉许。嘘堂尝试将新诗的表现手法移入旧诗之"实验体"，虽于坊间亦不免有异见者，然就其精于研古、勇于创新之精神而言，称善莫大焉实不为过。附《冬夜有雾》、《旦兮》：

冬夜有雾[①]

夜薄于绡，夜深于壕。星寒昼短，相思如茅。
思彼人兮，形影寥寥。匪不我识，麋鹿在坳。
不鸣不饮，踯躅城郊。有绳在井，如系空巢。
巢中何有？灯塔遥遥。薄言君子，其夜遹逃。

旦　兮[②]

布幔寥落兮开一隙，吾与夜兮相溺。雨倏来而倏止，予荒芜以浅饰。

时有美兮在室，相裸而视兮光仄仄。汝语吾，何寂寂。吾答，未汝识。

汝之乳兮如蜜，汝之面容莫逆。吾莫与汝识，如春冬之对译。

乃接枕而默默，犹希腊与哥特。布幔寥落兮开一隙。旦兮，在即，夜

① 碰壁斋主，等. 春冰集（电子书）[OL]. 石家庄：河北教育出版社，2005.
② 碰壁斋主，等. 春冰集（电子书）[OL]. 石家庄：河北教育出版社，2005.

如败革。

《冬夜有雾》诗造句古拙，意象深沉，写离人愁思，犹似风雅。《旦兮》词则寓香艳于古朴，艳而脱俗，意象新奇，"犹希腊与哥特"句见西方后现代主义之端倪。

通过以上对网络诗词与诗人的概括性介绍，可以大致了解中国当代古典诗词创作之情形。那么，处于网络媒体时代的古典诗词创作与传统媒体时代有哪些不同？网络诗人与传统媒体环境诗人相比又呈现哪些特点？下文将予以阐述。

第一，在网络诗人的身上体现出强烈的反体制精神。今天在互联网上从事诗词创作的"网络诗人"在创作上表现出鲜明的反体制倾向，他们在审美情趣、创作诉求等方面，与中华诗词学会所倡导的弘扬主旋律、为"人民大众"服务的宗旨完全针锋相对，网络诗词在题材上敢于触及"文革"、"反右"、"三丁"等禁区，如燕垒生的《云鹤曲》、东来西往的《老将行》、容若的《哀南丹》，都发出与主流意识形态不一致的声音。这些诗作体现出诗人独立自由之意志，从而不但和"在朝"的中华诗词学会对立，而且与以《海岳风华集》作者群为代表的"在野"的中青年诗人相比，诗中也更少顾忌，触及的问题也更加深刻。在这个新生诗词群体中，每个人的经历、爱好以及对诗词的取法和写作技巧、风格都各不相同。他们很少或根本不参与传统媒体的活动，很显然，他们对诗词的功用与传统媒体有不同的理解。在这个群体看来，诗词更应该是个人娱乐游戏，而绝不是为他人涂饰的脂粉。他们原本就没打算要依靠群体、组织，即便几个志趣相同者凑在一起，无非是讨论诗品，切磋促进，这绝不是当下意义上的群团组织，作者不会应制应令，也更不会配合政府的宣传任务。他们以年轻人特有的真率，用诗词抒发着心声，这声音首先要满足于自己，而不必顾忌于各种清规戒律或种种未成条文的潜规则。当然这并不是说他们只关注自己，这些作者基本上都受过高等教育，具有较高的文化修养与较深厚的人文情怀。他们熟知中国诗歌的流变，旧学功底多有可观，如网络诗人伯昏子，专业为俄语，而精研音韵、训诂之学；夏双刃为复旦大学中文系研究生，文言写作功力极深。他们的创作，自然而然就走上淳雅高古的一路，与中华诗词学会的通俗化、大众化路线彻底划清了界限。虽然因为受制于经历，他们对人生及世事的体验与思考可能未尽充分、成熟，但他们的体验与思考都是真切而细微的，故而在作品中很少有传统传媒中习见的泛泛的东西。同时，网络诗词界有一些人专注于诗词传统学术的研究，如"咏馨楼主"之于近现代诗词的评点赏会，"枫橘亭"之于传统词律学，二位皆是理工科博士，他们在治学路径上完全蔑视学界主流风气而直接上承清末学人的治学方法，这说明网络诗词不仅在创作上有反体制倾向，在学术上同样如此。

第二，网络诗词表现出极为强烈的理论自觉，而这种理论建构也同样带有后现代主义的一些特征，比如解构、戏仿。网络诗词界出现了诗界革命以来前所未有的创新，如嘘堂的"实验体"诗。从这样的诗词创新中看得出解构主义传入中国之后，中国传统诗词界所作出的积极回应。作为古典文学形式之一的"点将录"，在苏无名等人的笔下被娴熟运用。然而，在这些"点将录"或"点妖录"中不再有古典时代的神圣与崇高，作者本来就是抱着一种游戏的态度去评述，在评述的过程中也不断消解文学本应具有的崇高。体裁的运用本身是戏仿性的，而对于评述对象又充满反讽和解构意识，这样后现代主义的最终目标——消解一切标准、消弭一切差异等便成为了可能。网络诗词的理论也脱不了与后现代主义思潮的千丝万缕的联系。在伯昏子和碰壁斋主两位天才诗人的作品中都游荡着一个民族主义的幽灵。这集中表现在两位诗人对伊拉克战争的态度上。如伯昏子作：

闻小布什宣战[①]

大漠驰鹰隼，豺声传海西。崇墉谁主伐，美德未先齐。星殒众神怒，国焚万姓凄。屠城何待旦，衅社用非鸡。草芥岂无识，丛荆或可批。明朝哭新厉，隐志可相赍。

碰壁斋主作：

班归，网上观美伊战况，有农民击堕美战机，并俘虏美兵。因为赋《锄畴歌》：

我举我锄锄吾畴，子飞子机游复游。我锄我土食我食，子何所游非吾谋。我举我锄锄吾畴，子飞子机游复游。子何游我畴田侧，聒我两耳惊吾牛。我举我锄锄吾畴，子来使我心烦忧。我息我锄向天举，锄汝百节如蚯蚓。我岂好与子为仇，子果往矣两皆休：子飞子机游子游，我举我锄锄吾畴。[②]

诸如此二位的诗作，假以时日未必不是民族诗歌的一种新的发展方

---

① 碰壁斋主，等. 春冰集（电子书）［OL］. 石家庄：河北教育出版社，2005.

② 徐晋如. 在民族主义与民粹主义之间——网络诗词政治意识初探［OL］. 新浪博客，http：//blog. sina. com. cn/s/blog_3e47063f090091ss. html.

向。也正是这种创新的存在，使得网络诗词不仅述古，而且开新，从而于《海岳风华集》作家群之外别开诗词新天地。

第三，网络媒体与诗词检索功能。网络媒体所具有的信息检索功能无疑是迄今为止所有一切其他形式的媒体所不具备的强大功能。这一点在网络检索功能日渐成熟的今天已经为广大互联网利用者所熟知。而功能强大的检索引擎同样将网络上浩如烟海的诗词作品、理论、评论等诗词文本汇集到我们的眼底。网络诗词检索主要包括三方面内容。（1）查找诗词文本。利用信息检索技术，除了能够精确查找某位作者的某首作品外，还可以通过高级检索功能当中的精细条件查询，例如"作者年龄在45岁以上，内容为怀乡，创作时间在2008年以后，押东韵的七绝或五律"，或者"描写菊花的女性作者创作的小令"等，从而完成精细而快捷的检索。像这样对于互联网而言一蹴而就的功能，在互联网媒体出现之前则是繁重复杂的工作。这样的检索功能为学术研究、创作参考或者选择性收藏都带来极大的便利。（2）对诗词文本的分类整理可以极大地提高检索的效率。基于互联网的大规模协作，从前只有依赖少数专业人士从事的分类整理工作，现在完全可以交给数量庞大的诗词爱好者来完成。（3）工具书的信息化可以提供各种基础知识的快速检索，例如韵书、词谱、典故、古汉语字典等，使作者从烦琐的资料查阅中解脱出来，更多地关注诗词内容本身。当下互联网上的诗词检索除了可以利用大型商业检索引擎如"百度"、"谷歌"等，一些专业诗词网站如"稻香居"、"百花潭"等也有一些简单设计。互联网自动检索功能在为查找诗词作品提供了极大方便的同时，也为编撰诗词作品集遴选作品提供了便捷，在很大程度上减弱了传统诗词遴选过程中时有发生的"遗珠之恨"问题。固然，作品集作品遴选的优劣仍然主要凭借编者的学问造诣，但是，与从前相比，网络媒体至少在提供作品数量方面为遴选工作带来了巨大的便利性。功能强大的搜索引擎可以不分优劣地为编者提供最大限度的作品资源。

第四，网络诗词创作的都市化倾向。当下活跃在网络诗坛的大都是二三十岁的青年诗人，甚至还有相当数量十几岁的少年诗词爱好者。当今网络诗人有着一个最大的共同之处：生活在城市。当然这一共同特征的形成来自于客观因素，即当前中国互联网普及率城市要远远高于农村，同时接受高等教育的人口比例城市也要大大超过农村，这就自然形成了爱好传统文化、喜欢填词作赋的网络诗人多居于城市的现状。正所谓"长街谁故事？深夜我文章"（天涯孤舟诗），这一句正是写出了当代网络诗人的生活状态。而这样一种共同的生活状态背景，自然而然地形成了具有群体特征的审美范式——都市情怀。

针对"都市古体诗"，殊同先生指出：随着社会中心向都市转移，都市聚集了强大的文化力量，一切价值在都市背景下重估。[①] 小说界有新写实主义；新诗界则有"网络都市诗"。而都市物质、都市意象、都市个体主观感受、都市生活状态及精神，在都市古体诗中统统得以体现，凭借突出之主题、异化之手法，大胆尝试，渐成体系。例如嘘堂的"实验体"。其文言自由体诗，大胆以现代都市和古代异国为实验题材，附着以古风。其出发点在于："古风，盖古典诗体中之自由体也。叫人凭空摩云。故创作者必须真有心，往情感、生命体验的根子上挖，挖出痛、血，而不止于程式化的儿女绮语与山水逸兴。"[②] 嘘堂《空地》、《独饮夜排档》等诗作，当属"实验体"中之都市诗经典，描述楼群、车辆、酒吧、霓虹、歌厅等都市代表性意象，或冷静洞察、浓墨淡彩，或苦涩、悲悯、救赎，或以新的意象营造极度陌生化的阅读效果；透过都市表层之浮华，揭示现代都市人之生活深层。另有天台之《大城行》、《地铁行》亦堪称都市古体诗中之翘楚。再如南华帝子之《上海印象》，具体描摹了都市之意象；殊同之《鱼入海》则以"比"的手法叙述都市个体主观感受。

《地铁行》[③]

灼喉之铁腥，射目之地气。巨灵之触手，微生之总汇。下界深百丈，蒙蒙灰与银。冰冷台基石，交撞大音频。光电出黑洞，呼啸御万钧。厢中疑列俑，淌流大城人。似水母通透，如羊羔温驯。恍惚外星客，恍惚隔板邻。倏现兮金发，乏力兮红唇。隐隐兮婴号，惕惕兮肉身。一站复一站，人入复人出。此界无迷羊，入出皆定率。左右黑茫茫，中途不可逸。逸也能何归？天人皆有律。人本有机物，去去终归一。有声甘如醴，路向皆知悉。前或可安座，无雨无烈日。此界亦有景：站站设光栏。睫毛长几尺，牡丹大如盘。蜃楼遥难及，贴面救心丸。警花美如玉，无缘得近观。花匠忙冲洒，鲜翠塑料兰。哓哓复呷呷，过境旅行团。一途仍如夜，一瞥亦

① 殊同. 漫谈网络文言诗词中的"都市诗" [OL]. 新浪论坛，http：//club. history. sina. com. cn/thread－1309904－1－1. html.

② 嘘堂. 我的文言实验观 [OL]. 新浪读书，http：//book. sina. com. cn/cowpose/2008－06－09/1630238147. shtml.

③ 北京李子. 网络诗词是当代最好的诗 [OL]. 新浪博客，http：//blog. sina. com. cn/s/blog＿53c44373dooaomx. html.

成欢。

网络诗词都市化倾向的出现可以理解为近 20 年中国都市的迅猛发展在诗词领域之自然反映，也是古体诗词在当代文学主潮的引力之下发生的表层剥离。这种都市化倾向在为古体诗词的生存开辟了一个全新疆域的同时，也为古体诗词的发展进行了有益的尝试。

网络诗词一路走来，能够坚持到今天，并且呈现出喜人的态势，也许正是网络诗人们坚守了铁凝的主张：作家要耐得住寂寞。然而，即使是这些耐得住寂寞的网络诗人，也需要通过某种公开的形式获得社会某种意义上的认可。正是由于这种希望获得证明的心理需求，催生了"2008 北京中华诗词青年峰会"。在当下这样一个主张市场经济的消费主义社会，诗歌，尤其是旧体诗歌早已远离了人们的视野。自从上世纪 80 年代以来，如果说传统文学一息尚存的话，那么作为文学艺术当中一种重要表现形式的诗歌，已经死亡了。然而进入到 21 世纪，借助于网络，诗歌奇迹般地起死回生。"七年，网络诗词从童年走向了成熟。从聚合到分散，它呈现出越来越独立的创作态势。其作者因独特的交流平台和创作语境，营造了一个虚拟而又真实的桃花源。网络诗词在当下社会处于一个身份尴尬的境地，不被主流创作群体和研究群体所承认，但是又在真实地影响着主流；它向传统汲取营养，又与传统背道而驰。"① "如今的网络诗坛，已经拥有数以百万计的爱好者，数以十万计的创作者，数以万计的论坛、个人网站和各种聊天室。每天的诗词发帖量，平均有数百首之多。从如今网络诗坛的创作数量而言，超过了以往数千年诗词的总和。"② 诗歌创作从沉寂到喧嚣似乎并未经过太长的等待，便迎来了"诗词峰会"这样一个里程碑式的进程。透过"2008 北京中华诗词青年峰会"，我们欣喜地看到在网络这块虚拟的田野上辛勤耕耘的网络诗人们，已经在为自己精心播种的诗歌的种子生根发芽、茁壮成长而放声歌唱，看见他们自由的灵魂在网络无边的空间里翱翔。让我们来看看本次峰会"优秀青年诗人奖"获奖者青年诗人贺兰雪的作品：

---

① 新浪读书，http：//book. sina. com. cn/news/c/2008－06－07/1706238092. shtml.
② 池玉玺. 当诗词遇上网络 ［N］. 中国文化报，2008-7-10.

鹧鸪天①

莫向春山觅旧痕，隔年心事总难论。涨溪纵有殷勤雨，到海真成劫后身。花似酒，醉如新，不经意处已伤人。坡前稚子风车响，来与东君试转轮。

咏史八首（其一）

鲍车藏臭月偏灰，误照阿房又几回。驱石勇于征虏将，窥人疑是社狐哀。腹中鱼字书何体，塞上幽魂满夜台。四老山居秦镜冷，至今烟水寄蓬莱。

《鹧鸪天》一阕中，"涨溪纵有殷勤雨，到海真成劫后身"句取义精当，造句奇警，堪称佳句。而其《咏史八首》古意盎然、用典繁复，以今人而有此造诣，殊为不易。在这里我们不得不提到一位神秘的网络女词人——孟依依。她本人在此次"诗词峰会"上获得了偶像奖。然而就是这位有着万千拥趸的偶像词人，却从来是只闻其声，不见其人。网上有其诗文集——《月出集》，读其诗清丽脱俗，读其词芳馨悱恻。现录其诗、词各一首以飨读者。

翻作林忆莲《至少还有你》②

春将消息报梅枝，眼底情怀胜昔时。宁换红颜顷刻老，相看白首此生痴。君如明月分云照，妾是清溪抱影随。万丈嚣尘堪一掷，同心永结莫轻离。

苏幕遮·冬日

雪霏霏，春杳杳。一树梅花，一树梅花好。爱惜琼瑶何忍扫。雪满园

① 青年诗人贺兰雪的简介和作品［OL］. 新浪读书，http：//book. sina. com. cn/news/books/2008－07－09/1408240370. shtml.

② 孟依依. 月出集（2000.9－2010.9）［OL］. 百度贴吧，http：//tieba. baidu. com/p/898459096 pid＝9822145690 cid＝0.

庭，雪满园庭道。念行人，铺素稿。欲写相思，欲写相思巧。只说梅花将落了。君要归来，君要归来早。

另有《高阳台·法源寺丁香》、《金缕曲·剪发》、《南歌子·周末网上算命》数章，皆女儿心境、伤时感怀之作，隐隐有易安格调。然而最令广大网友扼腕唏嘘的，还是依依"MM"始终不肯以真面目示人的淡泊情怀，即使是被"网络诗词峰会"一厢情愿地评为偶像奖（应该是有奖金的），可是她依然视"名利"如云烟，不赴京城之约。也罢，让这样一个虚拟空间里的美丽童话长久地留在我们的想象中吧！

可是我们感到惊讶的是，像孟依依这样天马行空的童话形象只有也只能在网络的虚拟世界里存在。而这样一种介乎虚拟与真实之间的存在，似乎恰好印证了鲍德里亚的"拟像"理论。我们能否亲眼目睹、能否亲手触摸已经并不重要，重要的是她作为一种电子讯息符号不断刺激我们的大脑皮层，最终我们接受她存在于我们的潜意识当中。显而易见，网络媒体提供了这样一种可能性。我们已经开始习惯单纯面对呈现于网络的"表征"，而忽略其真实来源，对于流行于网络的文学作品而言即是指——作者。作品版权及名誉权在网络传播中被取消，作者们不必为此再付出达到出版水平，赢得社会效益，接受身份审查的代价；写作得以在更直接、更自由、更自然的状态下进行，因而其原生状态更为突出。读者的注意力更多地集中到写作本身，网络俨然便是古乐府时代的"江湖"，而现代版《孔雀东南飞》、《木兰诗》的出现不过是迟早的事情。

迄今为止网络诗词取得的成就是有目共睹的，但是即便有这样一些热爱中国传统文化的有志之士继古开新，致力斯文，但是当下的网络诗坛或者说网络诗词仍然存在着一些显著的缺憾与不足。其中一个最重要的难题就是新社会新事物与古体诗词意境的冲突。而形成这一问题的原因主要有：（1）现代工业化社会之产物无论从外观还是从质感上，都很难令人产生向古之意。比如驿馆、旅人、酒旗、寺院之类在古诗中皆为平常风物，可是现代社会摩天大厦、汽车、电话则难以入诗。正因为存在着这样的客观障碍，导致今天的古体诗词作者创作题材趋于偏狭，一味登临酬唱，摹古怀旧，而远离当下主流社会生活。（2）古诗词中讲究用典，这也给以古体诗之形制表现现代社会生活带来困难，无典则失之浅白，而用旧典却不能够适宜表达主题。比如莼客诗多用旧典，未免招致陈腐之诟病。（3）以现代文之语境而行古体文言，现代人较之古人已先输了一阵。所谓以己之弱搏人之强，优劣立判矣。似此种种，皆是今日为古体诗词者之难处。针对此类矛盾，一些有识之士也曾发表见地，檀作文说："我个人的意见是，时事是可以写的，但要克服为时事而时事，首先要尊重的是诗之为诗的基本原则。现代社会生活如此丰富，尤其是世纪之交的中国正在发生天翻地覆的变化，旧体诗词在主题表达上何愁没有用武之地。只要我们真正自觉地考虑如何真实全面地表现当代生活，旧体诗词一定能在当代语境里茁壮成长。"①

（二）网络现代诗词

与古典诗词相比，在网络上创作现代诗词或许更具有普遍意义。因为对于现代社会而言，无论是在网络上还是在现实中，创作古典诗词始终是小众行为。所以对于大众喜闻乐见的现代诗歌创作，网络反倒是为其提供了便利的平台。对网络诗歌的界定有广义和狭义之分。广义的网络诗歌是涵盖所有以诗歌形式出现并借助网络媒体进行传播的文字，也就是说，只要在网络上存在的诗歌都归入此范畴。狭义的网络诗歌仅指直接在网络上创作并主要或者率先以网络为渠道传播的诗歌，即由网民在电脑上创作，通过网络发表，并由其他网民进行阅读、参与评论的诗歌作品。我们对网络诗歌的讨论也只限于对狭义网络诗歌的分析。

那么，今天现代诗歌的境遇是怎样的一种情形呢？在这里我们可以通过一份南京市新华书店诗歌书籍销售情况资料窥见一斑。该资料显示了南京市新华书店 2008—2010 年 3 年间，共销售诗歌方面的书籍 543 种，其中新诗 77 种，新诗占全部已售诗歌书籍的 14%。乍看之下，新诗占的比例还说得过去，但如再进一步看一下具体销售数，问题就出来了。在个人诗集中，除 2010 年中国画报出版社出版的《海子经典诗歌》销售 13 册外，其他诗人作品集的实际销售数都在 5 册以下，有的为 0。除此之外，再看集中展示新诗作品的两本书：《中国 21 世纪初实力派诗人诗选——黄鹤楼诗会》（长江文艺出版社 2009 年 1 月版）、《尴尬的一代——中国 70 后先锋诗歌》（广西师大出版社 2009 年 7 月版），两者都各只售出 3 本。再看看让张清华先生"总是陷入一个巨大的'细读的喜悦'之中"的年度诗选的销售情况，由于年度诗选是从本年度发表的成千上万首诗作中挑选出来的，总有一些号召力和吸引力，其销售情况要稍好一些，但真的能够让人"喜悦"吗？长江文艺出版社出版的《××××年中国诗歌精选》，

---

① 舒晋瑜. 网络助诗词复兴？［N］. 中华读书报，2010-6-28.

2007—2009 年 3 年的诗选集的销售数分别为 42 册、24 册、10 册；漓江出版社出版的《××××年中国年度诗歌》，2007—2009 年度 3 年的诗选集的销售数，分别为 20 册、4 册、3 册。这两家出版社在国内出版社中都可谓"实力派"，虽然他们在抢市场时都不免匆忙一些，但既然冠以"中国"二字，想来在编选年度诗选时一定不会过于草率，也一定是在名家主持下进行，但两种年度诗选的销售都呈明显的逐年下滑趋势，这原因恐怕绝不仅仅在于编选工作本身。至于有关新诗的理论研究书籍，其销售数不说也罢。

正是在这样一种满目肃杀的大环境下，1997 年，诗人杨晓民率先在中国大陆提出了"网络诗歌"这一命题，其《网络时代的诗歌》一文被诗评家们称为从"理论上揭开了中国大陆网络诗歌甚至是网络文学的序幕"。[①] 而事实上最早在网络上尝试诗歌创作实践的是诗阳。1993 年 3 月，留美学生诗阳首次使用电脑大量创作诗歌并通过互联网邮件系统发表，网络诗歌由此诞生。诗阳成为历史上第一位中国网络诗人。翌年，诗阳的网络诗歌创作达到高峰，他以几乎每天一首的速度发表了数百首原创诗歌，在各大中文网刊上均出现他的作品。诗阳的网络诗歌实践引领更多的诗人不断地加入到网络诗歌创作活动中来。1995 年，诗阳、鲁鸣、亦布、秋之客等诗人创办了首份中文网络诗刊《橄榄树》，诗阳为主编，形成了以该诗刊为核心的网络诗人群，后有马兰、祥子、建云、梦冉、京不特、桑克等加盟。20 世纪 90 年代末，网络诗人群开始转向国内发展以寻求更大的网络空间，1999 年出现了李元胜担任主编的《界限》，2000 年至 2001 年是网络诗歌成长最为迅速的一年，"大约近二十种诗歌站点和论坛开通"。[②] 其中较有名气的有莱耳、桑克的"诗生活"和南人的"诗江湖"以及"扬子鳄"、"界限"、"灵石岛"等，而一些著名的综合性文学论坛，譬如"文学大讲堂"、"橄榄树"、"榕树下"等也都开设了诗歌版块。2001 年，于怀玉的"诗歌报"等诗歌网站的出现，标志着网络诗歌进入诗歌创作的主流时代。但是自"网络诗歌"浮出历史地表到真正受到关注和重视则是在 2002 年以后，标志性事件是大型诗歌刊物《诗刊》、《星星》相继由月刊改为半月刊，以关注

---

① 宋世安. 网络诗歌存在价值探缴 [OL]. 半岛博客，［2006-9-28］. http：//blog. bandao. cn/crchive/477/blogs. aspXBlogID＝19670.

② 宋世安. 网络诗歌存在价值探缴 [OL]. 半岛博客，［2006-9-28］. http：//blog. bandao. cn/crchive/477/blogs. aspXBlogID＝19670.

网络诗歌和新诗人新诗作为主；《星星》、《诗选刊》、《诗歌月刊》等更独立发行了网络版，开设诗歌论坛，加强传统诗歌刊物（官办）和网络诗歌（民办）的互动，逐渐发展成为网络诗歌选稿基地。2003年8月以来，诗坛举办了两个大展：一个是由《星星》诗刊、《南方都市报》和新浪网联合举办的"甲申风暴·21世纪中国诗歌大展"；另一个是由《诗歌报》网站主办的"诗歌报·全球华语网络诗歌大展"，均引起了较大反响。这些都表明网络诗歌开始逐渐被接受与认可，诚然这与诗歌创作者及诗歌爱好者们所作出的努力密不可分。

目前网上可以搜索到的汉语诗歌网站及论坛有几百个，仅"乐趣园"这个免费论坛服务器提供商就容纳了上百个内容和品位参差不齐的诗歌论坛。诗歌真正借助论坛的形式在网络上得到"狂欢"，至今还没有哪一种艺术形式像诗歌一样对网络如此情有独钟，诗人西渡认为："根本的原因在于诗歌在网络以外的存在，一直受到一种独断的美学势力的控制，而诗歌是一种最为民主的艺术形式。诗歌的民主性在互联网上得到了尽情的释放，这是一个具有重要意义的时刻。"①

毋庸讳言，网络诗歌尚不成熟，甚至还处在婴儿时期，网络诗坛可谓鱼龙混杂，泥沙俱下。但事实上，距"网络诗歌"概念的提出已经经过了16年的光景，正如诗评家吴思敬所说："新媒体给诗人带来了新的感受方式、思维方式与价值观念，改变了诗人的审美趣味，使诗人的审美心理结构发生了微妙变化，为诗人的艺术想象打开了一个新的天地。网络时代的快节奏的声光影像，对诗人的影响是潜移默化而又相当深刻的。"② 另外，近年网络上涌现的一些诗人、诗歌作品和诗歌流派，无论是在网络上，还是在整个中国当代诗坛都有其地位和影响力，在这一批诗人、诗歌作品和诗歌流派中无一不充满着区别于传统、别具浓厚网络特质的色彩。

下面我们来看一首网络诗人小引的诗歌作品：

网络文学纵论

---

① 宋世安. 网络诗歌存在价值探缴［OL］. 半岛博客， ［2006-9-28］. http：//blog. bandao. cn/crchive/477/blogs. aspXBlogID＝19670.

② 宋世安. 网络诗歌存在价值探缴［OL］. 半岛博客， ［2006-9-28］. http：//blog. bandao. cn/crchive/477/blogs. aspXBlogID＝19670.

森林里的花豹子

我想你，我控制不住我的身体，我知道这样很危险
森林里的花豹子，蓝豹子，红豹子
让我想起你的乳房，你的细腰如竹子
让我在黑夜里放纵自己，或者
放纵我的诗歌，只需要一点点肾上腺的刺激
突然地，从背后进入你
天就亮了，从南边开始亮的，我的头发也乱了
我的心，犹如黑人的鼓点，匆匆忙忙
我出没在你的前后左右，站着，躺着，坐着
用我的牙齿咬住了，我的情绪
风突然停了，我听见了潮汐的声音
你挽了挽秀发，你的胳臂晶莹，剔透
像森林里的豹子，花的，蓝的，红的，我的豹子

——（选自《中国网络诗典》）

　　读罢作品，第一个反应是"野兽派"。作品通体是色彩鲜艳的、动感的、性感的、富于表现主义的，喷薄欲出的情感潜藏在绚丽的色彩下面。这样的艺术表现力是令人震撼的。读者可以清晰地感受到一种另类而又自然的姿态，在这种姿态的表现中已经看不到传统诗歌的影子，即使有也已经完全当代化和贴身化。诗歌语言中那种近乎原始的朴素与简洁，就像来自土壤的沉甸甸的收获一般，带给我们心灵上的畅快与慰藉。诗歌尽量避免使用传统诗中的意象，甚至拒绝使用，"拒绝意象成为网络诗歌区别于传统的重大特征"[①]；作品中鲜明实在的景物是为配合作者的情感抒发服务的。但这种服务，在过去是触物生情，情从客观对象中生发，而在小引笔下却是从创作者内心出发，通过客观景物诠释自己的思想，那些景物成了诠释思想情感的工具，充分让内心的深度和外物达到契合。这里谈到网络诗歌极少使用意象，我们且详细分析一下。所谓意象，包括物象与心象。意象的本源是象，也就是物象，是意象的外壳，是主观内容的载体；但象里面还必须包含意，即心象，是指作者心灵境界的表达，是人的一种

---

　　①　宋世安. 网络诗歌存在价值探缴［OL］. 半岛博客，　［2006-9-28］. http：//blog. bandao. cn/crchive/477/blogs. aspXBlogID=19670.

主观色彩。在传统诗歌里面，每一个意象都有它的生命力和指向性。这跟网络诗歌拒绝意象的运用，至少拒绝或者很少运用传统意识里的意象是相反的。在小引的诗歌《森林里的花豹子》中，最明显的一个意象是"乳房"。在传统的诗歌意象运用中，看到"乳房"这词，我们很容易就联想到对母亲甚至祖国大地的歌颂，因为这样的一种意象在诗歌的历史场合中已经被定性了，具有了一个相对固定的"意"。但在诗歌《森林里的花豹子》里，"乳房"只是以一个自然物体的身份接受诗人最质朴、最原始的审美。这样有意识避免意象的运用和反复，在网络诗歌上有着大范围的体现，因而形成了网络文学的特征所在。小引被《诗歌报》论坛评为"网络诗人100家"。在网络诗人中，小引作品的内在对优秀诗歌传统的秉承可以说是集中而强烈，也许正是这种恰到好处的汲取，比起某些盲目反传统、刻意标新立异的网络流派来得更自然、冷静和质朴，对网络诗歌甚至是当代诗歌的发展更具有参考意义。

除了诗歌论坛和诗歌网站作为网络诗歌的现实载体存在而引起关注之外，自20世纪末以来，诗歌在网络上掀起了一次又一次的话语风暴似乎更能引起人们对网络诗歌的关注，甚至对它刮目相看，譬如："沈韩（沈浩波、韩东）之争"①、"伊沈（伊沙、沈浩波）之争"、"韩于（韩东、于坚）之争"以及"盘峰论剑"② 等，这些直接或者间接借助网络平台，以诗歌审美和写作秩序为焦点所进行的论争，虽然到后来显得并不完全和彻底，甚至发展为"谩骂"，但其本质或者出发点毕竟让人们再一次陷入对

---

① "沈韩之争"的导火线据说是沈浩波在2000年的"衡山诗会"上对韩东的诗歌写作的美学趣味提出了批评，从而导致韩东对沈的不满，并在一篇文章中对沈的先锋诗学理论主张表示讽刺与不屑，故而导致两人的"口舌"之争。"沈韩之争"刚开始时还含有一些"诗学交锋"的意味，但由于双方在论争中存在严重的对立与"敌视"情绪，论争很快"蜕变"成与"诗学交锋"无甚关联的个人之间的"意气之争"。随后，韩、沈两人各自的"诗歌盟友"介入，在"诗江湖"、"橡皮"、"唐"等诗歌网站进行唇枪舌剑，导致论争"升级"。论争双方基本上偏离了诗学论争的范围，热衷于互相攻讦和谩骂，"演变"成一场同一"诗歌阵营"内部的"话语权力"的争夺行为，最后论争在双方"难分胜负"的情形下下不了了之。

② 1999年4月，由北京作家协会、《北京文学》编辑部、《诗探索》编辑部、当代文学研究会、中国社会科学院文学研究所等单位联合举办的"世纪之交中国诗歌创作态势与理论建设研讨会"在北京平谷县盘峰宾馆举行。引发论争的是《岁月的遗照》和《1998中国新诗年鉴》两本书的出版。在代表知识分子写作的选本《岁月的遗照》里，没有选民间写作诗人北岛、舒婷、严力、多多、王小妮、何小竹等人的诗。民间写作诗人就自己搞一本选本，叫《1998中国新诗年鉴》，并明确提出"民间写作"的口号，把自己放到了知识分子写作的对立面。这引起了知识分子写作诗人的强烈不满。这是盘峰论争的关键所在。在会上，于坚、伊沙、沈奇等民间写作诗人与王家新、西川、臧棣等知识分子写作诗人展开了激烈的争论。

诗歌写作方向和发展趋势的深刻思考，同时也间接将陈腐的诗歌秩序一步步打破。其中，"盘峰论剑"所引发的"知识分子写作"和"民间写作"的激烈论争，则大大加速了当代诗坛看似统一格局的土崩瓦解。作为分水岭，"盘峰论剑"使得第三方即长期以来备受主流诗坛排斥的无数诗歌"流民"成为了话语再分配的直接受益者，后者自此开始主动寻求自我表达的权力，在网络诗歌论坛"制造"人气、火药味或狂欢景象，从而将当代诗歌带入到一个众声喧哗、群氓争锋的时代。它们主要包括"屁诗歌"、"诗江湖"、"北京评论"、"低诗歌"、"中国低诗潮"、"垃圾运动"、"无限制写作"，等等。这些论坛所发表的诗歌作品——从主题到题材，从诗意到意象，从话语主体立场到话语方式，一开始就表现出抢眼的低贱化特征。一时间，中国诗人们竟集群性地"引体向下"，挟持着一种叫"诗歌"的东西肆意崇低、嗜秽、纵欲、犯贱、作孽、自残、恶搞、解构……就现有的情形看，这种滥觞于网络的低贱化写作似乎还只是一个开端。与此同时，一场以低贱化写作为表征的诗歌话语革命也终于得以发生并以不可遏止的势头在网络上迅速蔓延开来。

　　"中国低诗潮"应运而生。在它所推动的新世纪诗歌话语革命的狂潮中，有三个诗歌流派发挥着不可替代的领潮作用，它们分别是"下本身"、"垃圾派"和"低诗歌"。"下本身"，顾名思义，是指人的下体、下半部分。受思维惯性的诱导，人们很容易由这个词定向联想到生殖器和性事。当然，对"下半身"诗人而言，专注于性和性体验表达，本是再自然不过的事了。毋庸置疑，"性"正是"下半身"诗歌最能吸引公众眼球的地方。2000 年 7 月，民刊《下半身》在北京创刊，2001 年 1 月，《下半身》出版了第 2 期。从早期的沈浩波、尹丽川、朵渔、李红旗、巫昂、朱剑、马非等，到后来的魏风华、口猪、南昌杨瑾、老德、春树、金轲等，《下半身》写作经历了一个扩张演化的过程。这里我们来看一首尹丽川的作品：

情　人①

这时候，你过来
摸我、抱我、咬我的乳房
吃我、打我的耳光

---

　　①　尹丽川. 情人〔OL〕. 百度百科，http：//baike. baidu. com/linkurl＝Q50Acid08DfoxjuIv.

都没用了

这时候，我们再怎样

都是在模仿，从前的我们

屋里很热，你都出汗了

我们很用劲儿。比从前更用劲儿

除了老，谁也不能

把我们分开。这么快

我们就成了这个样子

从《情人》的文本来看，表面上是在描写生理层面的爱，而事实上，在那些直观的文字后面蕴藏着难言的悲伤和时间的力量。"你过来/摸我、抱我、咬我的乳房/吃我、打我的耳光"，以及"你都出汗了"，"很用劲儿"，在这样一系列生理性的白描之后，一句"这时候，我们再怎样/都是在模仿，从前的我们"，迅速揭开身体背后的苍白和匮乏，一切来自身体的努力，"都没用了"，因为"这时候"不过是在努力"模仿""从前"。从前的激情和快乐、爱和欲望，原来都经受不起时间哪怕最为温柔的磨碾。而比时间更为可怕的，是人心的荒凉。"这么快/我们就成了这个样子"，既是时间的杰作，也是人自身的深刻困境的表现。尹丽川通过书写"情人"间激情与欲望的衰败，深刻地洞悉了人内心的贫乏，以及人在时间面前的脆弱。她告诉我们，欲望和存在一样，都是一个错误。爱可以作假，唯独身体不会说谎。菲力普·罗斯在《垂死的肉身》一书中说："身体所包含的人生故事和头脑一样多。"这是真的。尹丽川的写作有力地揭示了身体里隐藏着的灵魂的秘密。"下半身"派往往通过赤裸裸的感性及感官描写，宣泄内心的压抑与无奈。其中不乏批判现实主义作品，比如"下半身"派领军人物沈浩波的《文楼村纪事》。

"垃圾派"诞生于 2003 年 3 月 15 日。这一天，诗人皮旦借"老头子"之名，在稍早就已运行的《北京评论》诗歌论坛上明确提出了"垃圾派"的概念。此后，"垃圾派"便以《北京评论》为大本营，开始演绎一种全新的、名副其实的网络诗歌发展模式。在老头子炮制的《垃圾派宣言》中，他们喊出了自己的三原则："第一原则：崇低、向下，非灵、非肉；第二原则：离合、反常，无体、无用；第三原则：粗糙、放浪，方死、方生。"垃圾派是继"下半身"之后另一个备受争议的诗歌群体。代表诗人有皮旦、管党生、余毒、徐乡愁、小月亮、小招等。他们并不特别注重纸质民刊的出版，也不在乎能否得到其他纸质媒介和文学体制的认同，而是一心一意致力于网络诗歌创生可能性的开掘，通过制作、发布流派网页、网刊、增刊、个人电子文集、论战风云录、北评人物排行榜和中国诗歌垃圾榜等多种形式来建构自己的实绩和信心。在此我们来看一首"垃圾派"代表人物皮旦的代表作：

诗人皮旦纪念日①

你要到大路上去

碰到谁，就把谁请回家吃饭

碰到穷人就请穷人

碰到富人就请富人

而且不论善恶

不论性别、年龄和种族

碰到瞎子

你要亲自牵着他的手往家走

邀请之前

你得先问一声：你好

碰到傻子

你也得先问一声：你好

假如你的餐桌

能坐八个人

那你至少得请来七个

但你认识的人不能算数

不过仇人算数

碰到仇人

你更得先问一声：你好

要是你请来了瘸子

你得放慢脚步

你得让瘸子走在前头

① 垃圾派诗人皮旦个人诗作大展［OL］.诗歌大厅：《诗歌报》论坛，http：//bbs. shigebao. com/viewthread，phptid＝48383.

古河的评语是这样的："一个杰出的诗人是不会屈才去写小说的。但是我们要知道一个杰出诗人有一流小说家的叙事功夫。皮旦的许多作品，让我看到他在行文上有集荷尔德林的轻松和尼采的深刻于一体的修养。一首高尚的诗歌有和一本文化论文（甚至哲学随笔）相争锋的雄心。皮旦的这首《诗人纪念日》，是我迄今看到的对诗人定义的最美丽也最生动的一个版本。"① 在这里，我们不得不套用那句老话："没有无缘无故的爱，也没有无缘无故的恨。"当然这话仍然不够确切，因为爱一首诗可以有一千个理由。可是并没有人会真的恨一首诗，最多是不去理睬，即忽略。古河显然是极爱皮旦的诗的，他自然有一千个爱的理由，当然会有人不以为然，可是我们还是不必开批斗大会，现代诗歌的繁荣需要各种不同流派，既然作诗的人敢于将自己称为"垃圾"，便是先堵住了众人的口，人家已经自认了，你还说什么？至于那些文字是否真的属于"垃圾"，恐怕评判自在人心。世上绝大多数的事物都不像它表面呈现出来的一样，不信你可以读读皮旦的《起风了》。

"低诗歌"自成一体，它所走过的道路为中文网络诗歌的发展模式提供了一个远比"垃圾派"更为典型的范例。2004 年 3 月 29 日，龙俊、花枪、张嘉谚创办"低诗歌"论坛；2005 年 3 月，《低诗歌运动》出版；2005 年 11 月 14 日，"低诗歌"网站运行；2007 年 3 月，"低诗歌"博客开通。除此之外，"低诗歌"还制作了网刊、个人电子诗集、批评家文集、低诗视觉和低诗相册等栏目，并将筹划正式出版《低诗歌诗选》和《低诗歌年鉴》等纸质作品。

（三）网络音画诗人的诗歌实验

在探讨网络音画诗之前，我们不妨对前文提到的台湾创新派网络诗人米罗·卡索的网络诗歌实验作进一步的解读。关于米罗·卡索的作品台湾中山大学的商瑜容有专文详述，笔者在此借鉴其中部分内容，以为论资。米罗·卡索的作品一般首页都是以文字加上图片构成最基本的背景。这些图文背景可分为动态与静态两种类型。比如以动态呈现的诗作有《困兽之斗》、《生命余光》、《释放》、《行者》、《黑暗之光》等共计 40 余首。其他诗作则以静态呈现，比例约各占一半，而无论静态或动态，图文背景都配

① 古河. 最后一个诗人：皮旦 [OL]. 新浪博客，http：//blog. sina. com. cn/s/blog _ 77f3ab7f01011uko. html.

合题旨，带有鲜明视觉印象。例如动态作品《困兽之斗》①，最先进入读者视线的是"困"、"兽"、"之"、"斗"4字，被围在人类脚印圈成的圆形区域中，不断移动、碰撞，如同4头受困的野兽，与诗题相呼应。其他如《水龙头》，作品中一只水龙头里不断有文字如水珠般滴落。再看静态作品，《椅子》的首页由"寂寞"二字组合成一张椅子；《蝶》则由一句诗"我为生存而拍动"开始；而《纸鹤》②则是在黑色的画面上，一群努力张开翅膀的纸鹤犹如在夜空中飞行，配合文字"这是我们少年时代的约定"。

米罗·卡索的作品不论动态或者静态，其图文背景都能够配合题旨，通过前景与背景的对比营造出特殊的氛围，表现出巨大的张力。如前文的《纸鹤》，一开始是纸鹤飞翔的背景，进入下一幕后，除了一只孤独的纸鹤，其余都已跌落，这是前景与背景的第一重对比。紧接着读者点选下方的纸鹤，出现诗句"孤独的我在夜空中盘旋，在梦的上端飞翔"，再点出现"我还是日日夜夜折着自己的纸鹤，从心的窗口放飞出去"……从昨天、今天到明天，不断跌落，不断放飞，这种在挫折之后始终不放弃梦想的生命态度，也许正是"我们少年时代的约定"。

在米罗·卡索的超文本作品中，同样具有明显的利用超链接实现与读者互动的特点。而这种通过图示或按钮功能实现的超链接互动式结构，可称之为唤起结构。作品文本中充满断裂及不确定性，驱使读者从每一个有限的视角推进到新的视角，最终将各个断面拼凑成完整的图像，从而达到理解作品的层次。例如在《时代》③中，诗人使用纵横的线条绘成格子，格子上有不停走动的人形和静止的人影。若点击人影，将会出现诗句填满影子所在的空格。随着影子移动的顺序点选，读者将渐次读到"在这最嘈杂的时代，也是最感宁静的时代。巨型花朵般的扩音器里，舌头搅拌着粗暴的语言，再吐在每个人的脸上。我哀伤地走了……"在这首诗中，变动的影子不断召唤着读者。另外像《门的情节》④有相似的特点。除了外部显而易见的指示性策略，米罗·卡索也善于利用语义的断裂和不确定性形成超文本中隐含的唤起结构。比如《沙漏》⑤这首诗的开始，诗人先用问句"仅有一个生命，为什么要有两个躯体？"将读者带入某一层次的思考

① http：//benz. nchu. edu. tw/～word/milo/mi03-01. html
② http：//benz. nchu. edu. tw/～word/milo/mi03-32. html
③ http：//benz. nchu. edu. tw/～word/milo/mi03-07. html
④ http：//benz. nchu. edu. tw/～word/milo/mi03-35. html
⑤ http：//benz. nchu. edu. tw/～word/milo/mi03-20. html

之中，紧接着他又问："我们结合在一起/只是为了反复计算时间吗?"使读者转入将沙漏人格化的想象，并由于答案的不确定性而渴望再往下读。转到下一页后，则进入到全诗的高潮，诗人把文字当做沙粒，从沙漏上方，慢慢流下，在下方排列成诗句，由于阅读的次序是由后往前读，读者必须断断续续地将零碎的语义组合起来。最先掉落的字群是"内—体—的—你—入—流—粒—颗——"，此时行进中断，读者将有时间将句子还原为"一颗粒流入你的体内"，但仍难判断其意。进到下一段连接，则又落下"粒—颗———沙—之—命—生—的—我"，和上一句组合之后，成为"我的生命之沙一颗粒一颗粒流入你体内"，通过三次这样的过程，读者最后将读到的诗句是："我从/满满的拥有/逐渐变为空无/啊生命应该是你的/当我在上我不能阻止/我的生命之沙一颗粒/一颗粒流入你体内"。由于此诗的呈现方式相当特殊，使语义在阅读过程中不断受到模糊与中断，而每一个不确定的点即构成全诗的唤起网络，读者必须深入其间才能寻得确定的意义。米罗·卡索设计精巧的图标指示连接路径，形成外显的唤起结构，再运用语义的断裂和不确定性构成超文本中内隐的唤起结构，两相配合之下对读者产生莫大的吸引力。下个单元将探讨的即是在超文本的召唤下读者与之交流的过程。

"文学文本中的'星星'是固定的，但接近它们的途径是可变的"①，伊瑟尔以优美的比喻揭示，文本潜存着各种不同的实现方式，读者与之相互作用，才能产生审美对象。在读者与文本交流的过程中，有两个引发互动的关键，分别为"空白"和"否定"。

伊瑟尔的理论提到，大多数的文学具有向常规提出疑问的功能，迫使读者去反思过去认定的价值标准，和新的发现进行比较，加以重新选择，而非全盘推翻。面对新旧标准的差异，读者若欲寻求平衡，就必须建构出文本的意义，因而产生否定也是促成读者和文本交流的关键。② 超文本的文学作品，往往是对读者过去阅读经验的挑战。在米罗·卡索的网络诗中，阅读模式的屡次创新，很能达到引起否定的作用。阅读传统平面书写的作品时，往往有一固定的阅读顺序，但《困兽之斗》中的四节小诗，出现顺序的决定权则落入读者手中，任意将鼠标指向"困"、"兽"、"之"、

① 伊丽莎白·弗洛恩德. 读者反应理论批评 [M]. 陈燕谷，译. 台北：骆驼出版社，1994：143.

② 罗勃特·C·赫鲁伯. 接受美学理论 [M]. 董之林，译. 台北：骆驼出版社，1994：100-101.

网络文学纵论

"斗"四字，会出现四段不同的诗行：
　　指向"困"时→

　　"兽之爪"
　　除了牢牢抓住自己的生活外
　　不会像树的枝桠
　　去抓天空
　　那样太虚无
　　你还要抓住别人的生命和死亡

　　指向"兽"时→

　　"兽之蹄"
　　测其硬度
　　试其弹性
　　生命的长短却不可测试
　　你总是把自己的生命踩在众人的下面

　　指向"之"时→

　　"兽之刺"
　　正面是攻击
　　反面是防卫
　　真理是这样尖锐的东西
　　不小心，还会伤了自己

　　指向"斗"时→

　　"兽之鳞"
　　一层一层一环一环
　　迭起来的护身甲
　　在历经无数
　　人生的战役后
　　自我褪去

让灵魂皮开肉绽

由于阅读顺序的不同，产生的效果亦随之改变，例如"你总是把自己的生命踩在众人的下面"（兽之蹄）看似矛盾，但若先读到"正面是攻击/反面是防卫"（兽之刺）就会有可能的解释。此外，在平面书写文本中，文字的位置是固定的，但在这首诗中，"困"、"兽"、"之"、"斗"四个字会不停游走，代表的诗节便会跟着移动，仿佛有自己的意识，闪避着读者的目光，而这样的表现形式便推翻了读者对阅读原有的印象。

在这些作品中，诗句出现的方式和顺序经由作者的巧妙设计，在阅读历程中产生大量的空白，促使读者不停发挥想象去填补，因而在与超文本的互动中，读者的感知能力能得到充分的发挥。此外，作者对传统书写方式的颠覆也更新了读者原有的观念，有助于建立新的视野和审美标准。通过这样的过程，读者最终将完成审美活动，实现意义与美感的生成。

像米罗·卡索探索实验的多项文本或多种文本的生成展现正是网络写作不同于纸质媒体的基本特征所在，目前，也是文体叙述的最为基本的方式之一，"意指一个没有连续性的书写系统，文本枝散而靠联机读起，读者可以随意读取（曹志连）。在这种叙事的结构安排下，读者并非跟从单线而循序渐进的思考方式阅读，语意因而断裂。曲径通幽，柳暗花明，读者可以从一个语境跳连到另一个语境，因而要称多向文本是网页对叙述最革命性的贡献，实不为过。"① 比如《一棵会走路的树》，"钟声到达最后一排教室尾端时/也是火车离站的时候了/围墙外、铁道有的延伸向北方，有的延伸向西方"……而不同的方向自然会将人引领向不同的风景和事物。诗人在这里分别安置了两个伸向不同方向的链接箭头从而提供了不同的选择路径，分别点击不同方向的箭头，将会出现不同的文本，进而呈现不同的风景、事物或情状。比如点击"向北方→"，则会出现一行浓黑的大字："遇到一群劳工在抗议"。而点击"向西方→"，则呈现另外一行文字及情景："经过市府大道"。而每一情景的文字页面，又分别有不同的链接方向，从而呈现不同的文本节点及其携带而来的人物、事件或各类情状，而树的图像也在不同的情景中移动、变幻，形成了因向度不同而又各

---

① 须文蔚. 网络诗创作的破与立［OL］，http：//poem. com. tw/ART/须文蔚/cyberverse/indes. htm.

不相同的文本形态和诗意情景。

伊瑟尔认为文学的特质在于读者是从文本的内部去掌握对象，而非一种外在的关系。在阅读的过程中，读者的视点并不是固定不变的，而是在不同视点间转换，衔接各个观点的多重性。读者可说是站在"过去"与"未来"的交叉点上——过去的记忆不断变形，未来的期望一再变更，经由游移视点（wandering viewpoint）的观察连接，才能使文本的完整建构成为可能。[①]

米罗·卡索的网络诗作，频见多向度的形式表现，使作品结构复杂多元，这意味着读者将取得更多途径去摘取超文本中的星星，相对的自我实现便潜存着更多可能。

无论是网络古典诗词还是网络现代诗歌，虽然二者都充分利用了网络媒体作为传播与交流的渠道，才使得这些小众又小众的文艺星火得以点亮，但是真正结合了网络媒体技术功能与文学内容的尝试，要属一种全新的网络诗歌形式——网络音画诗。最早提出音画诗概念的，是四川籍广州诗人尘埃。2004 年诗人尘埃就曾经在国内论坛提出这一概念，并写有部分探讨作品发表。在 2004 年，由于技术和条件的限制，作者仅仅使用文本的方式来表达，但仍主张使用多种手段来构造新型音画诗，从而强化音画诗的表现力、感染力和通俗易懂性。其探讨作品散见于论坛、博客、空间。而真正意义上实现了"MAAS"模式（即：音乐 Music、画面 Appearance、意境 Artistic conception、结构 Structure）创作的音画诗探路人是毛翰。

作为 21 世纪大陆从事"网络音画诗"实践的第一人，毛翰堪称以极大的热情尝试将音乐、画面与文本联姻，从而立体展示文学和艺术之美的最勤奋的探索者和实践者。毛翰创制的音画诗集《天籁如斯》在网络上发布后，赢得了不少著名诗评家的高度赞誉。孙绍振说："中国新诗如何走出困境？如何赢得广大读者？在互联网时代，利用多媒体技术，借助声光效果，看来是一条可行之路。祝贺毛翰，筚路蓝缕，踏出了这样一条道路！其成功尝试，大有开创之功，让困境中的新诗看到了前途和曙光！当然，媒介只是媒介，媒介不能代替内容，无论如何，诗本身要好。如果诗不好，则任何包装和推广都是徒劳的。我赞赏毛翰在诗歌创作上的执著努力和卓越成绩，《天籁如斯》里的诗颇具经典性，大多为纯美、清雅的抒

---

① 金元浦. 接受反应文论 [M]. 济南：山东教育出版社，1998：158-163

情之作,《黑色幽默》一辑则见出思想的犀利,议论的雄肆。其艺术价值,值得诗坛关注!"① 吴思敬说:"《天籁如斯》非常美。这已不是通常意义的诗配画,而是把画面、声音及诗歌融为一体的一种超文本的制作了,不是纸本写作的搬家,而是网络诗歌的新发展。我高度评价毛翰的努力,并希望再接再厉,在此基础上再提高一大步,开创中国大陆全新的多媒体诗歌。"② 陆正兰和李诠林两位文学博士还分别以《超文本诗歌联合解码中的张力》和《虚拟诗歌文本的现实审美和传播意义》为题,专文评论了毛翰的《天籁如斯》。

当面对这种集文字、音乐、图像于一体的超文本音画诗的时候,我们对传统意义上的"阅读"开始产生疑问。很显然,展现在读者(或者称受众更准确)面前的不再是一个静止的文本。作为传统意义上诗歌主体的文本在这种音画诗里面已经不再是唯一的主角,它包含的 3 个媒介——文字、声音与影像都具有演示性、即时展开性,即所谓的"现在在场"的特质。这三者结合成为一种复合文本,它们通过不同的感觉渠道,共同作用于读者的"即时印象"。那么,在这个复合媒介的 3 个元素当中,是否存在主导与辅助之分呢?对此加以理论辨析的一个重要意义是确定这种新文体的门类归属问题。对于传统的"诗中有画"以及配乐诗朗诵的样式而言,如果文字为主导,则音乐是"配乐",画面是"配画",是"插图";反之如果音乐、画面为主导,那么诗只能是"文字说明"或"字幕讲解"。由此可见,既然这种超文本音画诗仍然以文字为主导,也就是说,超文本"音画诗"依然是一种诗。

在这里我们可以通过简略分析毛翰的超文本音画诗代表作——《天籁如斯》,进一步厘清它的属性。《天籁如斯》所进行的超文本实践充分调动了 3 种不同的媒介工具,作品中虽然融合了 2 支音乐和 40 多幅或唯美或震撼心灵的图片,但是显然并未冲淡读者对诗歌本身的深度追寻,没有影响诗歌文本的主导地位。从音乐效果来看,作为文本目录的 6 个主题,仿佛是一部音乐作品的 6 个乐章,统一在同一个主导音的背景下,诗中有乐,乐中有诗。由于音乐的体式和音乐的风格统一,整个诗歌文本在连续不断的乐曲声中逐次展开,读者(受众)对诗歌作品的阅读期待同时自然

---

① 张德明. 新诗话·21 世纪诗歌初论(32)[OL]. http://blog. sina. com. cn/s/blog_48c557e20100pjw3. html.

② 张德明. 新诗话·21 世纪诗歌初论(32)[OL]. http://blog. sina. com. cn/s/blog_48c557e20100pjw3. html.

延伸下去。音乐特有的时间序列品格强化了读者对整部作品的期待，这是超文本诗歌利用音乐时间模式的优势，它弥补了单纯靠视觉作用的普通"纸上阅读"的页间隔断，形成了时间和阅读的动感。

从 2007 年毛翰的第一件音画诗作品在网络发布后，便产生了连续不断的强烈反响，但在其后近 5 年的时间里，毛翰创作的音画诗总数量还不足 20 种，这其中既存在音画诗在制作上并不容易的客观原因，同时主观上也反映出作者创作态度的严谨与认真。当然即便在这有限的 20 种音画诗中，创作水平亦有参差，但绝大多数作品制作精良，尤其那些音、画、诗三者和谐配合浑如天成的作品，如《生命的软弱部分》、《拳击》等，凡见之者无不击节赞赏，惊叹不已。这些佳作把现代人的情感、知识分子的良知剖析表现得真实细腻，深刻感人。在《生命的软弱部分》一诗中，"人海茫茫/尽是陌路/置身闹市/却备受孤独"对现代人内心世界无奈、无助的慨叹，"谁会回眸一笑/做我红颜知己/谁会与我干杯/从此情同手足"对真情、真爱的期盼和渴望，都无疑击中了当代读者的情感软肋，很难不引起共鸣。精炼传神的诗句，已经如重锤敲打在读者的心弦上，伴随着这些诗句出现在眼前的，是敦煌系列油画中那一幅幅洋溢着青春美的仕女画像，还有古筝、洞箫合奏出来的古典韵味十足的音乐旋律，这样的音画诗令读者无法不怦然心动，也能使自己焦躁的心得到抚慰，归于宁静。《拳击》则是风格迥然不同的作品，作者在诗中对现代生活中异化了的人性，对人类以竞技和娱乐的名义开展的拳击运动，以及因此而"煽起全场观众恶毒的热情"，发出沉重的喟叹。重要的不在于作者对拳击运动的看法，而在于诗中表现出来的厚重的人文意识和作者对人类心灵深处潜藏着的丑陋一面的深思。在作品当中，《拳击》选择的是充满力量和攻击性、目露凶光的拳击手形象，配之以令人心悸近于疯狂的音乐旋律。两件不同题材音画诗的艺术处理，反映出毛翰音画诗作品追求艺术风格的多样化，努力让音画诗更好地满足广大读者不同的文化欣赏需求，其敬业精神和良苦用心弥足珍贵。正如毛翰自述："但我坚信，今天毕竟已经是电脑互联网的时代，从纸媒诗到网络诗，从白纸黑字的诗，到以电脑互联网为载体的多媒体诗（音画诗、超文本诗），是科技进步、传媒革命的必然结果。多媒体诗的艺术感染力、冲击力，也不是纯文字的诗所能比拟的。随着'读屏'进一步取代'读书'，多媒体诗歌一定会被更多的读者接受。"①

　　网络音画诗从起步到现在，虽然也达 10 余年之久，不过与其他网络诗歌的发展状况相比，显然是"曲高和寡"的。究其原因，一方面对于音画诗这种艺术形式本身了解者不多，或者说对于其定义存在不同的见解。比如网上有这样的意见："先有音，再有画，然后有诗。这是我所能接受的顺序。音乐的美妙是无法直接用言语来描述的，我们只感受到其中动人的韵律，与我们的内心相呼应，于是便有可能浮现一些画面去符合这样的韵律，然后才可能用言语去描述这样的画面。从音乐到文字，这其中已经跳过了一个步骤，难免失之原味。"② 另一方面，音画诗在创作上的确需要一定的数字化媒体使用技巧（比如 PPT、PPS、Photoshop 等），这一点也成为一些尝试者的技术障碍。然而，网络上乐于此道者大有人在。最有代表性的应该是"诗梦文学音画网"（http：//www. shimengwenxue. com/）网站。网站创建于 2003 年 6 月，主要发起人有诗梦、红尘逸仙、幽谷幽兰、王克楠等人。"2006 年，主页注册会员已达 76760 人，已覆盖 10 多个国家和地区，日来访嘉宾 4 万多人次；每日推出优秀作品 60—80 篇，日访问量 3 万人次；网站来访量已经突破 1000 万！……"③ 网站设有音画编辑总监、音画动画总版主等带有技术色彩的职位，同时设有"诗梦精品"、"诗梦散文"、"诗梦音画·动画"、"诗梦电子期刊"、"诗梦现代诗"等栏目。诗梦文学音画网的文学形式是多样的，当然，我们关注的还是其音画诗内容。在"诗梦音画·动画"音画诗栏目里，共有 359 件音画诗作品，这一数量还是很可观的，整体上作品制作质量良好（或者说作者都很用心制作）。这里有一个有意思的现象，就是网友对这些音画诗作品的跟帖评论几乎全都是溢美之词，这与其他网络文学作品反馈形成鲜明反差，原因在于音画诗的创作与制作本身是一件辛苦事，所以跟帖者对这样的劳动是尊重的，无论从作品文本还是媒体技术应用哪一方面出发，都值得获得尊重。另外"中国网络诗歌"网站也设有音画诗专栏，不过收入作品数量不多，一共 36 件。

　　网络音画诗的意义在于在创作中真正使用了网络多媒体技术，实现了文字、音乐以及图像的立体结合，从这个层面上说，音画诗或许可以算得

　　① 毛翰 [OL]. 新浪博客，http：//blog. sina. com. cn/maohan8848.
　　② 刘小雪的日记（音画诗）[OL]. http：//www. douban. com/note/93984021.
　　③ 幽谷幽兰. 十年风雨，诗与梦共舞 [OL]. http：//www. shimengwenxue. com/index. asp? xAction＝xReadNews&NewsID＝98925.

上真正的网络诗歌。音画诗通过使用媒体技术赋予单纯文字生命力，尤其对于读者而言，"阅读"音画诗是一种全新体验。当然，音画诗仍然有许多令人产生疑惑的方面，比如当我们阅读文字文本的时候，音乐和图像是真的不会对阅读行为产生影响吗？尽管我们之前认为音画诗终究是以文本为主导的诗，但是，很显然我们在这种非典型"阅读"行为中很难说思维没有受到音乐与图片的影响，在设定的时间内既要读文本又要欣赏图片同时还要聆听音乐，很难说彼此不互相影响。再比如，PPS在演示过程中页面停留时间的长短设定对于"阅读"同样产生很大的影响，时间过短，会影响文本阅读；时间过长，会影响PPS的连续性。另外从诗歌内容来看，音画诗首先并不适合长诗创作，过长的诗歌文本对于制作多媒体音画显然很吃力。其次，隐晦的哲理诗同样不便于匹配音画（至于像前文论及的"下半身"、"垃圾派"、"低诗歌"之类显然不适合制作音画诗）。由此可见，总体来看，音画诗仍然主要适合短小轻巧的抒情类诗歌，因为人们在"阅读"音画诗的时候，大多数情况下希望自己的"阅读"是一次轻松的、赏心悦目的旅行，在这一过程当中，人们并不愿意陷入深刻的思考。诸如此类由媒介属性引发的技术层面的问题，很难说对于受众的"阅读"心理与效果不会产生微妙的作用。不过这并不是问题的症结所在，因为音画诗本身就具备这样的技术属性。换句话说，出现这些"问题"是正常范围内或者说预料之中的，这也是我们将音画诗称为诗歌实验的原因。

四、网络文学将往何处去

中国的网络文学在商业化的助推之下，取得了令人瞩目的成绩。实力雄厚的文学网站通过现代企业管理模式为网络写手提供了获取报酬的稳定、合理的渠道。今后网络文学将会更多地受到传统出版业界的关注，一种具有革命性的出版形式——在线出版（或称数字化出版）已经进入实际操作阶段。对于网络文学本身创作而言，考虑到市场的需求，创作作品类型化的趋势将愈加明显。从网络媒体技术进步的角度来看，移动通信技术的进一步完善，比如功能更加强大的彩信将成为网络文学创作的新的突破口。

（一）在线出版——网络文学的终极目标？

"十年磨一剑"，网络文学凭借其强大的生命力改变了文坛格局，逐渐形成文学网站、文学图书、文学期刊三分天下的局面。中文在线总裁童之磊的评价也许更能说明问题：如今网络文学已走过了摸索和启蒙阶段，开始被主流的传统文学所认同和接纳，彼此消除了泾渭分明的屏障①。2008年的"世界读书日"，第五次国民阅读调查显示，互联网阅读率为36.5%，图书阅读率为34.7%，网络阅读首次超过图书阅读。当然，网络阅读取代传统阅读需要一个漫长的过程，但网络阅读的主流化将成为一种趋势。面对与传统文学阅读急剧下降形成强烈反差的网络文学，作家叶兆言用"丧家之犬"形容当下传统作家的处境。而目前的网络文学看起来就像是一部高产出的掘金机，为摇摇欲坠的中国出版业不断注入保命的强心针。网络文学开始冲击文学出版市场，当年明月、天下霸唱的作品都成为年度最畅销的书籍。出版人沈浩波慧眼"识书"，《诛仙》网络总点击量当年高达3000万人次；他又在网上挖到了当年明月的《明朝那些事儿》这桶金，这部小说至今已出到第6本，仍经常出现在畅销书榜单之中。从2006年1月以来，《鬼吹灯》人气飙升，年底就登上全国各大畅销书的排行榜；次年被韩、日引进，同年被改编成电影和网络游戏。2008年3月，作者天下霸唱入选《福布斯2008中国名人榜》，成为网络作家入选该排行榜第一人。而随着付费阅读网站的兴盛，越来越多的年轻人加入到娱己娱人的网络写作中。一部好的作品，如果有超高的点击率便会有书商前来淘金，先赚钱后出书再成为签约作家似乎是全体网络写手共同的梦想。

　　虽然就目前来看，网络文学与传统出版是一种互相利用的关系，网络文学已然确证的阅读量为传统出版提供了商机；而出版的纸媒转换又为网络文学扩大了传播渠道。但是，二者并不能彼此取代，它们各有自己的传播属性，并有各自传播属性的文学特点，如果网络文学将传统出版作为终极目标，那就意味着网络文学被传统媒体"招安"，显然这并非网络文学的繁荣之道。正因为这样，近期出现的在线出版形式似乎为网络文学薪火传续起到了雪中送炭的功效。国内最大的原创文学网站"起点中文网"在尝试在线出版方面走在了前头。"起点中文网"正尝试打造一个网络的版权创作和交易基地，首次提出了线上版权的概念。"起点中文网"的第一次革命是它的商业模式的创新和用户规模的形成，现在应该是它的第二次革命——充分发挥其平台的作用，为各种各样的读者和作者以及每一个有

网络文学纵论

---

① 网上写小说年赚300万 是谁挖到了这桶金 [N]. 辽沈报，2009-1-16（C13）.

志于写作的人提供创作平台，同时为每一个喜欢阅读文学作品的人提供一个阅读平台。"起点中文网"不遗余力地展开与传统作家的合作，包括与第七届茅盾文学奖的 24 部入围作品洽谈线上版权，作家们纷纷表示愿意把入围作品的线上版权签给"起点中文网"。茅盾文学奖入围作品作为传统意义上的优秀文学作品，在网络上却缺乏认知度，并且这些作品的作者收入单一，而"起点中文网"通过将这些作品放到线上，一方面更有利于好作品的传播，一方面也使得传统作家的收入多元化。畅销作家方面，例如与"80 后"作家郭敬明签约，获得其最新作品《小时代》的线上版权。此外还有《马文的战争》的作者陈彤、《士兵突击》的编剧兰小龙、《暗算》的作者麦家，还有海岩、沧月、慕容雪村、当年明月、严歌苓等 21 位具有一线号召力的作家，他们的作品都会在"起点中文网"上全文连载。综上所述，网络文学的极速市场化，无疑为推动网络文学的发展起到了至关重要的作用。以诸如"起点中文网"为代表的一批实力文学网站通过一系列具有可操作性的举措，切实地推动了网络文学的繁荣。并且可以预见这样一种商业性显著的网络文学运营模式将在未来相当长的时期内存在下去，而且将会借由不断推出的新创意维持文学网站的运营。就目前而言，对于千万有志于网络文学的年轻人来说，在线出版无疑是自己的劳动成果得以被公众认可的一条捷径。

（二）网络文学发展方向预测

进入 21 世纪，随着文学市场化、产业化的进一步深入，我国网络文学得以更快速地发展。作为一种新的文学形式，网络文学从兴起到繁荣所经历的时间并不算长。这首先要归功于互联网——这一现代科技的产物。而现代科学技术不断发展，日新月异，网络技术同样在不断完善，我们可以预言，人类社会在不久的将来将会完完全全地演进成为网络社会。人类社会中诸如生产、生活、学习、娱乐等一切基本组成要素都将实现网络化，而这其中，文学将随着网络技术的进一步增强，成为带有明显技术烙印的人类之精神追求。以下我们从内容与载体两方面入手，对今后网络文学的发展方向加以探讨和预测。

首先，从网络文学的创作内容来看，未来网络文学的创作倾向将更趋于类型化。类型理论是文学本体理论的一个方面，关于艺术类型的概念国外学者作过这样界定：类的统一是从其本身的共同性和对其他类的差别两个方面规定的。当这种规定标志作为具象的"型"来把握时，一般就把它叫做类型。[①] 从类型化理论研究入手，有助于我们对于新的类型文学的结构和功能的把握，从而有助于我们对于新的文学作品类型化现象实现更有针对性的批评，作出更加准确而深入的分析。当前网络文学的类型化倾向主要表现在以下几个方面：（1）类型化网络文学作品的大量生产、快速消费的兴盛庞杂状态不仅仅是一个周期性的文学现象，而且将会长期持续下去，甚至愈演愈烈。对于网络文学而言，类型化将成为当下以及未来网络文学作品的基本存在形态。当下网络文学作品显著地表现出大规模、多群体同时和平共处的特点，例如当下网络小说的主要类型都市情感类、历史穿越类、奇警虚幻类、魔幻仙侠类等，这些与流行于上世纪70年代末到90年代初的所谓新时期小说类型，比如伤痕小说、反思小说、改革小说、寻根小说、先锋小说、新写实小说、新历史小说等（其中有些类型之间在一定程度上构成互涉关系和显在或潜在关系）周期性的先后登场的潮流般演变状态并不相同，这是两种文学潮流的热闹景观，后起者似乎更多地带有平面展开的色彩。这样的变化是现实主义文学潮流遭遇现代主义、后现代主义文学思潮之后，文化思潮渗透到小说类型体系的组合共构的文化动力内部，从而产生的文学状态的演变。认识到这一点，更能够帮助我们从宏观上理解和界定不同类型文学作品景观及其形成原因。（2）商业化和模式化是当下网络文学类型化的必由之路。网络文学作品大多已经进入批量生产机制下的市场化的文化营销渠道，但这并不意味着不需要主流文化和高雅文化的介入和引导。网络类型化文学作品应该纳入到主流文学和主流文化当中。主流文化如果失去青年大众那是无法想象的。面对愈演愈烈的商业化，怎样的网络类型化文学作品的文化结构和流行趋向才算是合理有效的、社会应该接受的，才是研究者和批评家所应该关注的重点所在。（3）相当一部分网络文学作品属于非作家写作，接受需求更多属于快餐文化消费需求，虽然在一定意义上，网络文学类型化作品相当一部分属于亚文化、"亚文学"、"亚小说"，但是在一定条件下，它们完全可能具备强大的市场冲击力；网络文学类型化作品中的一部分在一定条件下也完全可能在市场化、娱乐化的同时实现主流化；网络文学类型化作品完全可能生成文学经典。所以，我们应该把网络文学类型化作品既看做是纯文学的一部分，又看做是通俗文学的一部分，并相应地分别确立它的生产和接受的双

---

① 马相武. 把握类型文学的发生脉络与发展趋势［N］. 中国艺术报，2008-10-7.

重标准，以适应不同受众或读者的不同标准的、不同类型的、不同目的的
文化或文学需求。

其次，从网络文学的载体——创作平台来看，新兴媒体技术为网络文
学的繁荣带来新机遇。进入 21 世纪，移动通信技术取得了长足进步。

手机上网网民规模①

调查结果显示，截至 2013 年 6 月底，我国网民规模达 5.91 亿人，较
2012 年底增加 2656 万人。互联网普及率为 44.1％，较 2012 年底提升了
2.0 个百分点。其中值得关注的是，在 2013 年上半年的新增网民中
70.0％使用手机上网，手机用户成新增网民第一来源。

在网民使用的上网设备方面，使用手机上网的网民比例增长到
78.5％，而使用台式电脑上网的比例则略有下降。手机作为第一上网终端
的地位更加稳固。CNNIC（中国互联网信息中心）报告指出，自 2013 年
上半年开始的新一轮的快速增长，是中国手机上网发展过程中的第三波增

---

① 中国互联网信息中心（CNNIC）. http://www. cnnic. net. cn

长周期，此轮增长得益于 3G 的普及、无线网络发展（包括公用和私有 WiFi 的发展）和手机应用的创新。手机上网成为互联网发展的新动力：一方面，手机上网的发展推动了中国互联网的普及，尤其为受网络、终端等限制而无法接入的人群和地区提供了使用互联网的可能性；另一方面，手机上网推动了互联网经济新的增长，基于移动互联网的创新热潮为传统互联网类业务提供了新的商业模式和发展空间，如打车应用、电商实时物流、微博商业化等均被视为互联网应用的创新典范。

无线网络终端服务越来越受到广大消费者的青睐，手机功能的强化使得消费者越来越依赖便携式信息供给，随时随处接受高质量的信息供给成为未来移动通信服务的更高追求。早些时候出现的"手机小说"（实际上就是"短信小说"）虽然在手机文学创作方面开了先河，但是在技术上存在诸多限制。例如当时短信每次传送的字数不超过 70 个，即使一篇 1000 字的微型小说也需要 15 个短信才能读完，读这样的小说实在是一件考验人耐心的苦差事。因此，"手机小说"始终处于雷声大雨点小的状态，虽然在 2004 年广东省文学院签约作家千夫长的一部 4000 字的"手机小说"《城外》卖出了 18 万元高价，但是就连当时的买方——某无线增值业务运营商都承认，这种"第一次吃螃蟹"的行为更多是从扩大企业知名度角度考虑的。值得一提的是，日本在短信小说创作方面取得了不小成绩，产生了好几位著名的短信小说作家。最早是在 2000 年初，日本作家石田衣良通过手机连载方式发表小说《深爱》，同年 12 月，预订该手机短信的读者突破 200 万人大关，后来以传统出版形式出版，销量达到 300 多万册。日本国内目前约有数万个网站运营短信小说业务。随着移动通信技术的不断进步，彩信的出现使得"手机小说"创作迎来了春天。彩信每次能够发送的文字最多可以达到 2 万字。如果是一篇 5000 字左右的短篇小说，对手机用户来说，一个或者两个彩信就够了，即使是一篇 10 万字的长篇小说，也不过 5 个彩信。目前国内多家网站已经开通彩信小说业务。比如"红袖添香"文学网站，已经开始培养彩信小说创作队伍，并已经和多家 SP（服务提供商）签订合作协议；"榕树下"旗下专门有"手机小说"板块，还与"空中传媒"合作，举办了"第一届手机文学大赛"；老牌的文学网站"黄金书屋"近日也开始有动作，不愿在彩信小说方面落于人后。目前，彩信小说还处在萌芽阶段，认知度低，很多知名的作者觉得是个小玩意儿，并不重视。而有些要参与的作者却不知道它都有怎样的规格要求，该怎么来写。彩信小说必须考虑手机用户终端的特殊情况，不能随随便便地创作——手机终端屏幕小，用户更多是在等待途中（比如车站、会议休息期间）为消磨时间才会去看彩信小说，因而注定了它的快餐文学属性。因此，创作彩信小说要第一眼就能吸引住读者的眼球，具体来讲文章句式要短，情节矛盾冲突激烈，不能对文学价值有过高的要求。"红袖添香"的站长孙鹏说："就如同很多洋快餐，不见得多有营养，但在这个节奏日渐加快的时代，它是很多人的选择。"① 关于创作彩信小说报酬的问题，目前有两种酬劳方式可以供彩信小说的作者选择：第一种，直接收稿费，千字 50～200 元不等，视稿件质量而定；第二种，收提成，即你的彩信小说订阅用户越多，你的收入也就越多。无论第一种或者第二种方式，网站只收取大约 20％作为服务费用，其余 80％付给作者。打个比方说，第一种方式就像传统出版中的稿费，第二种则是传统出版中的版税收入。选择哪一种都是作者的自由。未来的彩信小说能不能像短信息一样成为大家的生活必需？各 CP（内容提供商）与 SP（服务提供商）对此都表现出足够的信心：彩信小说比短信小说更加有竞争力，更适应新时代读者的阅读方式和阅读口味，它非常有可能成为将来网络文学发展的契机或者说突破口，也非常有可能像短信息一样成为手机用户的主流选择。② 由此，我们不难看出，无论从科学技术进步还是人文精神需求哪一方面出发，手机文学创作都将迎来井喷。这一假设很快便得到了回应。2009 年 3 月，盛大文学主办了"首届全球华语原创文学大展"。③ 随着 3G 时代的到来，手机小说紧随手机报之后，成为网民手机上网的第二大应用，"手机小说作品展"成为"首届全球华语文学原创大展"的重要组成部分并受到格外关注。为了吸引未来的"手机小说家"踊跃参与，盛大文学开出了每字 1000 元的高价，这一远远超过其他媒体的稿费标准，既是未来手机小说家的身价标志，也是未来手机小说的价值体现。出席此次"文学大展"的中国作家协会副主席张抗抗的一番话也许能够代表当下中国文学界对于网络文学创作的态度，她说："传统作家不会拒绝网络，应该用一种新的姿态来介入和参与网络写作，也希望我们更多的同行来关注这个活动。"

综上所述，未来网络文学创作将呈现出更加类型化的趋势，分众阅读将成为读者群的主流阅读习惯；同时随着作为创作平台的移动网络功能的日益强大，彩信小说或者称其为移动网络文学创作将越来越引起人们的关注。同时，现代生活的快节奏化将会大大改变人们阅读和欣赏文学的习惯

---

① 江筱湖. 彩信小说希望与问题一同到来，规则谁来制定 [M]. 法制晚报，2004-12-28.

② 江筱湖. 未来网络文学发展契机和突破口 彩信小说 [N]. 法制晚报，2004-12-31.

③ http://www.qidian.com/ploy/20090326/ShowWritingNews.

与口味，人们将更青睐于随时随处能够享受到有趣的、相对短小的文学创作。个性化、互动性、快餐性等都将在网络文学的进一步发展当中得以更充分地体现，网络文学绝不仅仅是网络加文学，而是一种全新的文学样式，是整个文学观念的一个变革。随着网络媒体的进一步发展，一些目前尚未显现的文学样式与特征必将浮出水面。这一切，毫无疑问都预示着未来网络文学创作的走向。

五、世界网络文学

(一) 赛博空间里的《哈姆雷特》——美国的网络文学

关于美国的网络文学应该分成两方面来看：一方面是网络文学作品，这里主要指早期留美学生的网络创作；另一方面是指美国学者长期以来致力于新媒体与文学理论关系之实验性研究。鉴于有关中国早期留美学生开网络文学创作先河，引发大陆网络文学创作热潮的情况在前章已有较详尽介绍，故不再赘述。在此主要对美国学者的新媒体文学理论研究加以介绍。

纵观世界范围内的网络文学发展，美国得益于计算机工业的领先地位，在网络文学理论、网络文学批评，尤其在利用数字化媒体对传统文学命题进行实验式研究等方面在世界网络文学发展中占据主导地位。早在20世纪初，美国学术界就开始关注崭露头角的电子媒体。与传统的书面媒体根据社会身份规定的不同将文本的阅读和阐释加以专门化分类，进而建构分化性知识社区相比，电子媒体则引导人们分享相同的信息空间，并且在这一空间当中实现了相对的社会身份的平等化。在这样的大背景下，文学亦呈现出由精英化走向平民化的趋向。

前文提到的美国学者开发的"数字化莎士比亚工程"研究项目，开了使用新媒体对传统文学经典进行研究的先河。新媒体对传统文学阅读方式的介入，使得长期存在于莎士比亚剧本研究中各种版本注释不尽统一的问题有了新的解决的可能性。美国学者瑞安在其为论文集《赛博空间文本性：计算机技术与文学理论》所写的导言中，指出电脑的作用有三种类型：作为作者或合作者；作为传输媒体；作为表演空间。计算机人工智能对文学产生的作用可以分为三种情况：为人类合作者输出可以翻译成文学语言的蓝本；在与用户的实时对话中产生文本；对于人所写的文本进行不同的操作。由此可见，在计算机参与的文学创作活动当中，所谓作品是由计算机与人合作生产的。这可以从诸如"Tale-Spin"、"Eliza"之类可以生产故事概要的古典人工智能程序以及可以生产对话文本的可选性人工智能程序上得到反映。瑞安还指出，电脑虽然主要是作为传输通道而起作用，但绝非一种被动的媒体，而是正在培育新的阅读与写作习惯，它们可能导致电子文本及其印刷对应物之间在风格与实用上的有意义的差别。

黄鸣奋将瑞安关于计算机在文本生产中所起作用的分类归纳为文艺学因计算机应用而萌生的三种转型冲动。第一种转型冲动与程序设计有密切关系。程序本质上是文本，它与传统文本的区别不仅在于所使用的是专门的人工语言，而且还可以被执行并产生变化，某些时候甚至仿佛有自己的意志。比如"Eliza"软件，它在人机交流方面所取得的惊人效果不仅使文学家向往新型互动写作，而且让文艺学研究者憧憬善解人意的数字助手。以计算机辅助文学研究为契机，文艺学将实现面向计量技术乃至人工智能的转型，从而超越人类情感的束缚、记忆的局限、功利的纠缠。从那时以来，该领域的研究者们确实在建构作品索引、确定作品归属方面取得了一些成果。但从整体上说，这种转型带来的更多是失望，因为计算机至今尚未像人们所期待的那样擅长阅读文本、阐释理论、发现人类所未能洞悉的意义模式。当然，这不是说它没有前景。至少在互联网上，可以应用相关技术开发文艺学自动答疑系统，并实现文艺作品的智能推荐、文艺活动的智能追踪、文艺档案的智能保存，等等。第二种转型冲动与网络建设息息相关。将电脑的用途由计算转向媒体的观念是在 20 世纪 60 年代出现的。1962 年 8 月，美国科学家立克里德与克拉克合写备忘录《在线人机通信》，提出建造"巨型网络"的设想。这是当今以互联网为代表的数字媒体的观念前导。当世界范围内计算机彼此连接成为网络之际，文艺学领域又萌生了新的转型冲动。传统文艺学一度青睐的"结构"衰落了，被"网络"——既无层次又无中心、纵横交错的连接——所取代。在这样的历史条件下，人们很自然地呼唤网络文艺学的诞生。相关学者在这方面做了许多工作，取得了不少可喜的成果。不过，也有若干因素可能使上述努力遇到挫折。例如，号称无中心的互联网实际上是有中心的，美国至今仍不放弃对根服务器的控制权，美国文化至今仍在网上占据主导地位，多元化或多声部在许多场合仅仅是表面现象；各国传统的伦理、法制与商业势力正在迅速向互联网扩展，过去常被人们当成数字媒体特点的某些现象（如没有把关人）正在丧失其意义；网络文学至今没有显示出足以与非网络文学相区别的充分的新颖性，网络文学研究所运用的基本还是其他类型文学研究所常见的观念、术语与命题。第三种转型冲动来自旨在探索计算机本身潜力的创造。这种创造同样肇始于 20 世纪 60 年代。MIT（麻省理工学院）研究生作为业余消遣开发的游戏"空间大战"（1962），哈佛大学硕士纳尔逊提出"超文本"的理念（1965），都在这一时期。1981 年，纳尔逊用超文本形式写作了有关超文本的《文学机器》，这本书可以看成对他用毕生精力开发的在线超文本出版系统以及所进行的超文本文学实验的理论阐释。1991 年，美国雅达利公司实验室的劳雷尔出版了《作为剧院的计算机》，首次从理论上阐述了计算机作为表演空间的意义。1997 年，麻省理工学院专家默里出版《全息面板之上的哈姆雷特》，挪威伯根大学教师阿塞斯出版《赛博文本：透视各态历经文学》，丰富了这一理念的内涵。将计算机看成表演空间，一方面意味着人可以进入计算机，不仅在其中亮相，而且能够施展才华、大显身手；另一方面意味着作品本身是因人的参与而产生变化的数码戏剧。也许可以说，文艺学因引入数字助手而产生的转型主要表现为开发计算机辅助文学研究的新手段，因引入数字媒体而产生的转型主要表现为开拓网络文学研究的新领域，因引入数字表演空间而产生的转型主要表现为造就赛博文本研究的新范式。

由此可见，美国学者专注于计算机语言与文学语言的交叉互动研究，这些研究旨在探索数字化媒体给传统文学语言带来的冲击与嬗变。如果说美国的华人网络文学重在作品，那么美国的新媒体文艺理论研究则注重新媒体文学理论的建构。

（二）手机小说王国——日本网络文学

2007 年，"TOHAN website"公司公布了当年日本最畅销 10 部文艺书籍，网络小说占了 5 部，其中前 3 名均为网络小说，网络小说表现出不俗的人气。第 1 位是累计 200 万册销售量的美嘉的《恋空》（恋空），这部作品已经被拍成电影，上映 1 个月就有 240 万人前去观看。第 2 位是销售量 100 万册的メイ的《红线》（赤い糸），第 3 位是美嘉的《君空》（君空）。2008 年，在日本文坛素以"门类齐全"著称的第 59 届"读卖文学奖"揭晓，上一年度空缺的小说奖首度颁给了网络小说——49 岁的女作家松浦理英子的作品《犬身》（犬身），对于向来正统的"读卖文学奖"而言可以说是赶了一回时髦。

以上事实从正面反映出当今日本网络文学的繁荣，正像畅销书排行榜所反映的一样，在当下文艺书籍整体销路不景气的日本出版界，网络新人写的网络小说人气超过了职业作家，这一点在给传统出版界造成沉重打击的同时，也预示着在未来的一段时期内，网络文学都将会成为日本文学界的一股具有极强生命力的新生力量。对于网络小说的兴起，著名电影制片人角川春树在接受媒体采访时发表了自己的看法："纯文学越来越没有人看，卖得好的都是像《现在去见你》、《电车男》这样的网络小说或者手机小说，让人有一种'这才是小说'的感觉。"① 向来被视为正统的日本文学界已不再将新兴潮流拒之门外。本文将在对日本网络文学作出全面考察的基础上，着重分析其特征及为网民普遍接受的原因所在，从而对网络文学这一文化现象本身作出进一步考察。

1. 日本网络文学概况

网络文学在日本被称为"在线小说"或"网络小说"（オンライン小说或インターネット小说、ネット小说）。虽然与"在线小说"、"网络小说"相比，网络文学从称谓上看似乎包含的范围更广一些（比如网络文学中包括网络诗词），但是就整体而言都是以网络小说为主要内容。从兴起的时间上看，中国的网络文学与日本的在线小说大抵相似：都是滥觞于上世纪 90 年代中晚期。不过和中国的网络文学源起于海外华文圈不同，日本的在线小说却是土生土长。

在日本、最早的在线连载小说被认为是登载于"草之根 BBS"由原田えりか创作的《死者之梦》。1993 年到 1996 年间，由属于朝日新闻社系统的 ASAHI 网络举办了"帕斯卡短篇文学新人奖"评选活动。ASAHI 网络因为得到像筒井康隆、俵万智等知名作家的加盟，被认为有很强的文学性。参加者当中就包括后来获得了"芥川奖"的川上弘美。到了 1998 年，因特网进一步普及，在线文学的主要载体由电脑通讯向因特网转移。事实上，从 90 年代后半期开始，业余作家们已经纷纷将目光投向网上的小说投稿网站。2000 年，岩井俊二发表了网络小说《关于莉莉周的一切》，该在线小说很快被岩井拍成电影。之后村上龙发表了在线小说《共生虫》，该小说采取了一种读者在网上订购之后印刷成纸质书籍送达读者手中的"订单"式出版方式。2003 年，Yoshi 创作的手机连载小说《深爱》获得了空前的热捧。2004 年，发表在匿名论坛"第 2 频道"上的网络小说《电车男》由新潮社出版发行。

下面我们以在日本社会引起一时轰动的《电车男》为例对日本的网络文学进行考查。网络小说《电车男》由最初在网上发表到后来被拍成影视剧、漫画及出版单行本，已经超出了文学的范畴进而成为影响现代人生活的文化现象。故事的原委如下："第 2 频道"有一个"男人们被暗算"的

---

① 角川春树. 日经娱乐［J］. 日经 BP 社，2008（8）.

主题板块。2004 年 3 月 14 日晚上该主题板块上传了一个并不引人注意的帖子，就是这个帖子成为《电车男》的发端。帖子中写道：在电车中因为帮了喝醉酒的女子的忙，女子表示了感谢。过了几日该男子收到了女子寄来的表达谢意的"爱马仕"茶杯。有了这样的进展，网上一夜之间开始出现声援该男子的声音。虽然当初该男子在群里的发言序号是"731"，但是群里的网友们还是将其称呼为"电车男"，而称呼那名女子为"爱马仕"。"电车男"自称是"无异性朋友经历=年龄"的"秋叶原族发烧友"一族，并且在网上咨询如何回复电话，如何与女子约会，甚至约会应该如何着装等问题。针对这些提问群里的网友（包括女性）纷纷提供建议，结果这些努力没有白费，"电车男"顺利地完成了约会，并且开始注意时尚，不再是从前那个没有女人缘的人，与"爱马仕"的关系也进展顺利。就这样在接下来的两个多月的时间里网友们持续关注"电车男"，睁大了眼睛等待两个人的进展。5 月 9 号这一天，"电车男"写道：向对方表明了爱意，OK！一时间表达祝福的帖子纷至沓来。这之后，"电车男"继续上传帖子，直到 5 月 17 日深夜"电车男"写完最后的帖子，便消失了。尽管本来是一场极其平常的恋爱故事，但是人们被那些因为有着相似经历的网友对"电车男"的热情支援所打动，一时间众多知名"博客"甚至新闻消息纷纷进行讨论与报道，成为轰动一时的"电车男现象"。因此"电车男"书籍化也就顺理成章。

与迄今为止传统意义上的文学创作迥然不同，"电车男"的创作过程是一次真正意义上的公开参与、双向互动、共同创作的过程，在这样的创作过程当中，不存在传统意义上的"作者"，这一点在《电车男》单行本的作者"中野独人"（"其中一人"之意）的命名上得到很好的反映。在这样的网上创作过程中，每一个参与发言的人都是作者，而传统文学创作世界里的"作者"已经"死了"。借用罗兰·巴特的话说："作者的死亡不仅是写作的一个历史事实：它彻底改变了现代的文本（或者这样说也是一样的，文本从此以这样一种方式被书写和阅读。其中，作者在所有的层次上都不再存在）。"[①] 尽管在巴特的时代还没有电脑因特网，巴特所主张的"作者之死"是针对文字文本而言，但是巴特的阐释是如此切合今天网络文学的特征。今天，网络文学创作迎来了群体作者时代，在这个时代，作者成为众人，网络创作成为群体写作，而成为群体作者的前提，是他们必

网络文学纵论

---

① 金元浦. 文学解释学［M］. 长春：东北师范大学出版社，1997：148.

须同时是读者。因此，作为个体的"作者之死"，同时唤起了网络上成百上千的"作者之生"。正是像这样的参与阅读和共同创作成为了最终书籍化的蓝本，作者的虚构之理论在数字化媒体这里得到了很好的例证。数字化媒体既有复制、重写、保存以及参照等诸功能，同时又不存在文字媒体那样的极限。对于当下的网络化环境而言，作者的必要性也许将不复存在。

关注日本网络文学不能忽视的一个重要组成部分就是"手机小说"（ケータイ小説、携帯小説）。如果说中国的"手机小说"才刚刚起步的话，日本的"手机小说"作为网络文学中的一个重要形式已经正在趋向成熟。所谓"手机小说"从概念上说并不复杂，即使用手机创作同时被阅读的小说。如果从使用载体的不同加以区分的话，严格说"手机小说"与"因特网小说"完全不同。但是，即便如此手机同样是通过无线通信终端网络实现信息传送的，由此将"手机小说"视为网络文学的范畴亦合情合理。在日本，特别是 10—20 岁的年轻一代几乎是一出生便赶上了高度发达的"移动通信环境"。这样的环境与从前出版界所饱受的发行、印刷成本之苦毫无关系，"手机小说"轻易地在全日本流传。人们对于手机的认识一般停留在通话、短信这样的功能上。然而随着手机功能的进步，一些像手机"SNS"（Social Network Service）以及手机"博客"的出现，大大促进了年轻人之间手机社区文化的形成。特别是手机文学网站"魔法岛屿"为使用手机写作者提供一种便于章、节管理的自动文本生成服务，这一切都无疑为手机小说在日本的兴盛起到了强大的推动作用。其中的代表作品有号称"手机小说"创始人的 Yoshi 在 2000 年创作的《深爱》系列、美嘉的《恋空》等。

近几年，手机小说在日本呈现出迅猛的发展势头。尽管手机小说的创作者和读者基本都是 10 至 20 岁的年轻人，但是在传统文学界引起很大的关注。比如像以严肃文学作家闻名的女尼——濑户内寂听，在 86 岁高龄之时创作了其首部手机小说《明天的彩虹》，深受日本广大女性欢迎。连载濑户内寂听最新作品的网站"Wild Strawberry"平均每天的独立用户访问量达 5 万人。濑户内寂听在谈到自己对手机小说的看法时说："我听到很多对手机小说的批评，说它们糟蹋了日本语，说它们不是文学。但阅读了手机小说后，我终于理解了它们畅销的原因。另外，我认为我也能写手机小说。"[①] 濑户内寂听的这番话也代表了一部分传统文学作家对这种

---

① 新华网 http：//news．xinhuanet．com/book/2008－09/27/content＿10120132．htm

新的文学形式的认识。那么，与传统意义上的小说甚至是网络小说相比手机小说在具体的创作方法方面有一些怎样的特征？下面我们就一篇具体的作品加以分析。

2008 年获第 3 届日本手机小说大奖的作品《我是女朋友》（あたし彼女），讲述了一个不停地换男朋友的女孩"Aki"的故事。下面是一段作品的原文：

我/Aki/年龄？/23/今年 24 了/男朋友？/嗯/当然/有啦/怎么能没有呢/好像有吧/他/平常/我跟他处着那。

这是一种怎样的叙事手法呢？（1）1 行 10 字以内，越短越好，例如"嗯"。极少使用形容词。（2）频繁换行，无标点。（3）1 行最多使用 2 个汉字。（4）肯定句式后接"好像是吧"之类句式以便缓冲。（5）视角为第一人称，人物对话多使用括弧。对于这种在传统的纸质媒体写作当中难以成立的叙事手法，有人称之为"全新的叙事方法论"。在手机小说对社会影响越来越显著的今天，对于手机小说的评价基本上分为两种情形，肯定派意见：（1）手机小说尽管词语的使用略显贫乏，但是文化程度低的儿童也能够阅读，对于读者一方而言无疑是好事。（2）由于手机屏幕尺寸所限而形成的轻快、短小的文章构成，同样对低年龄读者具有容易阅读的便利之处。（3）手机小说的文体很接近日常使用的短信文体，对于年轻人而言容易产生亲切感。质疑派意见：（1）由于手机所使用文字输入系统与电脑相比功能低下，因而在这些年轻写手写作手机小说时难免使得文章的表现力薄弱、幼稚。（2）作品当中经常出现图形或者符号，对于年轻人以外的读者群而言理解上有障碍。（3）由于不同品牌的手机的浏览器不尽相同，有的时候会出现乱码，无法阅读。（4）单纯从兴趣出发的有关性与暴力的描写屡见不鲜。

以上的正反两方面意见比较集中、客观地反映了当下日本手机文学面临的机遇与挑战。一方面，信息传播工具的强大功能让人们开始期待一个"全民作家"时代的到来；另一方面，词语的贫乏、作品的幼稚让人们开始担心传统文学丰富的作品表现力的丧失。但是无论如何，手机小说在日本仍然取得了可喜的发展态势，其中手机小说短小精悍的篇幅正符合日本人"以小为美"的审美习惯。日本手机小说的发展对于处于刚刚起步阶段的中国手机小说起到了推动作用。2009 年 7 月，中国的大型文学网站"盛大文学"与日本的"魔法岛屿"签订合作协议，交换中国的热门网络小说《鬼吹灯》与日本的人气小说《恋空》的版权。此举被业内人士认为将对中国的 3G 手机文学事业的发展起到极大的推动作用。①

从《电车男》到《我是女朋友》，无论是网络小说还是手机小说，无一不是反映了极度都市化的当代日本人的生活状态。激烈的职场竞争、沉重的生活负担、苍白的感情经历，这一切自然而然地成为网络文学的主要表现内容。纵观日本的网络文学，可以从以下三方面对其总体特征加以阐述。

第一，网络文学的现实性。前文提到的关于网络小说《电车男》的诞生过程原原本本来自于真实的生活。也许因为它过于现实，以至于很难让人把它当做一部文学作品来看待。像《电车男》这样来自于网络论坛真实告白的小说为数不少。然而，还有另外一种情形存在于日本的网络文学当中，那就是对于一部分网络小说而言，"现实性"并不意味着一定是真的发生在生活当中的事情，只要同属于一个志同道合的读者群有一种"确实发生过"的感觉即可。这一点在手机小说的读者群身上表现得尤为明显。Yoshi 的手机小说《深爱》描写了一个女孩子从事援助交际的故事。尽管小说中充斥着大量与性和暴力有关的描写，并且情节荒谬，但却在日本青年人当中获得了认同，成书出版后发行量高达 260 万册。究其原因，这一切与当下日本社会中年轻人所处的现实环境息息相关。与高度都市化的东京、大阪这样的大都市相比，冷清、单调的乡村生活使得生活在地方的年轻人对生活失去热情。近年在日本年轻人当中出现的一些诸如"援助交际"、"割腕症候群"、"自闭症症候群"等社会现象，无一不是高度工业化给人们精神层面带来的创伤。网络文学之所以一夜风行，不正是因为对这样的社会症状进行了同步的传达吗？

第二，网络文学的双向互动性。传统的文学作品通常是表现为作家→出版社→读者的单向通行，但是登载在文学网站上的网络小说却具有双向互动性。文学网站在登载小说的同时开设讨论板块，随时与读者交换对于作品的感想。虽然读者的意见是否可以应用到作品当中最后由作者决定，但是毋庸置疑这样的同步交流会对作品的最后定稿产生很大的影响。比如在有的作品中有这样的场景：女主人公的身边同时出现冷峻型、温柔型或者可以依靠型等不同类型的男子，此时作者会征求网友们的意见：大家希望哪一个成为女主人公的男朋友？并且在广泛地听取了网友们的意见之后，决定作品的后面部分的展开。很显然，在今天的网络文学世界，读者

① http：//www. fmprc. gov. cn/ce/cejp/jpn/xwdt/t570795. htm

积极参与小说创作，作者将读者的意见视为作品展开的重要参考已经成为一种认同。

第三，网络文学唤醒群体意识。像《电车男》、《深爱》这样的网络小说，虽然是对个人经历的描述，但是这种现代生活缩影般的个体经验却能够异乎寻常地唤起具有相似体验的群体意识，并且将这样的群体意识用文字加以固定。对于传统意义上的文学而言，完全是作家个体对于身处世界的内省般的体验与认知，换句话说，文学创作的过程完全是个人行为。然而，网络文学颠覆了这一长期以来的传统认识。从某种意义上说，网络文学作品是一个同属于作者与读者的共有的"空间"，无论是写作者还是参与者都将作品视若己出，这是一种真正意义上的"共同创作"。借用一位网络作家的话说：这些关键词不仅仅是作为某种流行文化被年轻人所接受，而是现实生活中的十几岁的女孩子真的会有那样危险的遭遇。也许这才是网络小说引起共鸣的原因所在。类似"援助交际"、"意外怀孕"这样的文学世界中的陈词滥调，在网络小说的世界里却扮演着链接"虚构"与"现实"的桥梁的角色。这也许会使得网络小说愈加世俗化，然而这不应该是我们横加指责的理由。

综上所述，日本的网络文学拜高度发达的网络通信所赐，拥有一个便利、快速的发表平台。其中特别值得注意的是日本高度普及的手机通信网络为手机小说的发展提供了巨大的技术支持。同时"与传统的模拟环境下的文化交流相比较，数字技术环境下的信息交流有着巨大的先进性。正是通过这样先进的交流平台，异文化间的交流将会更加深入和全面"①。何况中日间的文学交流源远流长，日本的古代文学"……以外来的中国文学思想作为两者化合的催化剂，内外动因相互作用……吸收中国的文学思想和技巧……在彼此并存融合的过程中促其'日本化'"②。今天，借助于网络，中日之间文学交流的进一步深入值得期待。尽管作为一种新的文学形式，网络文学仍然受到来自纯文学世界的质疑与非难。然而，网络文学与生俱来的强大的生命力正在显现，并且注定会推动网络文学的进一步发展，从而推动整个文学世界呈现出新的面貌。

2. 从获奖作品看日本的手机小说

一部《深爱》，掀起了日本手机小说的风潮。尽管日本手机小说的受众群基本上以中学生为主体，但是经过一定时间的发展与积累，逐渐得到

---

① 叶渭渠. 中日古代文学交流的历史经验［J］. 日本研究，2007（4）：4.

② 顾宁. 日本网络文学特征简述［J］. 日本研究，2009（3）.

网络文学纵论

了文学界及读者的认可与接受，从而形成一种相对稳定、成熟的新文学形式。手机小说经过一定时期的发展，到了可以为其下定义的时候，在这里，笔者尝试为其定义如下：手机小说即是由手机使用者在手机上直接创作后，并在手机上直接发布的小说。在手机小说发展成熟的过程当中，手机小说网站发挥了重要作用。其在发掘、包装以及推广手机小说的一系列环节都扮演了重要的角色。尤其手机网站通过定期的手机小说评奖活动，积极向社会推出优秀的、有代表性的手机小说作品，一方面为手机小说造势增加影响力，另一方面起到提升网站的品牌效应的作用。当下日本比较有影响力的手机小说网站主要有"魔法岛屿"、"野草莓"、"移动空间"以及"猎户座"等①，在这些手机小说网站当中影响较大、实力较强的当属魔法岛屿网站。从 2007 年开始，魔法岛屿手机网站每年举办手机小说大奖赛，迄今为止已经举办了 5 次，当下第 6 次大奖赛正在进行中。本文将对魔法岛屿历次手机小说大赛获奖作品进行全面的考察，从而对日本的手机小说进行进一步的分析与评价。

（1）关于魔法岛屿网站

魔法岛屿网站的创立颇具戏剧性。据说网站的创始人谷井玲一家去中国餐馆用餐。在吃饭过程中，谷井看到上高中的儿子一直在用手机聊天，就问他那有意思吗，儿子回答说有意思。于是一个利用手机提供信息交流服务的想法开始形成。② 之后魔法岛屿网站诞生了。服务开始第一天的网页点击数只有 300，1 周后的点击率达到每天 3 万，到 3 个月的时候点击率达到了惊人的 1 天 120 万。魔法岛屿网站在日本手机小说的发生、发展过程当中起到了举足轻重的作用。下面我们按照年代顺序简要回顾一下魔法岛屿在日本手机小说发展过程当中实施的一些重大举措。1999 年 2 月，魔法岛屿网站开始提供服务。2000 年 3 月，魔法岛屿开发了小说投稿功能——"BOOK 功能"；5 月，作家 yoshi 开始连载小说《深爱》。2002 年 12 月、《深爱·第一部·鲶的故事》由 STARTS 出版社出版。2006 年 3 月，手机小说门户网站"魔法图书馆"开设。8 月，由每日新闻社、STARTS 出版社以及魔法岛屿网 3 家机构共同主办了"第一届日本手机小说大赛"。10 月，《恋空　悲情故事》（作者美嘉，STARTS 社出版）上市，月销量突破百万。2007 年 3 月，由魔法岛屿网诞生的手机小说累

---

① "魔法岛屿"网站 http：//ip. tosp. co. jp/；"野草莓"网站 http：//no—ichigo. jp/；"移动空间"网站 http：//book. xmbs. jp/；"猎户座"网站 http：//de—view. net/

② ［日］伊东寿朗. 手机小说文字革命论［M］. 东京：角川 SS 新书，2008：39.

计达到500万部；6月，魔法岛屿网举办了针对手机写手的综合大赛"魔法岛屿网大奖2007"；10月，《魔法岛屿文库》创刊；11月，由魔法岛屿网诞生的手机小说累计突破1000万部。2008年3月，"魔法岛屿网大奖2007"小说单元获奖作品《流云不再来》（作者наяч）上市。

通过上述记事可见，魔法岛屿网在日本手机小说的发展过程中扮演了怎样的角色，换句话说，我们甚至可以将魔法岛屿网的发展进程看做是日本手机小说的发展历程。魔法岛屿网的最大功绩在于为尚未引起人们关注时期的手机小说提供了生长的土壤。而在这一过程当中，魔法岛屿网为网友持续地提供了一些极具魅力的独特的服务。网站开设之初并没有进行特意的推广宣传，但是与当时以"i模式"为代表的收费服务相比，魔法岛屿网的免费服务方式得到网友的青睐。从那时开始，在短短数年间，魔法岛屿网站最终成为日本青少年手机小说爱好者喜爱的平台，而几乎每一年魔法岛屿网都会推出大热手机小说作品，并且最终将这些热门作品由网络付梓印刷，推向主流图书市场。

（2）关于魔法岛屿网手机小说大奖赛

魔法岛屿网站自从2007年开始推出"魔法岛屿手机小说大奖赛"，迄今为止共举办了6届（第6届正在进行中）。作为最早推出手机小说在线服务的网站，魔法岛屿举办的手机小说大赛得到了众多手机小说用户的支持。这其中即包括读者也包括创作者。而大奖赛获奖作品的产生则完全来自民意，完全由网友投票决定。因此，获得票数最多者获得大奖可以说是众望所归。魔法岛屿手机小说大奖赛不仅仅为喜爱手机小说创作的青少年提供了施展才华的平台，而通过将获奖作品印刷出版推向市场，又收到了提升手机小说社会及文学地位的功效，可以说是一种良性循环。下面我们看一下历届手机小说大奖赛获奖作品的情况（见表1）。

从迄今为止的5届"魔法岛屿手机小说大奖赛"参赛作品及作者的综合情况来看，可以得到以下一些信息：①在全部5届41位获奖小说作者当中，除了《轻浮男孩儿》作者"am"是男生之外，其余都是20岁左右的女生（比如наяч19岁，纱织20岁，白川爱理18岁），而且其中不乏在校学生。由此可见，日本的手机小说应该可以称之为"女性文学"，或者再精确一些称之为"少女文学"也未尝不可。②由手机小说的作者构成情况来看，不难看出手机小说的读者群主要是20岁左右的青少年，而且其中女孩子居多。从某种意义上说，手机小说网站为年轻女孩子表达自身对生活的理解与感受提供了绝佳的平台，她们通过这一自由自主的发表平台发出自己的声音，这在传统媒体世界当中是很难轻易实现的。因此，从历届"魔法岛屿手机小说大奖赛"参赛作品来看，尽管作品整体上存在着稚嫩、主体单一等显而易见的问题，但是如果从网络媒体为少女发出声音进而表达女性诉求方面来看，自有其存在意义。

（3）从获奖作品看日本手机小说的特征

通过对魔法岛屿网举办的历届手机小说大赛获奖作品的考察与分析，笔者尝试从两方面对日本手机小说的特征加以归纳：①文体写作特征。②内容题材特征。以下分别加以阐述。

①文体写作特征

手机小说由于创作平台的独特性形成了独有的写作特征，尽管手机小说和电脑写作有着紧密关联，但是手机屏幕狭小以及其移动性又决定了其与电脑写作有着明显的不同。下面以"第一届魔法岛屿手机小说大奖"最高奖获奖作品《流云不再来》[①] 为例，对手机小说的文体写作特征加以分析。

1章　相遇

"是她吗？看，金发女孩儿……"
"哪个哪个？绝对是她！！确实是不合群儿……"
"不过呢！真漂亮啊"

今天正好入学一周。
学校里每天像这样的流言满天飞。
说实话够了。
什么女阿飞、AV女优、陪酒女、援助交际、人流、有前科等等。
真的很厌恶流言。
不管人家有没有（那些事），人们就是喜欢议论纷纷。
对，我就是受害者。
"高村杨"

4月刚刚入学北高的高中女生。
从一入学开始关于我就被流言四起。
结果是交不到朋友。

---

① 魔法岛屿"第一届魔法岛屿手机小说大奖"最高奖获奖作品《流云不再来》http：//ip. tosp. co. jp/BK/TosBK100. asp? I＝HM2CNAN&Book

行啊勉强做那些表面上交往不如不要朋友。

不知不觉开始对别人冷眼相对。

我很少笑。

从什么时候开始的……不相信别人？

以《流云不再来》为代表的手机小说在文体写作上呈现出以下特征：

第一，句式短，段落（另起一行）多。手机小说从文体样式上看上去很像诗歌，这是因为在写作时基本上是一句话一行，并且每句话基本上是短句子，很难看到有超过 20 个字的句子。事实上这种文面上的特征是由手机媒体的物理属性决定的，即使是今天流行的智能手机 4.0 英寸（10.16 厘米）屏幕已经是大尺寸了，而对于 2005 年以前的手机通常的 2.5 英寸（6.35 厘米）屏幕而言，过于狭窄的屏幕对手机小说的格式起到了明显的限制作用。于是手机小说的写作形式自然而然地形成这样一种特征。另外由于段落多就容易产生很多空白，这实际上是为了配合在阅读手机画面时页面滚动的速度而特意留出的空间。有时甚至会出现整页的空白①，也有在空白处使用图形文字的，不过总的来说并不是用得很多。

第二，对话多，文字量少。手机小说基本上一句一行的文体样式，天生很适合人物对白描写。而日常生活中对话往往简略，这样简短的问答或者自言自语在手机小说中被大量使用。简单明了的对白有助于读者了解人物，便于在文字量少的情况下能够最大限度地传递多的信息。而至于说手机小说整体上文字量少，篇幅短小，最直接的原因是由于手机通信流量的限制造成的。与电脑相比，手机的文字传输量是极少的，尤其对于普通的短信而言，一次的传输量不过 100 字左右，尽管近一两年出现的"彩信"服务使信息传输量大增，可是由于成本原因，"彩信"还不能完全取代普通短信。《深爱》的作者 yoshi 说："当时的文字通信量上限是 2000 字左右，每次都必须在这样的局限中完成故事情节的发展高潮。"（2004 年 4 月 2 日 yahoo! books 专访）手机作品文字量少也成为传统文学对其不屑的主要原因之一。

第三，词汇量少。关于这一点，yoshi 的一段话颇有说服力："最初，使用手机的绝大多数是年轻人。他们仅仅是将手机作为工具来使用，而并

网络文学纵论

① ［日］石原千秋. 手机小说是文学吗［M］. 东庆：筑摩书房，2008：9-10.

不是因为喜欢小说。因此，（手机小说）写手要想办法让本来并不喜欢文字的人读小说。比如尽量不用难懂的词汇，不要复杂的描写，人物对话用「」和『』区分双方等等"①。现在看一个对话的例子，父亲打来电话：

　　「喂」

　　『啊，是千鹤子吗？能帮我个小忙吗？』

　　「什么事儿啊？」

　　『我桌子上应该有一些文件……给我拿来好吗？』（《你的名字》）。

　　从上面的对白例文中可见"父亲"与"千鹤子"的对话，是以「」和『』加以区分的。诚然，即使今天手机小说的受众群仍然是以青少年为主，但手机小说从诞生伊始，由于媒体属性等方面的局限，就为其打上了快餐文化的烙印，这一点与日本另一快餐文化形式的代表——漫画——极其相似。很难想象在漫画中会出现复杂晦涩的内容。手机小说同样以传递信息为第一要素，读者更关心的是故事情节的展开，而不是文辞句法是否考究。

表 1　　　　魔法岛屿网站历届手机小说大奖赛获奖作品一览表

2007 年 "第一届魔法岛屿手机小说大奖"								
最高奖	双叶社优秀奖	媒体工作奖	文化社奖	活力门出版社新人大奖	主妇之友出版社奖	文库最高奖	文库优秀奖	单元奖
《流云不再来》作者 наяч	《坏男人》作者由奈	《奶油·苏打》作者纱织	《十四天的恋情》作者凉香	《我爱你一辈子》作者花穗	《移动男友》作者 kagen	《酷男孩儿》作者可可	《乘着微风——邂逅篇》作者拉里萨　　《和老师在同一屋檐下》作者奈汰	《流云不再来》作者 наяч（恋爱类）　　《记忆日记》作者福子（纯文学类）

① ［日］本田透. 为何手机小说会畅销［M］. 东庆：软银创造出版社，2008：35.

								《猛人组》作者 日子（青春·友情类） 《移动男友》作者 kagen（恐怖·超自然类） 《爱慕》作者 JoJo（神秘·推理类） 《真实时段》作者 小阿（随笔·日常类）
2008 年"第二届魔法岛屿手机小说大奖"								
年度桂冠奖	第一季度最高奖	第一季度优秀奖	第二季度最高奖	第三季度长篇最高奖	第三季度短篇最高奖	第三季度原创奖		

网络文学纵论

《言不由衷》作者白月	《受不了的课外辅导》作者白川爱理	《君之所欲》作者春田摩卡 《事出有因的结婚》作者蒲公英	《Love × Dreamer》作者冰	《仙人掌的花》作者君原蓝	《请你爱我》作者優	《老师和我恋爱数学》作者優 《眼镜男的秘密》作者铃 《回复：网友》作者善生茉由佳

2009 年"第三届魔法岛屿手机小说大奖"

最高奖	优秀奖	特别奖	NHK 奖
《你的名字》作者梅谷百	《MARIA》作者ChieMi 《向日葵和太阳》作者優	《暴走族宠爱的公主》作者Akari	《激恋》作者水无月未来

2010 年"第四届魔法岛屿手机小说大奖"

最高奖	NHK 奖	感动单元奖	悲情单元奖	纯爱单元奖	写实单元奖
《白富美！！高帅富 少年乐园》作者岬	《金鱼俱乐部》作者椿花	《仅仅 15 分钟》作者大石襟	《情书》作者林	《正在崩溃的求婚》作者椿花	《永远 重要的人》作者爱 《给你》作者朋美

2011 年"第五届魔法岛屿手机小说大奖"					
最高奖	历史单元奖	写实单元奖	悲情单元奖	8×4 饮料水奖	MAP 奖
《窥视 痴汉》作者 蜜柑	《蝶恋花》作者 雏	《轻浮男孩儿》作者 am	《冷漠的男朋友》作者 百合	《矢野前辈》作者 百合	《我的心在寻找你》作者 早月雨芽

第四，横写（日文为竖写）。与日本书籍写作惯常为竖写形式不同，手机小说为横写，这主要是手机功能使然，不过对于习惯于竖式阅读的日本人来说，阅读横式文本也可以是一种新体验。

第五，人物内心活动展示，意识流写作手法。手机小说惯常借助人物内心活动来推动情节的展开。这一点在作品中随处可见。比如"行啊勉强做那些表面上交往不如不要朋友"，"从什么时候开始的……不相信别人？"（《流云不再来》）；"说实话，真不明白他为什么生气"，"就算是这样，也不能上来就说人家是蠢货啊"（《言不由衷》）；"听了这些，真是让人生气。这些事总是让我做。这都第几回了，真是想顶撞父亲几句"（《你的名字》）。手机小说当中这些少男少女的心情跳跃闪回，近似意识流手法的心理描写对推动故事情节的发展至关重要。对于人际关系冷漠的成熟资本主义社会而言，社会中的个体人往往以戴面具的面孔示人，毋宁说只有人物本人的内心世界的袒露才更具有真实感。事实证明，也正是这些来自内部的心理活动，才真正引发了同样年轻的心灵共鸣，这也正是手机小说快速获得青少年认同的原因之一。

总体来说，手机小说的文体写作具有其鲜明的特点，这些特点的形成一方面来自于手机媒体的功能属性，而另一方面简单明了、短小精悍的文本样式也与日本人喜好小巧事物的审美习惯不谋而合。

②内容题材特征

魔法岛屿手机小说大奖赛获奖作品，在很大程度上反映了手机小说的主要题材和内容。概而言之，尽管手机小说的创作题材涉及科幻、恐怖、神秘以及历史等多方面，不过其中数量最多的还是以少女为主人公的恋爱题材作品，这一点仅从魔法岛屿过去 5 届年度大奖获奖作品的情况来看就是一个直接的证明。

2007 年的获得大奖的作品《流云不再来》讲述了一个有着不幸遭遇

的美少女执著追求爱情的故事。2008 年获得第一季度最高奖的作品《受不了的课外辅导》则讲述了一个失恋少女重新陷入令人意想不到的恋爱的故事。2009 年的获得最高奖的作品《你的名字》讲述了一个平凡的少女千鹤子穿越到镰仓时代与貌美青年法师坠入爱河的故事。2010 年获得最高奖的作品《白富美!! 高帅富　少年　乐园》讲述了一个条件优越的美少女高中生和自己的男朋友以及美少年团队之间纠缠不清的故事。2011 年最高奖获奖作品《窥视　痴汉》则讲述了高中女孩儿可奈与青梅竹马的男朋友勇太之间发生的一些可怕的隐秘。以上 5 部作品无一不是以高中女生为主人公展开的爱情故事，这些故事当中总是会出现"虐待、背叛、强奸、怀孕、流产、生病、恋人死去、自杀未遂以及自虐"等似曾相识的情节。尽管手机小说的内容往往出现同质化倾向，可是因为写作者本身也都是青少年，所以他们在故事当中的描写极具真实感，而这种令人感同身受的真实感正是手机小说赢得广大青少年之心的关键所在。但是像这样一些在某种程度上让人感觉"残酷"的真实性，在评论家的眼里被看做是手机小说的原罪①。而事实上，在手机小说的开山之作《深爱》中前述的种种情节全部都包括。不仅如此，手机小说的恋爱故事当中主人公与恋爱对象之间还存在着明显的情侣间暴力倾向。与援助交际、怀孕、毒品以及绝症相比，情侣间暴力更常见于手机小说当中，代表作有《恋空》和《红线》。《深爱》在描写女主人公从事援助交际的时候有露骨的性描写部分，而过度的性描写一度成为手机小说遭到诟病的原因。因为实际上手机小说书籍的购买人群当中包括很多中学生的母亲，如果作品当中出现过多的性描写无疑会招致这一读者层的反感。正因为这样，在稍晚的手机小说作品当中对性描写的处理显得谨慎了一些。这一点从魔法岛屿获奖作品当中也有所反映。

　　以上通过对魔法岛屿网手机小说大赛获奖作品的分析，可以看到日本手机小说在文体写作以及内容题材上的一些特征。手机小说的创作特点明显区别于传统的文学创作，并且一些主要的手机小说登载网站都实行网站将小说推广之后印刷出版最终推向图书市场的做法，一些热门手机小说往往在印刷出版后成为当年的畅销书。尽管一直受到来自传统文学阵营的质疑和轻视，但是手机小说凭借自身稳定的读者群和鲜明的创作特色一度对

---

　　① 本田透在其《为何手机小说会畅销》一书中将经常出现在真实型手机小说中的援助交际、强奸、怀孕、毒品、绝症、自杀以及真爱称为手机小说七宗罪。

传统文学阵营造成了极大的冲击，这从一些年度畅销书排行统计当中可见一斑①。

在此我们来看看中国手机小说的发展情况。中国手机小说的发展明显受到日本手机小说的影响。2008 年，我国手机用户有 42.4％看手机小说，手机小说是增长最快的手机业务之一②。"新浪读书"、"起点中文网"等诸多门户网站和文学网站都开设了手机阅读专区。为了应对日渐增加的手机阅读量，电信运营商在各种套餐中新增了"网络流量"。为了争夺 3G 市场，有的运营商还针对 3G 手机用户推出"掌上书"免费体验区。截至 2008 年年底，面向手机用户的电子图书超过 43 万种。进入 2009 年，具有独立操作系统，像个人电脑一样自行安装第三方服务商程序的智能手机迅速覆盖国内市场。人们不再满足打电话、发短信等基本手机功能，而在诸多新功能中"在线阅读"功能尤其引人注目。一些大型文学网站没有忽略这一重大变化，纷纷加大了对手机小说业务的投入。文学网站"幻剑书盟"不失时机地全力出击新兴无线阅读市场，成为中国移动阅读基地第一批内容提供商。不仅《诛仙》、《和空姐同居的日子》等经典名作重装上阵，焕发新春，而且力推《都市特工》、《至尊少年王》、《风语2》等新作，捧红了梁七少、飞舞激扬、大碗面皮等一大批新生代作者，仅 2010 年下半年，"幻剑书盟"就向旗下签约作者派发了巨额稿酬分成，个别热销作品的作者月收入更是达到了业内领先水准。凭借移动无线阅读的收益，"幻剑书盟"的作者们成为网络文学领域"一部分先富起来的人"。与此同时，另一文学网站大鳄——"盛大文学"也在 7 月与日本的"魔法岛屿"签订合作协议，交换中国的热门网络小说《鬼吹灯》与日本的人气小说《恋空》的版权。此举被业内人士认为将对中国的 3G 手机文学事业的发展起到极大的推动作用。③ 权威数据显示，2010 年第四季度中国手机阅读市场呈现爆炸式增长，总营收额达 9.49 亿元，同比增长高达 655.73％。

今天，日本的手机小说通过印刷出版步入神圣的文学殿堂。而当同样的创作内容从小小的液晶屏幕转移到华丽的铜版纸上的时候，来自纯文学的"吼声"变得微弱了。因为从某意义上说，处在完全相同平台上的展

---

① 2007 年，"TOHAN website"公司公布了当年日本最畅销 10 部文艺书籍，网络小说占了 5 部，其中前 3 名均为手机小说。

② 王磊. 手机小说，创造另一种文体？［N］. 文汇报，2009-8-4.

③ 顾宁. 日本网络文学特征简述［J］. 日本研究，2009（3）.

网络文学纵论

示已经使得纯文学所具有的先天优势大大弱化。至于像"手机小说是否被当做文学得到社会的认可"这样的问题已经无需回答，出版社将手机小说印刷出版就已经明确地给出了答案。同时，手机小说如同纯文学作品一样带给读者思考和感动。笔者在此借用"魔法岛屿"网站的编辑部部长草野亚纪夫的话作为本节结语：很难说手机小说是不是文学，创造了手机小说的一代人能够非常熟练地将手机作为交流沟通工具来使用，那么我们是否可以将这种交流沟通本身看做是文学的一种形式呢？①

3. 日本的微博小说

2009 年，正值手机小说方兴未艾之际，人气作家辻仁成在微博连载小说《喃喃自语的人们》，短短 3 周内"跟随者"超过 8000 人，女作家角田光代的作品《晚安，明天见》在微博一经发表便产生广泛影响。被称为"140 字的喃喃自语"的微博小说在日本开始引起关注，大有接过手机小说手中枪之势。正是看到这样一片"大好形势"，2010 年 4 月，新锐出版社"DISCOVER21"及时举办了第一届"微博小说大奖赛"，共收到 2357 篇应征作品，投稿者当中既有谋求发表平台的专业作家，也有纯粹从兴趣出发的业余爱好者，作品内容广泛、涉及喜剧、恐怖、科幻、爱情以及推理等。这里我们来看大奖赛获大奖作品：

这周她又来到镇上的小邮局。不过被邮局的人称作"星期三小姐"的她今天要邮寄的信并没写收信人的名字。"这样是无法投递的"他边苦笑着边抬起头，映入眼帘的是，微微低着头紧抿着嘴唇，直直地注视着他的真诚的双眸。②（作者：@bttftag）

很显然，作为获大奖的作品，能够在不足 140 字的篇幅内，讲述了一个令我们印象深刻的故事，实属难能可贵。在这样一个微缩世界里，完整清楚的交代了男女主角的接触经历，揭示了一个令人期待的美好爱情故事的开端。这让笔者想到伊格尔顿的话："如果在公共汽车站上，你走到我身边，嘴里低吟着：'thou still unrevised bride of quietness'（你这尚未被夺走童贞的安静的新娘），那么我立刻就会意识到：文学在我面前。"③是的，文学无所不在，文学作品与篇幅长短没有关系。我们再来看一篇优秀奖作品：

---

①　中村航，草野亚纪夫，铃木谦介. 手机小说会杀死"作家"吗？[J]. 文学界，2008 (1).

②　http://www.d21.co.jp/campaigns/twnovel

③　特里·伊格尔顿. 20 世纪西方文学理论 [M]. 伍晓明，译. 西安：陕西师范大学出版社，1986：3.

小时候事故的关系，妹妹只能记得三个人，其中包括我和父母。妹妹16岁生日那天，我对她说："如果有了喜欢的人，就把我忘了将那个人记在心里。""才不呢"妹妹笑着说。隔年的一天，和男友一起出现在我面前的妹妹带着哭腔对我说："哥哥，我是谁啊？"（作者：@6key）①

富于戏剧性的故事情节设置，寥寥数语，演绎人生中一段深挚到忘我的亲情，令人感动流泪的文字，即便再短小，也可以胜过千言万语。第一届微博小说大奖赛获得成功，赛后优秀作品结集出版《140字的故事Twitter小说集》，受到好评。之后，"DISCOVER21"一连举办3届微博小说大赛，第三届也是最近一届大赛，参赛作品稳中有升达到2383件。大赛评奖结束后的总结评语这样写道：评审员一致认为参赛作品的水平在逐年提高。以往为数不少的抖包袱的小段子减少了，配得上"小说"称谓的作品增加了。不过另一方面，具有强烈个性、令人过目难忘的作品尚不多见，有一种因刻意追求精炼而变得小家子气的感觉。期待今后更多更加具有个性、更加适合微博平台的作品参赛。② 我们再来看看第三届微博小说大奖赛获大奖作品：

喜欢妈妈。听我说！我交朋友了。还以为会多得些零花钱呢。长得不像妈妈啊。别在外面打招呼不好看。总算考上大学了。和妙子结婚。多少体会到一些做父亲的实感。常回家看看啊。什么？癌？开玩笑吧！在天堂看得见吗？给妈妈。③

获奖点评是这样的：在140字以内完美地描述了男孩和母亲相处不同阶段的变化与成长。幼年期、青春期、结婚以及成为父亲的儿子，还有温柔地注视着这一切的母亲的身影浮现在我们眼前。"别在外面打招呼"、"常回家看看啊"诸如此类生活中最普通的家常话，引起评审员的共鸣，满票当选。④ 和稍早的手机小说一样，微博小说同样面临着"新的文章表现形式的"论争。当然二者并非完全可以放在一起比较，不同载体自然带来不同的表现手法。微博为那些带有一定动机的写手发布内容供受众浏览提供了可能性，并且是免费的，这是不容忽视的功绩。不过，同时也会出现大量原创性低的作品，这显然不是我们愿意看到的。这也是传统文学界对手机小说、微博小说诟病之所在。从这一层面来看，"微博小说大奖赛"

网络文学纵论

---

① 微博小说大奖赛主页 http：//twnovel. net
② 微博小说大奖赛主页 http：//twnovel. net
③ 微博小说大奖赛主页 http：//twnovel. net
④ 微博小说大奖赛主页 http：//twnovel. net

由专家及第三者对参赛作品进行认真严肃的评审和选拔的做法无疑是有意义与价值的。如果能够很好地解决网络侵权问题的话，微博小说成长为新的引领时代的文学形式也未必没有可能。

微博作为当下最受欢迎的即时性移动通信媒介之一，它带给社会生活方方面面的变化显而易见，其中自然包括文学。2013 年"第 148 届直木小说奖"① 颁给了史上最年轻作家朝井辽（23 岁），其获奖作品《何者》受到社会广泛关注。作为真实度极高地还原了大学生毕业就业过程中种种遭遇的小说，《何者》虽然不是利用微博创作的，然而小说中对于当下年轻人使用微博的情况进行了深入细致的描写，这使得其在某种意义上被看做是一部"微博小说"。为什么这样说呢，在此加以探讨。与其说《何者》利用微博很好地展示了作品的层次，倒不如说如果没有微博，这部小说本身不会成立。比如在这样的情形下微博出场了：

"RICA KOBAYAKAWA @rika_0927，5 分钟前和大家谈天说地，受益匪浅，感觉今天又是美好的一天。打心底里觉得自己真是幸运。感谢迄今为止遇到的所有的人。谢谢，今后还请多多关照啊。喝了酒在半夜里散步，突然就想说这些不着边际的话（笑）"②

这部小说当中的大学生们只要有时间就玩微博。这就是在大学生中间普遍存在的所谓的微博中毒症。那么，这些热衷于玩微博的大学生们究竟希望谁读到他们的微博呢？在上文的微博之前，和这个女孩子同居的男生也发了一条微博：

"宫本隆良@takayoshi_miyamoto，8 分钟前，晚上和持有各种价值观的人交谈、喝酒。即便不能够完全理解，谈话本身很重要。下一次论坛的题目也差不多有了眉目。相互妥协与理解是两码事。如果大家都这么想，那些无聊的争论一定会减少。"③

小说中的男生颇有艺术家气质，而女生理香也有令人羡慕的留学及志愿者经历，这样一对情侣的设定也许有些特殊，可是我们还是对他们的微博究竟是写给谁看的感到迷惑。小说中学生们自然知道读自己微博的人一定是对这些感兴趣的朋友，不过读者当中当然还包括素不相识的第三者。

① 直木奖是由《文艺春秋》的创办人菊池宽为纪念友人直木三十五，于 1935 年（昭和 10 年）与芥川奖同时设立的文学奖项。每年颁发两次，得奖对象以大众作品的中坚作家为主。著名作家司马辽太郎、宫部美幸、京极夏彦皆是此奖得主。

② http：//bylines. news. yahoo. co. jp/utada/20130721－00026095/

③ http：//bylines. news. yahoo. co. jp/utada/20130721－00026095/

而对于为什么写这样的微博的问题，事实上小说当中作出了回答。女生瑞月认为隆良在微博里写自己和如何了不起的人物结识、读了什么样的书等，实际上是希望这一过程得到别人的肯定。"一直以来人们总是说过程重于结果。这主要是因为有人一直在身边关注。就像成年人往往对孩子说虽然结果有遗憾不过过程很好，因为他一直关注着这个过程。不过也该醒一醒了，已经没有说这样话的人了。我们现在只有靠自己注视自己的人生。"① 被认为很善于分析别人的主人公男孩也遭到了理香的批评："我说，你很喜欢自己的微博吧。觉得自己的观察和分析很了不起吧。没事儿都要反复读几遍吧。对你来说那个账号就好像是暖和的被窝一样吧。离不了的精神安定剂吧。偶尔有陌生人回帖或者加关注什么的超感觉良好是吧。所以也不设密码加密对吧。"② 暂且不论这些内容是否有些消极，不过微博确实有着希望自己被人关注的"暖和被窝"的一面。

关于日本手机小说的写作特征前文已经做出较详尽的论述，那么，与手机小说存在某些相似元素的微博小说又具有哪些独有的特征？首先，微博小说一个最基本、最关键的要素是其文本字数限制在 140 字以内，因而微博小说的诸般写作特征均产生于这一基本前提之下。

（1）最大限度删减文本文字

由于微博小说严苛的字数限制，所以作品创作的第一要素就是洗练文字。这里可以举例分析一些具体的写作元素。①避免在文本中使用英文词，以"Twitter"为例，英文词有 7 个字节，而片假名"ツイッター"只有 5 个字节，很明显选择使用后者将节省篇幅。其他像"Follow"为 6 个字节，片假名"フォロー"为 4 个字节。简而言之，避免使用长字节英语单词的做法是为上策。②能使用汉字词的情况下避免使用片假名。例如，片假名"ピッチャー"一词为 5 个字节，而使用汉字词"投手"则为 2 个字节，字数大为减少。同理，"キャッチャー"用"捕手"、"ホームラン"用"本垒打"代替均可收到同样之效果。③避免使用"です"、"ます"形而使用原形。例如"私は青い鳥を見ることができました"一句共 16 个字节，而"私は青い鳥を見れました"共 11 个字节，"私は青い鳥を見れた"则只有 9 个字节，可见与"ます"形相比使用原形可以有效缩减字数。这种方式和大学课堂提交论文作业的时候通常用原形代替"です"、"ます"形的情形类似。④省略主语。日语当中省略主语的情况本来

① http://bylines.news.yahoo.co.jp/utada/20130721-00026095/
② http://bylines.news.yahoo.co.jp/utada/20130721-00026095/

就常见，而在微博小说写作中表现更为突出。这里可以前文第三届微博小说大奖赛获大奖作品为例予以说明。该小说通篇使用了省略主语的写法，也许对于习惯母语的日本人而言没有什么，不过对于外国人来说在理解上也许就会有意思模糊的感觉，下面尝试将整篇小说省略的主语还原。

（我）喜欢妈妈。（妈妈）听我说！我交朋友了。（我）还以为会多得些零花钱呢。（我）长得不像妈妈啊。（妈妈）别在外面（和我）打招呼不好看。（我）总算考上大学了。（我）和妙子结婚。（我）多少体会到一些做父亲的实感。（儿子）常回家看看啊。什么？（妈妈得了）癌？开玩笑吧！（妈妈）在天堂看得见吗？给妈妈。

括号中是被省略了的主语，由于是日常生活中母子之间的对话，省略主语是极其自然的，不过如果要以文字形式叙述这种特定生活场景中的对话，事实上完整省略主语会产生意思模糊的后果。但是，由于微博小说对文字数严格限定，尽管会有刻意为之之嫌，却也成为微博小说创作之特征。总而言之，通过各种可能的方法最大限度的缩减文字数量，成为微博小说创作的第一大前提，这一点的确对写手洗练文字的功力提出考验。如果不具备在 140 字以内创作具有完整小说要素的作品的能力，那么是不能胜任微博小说创作的。不过，尽管如此，洗练文字、精简篇幅亦并非绝对，如日语中男性、女性的说话方式是不同的，如果为了缩减字数一味使用原形，则会导致无法分清性别的问题，比如小说中人物如果是女性的话必须说"青い鳥を見れました"而不能说"青い鳥を見れた"。

（2）巧妙利用常规场景

所谓利用常规场景，是指在小说描写过程中对于生活中一些相对固定的场面或者约定俗成的事物，仅仅写出关键词即可，而不必进行按部就班的描述，从而达到最大限度缩减文本长度的目的。例如，"我是私立圣蒙哥马利高中的一年级学生。虽然这是一所毕业生中名人辈出，并且在当地具有高升学率的学校，不过并不是那样严格而以校风自由著名。校园被繁茂的自然包围……听上去很不错吧，实际上不过是远离都市连电子游戏厅都没有的穷乡僻壤罢了"。这样一段说明情况的文字就已经超过 140 字了，何谈完成小说的全部内容呢？这种不受字数限制的普通意义上的叙述显然在微博小说创作上是行不通的。这里可以利用关键词写作法，比如写到"在上课"，那么就没有必要再叙述学校了。"在上课"3 个字已经足以令读者充分意识到故事发生的场所了。不过，仅凭"在上课"3 个字却不能确定是大学、高中还是小学，那么可以加上定语"在上算数课"，这样虽然仅仅增加了两个字，但是却传递出"小学生在学校教室里面正在上算数课"的全部信息内容。

再如，说道"法官"这个词，很容易让我们联想到"法院的法庭"。在日语当中有很多类似的只有在特定的情况及场所才使用的词。比如一说到"打席（击球位置）"自然让人想到"バッターボックス（batter's box)"，说到"旁听席"则使人想到法庭或者国会议事厅，等等。合理使用这样一些具有特定含义的关键词可以收到言简意赅的效果。另外，在这样的情景设置下，小说中的出场人物关系诸如"老师与学生"、"投手与击球手"以及"律师与公诉人"更便于读者理解。甚至可以借用一些民间故事或者童话之类广为人们熟知的桥段，这样更利于故事情节的展开。不过当然也有例外的情况，比如对于那些以设置奇特见长的科幻题材的小说来说，类似"在看不见陆地的、完全被海水包围的星球上的授课情形"或者"在龙、精灵与人共存的世界里的法庭辩论"等，尽管题材非常有趣，然而要想将情节控制在 140 字以内恐怕并非易事。总而言之，尽量使用为人们所熟知的，看见关键词便可以产生联想的场面、情形或者状况，才能够达到用最少的字交代故事背景，从而最快进入情节展开阶段的目的。

（3）常规场景中的出其不意

关于前文中提到使用常规场景易于引发故事情节的展开的问题有必要进一步加以分析说明。即在常规场景下展开的故事情节如果按照常规的逻辑发展下去，则小说注定沦为平庸。比如"刑侦人员出示证据指认罪犯，案件宣告破案"，这样极其常规的场景下的情节展开丝毫没有新意，很显然这样的创作是失败的。而在常规场景设置下展开非常规的情节发展从而取得意想不到的效果不失为一种有意义的尝试。下面以一篇微博小说为例加以分析说明。

"'紫阳花会因为土壤中 pH 值的不同而改变颜色。快看，只有那一块儿地方呈现不自然的红色'探员自信满满地说，周围的警员开始在那片地方挖掘起来。"[①]

到此为止是少儿侦探漫画中常见的场面。通过紫阳花因为土壤中 pH 值的不同改变颜色的特点发现罪犯隐藏证据的设定是常用的手法。换句话说，即这篇小说使用了一个常规场景的开端，那么接下来该如何演绎一个非常规的情节展开呢？

"……周围的警员开始在那片地方挖掘起来，然而并未发现一件不寻

---

① http://twitter.com/TheLastWill/status/2643616866

常之物。现在探员的脸上泛起了不自然的红色。"①

在这里可以借用四格漫画"起承转合"的创作手法加以分析。"起"：紫阳花因为土壤中 pH 值的不同……探员指向那边；"承"：周围的警员开始在那片地方挖掘起来；"转"：然而并未发现一件不寻常之物。在这一系列构成当中，从"然而并未发现一件不寻常之物"开始故事情节发生骤变。最终文本是这样的：

"'紫阳花会因为土壤中 pH 值的不同而改变颜色。快看，只有那一块儿地方呈现不自然的红色'探员自信满满地说，周围的警员开始在那片地方挖掘起来。然而并未发现一件不寻常之物。现在探员的脸上泛起了不自然的红色。但是万幸的是，除了那一片地方之外到处都埋着尸体。"②

"合"：万幸的是，除了那一片地方之外到处都埋着尸体。"包袱"抖了出来。由上述例文可见，为了文本中最主要的"转、合"的设置，尽量安排简洁的"起、承"显得十分必要。这也是前文指出的最大限度缩减背景说明部分的必要性所在。

前文提到过利用传说和童话也能够起到很好省略背景的作用，这里可以看一篇例文：

"'从龙宫回来故乡完全变了样。'说这句话的老人在海边被保护了起来，在判明老人来自数百年前的世界之后曾经苦于该如何处置他的政府改变了态度。被认为是了解当时风俗的珍贵资料，研究人员蜂拥而至。后来不断有老人被发现，于是海边塞满了数万个浦岛太郎。"③

浦岛太郎的传说流传广泛，"假如今天发现一个那样的男子的话一定很有趣，也许可以获得英国'钢琴男'那样的待遇"，基于这样的想象再进一步加以发挥，要是有数万个浦岛太郎被发现的话那该多有趣啊！再来看另一个版本：

"从龙宫回来故乡完全变了样。海边到处是没见过的形状怪异的动物，同样为他的样子感到惊奇，骚动不安。真奇怪，吃惊的是我好不好！从霸王龙脚下救出乌龟的三角龙为自己究竟为何会遇到这种事感到深深的迷惑。"④

从龙宫回来的不仅限于人类，并且如果不是数百年而是数千年的时光穿梭岂不是更有趣？无疑这样的想象对于微博小说创作是有益的。

---

① http：//twitter．com/TheLastWill/status/2643616866
② http：//twitter．com/TheLastWill/status/2643616866
③ http：//twitter．com/TheLastWill/status/2949305630
④ http：//twitter．com/TheLastWill/status/2949265911

第四章

网络游戏与网络文学

游戏应该是先于人类绝大多数文化样式形成之前便存在的。作为最高级哺乳动物的人类，与其他哺乳动物一样，除去必要的维持生命的活动之外大部分时间都是在游戏（或者称之为休闲）。从这个意义上说，游戏不是文明的一部分，而是文明本身。今天，人类社会进入到网络时代，游戏获得了巨大的"人的延伸"，进而推动人类文明向更高级发展。

一、关于网络游戏

（一）游戏的人

在对人类的游戏行为进行了持续思考之后，荷兰学者赫伊津哈在1938 年出版了他的关于游戏的名著《游戏的人》。《游戏的人》的出版，是人类文化学者首次从理论高度对人类的游戏行为加以系统全面的阐发。而赫伊津哈的根本性论断即"文明是在游戏中并作为游戏展开的"①。赫伊津哈充满自信地将游戏提升到前所未有的高度。麦克卢汉推崇《游戏的人》说："游戏和娱乐的观念在当代获得了大量新的意义，新意义的源头不仅有约翰·赫伊津哈《游戏的人》之类的经典著作，还有量子力学。赫伊津赫把游戏理论与一切制度的发展联系起来。"②

在赫伊津哈看来，"游戏是在某一固定的时空中进行志愿活动或事业，依照自愿接受并完全遵从的规则，有其自身的目标，并伴以紧张、愉悦的感受和'有别于''平常生活'的意识。这样定义的概念就能囊括所有动物、儿童和成人的'游戏'，比如力量和技巧的游戏，发明、猜谜以及种

---

① ［荷］约翰·赫伊津哈. 游戏的人［M］. 多人译，杭州：中国美术学院出版社，1996：1-4.

② ［加］马歇尔·麦克卢汉. 麦克卢汉如是说［M］. 何道宽，译. 北京：中国人民大学出版社，2006：190.

种机遇、展示和表演的游戏，我们大胆地称："'游戏'范畴是生活中最基本的范畴之一"①。在谈到游戏与文化的关系时，赫伊津哈指出："游戏先于文化，因为总是要先假定人类社会，文化才被充分地确立起来，而动物并不等人来教它们玩自己的游戏。""我们面对的游戏问题是指作为文化的一种适当功能的游戏，而非表现在动物或儿童生活中的游戏，我们是在生物学和心理学停止处起步。在文化中，我们发现在文化本身存在之前，游戏就是一种给定的重要存在，从文化最早的起点一直延展到我们目前生活其中的文明阶段，游戏伴随着文化又渗透着文化。"② 赫伊津哈归纳了游戏的 3 个特征——"自主、自由"、"非'平常的'或'真实的'生活"、"隔离性、有限性"。在这里，赫伊津哈归纳的游戏的最重要的特征为"一种自由的活动"，这种活动作为不严肃的东西有意识地独立于平常的生活。注意这里的阐述"它是一种与物质利益无关的活动，靠它不能获得利润"，这一认识显然是属于赫伊津哈所处的 20 世纪早期的价值观。而游戏的功利性命题在 21 世纪的网络世界发生了颠覆性的改变，这个问题也将是本章后面重点讨论的内容。

　　游戏的文艺性或者说文学性是本文的中心论题，赫伊津哈通过对神话、诗歌和游戏三者之间关系的论述，揭示了游戏的文学性内涵。他指出，无论神话流传到现在已经变成什么形式，神话始终是诗歌。神话借助意象和幻想诉说万物起源的故事，它们是古人设想的原始时代发生的事情。神话的意义可能是极其深奥与神圣的。它能够成功表达那些理性思辨或许描述不清楚的关系。在人类文明的初始阶段，神话的神圣性和神秘性是十分自然地被古人虔诚的、无条件地接受。并且诗歌和神话具有同样的严肃性。像一切不受逻辑判断和有意识判断束缚的东西一样，神话和诗歌都在游戏的领域里活动。但是这并不代表游戏的领域是一个比较低下的领域，因为游戏色彩浓重的神话可能会翱翔到洞见的高度，也就是理性达不到的高度。换句话说，文学的感性色彩在某种意义上具有超越理性的功能。神话与诗歌无疑都带有浓厚的文学色彩，而这些与生俱来的文学元素体现在游戏行为当中，表现为增强游戏的故事性和神秘色彩。而这一切都将为新世纪网络游戏的开发与创作提供宝贵的素材。

---

① ［荷］约翰·赫伊津哈. 游戏的人［M］. 多人译，杭州：中国美术学院出版社，1996：1-4.

② ［荷］约翰·赫伊津哈.《游戏的人》［M］. 多人译，杭州：中国美术学院出版社，1996年 1—4 页

（二）网络游戏的兴起

游戏和文学一样都早已存在于网络诞生之前。虽然赫伊津哈很早为我们揭示的游戏与文学（神话、诗歌）的关系始终局限于前数字化时代，但是不可否认其深刻的理论辨析即便对于今天的网络游戏和文学同样具有重要的参考价值。在考察网络游戏与文学的关系之前，先来看看我国网络游戏的发展历程。

"60、70后"一代人大都有过抱着游戏机接到电视机上"打电玩"的经历，20世纪80年代晚期的《城市战争（打坦克）》、《魂斗罗》等经典电子游戏成为年轻人的挚爱。但是计算机技术的飞速进步使得模拟技术条件下的"电游"注定成为短暂的过渡。刚刚进入90年代，中国自己生产的第一款网络游戏《侠客行》便诞生了。在整个90年代前半期，《侠客行》当之无愧地成为中国网络游戏"史前文明"时期的代表作。经过近10年的摸索，1998年6月，由鲍岳桥、简晶、王建华始创的联众游戏世界开始在"东方网景"架设游戏服务器，免费提供给国内上网用户围棋、中国象棋、跳棋、拖拉机、拱猪等共计5种网络棋牌游戏服务，这一划时代的举措标志着网络游戏巨人开始迈出了它的第一步。2000年7月，第一款真正意义上的中文网络图形Mud游戏《万王之王》正式推出，凭借优秀的游戏质量，配合特殊的历史条件，占尽"天时、地利、人和"，《万王之王》成为中国第一代网络游戏无可争议的王者之作。而更重要的是通过《万王之王》中国网络游戏的运营机制得以建立，而由其引发的潜在市场成为吸引更多公司冲击网络游戏市场的直接原因。2001年1月，北京华义推出《石器时代》，这款游戏以明亮的色彩、可爱的人物造型和幽默的设计取代了传统在线角色扮演游戏的血腥和暴力，盛极一时，成为《万王之王》后的又一市场霸主。同时华义的WGS（计点收费）系统开始运行，为后来的网络游戏收费提供了不少借鉴之处。同年11月，上海盛大代理的《传奇》正式上市，谁也没有想到原本以为不入流的网络游戏会成为今后两年时间内中国网络游戏的最大赢家。2002年7月，《传奇》同时在线人数突破50万，成为世界上最大规模的网络游戏。2002年12月9日，目标首款网络游戏大作《天骄》推出。合理安排时间，享受健康生活。2003年7月，盛大向新加坡国际法庭提出仲裁申请，要求Actoz和Wemade赔偿单方面中止合约造成的损失。同一时间，金山航母级作品《剑侠情缘ONLINE》正式内测。其在涿州央视影视基地召开大型主题产品发布会"剑侠英雄大会"，盛况空前。8月，连邦4000万天价签下《剑

网络文学纵论

侠情缘 ONLINE》网络版点卡经销权，轰动一时。9 月，网络游戏正式被列入"国家 863 计划"，政府将投入 500 万支持原创网游开发，金山和世模成为"863 计划"的第一批受益者。9 月 28 日，《传奇世界》正式开始收费。10 月，英国人胡润制作的《中国内地百富榜》和福布斯制作的《中国内地年度富豪榜》相继出炉，排名前 10 位的富豪中有 4 位染指网络游戏。2005 年开始，九城凭借高价拿下《魔兽世界》这款世界级大作，稳稳跻身一线厂商集团，并在之后继续抢夺《卓越之剑》、《奇迹世界》、《RO2》等有较大影响的作品。许多游戏公司受此影响，甚至认为只要认准一款大作并拿下，就极有可能靠一款游戏取得成功。在众多国内厂商的争夺中，游戏的签约金及分成费两年里水涨船高，随之而来的是服务器及前期推广成本也大大增加，很多如愿拿到大作的厂商沦落到"赔钱赚吆喝"的尴尬地位，近 3 年来称得上成功的大作还只是一个《魔兽世界》。2009 年，在中国市场运营的网游数量多达 361 款，是 2000 年国内市场规模的近百倍。经历了 10 年的高速增长之后，中国网游市场进入了竞争极其激烈、非精品大作无法成功的发展阶段。

从 20 世纪 90 年代的 MUD① 时代，到 1999 年《网络创世纪》进入中国，再到 2001 年盛大《传奇》的奇迹成功，当下国内网络游戏市场呈现一派繁荣景象。主流网络游戏主要有以下几种：（1）武侠类：此类游戏以中国式武侠为背景，代表性作品如《金庸群侠传 online》、《千年》、《新英雄门》、《武魂》等。（2）奇幻类：此类游戏以奇幻世界为背景，代表性作品有《红月》等。（3）龙与地下城类：这类游戏参照西方奇幻小说《龙与地下城》设定游戏背景，代表性作品有《龙族》、《无尽的任务》、《奇迹MU》等。（4）卡通类：这类游戏中人物和怪物都是以 Q 版的卡通造型出现，代表性作品有《石器时代》、《魔力宝贝》。（5）休闲娱乐类：此类游戏主要是供玩家休闲娱乐的小游戏，代表作品有《疯狂坦克 2》、《欢乐潜水艇》等。在中国这样一个巨大的市场，网络游戏走过了不同的发展阶

---

① "多人联机角色扮演游戏"或简称泥巴（MUD，Mult－User Dungeons，Domain，or Dimension）

段。2007 年，新闻出版总署宣布强制实行"网络游戏防沉迷"① 措施，标志着我国网络游戏业进入了由政府参与调控的新阶段。随着网络游戏的影响不断增大，网络游戏具备了越来越多的社会功能和意义。在这样的背景下，网络游戏经营不能够仅仅考虑一款游戏的娱乐功能，同时还必须考虑其社会功能。而这种更高级别的需求对游戏脚本的创作提出了新的挑战，也许正是基于这样的社会与时代需求，同样表现如火如荼的网络文学则成为网络游戏脚本的最佳选择。

二、网络游戏与网络文学的交集

（一）网络文学改编网络游戏

关于网络文学前文已作出较详尽的论述，综观网络文学的发展历程，其能够在一定的历史阶段、一定的社会背景条件下与网络游戏发生交集，实在是自然不过的事。

进入 21 世纪，随着互联网在大陆的普及，网民数量呈几何倍的增长，网络游戏迎来了黄金时代。但是如前文所述，一时间涌现出的如《万王之王 2》、《骑士 OL》、《轮回 OL》等人气网游作品出现了火爆一时后却快速降温的现象。这些作品发行时画面不可谓不精美、设计不可谓不新颖、系统不可谓不精细，但最终都难逃停运的结局。虽然可以将导致如此结局的原因归结为 BUG② 的影响、外挂③ 的影响或者后续版本未能跟进的影响

---

① 2007 年 7 月 16 日开始正式实施。由新闻出版总署、中央文明办、教育部、公安部等八部委在北京发布。青少年沉迷网络游戏的主要诱因是大多数网络游戏都设置了经验值增长和虚拟物品奖励功能，需要获得上述奖励，主要靠长时间在线累计获得，因而导致部分青少年沉迷其中。网络游戏防沉迷系统就是针对上述未成年人沉迷网络游戏的诱因，利用技术手段对未成年人在线游戏时间予以限制。未成年人累计 3 小时以内的游戏时间为"健康"游戏时间，超过 3 小时后的 2 小时游戏时间为"疲劳"时间，在此时间段，玩家获得的游戏收益将减半。如累计游戏时间超过 5 小时即为"不健康"游戏时间，玩家的收益降为 0，以此迫使未成年人下线休息、学习。

② 英文单词，本意是臭虫、缺陷、损坏等意思。现在人们将在电脑系统或程序中隐藏着的一些未被发现的缺陷或问题统称为 bug（漏洞）。

③ "外挂"这个词语频出现在运营商、玩家、媒体、网络上，然而到底何为"外挂"呢？对于玩家来说，外挂是加速、瞬间移动、复制金钱装备、自动练功、自动加血，甚至可以直接修改游戏中的人物属性经验。但对于一个程序员来说，外挂是指独立于主程序外的实现某种功能的模块。也就是说，外挂的制作者侵入了游戏程序，进行游戏作弊。《电脑报》在"2002 年游戏产业的 26 个关键词"一文中对"外挂"作了这样的解释：Cheater。本来外挂应该是指独立于主程序外的实现某种功能的模块，但其含义在实质上已经裂变，即指网络游戏的作弊程序。

等，但是，很显然这些生命力短暂的作品都有一个共同的致命弱点，那就是缺少精神内涵，或者说缺乏游戏文化、世界观——没有文化内涵的游戏就如同没有灵魂的充气娃娃，无论她拥有怎样精致美丽的外表，又有谁会真正爱上她？在这里，作为全球最成功的网络游戏《魔兽世界》的成长历程可以很好地说明网游"灵魂"的重要性。《魔兽世界》并非以一种横空出世的姿态出现在玩家面前，相反，它的出世经过了漫长的酝酿。它是以同一部魔兽历史为背景的单机游戏《魔兽争霸》作为探路者同时开始网游研发的。玩家对《魔兽争霸》身世的探索、理解过程给了"暴雪"充足的网游开发时间；玩家对《魔兽争霸》的热爱、对其前世今生的津津乐道带给"未来"网游充足的潜在玩家；再加上"暴雪"多年从事游戏创作的优势，《魔兽世界》可谓占尽"天时、地利、人和"。而"天时不如地利，地利不如人和"，最终文化才是决定《魔兽世界》成功的最重要因素。正是在这样一种网络游戏创作亟须文化创意的背景下，欣欣向荣的网络文学为网络游戏创作提供了选择。优秀的网络文学作品为国产网络游戏创作注入了"灵魂"。畅销网络文学作品的读者们成为潜在的玩家。这些都为国产网游行业带来发展的新动力。网游开发商所需要做的就是量体裁衣——为一个灵魂创造出美丽且适合的身体。

如果考察最早的网络文学改编网游，当属姚壮宪的《仙剑奇侠传》。该游戏于1994年底完成，1995年首次上市，所以被称做'95DOS版《仙剑奇侠传》。进入WINDOWS时代后，推出了'98柔情版《仙剑奇侠传》，再到2008年久游公司代理运营《仙剑奇侠传Online》。即便"仙剑"不是最具人气的网游，但是"仙剑"文化的传承无疑是网络游戏发展的一面镜子。而迄今为止网络文学改编网游最成功的例子，要属2007年由北京完美时空网络技术公司推出的一款大型玄幻修真网游——《诛仙》。此款游戏改编自萧鼎的同名超火爆人气玄幻小说。小说《诛仙》情节跌宕起伏，气势恢宏，人物性格鲜明，以独具魅力的东方仙侠传奇架空世界，令人击节叹赏，不忍释卷，写情尤称一绝。书中反复探究的一个问题是"何为正道"。"天地不仁，以万物为刍狗"是小说的主题思想。在此对《诛仙》的艺术特色加以简要分析，探究其被"新浪读书"誉为"后金庸武侠经典"之原因所在。

第一，《诛仙》不同于传统武侠小说"仗剑行侠、快意恩仇、笑傲江湖、浪迹天涯"的套路，而是以一个平凡人的成长为主线，以正邪之争为辅线，构建了一个如梦如幻而又真切动人的幻想世界。它的背景虚无，非历史化，不同于传统武侠小说"真实具体的历史背景"。它具有开放性的结构以及无限延伸的空间，以张小凡为中心人物，但并没有中心事件，在描写一系列事件过程中穿插若干个扑朔迷离的小故事形成网络式的格局。而传统武侠小说大多以"夺宝复仇"为中心，呈线性结构。

第二，《诛仙》对人物的刻画避免了简单平面化的善恶二元区分，试图展示人物性格的多个侧面，塑造有血有肉的复杂形象而非平面单纯的道德仁义化身。张小凡出身普通农家，机缘巧合而入青云门修道，因救命恩人普智大师的欺骗导致信念崩溃而陷于疯狂。碧瑶舍身相救，他才得以从诛仙剑下保住性命，从而性情大变，反出师门，加入魔教，令人闻风丧胆。张小凡善良正直，只因命运捉弄，闯下弥天大祸，不为正道所容。他加入魔教后又心存慈善，对于师门养育之恩、兄弟之情难以割舍，几次与正道人士的交锋，他都顾念旧情，没有斩尽杀绝。他曾对昔日好友曾书书说："你我道不同，必定为敌，但我心中，仍当你是朋友的。"（《诛仙3·二十一章》）他不得不处于非正非邪、亦正亦邪的尴尬地位，成为正邪双方都无法真心接纳的"边缘人"。

第三，《诛仙》部分地继承了传统武侠小说"见义勇为、除暴安良、以正克邪"的宗旨而又有所突破，最集中地表现在对"正邪"的诠释上。它打破了传统武侠小说善恶对立的二元模式，正与邪不再泾渭分明，只有修炼方式上的不同，没有本质上的区别。"时至今日，人间修真炼道之人，多如过江之鲫，数不胜数。又以神州浩土之广阔，人间奇人异士之多，故修炼之法道林林总总，俱不相同。长生之法还未找到，彼此间却逐渐有了门派之分，正邪之别。"（《诛仙1·序章》）《诛仙》中没有一个终极真理，正中有邪，邪中有正，暗含着后现代语境下对固定意义或绝对价值体系的解构。《诛仙》中也没有绝对意义上的好人与坏人，高尚正直如正派领袖道玄真人，也有陷害师兄万剑一以谋取掌门之位的丑恶；威严端直如苍松道人，也有为报私仇不惜勾结魔教的疯狂；更有高僧普智为让张小凡顺利进入青云门学艺以实现贯通佛道两家的宏愿而不惜残忍杀害草庙村的无辜百姓。而邪恶残忍如兽妖，对爱人玲珑之情却至真至淳；狡猾狠毒如鬼王，对女儿碧瑶亦珍爱如宝，不惜一切。每个人物都有正面崇高的一面，也有负面邪恶之处，恰好反映出真实的人性。"道、魔、佛"之间并没有明显的界限，全在乎人心，"一念之间，为善则立地成佛，为恶则万劫不复"。它真正体现着众生平等的思想，不仅人与人之间，人与动物之间也是平等的，动物不再是人的附属物，而是作为一个独立的个体存在。

第四，《诛仙》中所描写的爱情悲剧超越了一般的两情相悦、恶人作梗的俗套，而是从人物性格、社会环境中挖掘出更为深刻的原因。张小凡对师姐田灵儿的感情属于青春期的萌动，是青梅竹马、两小无猜的"亲情"，注定不会开花结果。张小凡与碧瑶之间的感情是纯粹的不带任何功利的爱情。因为资质平庸，张小凡不受师傅重视，虽然师兄、师姐们对他很照顾，但主要是出于对弱者的同情。他一直都是孤独寂寞的，甚至是自卑的，直到遇上碧瑶。碧瑶不带任何功利地爱上他，而他更因为这种纯粹的爱情而倾心。但这份感情注定会成为悲剧，原因在于两人性格与生长环境相差太远。他自幼生长在青云门，由于耳濡目染，对魔教存在着根深蒂固的"仇恨"。他们在死灵渊中因共处绝境暂时抛开了身份与信念，产生了感情。但一旦脱离绝境，他仍会执著于正邪之分，难以从根本上接纳碧瑶。碧瑶在生死关头牺牲自己以拯救小凡，让他们的爱情谱写出最强音，但同时也为他们的爱情画上了休止符。美丽纯洁的碧瑶从此永远铭刻在小凡的脑海中。张小凡与陆雪琪真心相恋却注定不能相守。陆雪琪虽然对小凡有着深厚的爱恋，但她又是正道坚定的维护者，肩负着师门除魔卫道的使命。一旦在根本原则上发生冲突，两个有情人不得不成为生死相搏的敌人。在争夺天帝宝库的神仙药时，"鬼厉（即张小凡）望着陆雪琪，缓缓地道：'我要这东西。'陆雪琪看着那个男子的眼睛，静静道：'我不会让你得到的，除非你先杀了我。'"（《诛仙3·二十章》）小凡以"魔"的面目再次出现，雪琪的痛苦是无以复加的，一边是最爱的人，一边是"人间正义"，而最爱的人偏又是被人间正义逼迫成魔的。

由以上诸点可见，在众多平庸老套、了无新意的"新武侠"小说当中，《诛仙》堪称上乘之作。完美时空选择将《诛仙》改编成网游可谓独具慧眼，使得中文网络文学的商业化探索柳暗花明。《诛仙》的成功一时间掀起网络小说改编网游的热潮。一系列网络热门小说如早期2002年的《佣兵天下》（说不得大师），2005年的《兽血沸腾》（静官），2006年的《神墓》（辰东）、《鬼吹灯》（天下霸唱），2007年的《星辰变》（我吃西红柿）、《恶魔法则》（跳舞），2009年的《天元》（血红）等先后被网游公司改编为网游推向市场，成为人气超高的网游作品。网游公司将选择游戏脚本的目光转向网络小说的一个最主要的焦点就是看重网络人气小说的文化元素。而在具体改编小说创作游戏的过程中，在某种程度上实现了娱乐与文化的有机结合。比如完美时空改编《诛仙》，成功打造了一款在全球市场仅次于《魔兽世界》的3D网游，注册用户上千万，每年营收数亿元。初战告捷，完美时空更在2008年9月创建了纵横中文网，并宣布每年投资1亿元，打造5部类似《诛仙》的大作，在培养作者、与作者共同成长方面下足工夫。除了大力推广作品，完美时空通过自己的实力和资源将网络小说推向更广阔的改编空间。为了鼓励作者安心创作，纵横甚至开放资源，其他游戏公司也可以与纵横中文网上的热门作品进行合作——这对于很多游戏公司旗下的文学网站是不可想象的，由此掀开了一场网络文学商业化上游争夺战的序幕。2009 年，完美时空的净利润突破了 10 亿元大关。利润丰厚的游戏市场的激烈竞争，间接给网络文学市场带来了中国特色的拯救。布局网络文学网站，挖掘上游资源，成为了中国顶级网游企业的必然选择。

　　人气网络小说作者凭借出售作品版权从网游公司获得高额报酬，无疑成为千万网络写手憧憬的美好愿景。"网络文学作品的更新很快，今天你很有名，明天可能就被遗忘了。如果能被改编成网游并获得成功，那么我们这些作者的影响力就会持续很多年。对于我们写下一部小说也很有帮助。较之就靠一次性版权获利，这样的方式，我们获得的成就感也更强。"① 一位纵横中文网签约的作者表示。2006 年完美时空将《诛仙》开发为同名网络游戏，给作者萧鼎的授权费为 100 万元左右。2008 年热门网络小说《星辰变》以 100 万元的高价被盛大游戏收购，改编成 2D 次世代同名网游。次年，《盘龙》又以 310 万的天价卖出了游戏改编权。小说作者"我吃西红柿"从一个标准"宅男"式网络文学作者，华丽转身为当代"一夜致富"的神级人物。另外如热门网络小说《神墓》、《佣兵天下》、《兽血沸腾》、《鬼吹灯》等在被改编为网络游戏时都获得了不菲的授权费。当然，实际情况是对于广大的网络写手而言，能够通过自己的作品改编网游获得高额报酬的堪称凤毛麟角，可是这种事件的发生无疑为众多网络写手带来希望和可能性，也许正是这种希望和可能性才是推动网络写手投入到网络文学中去的最强原动力。

网络文学纵论

---

　　① zolgame4.《罗浮》拯救网络文学［OL］.［2010-05-11］. http：//game. zol. com. cn/177/1778996. html.

排名	游戏名称	画面	游戏类型	小说类型	排名	游戏名称	画面	游戏类型	小说类型
1	星辰变	2D	修真	网络	11	西游记	2D	奇幻	传统
2	诛仙2	3D	仙侠	网络	12	佣兵天下	3D	奇幻	网络
3	梦幻诛仙	2D	仙侠	网络	13	笑傲江湖OL	3D	武侠	传统
4	剑侠情缘	2D	武侠	传统	14	恶魔法则	3D	魔幻	网络
5	仙剑OL	3D	仙侠	网络	15	九阴真经OL	3D	武侠	传统
6	剑侠情缘3	3D	武侠	传统	16	兽血沸腾	2.5D	魔幻	网络
7	飘邈之旅OL	3D	修真	网络	17	神墓OL	3D	奇幻	网络
8	封神榜	2D	奇幻	传统	18	蜀山OL	3D	仙侠	网络
9	天龙八部2	3D	武侠	传统	19	鬼吹灯OL	3D	奇幻	网络
10	红楼梦OL	2D	奇幻	传统	20	流星OL	3D	武侠	传统

图 1　小说改编网络游戏排行榜[1]

　　从某种意义上说，网络小说的读者群和网游玩家年龄重合度非常高，这无疑大大增加了热门网络小说改编网游取得成功的机会。诸如《诛仙》、《神墓》这些引起百万读者共鸣的网络小说，其改编网游的潜在玩家将是一个数以万计的群体。甚至有小说作者在作品中故设悬疑，并称这些悬念在游戏中将给予解答，这更加能够吸引读者去游戏中探索一番。再如小说中创造的"内天地"[2]概念，可以说是一次副本的升华，PK（Player Killing，对决）的创举。网络原创小说中所包容的东西方文化大气磅礴，兼顾历史与幻想风格，自然和谐，成为网络小说中不可多得的精华，以这样庞大的故事背景制作出来的网络游戏自然令玩家趋之若鹜。关于网络文学读者与网络游戏用户重合度的情况，CNNIC（中国互联网信息中心）曾经做过较详尽的调查。在对网络文学用户的调研中发现，网络文学用户中的游戏用户具有较强的游戏付费倾向。CNNIC 数据显示，截至 2010 年6 月，网络文学用户的网络游戏使用率为 52.1％；小型休闲游戏是网络文学用户使用最多的网络游戏类型，使用比例为 78.4％；使用大型休闲游

　　①　小说改编的网游　哪类更受玩家喜爱［OL］. http：//game. mop. com/ol/2052625. shtml.
　　②　"内天地"是《神墓》作者辰东首创的概念，是原著小说最精彩的看点之一。一花一世界，一草一天堂，在自己开辟的内天地空间中，自己等同于一切法则的制定者。自己就是那天，自己就是那地，自己是绝对的主宰者。如果将敌人包容进来，在里面战斗，战斗结果可想而知。原著小说中辰南大战西土第一圣龙骑士罗曼德拉，虽身实力远远不及五阶大成的对方，但在重伤垂危之时领悟了真武之境，掌控了战斗场景中的天地空间法则，顿时反败为胜，瞬间击溃对手。后来辰南自创自己的内天地后，更是在战斗中频繁使用，如战西方斩降天使、灭六阶强敌李渊、断杜家玄界灵源、伤图腾瑞德拉奥、闯十八层地狱、抢劫天界雷神殿，等等。为了还原宏大真实、原汁原味的《神墓》世界，边城游侠研发团队将内天地概念引入游戏，颠覆传统网游 PK模式，首创玩家自创副本 PK 竞技系统，给广大玩家带来前所未有的精彩震撼游戏体验。

戏和大型角色扮演游戏的用户比例相近，分别为 57.7％和 56.6％；网络文学用户对网页游戏的使用比例最低，为 31.7％。使用过网络游戏的网络文学用户中，有 58.8％的用户在使用网络游戏的过程中付过费；在不同类型游戏的用户中，大型角色扮演类游戏的付费用户比例最大。

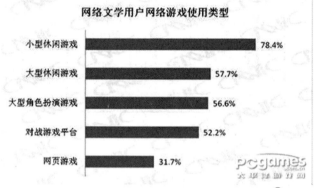

图 2　网络文学用户对各类网络游戏的使用情况[①]

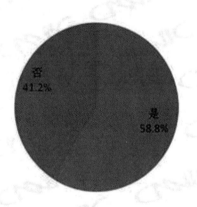

图 3　网络文学用户游戏付费情况[②]

和 CNNIC 发布的 2009 年《网络游戏用户调研分析报告》对比发现，

网络文学纵论

---

①　CNNIC 互联网发展研究 http：//blog. sina. com. cn/s/blog_5101b9050100o8ca. html
②　CNNIC 互联网发展研究 http：//blog. sina. com. cn/s/blog_5101b9050100o8ca. html

网络文学用户中使用大型游戏（包括大型角色扮演游戏和大型休闲游戏）的付费用户比例明显高于整体大型游戏的付费用户比例。由此可见，网络文学用户中使用大型游戏的用户付费倾向比整体大型游戏用户更高。

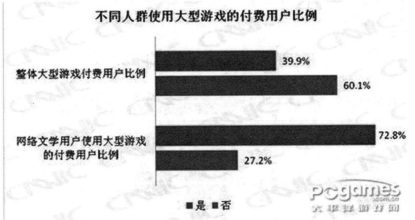

（注：条形1的用户基数是使用大型网络游戏的用户整体，条形2的用户基数是使用大型网络游戏的网络文学用户）

图4　不同人群使用大型游戏的付费用户比例①

对于网络游戏运营商而言，网络文学用户成为极具价值的潜在付费用户。从实际案例来看，腾讯、盛大、网易等网络游戏巨头都在运营网络文学业务，它们显然已经意识到网络文学和网络游戏的题材、用户之间的相互渗透和促进作用。CNNIC分析师进一步研究发现，使用网络游戏的网络文学用户对于网络文学改编网络游戏的态度更加积极。在使用网络游戏的网络文学用户中，有57.5％的用户愿意玩网络文学改编的游戏，该比例明显高于整体网络游戏用户的选择比例。这意味着，网络文学用户一旦转化为网络游戏用户，那么他们对网络文学改编的网络游戏的接受度会更高。对运营商而言，一方面应重点关注这部分人群的游戏题材和类型偏好，另一方面应把这部分人群作为改编游戏的重点营销对象。由此可见，网络文学为网络游戏的创意研发提供了很好的素材，并且不乏获得巨大成功的例子。然而综观整个网络游戏业界，却不能说热门网络小说改编游戏后一定会取得成功。《诛仙》无疑是成功的，可是同样改编自热门网络小说的《鬼吹灯》、《兽血沸腾》等则远未达到预期目标。这种情况不仅限于国内的网游业界，在国际市场上即便像《指环王》那样拥有数亿忠实粉丝

① CNNIC互联网发展研究 http://blog. sina. com. cn/s/blog_5101b9050100o8ca. html

的畅销书，虽然改编成电影大获成功，但是同名网游《指环王online》在中国乃至全球的表现都差强人意。这些都说明网游虽然可以借热门小说之势，但两者之间的成功却没有必然联系。热门网络小说希望通过"化学反应"成为成功网游，这个方程式里至少还需要一个重要条件，那就是游戏开发公司必须要有超强的研发和运营能力，甚至还需要加上一点运气。

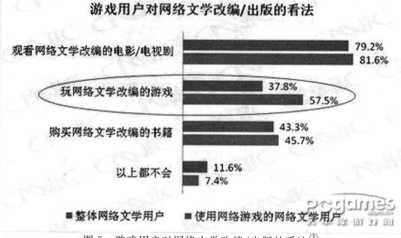

图5　游戏用户对网络文学改编/出版的看法①

"比较起电影，玩网游是一个长期的过程。一部好的小说，读者很多，改编成电影，大家慕名而去，出了电影院后大骂改编得差，但是电影票钱已经付了。不过网游就不行，慕名而去的玩家玩几天，发现产品不行，不好玩，就离开了，游戏公司甚至还来不及等到赚钱。"一位游戏业内人士说。② 那么，将网络小说改编为人气网游需要具备哪些条件呢？在此我们加以分析：（1）需忠实原作情节。网游对小说情节的还原，是厂商在改编小说时最常用的方法。以完美时空的巨作《诛仙》为例，网游的最大卖点就在于其对小说情节的深度还原，不仅其7大职业直接来源于小说门派，更有对小说经典桥段的展现。通过游戏，将主人公的爱情故事展露无疑。但要想在剧情还原上有所作为，就对小说提出了较高要求，不仅要拥有足够大的世界观，更要兼顾各势力之间相对平衡。否则，对剧情的还原就会影响游戏的平衡性。（2）情节延展与解密。很多网络写手喜欢玩悬念，往

① CNNIC互联网发展研究 http：//blog. sina. com. cn/s/blog_5101b9050100o8ca. html
② 拯救网络文学　靠电子书？网游？〔OL〕. IT经理世界. 〔2010-05-10〕. http：//news. xinhuanet. com/it/2010−05/10/content_13476544. htm.

往洋洋洒洒几百万字下来却始终不告知最终结局或者有意在文中留下大量未解的谜团，这在吸引读者产生想象的基础上也为网游的改编提供了新的立足点：延展剧情和解密。在这个方面，同样出自《诛仙》系列的《梦幻诛仙》堪称突出代表，其号称将在游戏中揭开九尾妖狐和小白的修炼历程以及神秘人物鬼先生背后隐藏的惊天秘密。这些悬疑的设置极大地调动了读者的好奇心，促使其进入游戏一探究竟，这也是《梦幻诛仙》当初火爆一时的重要因素。（3）让玩家做游戏的主人。在阅读小说的时候读者往往都有当主角的冲动，而网游的互动性则为其提供了实现梦想的机会，这也许是网络游戏最具魅力之处。2011 年盛大推出的 2D 大作《星辰变》无疑就是满足读者"当主角"愿望的突出代表，游戏虽然以《星辰变》小说世界观为大背景，但引入奇遇系统让每一个玩家在游戏中的体验都各不相同，不同的游戏经历会引发不同的情节，而原来的主角秦羽则变身神秘NPC（不受玩家控制角色），一路指引玩家修行。这种对游戏的亲身参与使得广大玩家欲罢不能。（4）满足读者改变剧情的需求。就像很多人看了《神雕侠侣》中小龙女被尹志平占便宜后都会希望自己拥有改变剧情的力量一样，在网络小说世界更是充满着这种让读者产生改变剧情欲望的桥段。而一向视玩家为上帝的网游自然不会放弃这个重要的支撑点。虽然现在网络小说改编网游中这样的案例还不是很突出，但在电影改编的网游《剑雨》中已经得到了体现。网游对电影剧情进行了大刀阔斧的修改，如彩戏师不再是被转轮王残杀的悲剧男，而成为一个颇受欢迎的强力职业。（5）品牌制胜效应。如果说以上的几点各有侧重的话，而围绕人气小说创建娱乐品牌的做法无疑是吸引读者走向网游的终极利器。这种主题人物系列产品模式，以沃尔特·迪斯尼的米老鼠世界为代表，已经成为一种欧美文化的代表符号。而在在线娱乐领域，盛大凭借《星辰变》相继推出桌游、电影、网游等多种模式的娱乐元素，努力将《星辰变》打造成具有象征意义的文化品牌。当然，要创建网络世界的迪士尼乐园并非易事，包括盛大在内各大公司仍有很长的路要走。

（二）网络游戏改编网络文学

关于网络游戏与网络文学的交集，由网络文学改编网络游戏，网络游戏借由网络文学获得新的创意与素材只是其中一个方面。另一方面，一款成功的网络游戏同样通过被改编成小说得以不同的艺术形式给玩家（读者）带来新感受与新体验，或者一些文学爱好者以某款网游为题材创作相关文字，这些都是网络游戏带给文学的新灵感。

2003 年上海世纪出版集团出版的《奇迹·幕天席地》①被视为国内的第一本"游戏小说"，其时游戏小说在国内刚刚起步，尚未能引起人们的关注。2005 年，纪念航海家郑和下西洋 600 周年，蜗牛公司慧眼识商机，联手新世界出版社，推出由 6 位知名网络写手共同倾力打造的、以蜗牛公司人气网游《航海世纪》为原型的同名网络小说丛书，全套共 6 册，包括《热血东归》（高戈）、《天工海魂》（潘海天）、《山河寂寥》（葛巾紫）、《玫瑰的刺》（晴川）、《蓝色铁骑》（柳文扬）以及《热那亚之龙》（杜若）。为了顺利展开丛书市场推广，蜗牛公司尽最大限度地利用和开发原型游戏中的资源。比如预先埋藏一批宝藏：海洋之心和大地之心，而每册图书中预设的藏书票就是游戏 GPS 坐标，是一张寻宝图的六分之一，读者如能收集到全部 6 张寻宝图碎片，便可得到一张完整的中世纪羊皮卷欧洲地图。通过这样的商业推广手段，将原型游戏与游戏小说新作紧密地联系起来，形成了良好的市场及文化效应。除此之外，还推出了知名网络写手今何在与江南联手创作的游戏小说《九州》，引起了多方关注。

　　网络游戏小说，通常都是依据游戏背景来展开其故事情节。错综复杂的人际关系、富有奇幻色彩的主体内容以及通俗易懂的文字描述，已成为众多玩家所关注的焦点。一部好的网络游戏小说，不仅能充分地反映出该款游戏的魅力所在，也能让众多玩家在游戏之外更加深入了解该款游戏所具有的深刻游戏内涵。在这里我们来看一篇网游小说文例，对其风采领略一二。

　　矿里黑漆漆的一片，水月无情告诉我有外挂的人看到的世界永远是一片光明。我没有外挂，只有靠近他时，我的世界才是明亮的。我想，在这个世界，我需要一个人来陪。

　　我不知道，整个宇宙里面，有多少个像地球一样的星球。在这些很像地球的星球上，有很多生物生存、繁衍，这些生物里面，有的有智慧，有爱情。在地球上面这样的特定种族，特征最明显的莫过于人类。据说某种天赋的背后必然是它带来的负累，也许爱情也是如此。爱与不爱的反复挣扎，爱了与不能爱之间的矛盾冲突，或者徘徊于爱情之外，另有无数的人为了不能让爱情永存而痛苦……忽然有一天，有消息说发现了一方净土，在那里，所有人将无忧无虑，长生不死。所有得到消息的人趋之若鹜，爱情的生生世世就将在这里上演。一场最美丽的电影结尾，总有两个相爱的

网络文学纵论

---

　　① 2003 年由当时还是上海戏剧学院硕士研究生的钱珏根据畅销网络游戏《奇迹 MU》改编的小说。

人牵手一路走下去，走上一条永世不分离的路。——《影·魅：未完成的日记》

《影·魅：未完成的日记》由资深玩友天津中学女教师孤独灵珊改编自网游《传奇3》。全书由小说和游戏攻略两部分组成，描写了她从现实到游戏、再从游戏到现实的惊心动魄的网爱体验。从例文中可以看出，首先，小说具有明显的网游的特征，如"外挂"。这对于没有网游知识的人而言很难理解。其次，小说基于网游情节的叙事及抒情仍充满着女性作者独有的细腻与浪漫色彩，有着网游小说作品空灵梦幻的特色。正是这种别具风格的文体特点，对于玩家与读者双方而言，同时能够从各自的作品中获得交互式的满足。

另外，网络游戏改编少儿读物为儿童文学领域增添了一道靓丽风景。2012年1月，中国少年儿童新闻出版总社获得在青少年中最流行的网络游戏《植物大战僵尸》的授权后，组织国内著名儿童文学作家精心创作、出版了《植物大战僵尸》系列图书，上市半年多时间发行量已突破500万册，取得了巨大成功。作家曹文轩认为："美国人用中国文化元素成功创造出了《花木兰》、《功夫熊猫》，不仅大赚中国人的钱，还成功倾销了西方文化。而今，《植物大战僵尸》系列中文图书利用美国人的游戏元素做外包装，内核却是自信、宽容、友谊、信任、勇敢、爱心等货真价实的中国传统文化和价值观，让西方元素为中国文化的发扬鸣锣开道，充分体现了出版人高度的民族责任感和文化担当意识。"① 《植物大战僵尸》游戏开发商、宝开公司亚太区总裁詹姆斯表示："合作之初没有料到会有如此大的成功，过去认为游戏与少儿阅读是对立面。这次合作把游戏与阅读拓展到一个新领域，这是我们没有想到的。下一步，我们将把中国的这种创新带到美国去。"② 高洪波、金波、白冰、葛冰、刘丙钧等国内知名儿童文学作家加盟《植物大战僵尸》系列图书的创作，守住了网游文学道德底线与文化品质。"这次全新的尝试让我们看到了儿童文学新的生机与活力。"③ 像《植物大战僵尸》这样成功的网游改编少儿文学案例，让儿童从游戏回到了阅读，也许是其最成功之处。这种从指尖游戏到心灵阅读的回归，给儿童的心理带来正能量的教益，也是网游文学引起教育界和文学界人士关注的主因。在今天这个孩子沉迷于网络游戏，被称为"娱乐至

---

① 王庆环. 网络文学：疏导网络游戏中的孩子［N］. 光明日报，2012-12-22.

② 王庆环. 网络文学：疏导网络游戏中的孩子［N］. 光明日报，2012-12-22.

③ 王庆环.《网络文学：疏导网络游戏中的孩子》［N］. 光明日报，2012-12-22.

死"的年代，网游文学未必不是一条拯救之路。

当下各大主力网络文学网站大多设有网游小说专栏，如起点中文网、纵横中文网、逐浪文学网、看书网以及全本小说网，等等。各大网站的网游小说专栏聚集着一批网络游戏的忠实玩家，对于这些熟谙网游的玩家而言，他们渴望从同名网游小说里面获得文字情节的满足或者对自己在玩网游时的体会加以验证。在众多网游小说网站中，豆瓣网的豆瓣小组游戏文学专栏称得上是别具一格的网游小说平台。游戏文学专栏创建于2008年7月，组长是"线平—新生"。专栏的题头这样写道：

"恒沙河数的游戏，含有弥足珍贵的文学价值。最终幻想，红警，帝国，星际，记载的是我们的青春。

请将游戏的经历或想象改写成小说，在标题前面写上同人游戏或动漫的名称。也可以写上带来灵感的游戏名称。"①

从题头的文字中感受得到浓郁的文学气息，并且给人留下细腻而充满浪漫主义色彩的印象。在这样的氛围当中，你会觉得无论是游戏抑或是文学都在我们触手可及的地方。下面我们来看看"线平—新生"创作的游戏文学：

（《圣眼之翼》）《佣兵之死》

很多年以后，面对炎龙佣兵团的墓碑，肯尼队长将会回忆起，他们长征温格尔的那个暮色淡薄的黄昏。那时候，北方联盟尚没有侵入德兰公国的首都，佣兵团只是做一些暗杀的买卖。这个国家如此的溃烂，很多达官贵人成了眼中钉，出钱暗杀他们，成了德兰公国的一大生意。……

同人网游芳华回帖　2010—05—30　19：05：02

这个开头看起来是模仿《百年孤独》。这个小说的内容跟《圣眼之翼》没有关系。真正根据游戏改写的小说我发上去了。②

下面是芳华改编的同名游戏小说：

《圣眼之翼》同名小说：《剑吻》

一个敢于以质量挑战男生的女生奇幻作品：

史诗般波澜壮阔的战争画卷，毒药般浓烈短暂的爱情故事，尽在《剑吻》！

---

① 豆瓣网豆瓣小组游戏文学 http：//www. douban. com/group/131318/
② 豆瓣网豆瓣小组游戏文学 http：//www. douban. com/group/131318/

当潘多拉的魔盒打开来，灾难与病痛、死亡和绝望满布人间，独独把希望扣在盒里，黑暗时代再度降临。试问英雄史诗，当如何谱写？

过去十数年间，这面女神圣像旗伴着无数的英雄成长，也看到许多豪杰倒在她的脚下；荣耀与白骨为伍，重生与死亡同眠！①

通过例文可以看出，对于同一款网游，不同玩家有不同的感受与视角。不过无论选择怎样的角度将其改编为文字，都是玩家对游戏的切身感受与浪漫演绎，而这一点正是游戏小说的精髓所在。我们再来看一则短文：

疯　子②

黑石镇有一个疯子，没有人知道她叫什么。这个疯子住在镇上，靠在球场上捡汽水瓶为生。她思想很单纯，经常跟打篮球的人说话，给瓶子的人，都不忍心看她。

一天，疯子去球场捡汽水瓶，见到一群蛤蟆在搬家，疯子很奇怪，你们干什么啊，住得好好的又不用办暂住证，就拦住它们。

蛤蟆跟她说："疯子啊疯子，这里就要毁灭啦，你快跑吧！"

疯子就回家收拾东西，从她头上飞过的乌鸦说：

"疯子啊疯子，这里就要毁灭啦，你跑不了啦！"

疯子就走到大街上叫："这里就要毁灭啦，大家快跑啊！"

城管发现了疯子，就把她关进了收容所。

黑黑的夜晚，一颗流星从天上飞过，楼房跳着肚皮舞，大地 high 到了高潮，在摇晃，在呻吟。

然后收容所就倒啦，疯子用力从洞口爬了出来。宛如射出的精华。

解放军的救援队走过来，扶起她。

她说："解放军啊解放军，这里就要毁灭啦，离开吧。"

这是一则有趣的短文，我们无从得知其灵感来自哪款游戏，可是我们还是能够为其精灵般的文字意象及带有后现代风格的黑色幽默所感染。在这种带有寓言式的文本当中，竟然包含"暂住证"、"城管"等带有讽刺意味的元素，很明显，这些完全不属于网络游戏文学范畴。可是，正是这种超越让我们感到惊喜，我们一边疑惑"这是产生自网络游戏的文学吗？"；

① 豆瓣网豆瓣小组游戏文学 http：//www．douban．com/group/131318/
② 豆瓣网豆瓣小组游戏文学 http：//www．douban．com/group/131318/

同时我们又感到欣慰，"因为这是产生自网络游戏的文学"。既然与游戏小说有关，我们只需认同其来无影去无踪的网游属性即可，而又何必介意其"英雄出处"呢？

由网络游戏改编的游戏小说基本可以分成两类：一类是纯粹奇幻，内容完全依照游戏情节写作；一类是游戏与现实结合，即在小说中加入写手自身玩游戏的体验，以及由游戏触发灵感而产生的再创作。尤其从后者的特征来看，这种所谓的游戏小说的确有不同于传统小说（包括严肃文学和网络文学）之处。游戏小说自始至终与网络游戏紧密关联，比如《天工海魂》小说与原型游戏《航海世纪》，《影·魅：未完成的日记》小说与原型游戏《传奇3》（《传奇3》作为曾经最受欢迎的网络游戏之一，高峰在线接近100万人）。这就为网络小说提供了大量的潜在读者，他们之间使用着游戏与小说中的行话、术语，陶醉在这个以真实画面构成的虚拟的世界里。网络游戏逼真的画面给虚构的小说制造了真实的现场感，而且随时都可以启动操纵网络游戏，读者与小说不再是真实与虚构之间无法打破的壁垒，而是可以互相影响、彼此互动的一种游戏，并且网络游戏的玩家与小说的读者能够通过相互交流对游戏的体会，使得游戏本身形成更旺的人气。这种随时可以实现的阅读与游戏间的互动，已经从本质上改变了读者的定位。这种独特的阅读体验在迄今为止的文学活动中是绝无仅有的。

三、网络游戏之文学性辨析

上文分别对网络小说改编网络游戏以及网络游戏改编网络小说的现状进行了论述，在这一节将针对网络游戏文学（二者合一称之）之文学性加以辨析，尝试为网络游戏文学的存在找出理论依据。

西方文学理论围绕文学性的概念界定产生的论争由来已久。比如俄国形式主义、英美新批评主义、虚无主义、现象学、法国结构主义叙事学以及新历史主义等流派纷纷发出自己的声音，伸张各自关于文学性概念的主张。诚然，在诸般理论流派当中并未有某一学说占据首领的位置，究其原因纷繁复杂，然人类社会不断发展，人类文明不断发生嬗变确是文学理论随之更迭出新的根本动力。如果考察属于21世纪的网络游戏文学之文学性，在尚未有稳定的学术理论支撑的情况下，在已有的文学理论流派中，现象学文论在文学性问题上主张的"文学活动"论似乎在某种程度上与网络游戏文学的文学性相契合。现象学文论强调文本的结构、作者的意识和读者的意向性活动都参与文学性生产，文本的边界不再是文学性的边界，文学性在"文学事件"中诞生。这与网络游戏文学文本弱化的特征不谋而合。大多数情况下网络游戏文学绝不仅仅依靠文本展开叙事与抒情，而是始终需要游戏与文本文字之间的互相呼应，才能完成对于作品内容的补充与延伸，这是普通意义上的文学作品所不具备的。下面将从几个方面对网络游戏文学的文学性予以阐述。

（一）"言不尽意"诠释网络游戏文学之文学性

我国古代便有"言不尽意"的说法，是中国哲学和美学的一个重要命题，最早出现于《易传》。魏晋时，士人对"言意之辩"的深入探讨，最终使"言不尽意"成为一种语言艺术的追求，更是文论语言所期盼达到的一种境界。而盛行于 20 世纪 30 年代的西方现象学文论——文学本体论学说，对文论语言也进行了充分的探讨，中西方在"言不尽意"上达成一定的共识，产生了一种不谋而合的默契。"言不尽意"在中国传统文学艺术的各种表现形式中均有体现，比如唐人李商隐的无题诗、中国画的"留白"，等等。

对于今天的网络游戏文学而言，无论是网络文学改编的游戏还是网络游戏改编的小说，都存在着一方需要另一方给以补完的情况。"言不尽意，立象以尽意"，也就是说，对于文字文本中描写的那些神仙兵器、幽谷深泉、奇功秘技，通过逼真的游戏画面展现在玩家面前，这种现代数码技术的杰作极大地满足了玩家的视觉需求；反之，对于那些天马行空、虚无缥缈的游戏动画而言，将其还原成唯美的文字、更具逻辑性的情节安排，则带给兴奋状态下的玩家以安静的阅读享受。而无论二者的哪一方，仅仅凭借自身单方面的能量显然都难以达到这样一种境界。

（二）网络游戏文学的文学性来自其自由性

赫伊津哈在谈到游戏的自由性时指出："游戏的第一项主要特征：它是自主的（free），实际上是自由的（freedom）。"[1] 网络游戏文学最具特色同时也最可贵的属性就是——自由性。而自由性对于文学及文学性的重要是不言而喻的。对于一向缺乏自由精神的中国文学而言，终于在网络游戏文学中找到了自由精神之精髓。从某种意义上说，网络游戏文学与赫伊津哈谈论的"神话与诗"有着高度的相似性。正如前文所述，赫伊津哈通

---

① ［荷］约翰·赫伊津哈. 游戏的人［M］. 多人译. 杭州：中国美术学院出版社，1996-10-9.

过对神话、诗歌和游戏三者之间关系的论述，揭示了游戏的文学性内涵。神话的意义可能是极其深奥与神圣的。它能够成功表达那些理性思辨或许描述不清楚的关系……像一切不受逻辑判断和有意识判断束缚的东西一样，神话和诗歌都在游戏的领域里活动。但是这并不代表游戏的领域是一个比较低下的领域，因为游戏色彩浓重的神话可能会翱翔到洞见的高度，也就是理性达不到的高度。

　　这是一个相当重要的论断，因为它同样适用于网络游戏文学。并且相较之古代的神话，数字化时代的网络游戏文学无论从内容规模还是想象空间等诸方面都有过之而无不及。而正是这种主宰了游戏文学的自由性，才使得其文学性得以空前地凸显出来。至少可以说，在当下中国文学的所有样式当中，网络游戏文学具有最纯粹的文学性。网络游戏文学在叙事策略上运用一种自由的空间叙事，它以虚拟场景为中心，以"超文本"的方式为玩家提供了一种操作的自由和精神的自由，它的文字有如虚无缥缈却又美轮美奂的海市蜃楼。因为完全不必遵循传统文学艺术中人物必须符合生活逻辑的规定，游戏小说中虚拟人物以类型化形象出现。从形体上看，不管是男性还是女性角色，基本上都是以黄金分割方式创造出来的，其体形与外貌绝对是一种美的极致。而人人都是美的极致，显然是虚拟的夸张。然而这一切恰好符合当今消费社会的审美取向。夸张的形体是流行消费文化最重要的内容之一，体现为一种无瑕之美。这是一个迷恋青春、健康以及极致美的时代，几乎所有的媒体都在反复暗示或妖艳或优雅或清纯的美丽女性身体和冷酷与阳光的男性躯体，认为这是通向快乐的钥匙，甚至是幸福的本质。因此，网络游戏文学中"理想躯体意象"，如女性的体型比例、皮肤的润泽、发型发色的新潮或者男性粗犷强劲的肌肉轮廓、皮肤的紧张度等，借由游戏小说在社会中广泛传播。这些完美的虚拟人物形象在强大技术手段的持续演示下彰显出的性别魅力——一种无瑕之美，带有一定强制性地被广大玩家受众所接受。可以说，网络游戏文学是"读屏时代"的产物，它创建了一个完美的镜像世界。玩家（读者）在游戏中创建的 ID 正是现实自身的镜像，也是一个虚构的自我。如果我们把玩家看成是某种可以赋予意义的"能指"，那么游戏世界中的 ID 就成为了"所指"。玩家在游戏中看到了自身的"意义"，而这种"意义"超越了现实，带给玩家无与伦比的美感体验。

（三）网络游戏文学之大众化审美倾向

　　作为一种大众文化网络游戏文学，由于其载体的特殊性，使得其具有极强的现代审美特性。丹尼尔·贝尔认为："目前居'统治'地位的是视觉观念。声音和景象，尤其是后者，组织了美学，统率了观众。在一个大众社会里，这几乎是不可避免的。"① 审美作为人类的本能，是一种人类性的体现。即便网络游戏文学的审美倾向已经超越了传统的文学审美方式，但其永远超越不了人类的本性。网络游戏文学中表现的美、死亡与爱情，都凭借高仿真技术加以幻象演示，形成一种整合了音乐、美术、戏剧、电影、武术、建筑、动画等多种艺术元素的、强大的叙事能力，成为数字媒介时代"大文化"视野中的产物。网络游戏设计者可以根据需要随意移动视点，变换叙事视角，不同玩家进入同一游戏，情节的发展有时是大相径庭的。另外，尽管网络游戏是一种虚拟技术产物，但是它对现实生活中的一些诸如爱恨情仇、生离死别、尔虞我诈的现象，同样进行了反映。在尖端制作技术的支撑下，网络游戏已经进入到立体化（3D）视像叙事阶段。在色彩上，网络电子游戏进入了所谓"真彩色"时期，屏幕上可以同时显示 1670 万种颜色，能够实现与自然色彩毫无二致的完美艺术效果。比如《天堂 2》在画面方面十分出色，巨大的城堡、阴森的迷宫、细腻的光影效果、日出月落的光线变化、独特的人物动作、武器盔甲在阳光下反射的阴暗变化等，无不给人一种身临其境的感觉，几乎达到同电影媲美的效果。网络电子游戏在"声"、"光"、"色"、"音"、"效"等方面达到几乎完美的统一，可以说电子游戏已经充分具备了展示一个虚拟世界的各种视像化叙事的条件和能力，能够将人们所能想象到的而现实不具有的效果展示出来，甚至能将各种抽象的观念、欲念、想象具象化地展现出来。尽管目前还存在一些内涵上的不足，而且它必须与玩家结合其价值才能体现出来；但从技术美学理论上说，网络游戏所拥有的视像化叙事能力几乎是可以无限发展的。

席勒说，正是游戏，而且唯有游戏，能一下子把人的双重天性都发挥出来，使人十全十美。人只有在他是十足意义上的人时，才可能进行游戏，也只有在他进行游戏时，才是个完全的完美的人。② 席勒充满自信的论断，对网络游戏文学来说具有伟大而深刻的意义，尽管目前仍存在不少缺陷，但在不远的未来，它必定在社会力量与其自身发展规律的共同支配下，扛起美学艺术和更加高深的生活艺术的整座大厦。所以我们相信，沿着这条自由向上的道路来探寻人类理想中的美，网络游戏文学将不会迷失方向。

① ［美］丹尼尔·贝尔. 资本主义文化矛盾［M］. 北京：三联书店，1989：154.
② 席勒. 美育书简［M］. 北京：中国文联出版社，1982：90.

第五章

网络信息传播微时代与文学

网络信息传播经历了传统媒介电子版、门户网站、搜索引擎等不同时期，现在则进入了社交化传播的"微"时代。最典型的网络"微"传播工具是微博和微信，正是此类微传播载体的诞生，标志着网络信息传播微时代的到来。

一、微时代网络信息传播

（一）微时代网络信息传播特征

互联网的兴起使得人类社会进入信息化社会。传统媒体仍然在扮演信息传播的角色，但是，以微博、微信为代表的互联网即时互动通信媒介，凭借其强大的信息传播功能，正在取代传统媒体而成为当下资讯传播的主流媒介。其中微信的诞生，在诸多互联网即时通讯媒介中大有后来居上之势。微信推出时日尚短，但其凭借兼众家所长而又独具匠心的功能设置迅速拥有众多粉丝。与其他国内网络媒体相比，微信的国际化进程尤为耐人寻味。对于尚属互联网新兴市场的中国而言，微信在国际上逐步得到认可，无疑将为国产媒体全球化翻开标志性的一页。

以微信为代表的信息传播的微时代呈现以下特征：

第一，传统电讯通信领域遭到来自网络即时互动媒介前所未有的跨行业竞争。跨行业竞争将加剧产业边界的模糊化及行业融合。

中国的移动通信行业由于意识形态的原因，一向施行国家垄断体制。1999 年 2 月，腾讯公司正式推出第一个即时通信软件——"腾讯 QQ"，标志着从来都是"铁板一块"的中国移动通信业界开始出现了市场竞争的苗头。而那只憨态可掬的小企鹅迅速成为了"全网公敌"，随着其功能的不断进化与提升，在相当长的时间里牢牢占据即时通信领域龙头老大的位置。然而商业运营不进则退，一款产品就算再优秀也会有衰落的一天。在 QQ 火热了 12 个年头仍然如日中天的 2011 年，腾讯推出了也许会继续火热下一个 10 年甚至更长久的产品——微信。于是，微信时代来了。

2013 年 1 月 15 日，腾讯微信官方宣布，微信用户数量已突破 3 亿。这一数据已经与 2009 年 8 月推出的微博（截至 2012 年 12 月底，微博用户规模达到了 3.09 亿）的用户数基本持平，不过很显然，从产品推出达到 3 亿数值所花费的时间，微博用了 4 年，而微信则为 2 年。微博是完全开放的陌生人平台，基于"互粉"关系传播，内容不超过 140 字，传播速度以秒计，其"转发"、"@"等功能使得信息以"核裂变"的方式传播。微博的出现使"天涯"、"猫扑"等论坛迅速沦为人肉搜索的补充工具。微博的巨大传播力，再加上人肉搜索的不受约束性，使得"微"时代的公民隐私空间受到严重挑战。

事实上，类似微信这种跨平台的商务型通讯类 App[①]，并非是腾讯首先推出的，最先推出并获得一定程度市场认可的是小米公司的"米聊"。可是尽管比米聊晚一个月推出，微信却仅仅花费半年的时间便将米聊远远落在身后。根据易观国际的统计，2013 年一季度，移动 IM 注册用户市场份额，微信占据 15.2%，米聊仅为 1.8%，两者显然已经不在一个数量级上。在即时通讯这个战场，腾讯毫无悬念地击败了所有来自互联网的对手，但是视微信为对手的绝对不仅仅是马化腾的互联网同行们。微信在其 4.2 版本中加入了视频通话的功能，这一功能开始让居于传统垄断地位的中国三大运营商感受到逼人的寒意。以微信和微博为代表的"微"时代信息传播工具，对传统通讯产业产生了巨大的跨界冲击。有资料显示，中国移动 2012 年第三季度短信业务收入同比下滑超过 30%——这也意味着在该季度，中国移动仅在短信业务上的损失就超过 10 亿元。虽然目前微信能够实现的语音功能还不是同步的，和电话通话功能还有着较大的区别。"视频语音的功能现在在非 WiFi 的环境下，可能还会受制于网络环境和流量资费的问题，但用户体验不断优化肯定是大势所趋。"[②] 业内人士这样评价。而来自

---

① App 是英文 Application 的简称，由于 iPhone 智能手机的流行，现在的 App 多指智能手机的第三方应用程序。目前比较著名的 App 商店有 Apple 的 iTunes 商店里面的 App Store，Android 的 Google Play Store，诺基亚的 On Store，还有 Blackberry 用户的 BlackBerry App World。苹果的 IOS 系统，App 格式有 ipa、pxl、deb；谷歌的 Android 系统，App 格式为 APK；诺基亚的 S60 系统，App 格式有 sis、sisx。一开始 App 只是作为一种第三方应用的合作形式参与到互联网商业活动中去的。随着互联网越来越开放化，App 作为一种萌生于 iphone 的盈利模式开始被更多的互联网商业大亨看重，如腾讯的微信开发平台、百度的百度应用平台都是 App 思想的具体表现，一方面可以集录各种不同类型的网络受众；另一方面借助 App 平台获取流量，其中包括大众流量和定向流量。

② 徐婷. 微信动了谁的奶酪：电信运营商"后背发凉"[N]. 华夏时报，2012-8-13.

中国移动互联网产业联盟官方的声音对微信4.2版的评价则是"腾讯已是事实上的中国 TOP4 电信运营商"。DCCI 互联网数据研究中心创始人胡延平预测说，微信用户数 2012 年稳超 2 亿，2015 年前后实际用户数会超过 QQ。如果真能达到这样的数字，那么腾讯"第四大运营商"的这个名号绝对不是浪得虚名。这其实不只是中国运营商面临的问题，全世界都是如此。传统电信业务的领地逐渐被移动互联网数据业务蚕食，这已经是挡不住的大势所趋。而对于微信的强势发展传统运营商无法简单地联手加以限制，如果微信的用户规模足够大的话。"全世界电信运营商都面临着要不要'自己革自己的命'的难题，像欧洲的沃达丰等世界一流运营商已经在转型，自己也大力发展移动互联网产品和业务，盈利模式有重大转变。"① 不过"还没有到火烧眉毛的地步，毕竟和 10 亿的移动电话用户相比，微信还是很小，何况微信不能完全替代电话"②。业内人士评价说。但变革的趋势已经出现，中国移动已经出台了"中国移动互联网公司"成立草案。

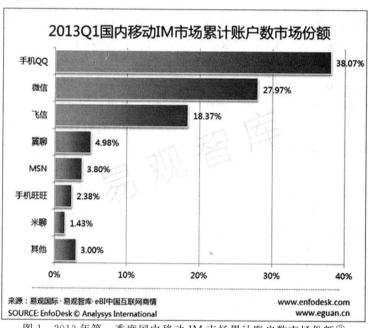

图 1　2013 年第一季度国内移动 IM 市场累计账户数市场份额③

①　徐婷. 微信动了谁的奶酪：电信运营商"后背发凉"［N］. 华夏时报，2012-8-13.
②　徐婷. 微信动了谁的奶酪：电信运营商"后背发凉"［N］. 华夏时报，2012-8-13.
③　易观智库官网 http：//www. enfodesk. com/SMinisite/maininfo/articledetail － id － 368871. html

网络文学纵论

据易观智库 EnfoDesk 发布的《2013 年第一季度国内移动 IM 市场季度监测》（见图 1）数据显示，2013 年第一季度国内移动 IM① 市场累计账户数市场份额中，占比前三的应用和份额分别为：手机 QQ38.07%，微信 27.97%，手机飞信 18.37%。从市场份额的角度看，微信如今最大的对手不是别人，正是自己人——手机 QQ。一直以来，内部博弈和斗争都是腾讯向前迈进的一大阻碍。手机 QQ 目前也支持语音对讲和查找身边的人，和微信的功能颇有重叠。在腾讯组织架构大调整中，凭借微信这款产品，腾讯一举解决了自己 10 年来始终没有解决的吸引高端商务用户群的问题。或许微信只能算是一款微创新，但企鹅却因此迈出了一大步。微信从取名到标识，身上没有半点 QQ 的影子，在一些微信用户中，有一些人并非 QQ 的深度用户，在 PC 端更常使用的是 MSN。换言之，手机 QQ 为腾讯守住了原有用户，微信却为其拓展了新用户，这对于腾讯来说是一块增量市场。腾讯的双核战略格局其实已经形成。有的微信用户表示使用微信的频率甚至超过了 QQ，"理由很简单，微信是个大杂烩，QQ 有的功能和短信、通话的功能微信都有，那个朋友圈功能等于是熟人间的微博"。"这才是可怕之处，如果微信未来变得更强大，那么腾讯就可以像当年对待 QQ 一样，在它上面加载更多的应用，那么新浪微博甚至大量移动互联网领域的 O2O 企业都有必要自危了。"②

第二，微时代人们的生活方式因信息传播的革命而改变。媒介真正成为人体的延伸，工具的高度智能化颠覆传统的工具使用观。

互联网社交网站的兴起也许可以称得上是网络给人类社会带来的精神层面的最重要的变革。这种变革即人类社会在经历了漫长的实际交往之后，开始尝试虚拟人际交往，诸如脸书、MSN、人人网等主流社交网站为人类社会新的人际交往模式提供了支持。而人与人之间的交往最重要的部分自然是信息的交流，从早期的博客到后来的微博再到最近的微信，信息交流终于达到了即时同步传递的层面。这是 21 世纪信息交换的主要模式（这里不包括电话通信），传统的电信通信已经开始逐渐被形式多样的信息交换方式所取代，当然通话仍然是必要的，但是后现代社会人的潜意识里面有意回避直接通话的成分在逐渐增强。这也是虚拟交往社会的主要特征之一。比如在使用微信与陌生人交流的时候，在最初的阶段直接通话的情形是极少见的。但是与实际生活中陌生人几乎不交流的情况相比，在

---

① 指类似 PICA、移动 QQ、移动 MSN 之类的手机用聊天软件。

② 徐婷. 微信动了谁的奶酪［N］. 华夏时报，2012-8-10.

利用微信搭建的桥梁与陌生人打招呼时却容易了许多。这样的差异是颠覆性的。在这里出现一个并非新鲜的话题，即麦克卢汉探讨过的技术对人的影响。麦克卢汉预言，20世纪与21世纪之交的传播媒介将再造或重建社会相互关系的形式以及个人生活的一切方面。它强迫人们要重新考虑和重新评价以往被认为理所当然的每种思想、每种行为以及每种社会机构。一切都在变——你自身、你的家庭、你的邻居、你受的教育、你的职业、你的政府、你与"他人"的关系。一切都将面临一场剧变。麦克卢汉说："不了解传播媒介的作用，就不可能了解社会和文化的变迁。"电子媒介的发明使人类面临新的历史转变，延伸了人的中枢神经系统，改变了以视觉为中心的文字化社会的社会组织形式。电子媒介的"即时性"与"参与性"使人们重新互相关心，参与彼此的事务。传播媒介是改变社会和人类生活的巨大力量，如果没有报纸、广播、电视和其他现代传播媒介，很难设想我们今天所熟悉的政治和经济体制将怎样运行。而且传播媒介是维持社会正常运行的最重要的"神经系统"。传播媒介之所以具有推动社会变革的能动作用，是由于传播媒介改变了人的感知方式，从而引起社会的一系列变化，所以传播媒介也是社会生产力。从微信这类信息交流工具所引发的人类交往方式的改变来看，工具改变人的潜意识的理论是站得住脚的。如果排除社会当中一部分疏离于网络即时通信媒介之外的人（现实是这一部分人群在不断地缩减），社会中的每一个人都已经成为信息交换网络中的一个节点。在这样的技术环境下，人们如何让自身去适应技术，才能够不落后于时代，才能够进入主流人群的交流之中而不至于被孤立。这些理论是早已被麦克卢汉深入探讨过的，只不过今天出现的像微信这样强有力的信息交换媒介进一步印证了他的预见性而已。

尽管麦克卢汉对技术带给人类社会的影响作出了精辟的分析，但是我们仍然并不完全赞同其技术决定论。尤其是麦克卢汉把传播媒介看作社会唯一能前进的变革力量，而无视和否认社会关系和社会制度的重要性及其对传播媒介的制约和控制作用。实际上，是生产力的发展和社会制度的进步性促进了传播媒介的发展和革新，传播媒介不是推动社会制度进步的主要力量。但是，一种社会制度一旦确立，传播媒介的进步与否又在相当程度上改变着这个社会制度的社会生活面貌，这一反作用是不容忽视的。

第三，微信将为"Made in China"媒介赢得国际传播价值体系话语权创造契机。微信将凭借其拥有的巨大用户数量这一资源优势在国际互联网资讯业界占据一席之地。

长期以来，中国的应用和软件在国际上并不景气。像海豚浏览器那样的产品可以说是凤毛麟角。但是严格意义上说，海豚浏览器并非是从中国本土走向世界的，实则是一家具有外国基因的中国团队为欧美市场专门设计的产品。而中国本土产品走向世界的道路并不顺利。2007年，百度信誓旦旦地宣称要进入日本搜索引擎市场。最终，百度的一番豪言壮语谱写的是一首挽歌——他们为了这次尝试付出了1.08亿美元的代价。然而"山重水复疑无路，柳暗花明又一村"，就是在这样雾霭重重之中似乎出现一线曙光。根据一些行业分析师的预测，国内另一个互联网巨头腾讯的一款产品——微信，或有可能打破这种格局。

微信在功能上跟主导美国市场的通讯应用 WhatsApp 很像。WhatsApp 同样允许用户之间免费收发短消息、图片和语音信息。不过，跟 WhatsApp 相比，善于微创新的腾讯给微信增加了很多新功能，比如加强图片等内容生产和好友关系的"朋友圈"。在很多人眼里，微信的这类新功能已经超越了美国的 WhatsApp 以及它在亚洲的竞争者，比如韩国的 Kakao Talk，日本的 LINE。与此同时，腾讯努力将微信推向国际市场。目前，微信支持包括俄语、印尼语、葡萄牙语、泰语在内的8种语言，并计划进一步扩展语言种类。另外，腾讯为了微信的欧美化，专门将其4.0英文版更名为 Wechat，并专门为国外用户定制了新功能（2012年12月发布的3.5版本新增分享 QR Code 到 Facebook 功能，同时支持海外100多个地区手机短信注册微信账号。当时，微信的国际化信号已经很明显）。尽管过去中国的产品通常都是针对本土市场，但是现在，诸如苹果的应用商店和 Google Play Store 却使得开发者有更多的机会接触全世界的用户。比如前文提到的海豚浏览器就是先在谷歌电子市场 Android Market 上架，随后又在2011年被 CNET 评为仅次于谷歌地图第二大最受欢迎 Android 应用。或许这些开放性平台能够成为微信进入国际市场的渠道。另外，根据位于北京的移动分析公司 App Annie 的调查显示，基于2012年3个季度的下载数据，微信在东南亚地区发展最快，不过在东欧和中东地区同样取得了一些进展。2013年，微信最有前景的市场将包括越南、土耳其、泰国、印度以及印尼，而俄罗斯和沙特阿拉伯也紧随其后。尽管目前诸如 WhatApp、Skype、Facebook Messenger 这样的应用还在主宰着美国的移动短消息市场，微信在美国的认知度依然相对较低，但是最新的调查数据显示，微信在美国的新增注册用户达到了10万。

对于使用微信的体会，一名中国留学生这样说："我所有在北卡莱罗纳的中国朋友都在用它，不管是用于收发群组消息还是组织活动。""我出于好奇下载了 WhatsApp，但是它没有微信方便。"或许，从华人做起，依靠海外华人效应进一步渗透欧美市场正是微信的一步棋。不过，正如 Box CEO 指出的，一家公司最终的成功在于他们能否始终定义未来市场，并将自己置于未来市场的核心。对微信来说，这就意味着它必须紧跟每一次变革，赶上每一个新品发布的浪潮，获得竞争中的主导权。

（二）网络信息传播的泛娱乐化倾向

互联网自诞生之日起便扮演着信息传递工具的角色。随着网络技术的不断进步，以及网络使用者的不断普及，在人类社会进入到 21 世纪之际，互联网已经呈现出超越传统传播媒体的强劲势头，而且互联网凭借其包容各类传统媒体特性的强大技术优势，在短时期内执信息传播媒体之牛耳将是不争的事实。互联网这一新形式的信息传播媒体给我们今天的生活带来的影响是深刻的。它是第一个能够为我们的日常生活，诸如衣、食、住、行甚至是所有的方面都提供资讯的媒体，这对以往的各类媒体而言都是无法企及的。今天，我们每天生活在信息的海洋中，而通过互联网传递给我们的海量信息难免会鱼龙混杂、泥沙俱下。随着互联网经营市场化的不断强化，网络信息传播的主力军——各大主流门户网站经历了由最初的赤字经营（烧钱）到实现盈利的过程。但是作为门户网站，为了吸引更多的用户，从而实现利润最大化，对其所发送的信息内容过度追求可读性、趣味性，从而造成网络信息内容庞杂、尺度宽泛甚至违反公序良俗、道德法规的情况屡见不鲜。而其中从整个文化信息传播来看，近年呈现出明显的泛娱乐化倾向。

大众传媒的泛娱乐化，是指大众传播过程中，一部分属性各不相同的传媒产品在市场的影响下，同时体现出与产品性质不相符合的、盲目的娱乐化特征。泛娱乐化即娱乐普通化，亦即娱乐功能对于其他功能的覆盖甚至取代，而这种情况下娱乐也不再是传统意义的娱乐，而是被千方百计地制造、发掘、强化了的娱乐。对于本身用于娱乐的传媒产品，其体现出的过分的低俗化和庸俗化也属于大众传媒泛娱乐化的范畴。在这里"泛"所指的含义并非泛滥，而是有普遍、同质化的意义。导致大众传媒泛娱乐化的原因主要有二：（1）商业化是大众传媒泛娱乐化最主要的催化剂。从目前西方国家成熟的媒体运作方式来看，独立核算、自负盈亏的市场化经济占主导地位，广告收入为媒体最主要的经济来源。围绕着市场需求，大众传媒不断地进行调整和改革。其积极的意义在于利用市场的调节，促使大众传媒不断地发展壮大，为受众带来更优质、更符合市场需求的产品。在一段时间内，在受众总数不变、竞争对手没有变少的前提下，受关注程度的提升说明了市场运作使某一大众传媒自身实力的增长，以及整个大众传媒市场的进一步繁荣。但是，大众传媒的商业化同样带来了不少的问题。其表现在于使媒体出现了片面追求经济效益的弊端。为了单纯追求经济利益，大众传媒开始采用泛娱乐化的方式迎合受众。（2）受众需求是大众传媒泛娱乐化的直接推动力量。大众传媒的泛娱乐化，除去大众传媒的商业化因素之外，受众对娱乐化信息的需求也成为另一个不容忽视的原因。因为作为市场的购买者，受众本身的接受能力并不高，却对大众传媒提出了更多的需求。受众需要大众传媒给予更多的功能——比如说娱乐的功能。而一些格调高雅、强调客观理性的信息内容，因为超出了受众的理解范围而受到了冷落，以至于受众关注度不高。弗洛伊德认为，追求快乐是人的本能，人们习惯在幻想中去求得精神的满足，而不愿意依靠理性去判断真理，大众也不是生来就具备纯正的情趣，那些被现实力量所压迫和束缚的心灵更倾向于从色情、暴力、凶杀之类的低级趣味中去求得精神上的放松与发泄。由此看来即便是在普及了义务教育、接受高等教育的人口比例相当高的西方社会，就大部分受众来说，出于对发泄内心情绪和舒缓压力的需要，与其花费时间和精力去接受和理解主题严肃、思想内容深刻的传媒产品，他们更情愿去关注低俗的泛娱乐化传媒产品，这无疑也是形成大众传媒泛娱乐化的一个重要根源。

作为具有强大互动功能的大众传媒，互联网在信息传播的过程中要想对其所传送内容加以全面地控制与监管并非易事。近年由于网络使用者个人持有的数字化设备技术进步显著，以及互联网带宽增加，网速大大增快，使得互联网使用者个人在互联网上上传信息（诸如文字、图片、视频等）变得更加简便易行。这一切都成为今日互联网上信息泛滥的根源。有利用网络自我炒作出名的，如2003年的"木子美性爱日记事件"，及稍后的"芙蓉姐姐"；有利用网络暴露自己与他人隐私的，如2008年香港影星陈冠希的"艳照门"事件，由于在网络流出数百张阿娇、张柏芝等10多位女明星的不雅照而成为当年娱乐圈具有爆炸性的丑闻；有利用网络诽谤中伤他人的，如网友诽谤影星范冰冰事件。下面我们来看一个颇具代表性的例子。当北京奥运会闭幕式上澳大利亚女篮主力中锋与姚明拥抱的影像为世人有目共睹之后，两届WNBA的MVP得主劳伦·杰克逊就成为了中国球迷又一个关注的对象。很快网上便流传开"热情"网友为杰克逊代笔创作写给姚明的"原创"情书：

我默默的坐在那个角落/看着你拼到了最后一刻/一如我在第一次看到你的时候/……从我第一次/看见你手腕那根细细的红绳/我就知道了结局/

在你们的国度里/有一个古老的传说/一个老人可以用一根神奇的绳子把陌生的男女拴在一起/然后他们会相爱/再也不分离/……新赛季开始的时候/我去找我的刺青师/她听说我要刺的图案的时候/震惊的睁大眼睛/我说珍妮亲爱的你能为我保守这个秘密吗/可是，刺上去以后/你再也不能去掉它了/她说/可是，我真的很希望那种刺在身上的疼痛/让我永远不会忘记。①

我们不得不感叹网友们将娱乐进行到底的精神，同时对于情书作者温婉深情的倾诉、流畅细腻的语言也不由得赞赏有加。事实上，像这样善意的娱乐化信息对于互联网信息传播活动而言无伤大雅。然而，互联网所具有的强大的检索功能，却在很多时候成为一柄双刃剑。类似百度和谷歌这样的大型搜索引擎无疑给信息检索提供了巨大的便利，但同时也对隐私保护等人权问题造成冲击。从积极的方面来看搜索引擎为我们日常生活衣、食、住、行各个方面提供了极大的方便：比如你想由某地到某地去，那么出发前你可以在网上查到最佳行走路线；比如你想品尝某种菜肴，那么你可以在网上查找主营某种菜肴的饭店；你想买房或租房，"楼市网"会给你提供丰富而详细的房源信息。当今社会，我们无时无刻不身处信息的包围之中，人们已经很难摆脱或者逃离网络，面对汹涌而来的信息洪流，保持清醒的认识，加强自律，从而避免随波逐流才是我们的应对之策。

（三）从"博客文学"到"微博文学"

博客是英文"Blog 或 Weblog"（指人时对应于"Blogger"）的汉语音译，一个典型的网络新事物。该词来源于"Web Log（网络日志）"的缩写，特指一种特别的网络出版和发表文章的方式，倡导思想的交流和共享。中国博客的先行者方兴东在其《博客宣言》中写道："我们把这样一群信息时代的麦哲伦们，称之为博客（Blogger）。他们的出现，使我们在互联网世界，第一次有了知识积累和文化指向。使人类由粗放的数字化生存，过渡为个人化的精确的目录式生存。'博客'不是博士，但他们是信息时代的知识管理者。他们的渊博不是体现在封闭的内涵，而是体现在他们奉献的外延。如同当年麦哲伦的航海日志一样，博客们将工作、生活和学习融为一体，通过博客日志（Blog 或 Weblog），将日常的思想精华及时记录并发布，萃取并连接全球最有价值、最相关、最有意思的信息与资源，使更多的知识工作者能够零距离、零壁垒地汲取这些最鲜活的思想。"

---

① http://blog.sina.com.cn/s/blog_4b85a0cd0100ax43.html

博客最重要的两个属性是：（1）个人自主性或称自由性。这里所说的个人自主性主要是强调博客从其诞生开始所具有的强烈个人色彩。在博客上写什么、怎么写，完全是博主自己的事情，这一点与传统意义上的日记毫无二致。博客日志的内容包罗万象，可以是每天的流水账，可以是对某一新闻事件的个人看法，当然也可以是一篇游记、一首小诗。似此种种，博客就好像自家房前的一块菜地，只要自己高兴，想种什么就种点什么。（2）博客的超级链接成为网络日志独特的技术特征。这一点也是博客区别于传统日记的最重要特性。博客日志通过超级链接使得浏览博客的人能够分享到更丰富的信息资讯，从而通过浏览一篇博文为契机能够对某一方面的相关信息进行更全面的了解。

虽然对于今日包罗万象的博客内容而言，以文学创作作为博客内容的只占到其中的一小部分（网络文学创作的主要平台是前文指出的文学网站），但是，有趣的是博客这种网络日志形式在我国最初引起大家的注意却与文学密不可分。2003年，文坛上相继出现了卫慧、九丹、木子美等几位被称为用"身体"写作的女作家。其中木子美在"博客中文站"开辟了一个网上空间，发表名为《遗情书》的私人日记，记述与不同男性之间的性爱经历，在互联网上一夜走红。"木子美"的"蹿红"得益于互联网上博客文化的兴起，而博客文化为大众所认识和熟知，也是受惠于"木子美现象"。在"博客中文站"（www. blogcn. com）刊发木子美日记之后，国内3大门户网站都在重要位置刊登了有关木子美的报道，而且新浪网还刊登了出版社审校后的《遗情书》内容。之后，随着"木子美"和"博客"作为关键词的检索数量的急遽攀升，导致凡是和"博客"沾边的大大小小的博客网站的访问量都大幅攀升。"博客中国"和"博客中文站"先后因访问人数太多曾经一度陷入瘫痪状态。对于自己写作网络日志，木子美说："我是怎么生活的，我就怎么记录，哪怕被干扰、被破坏，哪怕男人们谈'木'色变。"木子美的话很好地体现了博客属性中的个人自主性。诚然，既然是日志，作为日志的主人想写些什么以及如何写完全属于个人行为，然而网络日志的公开性与传统意义上的日记所具有的隐私性又有着根本上的不同。网络日志从其写作内容来看具有个体性和纪实性的特征，但是其存在形式却是公开性的，也就是说在网上呈现在广大读者面前的是"博主"公开的隐私。既然如此，这种原本属于个人隐私的博客内容自然会产生公众影响，进而使得博客内容完全失去了传统意义上的日记的含义。也正因为如此，写作博客内容并且将之公之于网上，则该博文就已经不再是个人隐私。那么，作为一种公开的意见，自然会对社会造成影响。在木子美性爱日记走红网络之后，对于其日志中大胆露骨的性爱描写，便成为社会各界舆论交锋的热点。支持者认为每个人都有自己的生活方式，作为一个成年人，木子美有选择自己生活方式的权利，别人无权对她的选择加以指责。"木子美是个很有颠覆性的女性，木子美的出现显示我们的社会越来越宽容，价值观越来越多元化。"① 而更多的是批判的声音，在各大网站的论坛上，充斥着网友对木子美的斥责。他们认为木子美的生活方式是一种悲哀和堕落，而木子美将自己的经历公开发表更会对青少年造成不良影响。"我们每个人都是道德的受益者，至少大多数人都有一个完整健康的童年，有爸爸妈妈相扶相携养育我们的温馨。那么，我们也应该是道德和良知的维护者和建设者。"② 一些知名作家也纷纷对此发表了看法，著名作家金庸对文学作品中的性爱描写谈了自己的意见：对于文学作品中性爱的描写好不好，我自己是不写的。我想性爱是生活的一部分，但是小说和生活是不一样的。我自己的小说里就不写（性爱描写）。当然在小说里也可以写，比如说《金瓶梅》也有很多性爱的描写。但我个人是不大赞成，我觉得人的一些具体生活状况不能在小说里详细描写，比如用不着花大篇幅去写刷牙、太阳升起、上厕所这些事情。③ 作家张梅说，她不喜欢这种写作，文学应该有严肃的主题。"文学还要有创造性，而不是单单描述事件。木子美的素材如果只以揭短的形式出现，就太浪费了。"④

对于什么是博客文学，2006 年成立的博客文学联谊会在其《宣言》中曾对博客文学作过这样的界定："'博客文学'是网络孕育出来的大众文学与平民文学。因为它的最大特点是写作者可以在虚拟空间中随时随地地自由发表自己的独立见解，使写作真正成为了一项大众皆可参与的精神交流的互动领域。它的生活化特征、写实性品格、非教益性倾向、自我记录、图文音乐的参与与个人媒体的载体形式等对传统文学概念构成了巨大的冲击。"（我们在这里所说的博客文学主要是指原创性博客作品）这虽然不能算是一个严谨的博客文学定义，但是却很好地总结出了博客文学的一些基本特征——大众化、生活化、写实性、非教益性、个人性和多媒体性。博客写作的是日志或日记性质的网络文学，是博主对自己生活、情

① "木子美现象"引发全国大讨论 [N/OL]. 西安晚报电子版，2003-11-18.

② 木子美网络日记引发争议 [N]. 海峡都市报，2003-11-18.

③ 何姗，肖萍. 金庸评点木子美：不赞成长篇性爱描写 [N]. 新快报，2003-11-18.

④ 陈晶. 中英八作家广州论剑：表示不喜欢木子美的写作 [N]. 新快报，2003-11-18.

绪、思想的记录，很自我、很生活、很随意，也很琐碎，是一种基于网络技术的大众文学、平民文学和通俗文学，但它真实地反映了博主的心理感受，抒发了真情实感，表达的生命感悟清新鲜活、自然质朴，其文学的含量和审美的价值是毋庸置疑的。博客文学大体可分为两种：一是原创作品，即博主即兴创作且首次发布在自己博客空间的作品。这类作品可以说是真正意义上的博客文学，是博客文学的主要部分。博客原创作品大多都是纪实性的心情告白、琐碎人生、思想随笔、学术评论等，这类作品良莠不齐，有不少优秀耐读的作品，也有不少粗糙文字甚至是无聊之作。二是张贴旧作。一些作者在博客兴起之后为了更新或者传播的目的，将自己以前的作品重新发布到自己的博客上供网友浏览。应该说，传统文学作品的博客化，在一定程度上提升了博客文学的艺术水准，满足了读者更高的审美需求，但也在一定程度上消解了博客文学对传统文学的革命意义。

博客文学的文学结构体式最主要的特征是自主写作的多文体性。博客是博主自发的随性写作，体裁涉及诗歌、小说、散文、纪实性杂感等，呈现出多文体并存与交织的特点。博客文学的多文体性和博客本身的表征方式以及表现内容有着内在的关联。博客主要是个人生活记录及情感的表达，它的写作是主动的、自由的、随意的。博客所使用的数字媒介载体是一个"无穷大"的虚拟空间，其自主写作是即兴创作、实时发表，选择什么文体全凭自己的嗜好和习惯。博主是诗人，他可能把这里当做诗歌园地，这里我们来看曾经在网上喧嚣一时的女诗人赵丽华事件。赵丽华诗歌事件发端于 2006 年 8 月，有人以女诗人赵丽华的名义建立了一个网站，粘贴了赵丽华 2002 年之前的一些短诗作品，包括《一个人来到田纳西》、《傻瓜灯——我坚决不能容忍》等；还有些掐头去尾或打乱分行的作品，比如《张无忌》、《我终于在一棵树下发现》等；还炮制了一些伪诗，如《黄瓜诗》、《谁动了我的花内裤》等，配上"鲁迅文学奖评委、国家一级女诗人"的标签到处转贴。并且，竟然创立了以赵丽华名字的谐音而来的"梨花教"教派，把赵丽华封为教主。随后，又在最具娱乐性的天涯社区"娱乐八卦"论坛进行了大量转贴。9 月，天涯社区的娱乐八卦论坛发出一个题为"在教主赵丽华的英明领导下，'梨花教'隆重成立"的主帖，在 8 天之内，这个 ID 一共发出 28 个与赵丽华有关的主帖，有关回复不计其数，最终使得赵丽华红遍天涯，红上新浪，并且进入寻常百姓家……不过三四天时间，就制造出了"万人齐写梨花体"的壮观场面，一夜间谩骂、仿写和恶搞狂潮迭起，由此而形成了"赵丽华诗歌事件"。被媒体称为自 1916 年胡适、郭沫若新诗运动以来最大的诗歌事件和文化事件。一时间，包括网络媒体、纸质媒体、广电媒体在内的几乎所有媒体都参与进来，争相报道，有些网站还推出了仿制赵丽华诗歌的"做诗软件"。短短几天时间各式各样的"软件诗歌"竟达到几十万首。"80后"作家韩寒写出博文《现代诗歌和现代诗人怎么还存在》①，其中有"现代诗歌和诗人都没有存在的必要，现代诗这种体裁也是没有意义"的话，在文坛上掀起轩然大波。随之，一些先锋诗人开始站出来力挺赵丽华。"80后"作家兼诗人孙智正的博文《赵丽华的诗歌很牛比，跟帖的网友很傻比》及"70后"作家兼诗人芦哲峰的博文《赵丽华的诗是一面照妖镜》立刻被新浪网推为博首。之后，支持赵丽华、认真评价赵丽华诗歌的文章相继在各个网站出现。乐趣园专门对赵丽华诗歌进行了大讨论，天涯网的天涯诗会"斑竹"公开打出"赵丽华的诗歌就是天涯诗会优秀诗歌评判的标准。你们去恶搞吧！"这样的标题。伊沙、沈浩波、东篱、山上石、尹丽川、孙智正等上百篇犀利文章围攻韩寒，一时间杀得血雨腥风，昏天黑地。张颐武等文化学者以及一些先锋画家、摄影家、时评家、导演、音乐人、网络作家也纷纷出来表态，表示支持现代诗，支持赵丽华。2006年9月18日，赵丽华在新浪开博。她在第一篇博文《我要说的话》中表态："恶搞是社会意识形态发展到一定阶段的产物，是当今时代的一种正常现象。而网络又给这种恶搞提供了自由的平台和迅速传播的可能。不论电影《无极》被恶搞，还是《夜宴》被恶搞，以及油画被恶搞，再到我的诗歌也被恶搞，都属于正常现象，它说明任何的艺术都不是只有一种形成方式和途径。你搞严肃版，我就搞调侃版；你搞崇高版，我就搞恶俗版……这些都无可厚非，因为我们已经迅速进入到了一个解构的时代。"并列举了当下一些著名诗人的名字，认为："如果把这个事件中对我个人尊严和声誉的损害忽略不计的话，对中国现代诗歌从小圈子写作走向大众视野可能算是一个契机。"2006年12月30日，赵丽华所居住的城市廊坊下了入冬以来第一场雪。赵丽华在博客中写下一首诗《廊坊下雪了》，内容只有两句话：已经是厚厚的一层/并且仍然在下。不想，网络为之轰动。几百家网站同时转载，各种评论和引用文章竟然高达35400篇。2007年3月，赵丽华在新浪博客贴出被"恶搞"以来第一组诗作，里面包括《海伦》、《月亮》、《春风与春雨并不是孪生兄弟》、《让世界充满蠢货》、《细节决定爱情成败》等，浏览量迅速达到7万多人次。2007年5月之后，人们开始纷纷重新

---

① http://www.tianya.cn/publicforum/Content/poem/1/115229.shtml

评价和支持赵丽华。一些较大网站开始制作了重新评价赵丽华的专题，博客中国的赵丽华专题为《恶搞梨花诗的时代已经过去了!》，大旗精英博客和华声社会所做的专题为《哪一个才是真实的赵丽华》，新浪网在赵丽华诗歌事件周年之际推出《赵丽华诗歌事件周年祭》专题，并附有 12 位诗人、作家的支持文章。这些都标志着支持赵丽华的诗、支持现代诗已成为媒体和舆论的主流。

个性表达与文学规则之间的潜在矛盾也是文学博客创生自身存在方式的观念悖论。博客的草根性生产模式追求自然书写和个性表达，它摈弃传统的文学观念，让价值主体由社会本位向个人本位转化。博客文学的写作过程就像在构建一个立体的电子模型，可以随意舒展思绪，任意编排组合，句子可以文白夹杂，字体可以随意变换，让书写成为一个拥有无限多的方程排列组合的超媒体书写。由于自由无羁和个性十足，博客文学孕育出了属于自己的语言风格，妙趣横生、率性直陈是它的普遍特色；同时，使用大量自造词汇、心情符号，并对传统语言结构与技巧进行大胆的翻新改造，也成为博客传达个性体验的常见方式。只要博主愿意，所有所见、所想、所闻、所感都可以写出来放进自己的博客，供所有的访客阅读。用评论家李敬泽的话说：博客绕开文学的 CEO——传播学中的"守门人"，文学传播开始了从大教堂式到集市模式的根本转变。[①] 不过，当博客写作在实施自由表达、个性张扬的同时，也容易忽略文学创作与传统文学规范之间的应有限定，让人文性的价值行为演变成无厘头的技术游戏，把文学之为文学的基本规范，如思想的蕴含、意义的赋予、审美的功能以及形象的塑造、文字的锤炼、结构的巧置等统统抛到了脑后，结果便出现自我书写代替了价值呈现、自由表达遮蔽了文学规范、技术的含量超越了艺术的资质等"非文学化"或"准文学化"的现象。应该承认，博客的特性拆除了传播堡垒，在一定程度上突破了经典文学的生产模式，带来文学观念的新变，这不是没有意义的。但博客文学在追求草根性、倡导个性书写的同时，不应该漠视文学传统积淀起来的创作规则，多媒体带来的技术活力应该增强文学的文学性而不是相反。任何媒介和技术都不会自动给文学带来审美诗性增值，个性写作是博客文学一个赖以生存的重要特性，但是如果博客的个性化写作完全沦陷为毫无意义、毫无美感、毫无规则的个人狂欢，那么必定会损害博客文学的"文学"品质。博客创作正确的价值选择

---

① 方兴东. 博客与传统媒体的竞争、共生、问题和对策 [J]. 新闻与传播，2004 (7).

需要的正是在个性表达和文学规则的张力之间寻求一种有效的平衡。就如赵丽华诗歌事件再一次提出了对网络道德的考问，对于网络博客这样一个几乎完全自由的发表平台而言，决定博客内容的真实与虚假、高尚与卑鄙的只能取决于博主自身的道德水准。但是，"吹尽黄沙始见金"，纷乱喧嚣之后，真相最终会得以呈现。

下面来看微博文学。前文论述了日本微博文学的情况，这里主要对当下国内的微博文学加以论析。国内对于所谓微博文学的定义，通常是指以微博为载体展示文学作品的一种形式，单篇字数约为 140～300 字。由于其依托微博为发布平台，所以微博文学具有短小精悍、易于传播、便于互动的优势，备受网友、手机用户的青睐，具有鲜明的时代性。其中国内的微博文学在字数篇幅方面与日本微博文学的严格要求有一些区别，比如在一些情况下字数可以放宽到 300 字左右，这一点是我国微博文学与日本的明显差异。

近两年，随着微博用户呈几何倍数增长，许多网民开始尝试用微博进行文学创作。正如原本只作为信息交流工具的博客诞生后被广泛应用于文学创作一样，微博诞生之后，即开始成为文学创作的一个新平台。2009年，美国作家马特·斯特瓦特将自己的小说《法国大革命》发表在 Twitter 上，成为第一篇"微博小说"，并引起了出版商的关注。另外如前文所述，日本的微博文学发展得也是如火如荼。在国外微博文学风生水起之时，国内的微博文学开始崭露头角。2007 年较早的微博网站如"饭否网"、"叽歪网"等在国内出现，引起网友们的热烈响应。在经历了一年左右的沉寂期之后，2009 年，"嘀咕网"、"Fexion 网"、"9911 微博"、"Follow5"等一批微博网站陆续上线，尤其是新浪微博、腾讯微博等网站上线后，聚集了余光中、席慕蓉、莫言、张颐武、郭红兵、阿来、于坚、麦家、慕容雪村、毕淑敏、迟子建等一大批文学名家和文学评论家，大量网络写手也纷纷追随加入微博创作队伍。先是"白领才女"沈诗棋在"9911"连载微博小说《80 后围城》，后来又有作家闻华舰的微博小说《围脖时期的爱情》在网上走红，并公开出版发行，引发了"微博文学"风潮。2009 年，"9911"率先举办了微博小说大赛，接着，新浪微博、众众微博等微博网站也相继举办了各种类型的微博文学大赛。这些活动招徕大批网友参与，例如 2009 年，《中华文学选刊》组织召开首届微博创作研讨会，在全国文学期刊中首家开辟《微博精选》专栏，将微博文学正式纳入创作范畴。这其中影响最大的当属 2010 年新浪网举办微博小说大赛，当然这和新浪微博用户众多有着直接关系。在为期一个月的投稿阶段结束后，参赛作品多达近 14 万篇，相关讨论达 100 多万条，在转发人气榜上，人气最高的作品转发量达 3 万余次。大赛还吸引到诸如方文山、高晓松、董璇等演艺界明星的参与。而大赛的 20 多名评审也格外引人注目，既有著名编剧宁财神，作家石康、王海鸰、大仙、王小山等人，又有出版人沈浩波、路金波以及《人民文学》杂志副主编李敬泽等。此次微博小说大赛可以说对国内微博文学的发展起到了极大的推动作用。下面我们来看一组"2010 年新浪微博中国首届微小说大赛"获奖作品。

最佳人气作品

作者简介：信天云，男，籍贯广西，商人。喜欢写作，喜欢蓝色，也喜欢风。

我因车祸而失明，所以我从不知女友长什么样。那年，她得了胃癌，临终前她将眼角膜移植给了我。我恢复光明后的第一件事就是找她的照片，然而我只找到她留给我的一封信，信里有一张空白照片，照片上写有一句话："别再想我长什么样，下一个你爱上的人，就是我的模样。"①

最佳催泪作品

作者简介：夏正正，男，家住河南。本名夏阳，大学在读，经常在豆瓣和榕树下创作。

外婆离开人世的那个黄昏，外公在病房里陪伴着她走完了她生命的最后一段旅程。外婆临去前对外公说"放学了"。一直假装平静的外公听完这句话后像个孩子似的大哭起来。葬礼结束后我问起外公这三个字的含义，外公告诉我说这是从前他和外婆还在上小学时外婆常说的一句话：放学了，我们一起回家吧。②

评委推荐作品

作者简介：甲斐文，男，"帝都金融技术宅，理想是至少成为一个有趣的人"

村里有个孤儿叫 Nasa，经常奔跑高呼"不好啦～外星人要来啦～"，尽管村里连根外星人的毛都没出现过。乐此不疲的 Nasa 有个秘密，他是个超能力战士，每次外星人来袭都被他击溃了，次数多到数不清。而看到 Nasa 就会生气的村民们，其实也有个秘密，就是周末夜里，套上麻袋，扮外星人陪 Nasa 玩。③

---

① http：//weibo．com/1834525667/24EN0t0kN

② http：//weibo．com/1687442081/24EN1tciB

③ http：//weibo．com/1089072714/24EN1viFx

作者简介：桃子夏，本名张蓓，小说作者，毛茸茸小动物控

她离乡打工，独子豆豆交给爷爷带。豆豆调皮，经常跟隔壁的妮妮打架。她恨铁不成钢，春节回家，训斥豆豆："不准打架，跟妈妈去隔壁道歉！"豆豆委屈地哭："谁叫她骂我是骗子。"母子到了邻居家。一见到妮妮，豆豆攥紧妈妈的手，骄傲地对妮妮说，"哼，你看！我没骗你吧？我也有妈妈！！"①

从网友对获奖作品的一致好评可以看出，微博小说这种篇幅短小、以创意见长的文学形式逐渐获得受众认可。比如"最佳人气作品"情感真挚，感人肺腑，创意卓绝，令人过目难忘。"最佳催泪作品"则于平凡中见伟大，讴歌人间至情。而"评委推荐作品"二则，前者全在创意奇幻，诙谐而富于哲理；后者则对现实生活进行极真实再现，惊醒世人对现实生活加以思考。事实上，微小说在网上流行时间尚短，主流文坛对此新生事物究竟如何定性，以及未来前景莫衷一是。包括微小说究竟算不算小说这个基本问题，尚在争论不休。有人认为，现在被网友热捧的微小说只是昙花一现。"这玩意儿一直会有人去写，玩玩而已，成不了气候。"② 网络写手慕容雪村说。最初也是从网络写手出道的出版人路金波更是坚定的"倒微派"，他最反感"这种填字游戏"。在他看来，微小说就是一个规定动作的创意游戏，因为它给你画了一个有 140 个字的小框框，不仅作者写着别扭，读者看起来也挺别扭的。路金波预言微小说前途渺茫："无论过去、现在，还是将来，微小说都不会对传统文学产生任何的冲击和影响，我觉得它甚至根本就不能称之为文学，怎么会有影响？"③ 尽管目前的微小说创作者大多是业余写手，但有观点认为，随着微小说的发展，出现职业写手是早晚的事，关键是看能否找到成功的商业模式。有网友认为"目前其实已经出现了微小说商业模式的一些端倪，比如有网友会将比较热门的微小说制作成 FLASH，供人下载。现在这类下载自然仍以免费为多，可一旦市场成熟，推出付费下载，这可能就是一个很不错的商业模式"④。

2010 年初，国内互联网首个"微博文学网"在北京上线，该网站推出了会员稿费制，吸引上万名草根作者加入。诸多与微博文学相关的活动吸引了网民的眼球，增强了大众对微博文学的兴趣和了解，一些网络写手

---

① http://weibo.com/1275916003/zF0sQ6albm
② 陈静，田晓. 140 字微小说流行网络 [N]. 扬州晚报，2010-12-19.
③ 陈静，田晓. 140 字微小说流行网络 [N]. 扬州晚报，2010-12-19.
④ 陈静，田晓. 140 字微小说流行网络 [N]. 扬州晚报，2010-12-19.

开始把日常随意的微博写作注意力转移到文学创作层面上来，越来越多具有一定文学性的微博作品在微博网站上发表，微博文学的兴起和发展引起了文学界的关注。微博文学的产生和发展深刻地改变了文学生产和消费的格局。

下面结合作品论述微博文学的文学性特征。

炊烟睡不着，电视睡不着/站在院子里的月光，也睡不着/爷爷搂紧孙儿，赶走/一只叫春的老猫/弯弯曲曲的狗吠，填满了/那些生锈的房屋/子夜的电话更加睡不着，用一根/细细的线，拉亮越来越黑的村庄

在路上/我在路上行走/踏着干枯的落叶和沉默的石子/深一脚、浅一脚/天一片漆黑，没有出路/我转来转去，总是又回到原处/雨，把我一点点切割（嘉铭）①

上面两首诗同为嘉铭创作的微博作品。很显然，微博这种媒介很适合于诗歌类文学作品的创作。诗作整体上比较洗练，精致而有韵味。对于一些文学爱好者来说，微博是一个不错的练笔的平台。再来看一则短文：

吾命残花，始为君开，吾命轮回，终为君来。（唐小略）②

这则短小精悍的文字，如果我们将其称为诗的话，它基本上是符合诗的审美的，而又带有日本俳句的韵味，精短而凄美，称得上微言大义。这样的作品在微博文学中并不多见。下面再来看一篇微博小说，看一下在这样一个限定的篇幅里面作者是如何演绎故事的。

一见如故③

画面一：樱子很绝望，不停地在电脑前打着字，在和一个叫章阳的男人聊天，把她这段时间的挫折和遭遇一股脑的讲给章阳听。一边打字，一边流泪。

画面二：他们约好了见面。樱子说她会穿纯白色的七分裤，水蓝色的上衣，宝蓝色的运动鞋，撑一把淡蓝色的碎花伞。章阳远远地就认出了她，就像一朵空谷幽兰开在了他的心上。章阳说，我们去吃饭吧。樱子说，我不饿。章阳说，我饿了。吃

---

① 微文学网 http：//www．3wbx．com/good/，2013-8-26　17：29：56
② 微文学网 http：//www．3wbx．com/good/，2013-8-26　17：29：56
③ 微文学网 http：//www．3wbx．com/good/，2013-8-26　17：29：56

饭的时候，他把身份证拿给樱子看，樱子觉得他很真诚。

　　画面三：茶馆，章阳讲了自己的经历，创业失败，赔了很多钱，却没输掉自己，拿房子抵押贷款重新创业。章阳说，你的路还长着呢！樱子被他沧桑的过往所触动，与章阳相比她的挫折算什么，有什么可绝望的。

　　画面四：分手时，他们互留了电话号码。（风轻云淡）

　　这篇微博小说在格式上比较讲究，情节设置上却并没有奇异之处，这一点和日本的微博小说每每通过设置奇异的情节有很大不同。总体上说，似乎小说有真实生活体验的影子。从这一层面上说，小说并不一定要有非同寻常的情节设置，反而这种冲淡自然的生活场景读起来更容易获得认同感。以上文例均摘自"微文学网"。"微文学网"的前身是由首捷（网络）工作室于 2010 年 3 月 16 日在北京创办的微博文学原创平台，平台主要为微博客写手提供原创精短散文随笔作品、微博小说、短信写作等的对接与合作，通过转发、分享、评论、推荐等用户行为推动微博文学作品向纸媒、互联网媒体、移动内容服务提供商等延伸，促进微博客写手与出版商、文字媒体零距离互动，创造更多的价值空间。微博文学网经过市场运作和调整，于 2011 年 12 月 25 日更名为微文学网。变更后的网站一如既往为广大微博文学、微文学爱好者提供精短文学原创平台，所不同的是，由过去 140 字的微博即写即发模式转变为 500 字以内的审核发表机制，以此提高微文学内容质量，提升阅读宽度，扩大受众群体规模，推出独具色彩的微文学文化品牌机制。事实上，当下的微博文学不过是微博洪流中的一滴水而已，即便像微文学网那样的为数不多的微博文学网站也是门庭冷清，不论是参与的作者还是读者都很有限。可是重要的是作为一种文学样式的存在，并且同时由于微博本身媒介属性的限制，其短小的文本形式是符合当下快捷生活节奏下人们的审美情趣的。这些都是微博文学存在的理由，不过，显然中国的微文学影响力不及日本，参与和关注度都还极其有限。

　　通过上文对中日两国微博文学的概述，将从以下几个方面对中日微博文学加以比较分析。首先是相同点：

　　1. 相近的微博使用环境。中日两国都拥有庞大的微博用户群。2011年末，日本媒体市场研究公司"Video Research Interactive"进行的一项调查显示，过去 3 年中，日本微博服务使用规模增长了 3 倍，用户量由

2009 年的 1230 万增至 2011 年的 3790 万①，这一数字已经占到总人口比例近 30％。而微博的主要使用人群以青年人为主，很多年轻人认为微博没有博客的门槛高，140 字的写作毫无难度，开微博、写微博并不需要花费多少精力。对于微博在日本大受欢迎，有分析认为，微博在某种程度上契合了日本文化的很多特质。譬如，日本人所做的俳句是世界上最短的诗，日本人早已习惯了用有限的文字来表达自己的意思；在"耻文化"背景下成长起来的日本人重视他人的评价胜于自我的认知，"相比于面对面的直接交流，微博这样的文字表达方式更容易被日本人接受"②。从文化背景对日本人的微博情节加以分析是有价值的，对于日常生活中极其讲究礼仪的日本人而言，日常待人接物礼仪繁缛，大家谨慎谦恭，而在微博的网络世界里因为毕竟不是真实地面对面，这些拘束可以得到极大的缓和。这对年轻人来讲自然乐于接受。

再看中国的情况。2012 年，据《中国新媒体发展报告（2012）》蓝皮书称，截止 2011 年 12 月，中国微博用户总数达到 2.498 亿，成为微博用户世界第一大国。③ 到了 2013 年，《2012—2013 年微博发展研究报告》④ 调查研究表明，2013 年上半年，新浪微博注册用户达到 5.36 亿，2012 年第三季度腾讯微博注册用户达到 5.07 亿，微博成为中国网民上网的主要活动之一。这样的数据说明微博在我国的用户数量已经趋于饱和，这样惊人的数据当然取决于绝对人口数量，但是这种"全民织围脖"局面的形成，说明微博已经深入到人们的日常生活中。由此可见，无论日本还是中国都拥有巨大的微博用户群体，人们在通过微博互相交流信息的同时，微博这一便利快捷的信息平台衍生出不同形式与内涵的内容及应用，从这一层面上说，微博文学的诞生可以说是水到渠成之事。

2. 相近的传统文化背景。日本传统文化深受中国传统文化的影响，这一点是普遍共识。尤其古典文学中的诗词，则日本有俳句，中国有律诗，并且有观点认为日本的俳句起源于中国的古体绝句诗。无论是俳句还是律诗，都是微缩精致的文学样式，是以精简的文字表达深广之意境的文

---

① http：//search．videor．co．jp

② 毛莉．日本人对微博为何又爱又恨［N］．中国文化报，2010-07-20（4）.

③ 杨丽琼．中国成微博用户世界第一大国，用户数量达 4.15 亿［N］．新民晚报，2012-09-28.

④ 2013 年 6 月 16 日，乌镇@桐乡中国微博大会在浙江乌镇拉开帷幕。在该大会上，互联网实验室、中国新闻社浙江分社、浙江传媒学院互联网与社会研究中心共同发布了《2012—2013 年微博发展研究报告》。

学符号。而这样的文学传统以及文字运用习惯，在中日两国都得以留存下来。尽管之于现代社会而言，诗词文学形式已是近乎文物一般的存在，但是，人们还是会抱以专门的兴趣从事诗词文学的创作和赏析。换言之，精短洗练的文学样式对于中国和日本而言都是喜闻乐见的，这一点从中日两国的微博文学创作上都有较好的反映。通过前文对中日两国微博文学作品的赏析，可以看到，中国和日本的微博文学爱好者都能够充分发挥汉字言简义丰的特点，在极其有限的篇幅限制内营造出宽广深远的意境。这是东亚文化含蓄内敛、追求意境的共同特征。

其次看不同点：

1. 日本的微博小说大都取材于日常生活，通过对日常发生在我们身边的小事的精心设置，制造出文艺效果。这一点在历次微博小说大赛参赛作品中有很好体现。另外，日本微博小说常常借用民间传说或者童话故事作为小说的背景，这使得读者更加容易进入作品语境。中国的微博文学创作，也同样体现出作者对现实生活的关注与感悟，不过有一些作者完全从纯文学角度出发创作作品，比如微文学网中的一些诗歌作品。这种纯文学创作虽然反映出作者的文学追求，但是对于微博受众而言，并不能引起广泛的关注。而这种依托微博进行的文学尝试到底能走多远，尚未可知。

2. 从语言属性来看，在 140 字的限定篇幅内，日语比英语具有更大的信息含量，但是如果和汉语相比，则汉语的信息含量更胜日语一筹。日语作为多音节语言，与单音节字词的汉语相比，会更多地占据篇幅。也正因为看到了这些差异性元素，日本的微博小说中尽量避免使用字节较长的英文字词，而有意使用单音节的汉字字词，以达到最大限度缩减字数的目的。但是，由于过分强调精炼字句，往往造成句子成分省略过度而发生意思含混的情况，这在前文的文例中已有评析。但是即便如此，日本的微博小说并没有在字数上妥协而是坚持 140 字，而中国的微文学网则在字数上放宽到 300 字。固然从文学创作的角度看，也许更多的字数对于创作作品而言会获得更自由宽松的创作空间，但是微博之所以为微博，一个"微"字为其要旨，否则与博客等会产生趋同性。对于这一点，笔者并不认同国内的做法。

综上所述，无论是对中国还是日本而言，微博文学无疑都是一种崭新的文学样式，而作为两个有着源远流长文化交流背景的国家，在被称为"数码时代"的 21 世纪，如何在网络载体这一新平台上实现新的类似于微博文学的文化交流，值得期待。

（四）网络文学的泛娱乐化倾向

如前文所述网络文学在诞生之初，主要为网络使用者抒情遣怀所用。其后随着网络文学在大陆的勃兴，网络文学作品内容开始呈现出多元化趋势，而在各种类型的网络文学作品当中，娱乐性强（诸如奇幻、穿越、仙侠等）的作品占了相当大的比重，网络文学作品整体上呈现出强烈的泛娱乐化倾向。这种泛娱乐化倾向表现在以下三个方面：（1）网络文学的文学性标记常常被隐蔽，化成了一种娱乐化精神。（2）网络文学的工具性和表演性是"心照不宣"且充满"喜剧性"的。（3）网络文学的表演规模是全民的，即全民性的娱乐狂欢。

文学的娱乐化叙事主张从严肃的政治意识形态话语里挖掘其娱乐性；情节上追求趣味性和煽情性，竭力追求情节的离奇曲折和欲望化书写。从具有后现代消解神圣意味的戏说历史到戏说名著，到以解构、反讽、戏拟等为特色的大话文学，文学言说者们把原著中的人物重新演绎，经典文化脱离了其原初的价值，突出了游戏精神和娱乐性。娱乐化叙事突出表现在大量表现大众趣味的消费性文学作品中，这些作品在刺激消费的同时，又营造了奢靡的享乐主义氛围，极力张扬身体欲望话语，舍弃生命活动的远大理想和宏大叙事，追求对生命本身的世俗化读解，将娱乐视为生命价值的实现，生命过程不再是英雄的壮举，而是每一个人的具体生活经验和自我享受的满足。在消费文化语境中，就连一些精英作家也不再孤芳自赏而运用娱乐手段，通过言语的狂欢获取个体的满足，突出娱乐文化的消费性和休闲性，使人们沉醉于感性的、欲望化的满足，这就使人们在现实生存中的精神压力和内心焦虑在文化逃避中得以宣泄，它强调人在感性机制下对生活的功能性把握而不是对日常性生存状态的超越。对此，不少学者担忧，在世俗化的大潮下，娱乐文化过度的商业化运作会抽空以精神审美为表征的文化价值底蕴，一些过度的享乐所导致的非理性享受和低俗化倾向，容易导致人们沉湎于感官刺激的享乐主义而丧失文化的崇高和理想追求。作为主观体验价值的快乐往往游离于人的创造性价值立场，演变为一种感觉游戏而导致一种赤裸裸的粗鄙欲望和物质性的占有。文化日益失去深度空间和价值维度，作家日益失去创作的冲动和激情，日益消解自我反思的禀性和能力，而文学变成一种纯消费的文学和享乐的文学。正如波兹曼在《娱乐至死》一书中所指出的：当神圣被消解，价值高下的差别被遮盖，生理快感成为人们追求的目标，身体在此仅仅是永不停息的欲望机器，欲望机器最终生产的是一个欲望乌托邦、身体乌托邦、快感乌托邦，一个因为娱乐泛滥而濒临死亡的物种。①

　　网络文学创作市场化也为网络文学作品的泛娱乐化推波助澜。从最初在网上发发帖子，展示一下文学才能，从未想到获得报酬，发展到给文学网站投稿，夜以继日地上传文字，通过点击率赚取"稿费"，完成了一个文学青年到网络码字工的蜕变过程。在这样完全依赖点击率赚取报酬的码字作业当中，如何吸引读者的眼球，尽最大限度地增加点击率成为每一位网络写手孜孜以求的目标。在这里，沉重的生活主题与严肃的理性思辨将难逃被忽视的命运。对于快节奏、多变化的网络媒体而言，高度的娱乐性将成为决定成败的关键。下面我们来看一位当红网络写手——《星辰变》作者"我吃西红柿"——的一席"心里话"，从中或多或少能够了解一个网络写手的内心世界。"一直以来，有那么多支持的朋友，我看在眼里记在心里，正是你们，给了柿子一直写下去的动力。在这里不再多言，语言也不足以表达我内心的感激。对于那些批评的人，我认真听取建议，回报你们的会是更精彩的故事。但若你实在看不下去，柿子建议你去看其他的，毕竟网络小说多了去了，实在不用再密切'关注'我了，您省劲我也落得清闲！在这里还想说说一些其他的，我想告诉大家，柿子只是一个普通人，也有父母姐妹和家庭，四月二十九号晚上，《星辰变》完本，我就开始动手写这本后传，每天两章，每章三千字以上。除了哀悼日那天没有发表，其余时间一直在更新，二十多天了，不管书评怎么样，一直都在努力。……说实话，我现在真的不想看评论，更不想开 QQ，每次看到那些骂人的话一点心情都没有，编辑今天说评论里催的很急，我先码了一章，评论暂时还是不看了，我写的，永远都是写给那些支持和喜欢的朋友们，不喜欢的，没人强迫你看，评论我暂时也不看了还能清净会。"② 通过以上一段文字，我们可以在一定程度上了解一个网络写手的写作状态，在这种压力大、高强度、快节奏的上传文字的过程中，要保持持续的可读性以及巨大的文字量并非易事。也正是由于网络写作的这些特点，使得网络创作很难产生规模宏大、思想深邃、主题沉重的传统文学意义上的伟大作品。相反，为广大网友提供快餐式爽口简便的精神食粮成为网络写手们的终极任务。

　　尽管对于盛大收购起点中文网，评论界始终质疑声不断，但是从其后

网络文学纵论

---

　　① 消费时代的文学及其他［OL］. 新浪博客，［2011-4-28］. http：//blog. sina. com. cn/s/blog. 4a7856010110 qdeo. htm/

　　② http：//tieba. baidu. com/f？kz＝387667460

盛大对起点中文网的运作来看，我们不得不承认雄厚资本对文学产业化及娱乐化起到了巨大的推动作用。企业把文学当做产品来运作，自然要追求利润，网络文学的利益点在哪里？事实上付费阅读仅仅是其中的一小部分而已，网络文学最大的利益点在于对一部优秀的作品的后续开发。同样对于一部优秀的网络作品而言，真正的价值不限于付费阅读，而在于后续开发，比如改编为电视、电影剧本、国外翻译出版、制作为游戏的主要任务情节，等等。在这里，我们还不能简单地评说网络文学泛娱乐化倾向的是与非，虽然当下活跃于网络的年轻写手更多地将自己的心血倾注于能够带来经济效益的作品的创作当中。但是，从整个网络文学世界来看，我们还是能够看到不食人间烟火的网络诗词，追求个人感受的散文随笔。我们有理由相信，随着网络的进一步普及，国民素质的进一步提高，未来的网络文学必将是精彩纷呈的文学世界。

二、网络环境下作家（写手）的自律

网络媒体的开放性使得自由表述成为现实。在网上写什么以及怎样写，完全由写作主体自身决定，理论上网络媒体无差别对待每一个写作主体。在网络媒体本身从技术的角度存在管理困难的前提下，网络写手本身的自律变得尤为重要。对于网络文学的创作而言，始终以严谨的、负责任的创作态度从事网络文学创作应当成为每一位有志于网络文学创作者的行为准则。

（一）网络文学的版权与文责

在传统文学的一个单位文学行为（包括写作—投稿—编辑—印刷—出版）过程当中，可以说全部的环节都深深打上了作者的烙印。也就是说，在印刷文化里面，由于创作行为本身自始至终呈现为个人行为状态，导致作者对版权的要求至关重要。这一点在网络文学当中表现得完全不同。对于网络作品而言，其物理形态表现为虚拟的电子符号，这一点与印刷文化当中的出版有本质不同。因此，这里所说的网络文学的"版权"，更确切地说应为作者对作品的所有权。同样，基于网络文学载体——互联网的媒介特性，与传统印刷文学相比，网络文学的"文责"更具有弹性与不确定性。网络的开放性及流动性注定了网络写作者对"版权"的忽略。在网络上作者几乎不介意随意引用他人的文章，或者自己的文章被其他人随意引用，而且似乎我们也很少听到在网上的有关追究文责的事例。另一方面，与印刷文学作品一旦出版就能够得以长久保存不同，随着网络以数小时为单位更换网页，一篇受到欢迎的原创作品很快就会受到新上传的质量不高的帖子的排挤，在一个与它的生命周期不相适应的时段里，不可避免地从显示屏的当前页被挤出去。网络文学的无中心、无主体的后现代特征再次显示了出来。这在客观上为网络写作者的"出名"制造了巨大的困难。对于那些有志于网络文学的青年来说，需要极大的恒心与耐心。由此，呈现在我们面前的网络文学的作者的模糊性，在某种程度上与印刷文化之前的手写本文化中的作者的情况有着奇妙的共通之处。

关于手写本文化时期的作者是如何形成在写作行为上的习惯这一问题，E·P·葛德施密特作了如下论述："我想要通过例证说明的是：在中世纪由于各种各样的理由和原因，并不存在如我们今天所说的意义上的'作者'。我们现代人对于作者的认识，即把那些成功地将自己的作品付印，并借此走上光明道路的人当成光辉典范这样的事，是新近才发生的。"① 由此可见，中世纪的学者们对于研究自己的那些写作者们究竟是些什么人根本就不关心。另一方面，写作者们对于自己究竟"引用"了其他什么人的作品也并不特意加以说明。即使对于那些很明显的属于自己的作品，在署名的时候也表现得很犹豫。印刷的发明，从技术的角度排除了发生不知道作者这样的事情的可能性。由于自己的文章在网页上的生命力是如此的有限，所以网络作者们将他们所有的精力倾注在如何写作一篇警世奇文上，对他们来说"版权"听起来尚且是一个奢侈的话题。关于这一点，在中世纪的手写本作者那里仍然有所体现。依照葛德施密特的说法是，手写本文化是以创作者为中心的文化，也就是说那是一种地地道道的手工制作的文化。于是，问题的关键被设定在写作内容是否达到了自身的目的或者起到了某种作用，而往往并不关心这些内容和事实从何而来。这种并不看重作品版权的情况在网络文学创作当中随处可见。例如在前文提到的《致西方的诗》，在互联网上被网友争相转帖，最终不知其作者为何人。另外还有像举世震惊的汶川大地震中流传于网上众多的诗篇，其中很多并不知道作者，如《孩子快抓紧妈妈的手》、《总理，您好疲惫》等。

网络原创作品作者缺失现象，究其原因与作者对于网络媒体虚拟性的认识有关，与文字文本的固定性相比，网络超文本具有极大的不稳定性，上传到网上的作品很容易被网友在转帖的过程中进行改写、增删等加工，

---

① Goldschmidt EP. *Medieval Texts and Their First Appearance in Print* [M]. New York：Biblo and Tannen，1969：116.

即使对作品署名，五花八门的网名本身的不严肃性以及网络作者对于作品署名的淡泊心理都使得作品天生归属感薄弱，这些都是导致了网络作者版权意识模糊的原因。这里我们来看一个例子，有位叫施彤宇的网络写手（网名 Tom Shi），发表在《信息产业报》上的一篇文章半年后被《电脑日报》登载，内容一字未改，甚至连错别字都与原文相同，而事先也没给作者任何通知。按理说，《电脑日报》从一开始就站在了被告席上，然而事情并非那么简单，施彤宇给《电脑日报》编辑先生去信后，对方回答："谢谢您对《电脑日报》的长期关注！由于不知您是哪个国家的名家，所以请您能报来一个中国的汉字名字，这样便于交流沟通。"施彤宇回信质问说："我不是名家，我是施彤宇。"对方再回信："现在是夏天，加之京城人多车挤，想必火气有些大。不过火大伤身，还是清静一些为好。如果要比火气的话，我们这些李逵的后人们，恐怕也是挺大的。"偷窃被人发现，反过来要对失主拳脚威胁，施彤宇忍无可忍，写了篇《面对卑鄙》的文章，在对《电脑日报》进行一番口诛笔伐后，文章结尾只能以自嘲的口吻说："希望能有朝一日看到卑鄙者的报应——尽管这奢望根本就十分渺茫。"类似的由于网络作品署名而引发的网上版权纠纷俯拾皆是。而近年因为追求商业利益，文学网站之间发生版权纠纷的事件则更具代表性。2006 年 4 月 26 日的第六个世界知识产权日，起点中文网发表了一个关于萧鼎作品《诛仙》的最新连载声明，声称《诛仙》简体电子版在该站连载。"著名作品《诛仙》正式签约起点，电子版独家首发！"当日，幻剑书盟就签约作品《诛仙》的知识产权被侵犯问题向起点中文网发出正式警告，但其后并未收到起点中文网的正式回复。5 月，又有读者举报，为很多读者熟知的幻剑书盟签约作品《飞翔篮球梦》被起点中文网侵权。知识产权是网络文学界最重要的财产之一，知识产权保护并非是只对实体图书，它也牵涉到网络文学的发展。目前在互联网上非法侵权网络文学作品的问题很突出，现在中国知识产权发展还没有取得阶段性和关键性的进步，网络文学作品版权保护是一项庞大的社会系统工程，仅仅依靠版权所有人的努力远远不够，还需要社会各界的共同努力。

如果说版权问题来自于文学活动的外部的话，那么"文责"问题则来自文学活动的内部。换句话说，写作者在从事创作的过程当中应当始终保持"文责自负"的自觉意识，这一点对于网络文学作品的创作而言显得尤为重要。互联网作为能够自由发表作品的媒体，为广大文学爱好者提供了最大限度地展示自我的平台。而网络媒体的虚拟性、快速更新的特点在一定程度上冲淡了写作者的"文责"意识。然而尽管作品在网上停留的时间短，更新的频率快，但是上传的作品总会有人读到，因而不能因为非实名上传作品就可以轻视"文责"。互联网为文学爱好者提供了自由自在、天马行空地发表作品的平台，当然也为一些无视文责、剽窃抄袭之人提供了便利的途径。数字化媒体让人们彻底扔掉了剪刀、胶水之类原始的工具，只需轻点鼠标，就可以完成繁琐的剪贴工作，科技的进步似乎冲淡了人们对于作品版权的敬畏。2008 年 6 月，网友在阅读姚牧云于 2008 年 2 月刊登在湖南省《小溪流》杂志上的文章《比天空还远的季节》时，注意到故事中人名、对话乃至故事情节都"似曾相识"，经查证发现该文与一篇名为《不疯魔不成活》（作者：微笑的猫，在晋江文学城于 2006 年发表）的小说除了人物性别改变外，其他的内容几乎完全一致。此事在网上公开后，在众网友的帮助下，发现姚牧云发表的多篇号称是"原创"的小说皆为抄袭，她抄袭的对象甚至有作家杜拉斯、白先勇和现今知名写手落落等。通过比照原文和抄袭文，众多网友评判道：此人的作品抄袭极为明显，更改主角姓名，东拼西凑多部著作的片段，甚至有时完全照搬原文，一字不改。于是，曾经的"天才写作少女"姚牧云大部分作品皆被证明是抄袭之作。尽管姚牧云的悲剧背后隐含着父母望女成才以及当下应试教育的弊端，但是网络媒体丰富的开放性文学资源为一些"文抄公"提供了便利也是不争之事实。也正因为这样，面对唾手可得的海量网络资源，保持正确的心态，加强"文责"意识，"借鉴"而不是"借用"则是广大有志于网络文学的青年的"人间正道"。

（二）虚拟世界里的群氓时代

早在 20 世纪 80 年代初，法国社会学者塞奇·莫斯科维奇在其名著《群氓的时代》一书中预言："我们将进入的是一个群氓的时代。群氓的精神没有领袖，却更容易轻信；没有信仰，却更容易被煽动。"塞奇的预言发出不久，网络时代随之到来。网络媒体的诞生，不仅使得从前并不存在于现实世界中的事物出现在虚拟的世界里，更重要的是使得从前存在于现实世界中的事物在虚拟环境中得以空前地膨胀。比如，人们的群体化倾向在网络的虚拟环境中得以进一步强化。对此，美国学者凯斯·桑斯坦指出："毫无疑问的，群体极化正发生在网络上。讲到这里，网络对许多人而言，正是极端主义的温床，因为志同道合的人可以在网上轻易且频繁地沟通，但听不到不同的意见。持续暴露于极端的立场中，听取这些人的意见，会让人逐渐相信这个立场。各种原来无既定想法的人，因为他们所见不同，最后会各自走向极端，造成分裂的结果，或者铸成大错并带来混乱。"① 网络媒体为广大网民提供了前所未有的自由且匿名发表言论的平台。在这样一种全新的舆论环境中，网络"人肉搜索"的出现顺理成章。

2006 年，有网民在网上公布一组女子虐猫视频截图。此图一出引起众怒，网友纷纷加入网络搜索，并在短短的 6 天之后就找到了该虐猫女子。这一次大规模的网络搜索行为引起了世人的关注。2007 年 6 月"人肉搜索"一词首次出现于网络②，进而"人肉搜索"引擎的概念由此产生。与真实世界中的搜索相比，网络"人肉搜索"是作为基于网络互助与知识分享精神而诞生的一种新的信息搜索方式，是一个依托大规模人工参与而不再单纯依赖网络数据库的新型搜索类型，按照 Google 公司的说法，就是利用现代信息科技，变传统的网络信息搜索为人找人、人问人、人碰人、人挤人、人挨人的关系型网络社区活动。"人肉搜索"自诞生以来，迅速为广大网友所接受与推崇，成为网络信息搜索的利器。特别是 2006年以后，"人肉搜索"内容则向更广阔的空间迈进。"从'虐猫事件'开始，'人肉搜索'的题材从最初的戏谑、娱乐迅速转换为弘扬真善美、贬斥假恶丑的秩序维护和构建为主。"③ 在"虐猫事件"、"铜须门事件"、"史上最毒后妈事件"、"钱军打人事件"、"流氓外教事件"、"谭静事件"、"华南虎事件"、"死亡博客事件"、"史上最牛房产局长"等一系列网络群体事件中，"人肉搜索"对事件的走向和最终演化都发挥了决定性的作用。然而，网络"人肉搜索"在为人们搜索信息带来极大便利的同时，也为少数别有用心者的网络不道德行为提供了方便。由此，如何发挥"人肉搜索"的积极作用，同时最大限度地杜绝网络不良行为，不仅仅是当下，也是未来网络信息传播所面临的课题。

1. 从网络媒体特性看"人肉搜索"之传播特征

从技术角度看，网络媒体具有如下特征：偶发性（haphazard）、个人化/个性化（personalized）、连续的议程设置（continuousagenda-setting）。关于偶发性：由于网络媒体的使用者原创内容成分相当重，因而它的内容发布显得没有规律。对于大多数传统媒体而言，内容出版是有

---

① ［美］凯斯·桑斯坦. 网络共和国［M］. 上海：上海人民出版社，2003：50-51.

② "人肉搜索"一词早在 2007 年 6 月出于流氓兔（网络）集团公司旗下网趣，后来中国有一个叫猫扑的论坛，人气非常旺。"人肉搜索"引擎的概念就由此产生了。2007 年 6 月，张庚玄是第一位成为网趣网友搜索的热门人物，后来在猫扑"人肉搜索"概念中张如、苹果妹、cosplay、猥琐男等没有真实身份的网络名人却成为网络首批被"人肉搜索"的热门人物。

③ 杨艳，刘思远. 人肉搜索 正义审判？发泄借口？［N］. 天府早报，2008-5-8.

时间设置的，所以广播电视节目被称为 program，意即一种可以事先设定的程序。但网络媒体并非如此。网友上传信息文件具有明显的偶发性及随意性，并且这种行为是媒体无法预料及控制的。比如"艳照门"事件。网络信息具有在短时间内被复制、下载并转发的功能，这一特性加大了网络信息传播过程中媒体方对上传信息的监控难度。这种个人化的特征直接印证了那句话——"互联网上没人知道你是条狗"。换言之，互联网，其重心已经开始由数据（信息）向人转变。议程设置是传播学中的经典理论。简而言之：媒介不仅可以告诉我们想什么，还可以告诉我们如何想（判断什么事情是重要的）。传统媒体的议程设置效果是得到实证支持的，但不同媒体很少对同一个议程进行连续设置：A 电视台就 B 电台的内容进行跟踪，然后 C 报再跟进（对于中国的传统媒体而言，这种情况很少见，除非重大事件。比如关于"5·12 汶川大地震"的报道可以看做是一个连续的议程设置）。相反，作为新媒体的网络媒体却不然，很显然网络媒体更喜欢进行连续式议程设置。对于网络媒体而言，尽管每一个节点的影响力有限，但合起来的力量是巨大的。典型的例子就是曾经在博客上非常流行的话题接龙游戏：怪癖①。当网络媒体的个人化不断增强进而呈现拟人化，使得网络媒体的可信度增高，议程设置的力量会更具有穿透性。

基于上述技术特征，网络"人肉搜索"在进行过程中有如下表现：

（1）每个人都可以成为"人肉搜索"发布者，在网络信息传播过程中，受众的主动性大大增强。"人肉搜索"发起者充分利用网络媒体的互动功能。与传统媒体相比，网络媒体所具有的互动性特征给作为受众一方的"人肉搜索"发起者提供了主动发布信息的便利条件，使得从前意义上的单方向信息接收者成为信息发布来源。另一方面，网络媒体的个人化倾向使其在某种程度上成为"私媒介"。"人肉搜索"正是利用网络媒体的这一特性达成个体愿望的行为。其目的在于通过公众唤醒寻找诉求的共通性。在这样的诉求心理作用下，个体人所具有的好奇心、窥私欲以及从众心得以空前地凸显。同时，由于前文提到的高效快速的搜索引擎人工智能并不完善，这直接导致网络媒体本身对于发布于网上的信息的真伪与善恶难于甄别，这也正是网络"人肉搜索"所扮演之角色变换于天使与魔鬼之间的原因所在。在 2006 年的"虐猫事件"中，义愤填膺的网友们发起正

① "怪癖"游戏发端于 2005 年 8 月，台湾一个名为 Anais Lee 的博主在自己的博客上写下了自己生活中的 5 个怪癖，并点名另外 5 个博主参与。要求这 5 位参与者做到两点：1. 书写自己的 5 个怪癖；2. 点名另外 5 个博主参与。

网络文学纵论

义的网络大搜查，舆情由口诛笔伐上升为网络通缉，可以看做是惩恶扬善的例证；然而发生于 2008 年的一桩命案，网络"人肉搜索"却负有不可推卸的责任。2008 年四川女孩周春梅考入河南科技学院后向曾经的恋人安徽人林明提出分手。在上海打工的林明在网上发帖，"控诉"周春梅的"负心和绝情"，获得很多网友的同情、支持。很快，通过网友发动的"人肉搜索"，林明得知了周春梅所在学校等详细情况。10 月 22 日，林明在学校见到周春梅，先送上 88 朵玫瑰，然后用尖刀刺死了周春梅。此案成为震惊全国的"人肉搜索引发的血案"。就目前来看，网络媒体作为大众信息传播的重要渠道，在技术层面上为网络使用者发布信息提供了支持的同时，在道德层面上并不能提供相匹配的制约。

（2）"人肉搜索"发布"信息"与"意义"无关。尼葛洛庞帝在《数字化生存》中说"比特就是比特"。在数字语言里，所有的文本、声音和影像都只是 0 和 1 的组合。传播的信息从传播的意义中抽象出来，使"把关人"的能力大大削弱。因为意义是完整、单一而不能分割成片段来进行传播的，易于甄别，而信息是可以通过编码、分段、压缩进行传播，通过再组合、复原、解码进行读取的，很难在传播过程中判别每一片断的信息意味着什么。"人肉搜索"所表现出的个体目的单一性，使得搜索行为诉求表现单纯，意义缺失。个体搜索具有明确实效性及功利性指向，"人肉搜索"发起者只关心结果，不关心意义。2008 年 11 月，上海一名女子的 12 分钟性爱视频录像迅速在网络上流传。网友在对此事大肆议论之时，更是发动了"人肉搜索"，先后找到了该女子的姓名、工作地点及 QQ 号码。更有网友因好奇去该女子工作地点寻找，并称女子为"东楼 Kappa 女"。"只要出了名，啥都好说。"其后该女子开始在个人博客中规划起"化名气为利润"，要进行"新闻买断"，"如果哪家网站出钱买断我的独家新闻，那就意味着网站立马火起来！我可以独家提供我的新闻、照片，保证你的网站流量大涨"。通过上例可以更清楚地看到，在很多时候，网络"人肉搜索"无意中成全了某些别有用心之人急于出名的目的，而在整个信息传播过程中，网络搜索引擎自始至终仅仅在技术上而从未在"意义"上对信息传播行为进行干预。

（3）作为大众传播形式的"人肉搜索"呈现出"分众化"趋势。"人肉搜索"是基于大众传播环境中的小众传播模式。"人肉搜索"发动者所发布的搜索信息自始至终围绕个体人物与事件展开，局限于对该信息有兴趣的受众群内部。在主要网站参与"人肉搜索"的网民相对固定，如"赏金猎人"。从传播学的"沉默的螺旋"理论来看，今天在数字加网络的新媒体时代，任何人通过互联网或手机随时可以进行信息沟通，甚至成为传统媒体的重要信息来源，人际传播的性质得到凸显和强化，传统的、倾向于无差异的普遍的广大受众开始分割为气味相投或者利害相关的"分众"，如各种各样的网络游戏团体、户外旅游论坛、短信交友俱乐部等。在这样的小众团体中，人们也许更容易找到意气相投的伙伴，以对抗大众传播所造成的"社会孤立感"。2008年11月，两名中国女粉丝到韩国看东方神起的表演，遭到沈昌珉的粗暴对待。事件引起一场大规模网络骂战。从这一网络"人肉搜索"事件可以看出，网民急于将自己归类于"爱国者"行列，似乎在这样的网络声讨行为中表明了立场就会得到某一团体的接纳与认可。同时，这种对于被接纳与认可的渴望又反过来促进了"分众化"。

2. 从群体传播理论看"人肉搜索"之存在逻辑

网络"人肉搜索"属于群体传播行为。群体传播不仅与群体的形成密切相关，它还对群体意识的形成起着关键的作用。群体当中的每一个体在传播行为发生时，既表现为传播链条中的一环，同时又成为群体意识形成的重要组成部分之一。勒庞在其名著《乌合之众》一书中指出：现代生活逐渐以群体的聚合为特征。个人一旦进入群体中，他的个性便湮没了，群体的思想占据统治地位，而群体的行为表现为无异议、情绪化和低智商。勒庞所指出的群体行为表现，在网络"人肉搜索"行为中得到了充分的体现。作为典型的群体传播行为，网络"人肉搜索"自始至终呈现出从众、非理智并且盲目的特征。下面从三方面具体加以论述：

（1）"人肉搜索"发起者通过强化戏剧性的个人诉求，充分唤起群体传播行为中的群体意识。勒庞说："我们就要进入的时代，千真万确将是一个群体的时代。"① 作为新媒体的网络媒体创造出了一个"虚拟群体"。尽管勒庞无法预见到所谓的"虚拟群体"的出现，但是，网络使用者通过网络找到共同关心的话题，进而形成同一诉求的群体的行为特征却与传统意义上的群体无本质区别。群体意识越强，群体的凝聚力就越强，越有利于个人及群体目标的实现。在实际的"人肉搜索"事件中，搜索发起者往往渲染、夸大搜索动机，以便最大限度地唤起公众的关注与共鸣，从而达到个人目的。2006年4月，一男子发帖称妻子沉迷《魔兽世界》，并与网名为"铜须"的男子发生一夜情，引来大批网友的同情。在短短的两天时间里，"铜须"的真实个人资料被曝光出来。其中包括真实姓名及照片。

---

① ［法］古斯塔夫·勒庞. 乌合之众［M］. 冯克利，译. 桂林：广西师范大学出版社，2007：14、24.

与此同时，有网友称查到"幽月儿（悲情丈夫的妻子）"的年龄、姓名，并有网友公布"幽月儿"照片。有网友说："当时城里至少有 500 人同时在线示威。因为在线人太多，服务器几近崩溃。"在这起网络"人肉搜索"案中，搜索发起者以"受到伤害者"的姿态出现，博得网友同情与支持，来达到惩罚自己妻子与情人的目的，表现出了勇气。同时，也反映出众多网友对于扮演"道德审判官"的角色乐此不疲的态度。

（2）"人肉搜索"发起者往往利用在群体传播过程中形成的一致性意见，进而促进群体倾向的形成，改变群体中个别人的不同意见，最终使得群体成员产生从众行为。对于人们从众心理的解读，勒庞作出过明确的阐述，他指出，群体中个人的个性因为受到不同程度的压抑，即使在没有任何外力强制的情况下，他也会情愿让群体的精神代替自己的精神，更多地表现出人类通过遗传继承下来的一些原始本能。[①] 个人因为参与到群体中会表现出明显的从众心理，勒庞称之为"群体精神统一性的心理学定律（law of the mental unity of crowds）"[②]。这种精神统一性的倾向，造成了一些重要后果，如教条主义、偏执、人多势众不可战胜的感觉，以及责任意识的放弃。下面我们通过一则案例对大众的从众心理进行一次实践分析。

2007 年 12 月，CCTV（中央电视台）新闻联播播出了一则关于净化网络视听的新闻。节目里 13 岁的北京小学生张殊凡接受记者采访时说："上次我上网查资料，突然弹出来一个网页，很黄很暴力，我赶紧把它给关了。"只因这一句"很黄很暴力"，关于张殊凡的视频、图片、恶搞漫画、帖子一夜泛滥成灾；"很黄很暴力"以其强悍的火爆程度和迅猛的传播速度在几天内闹得满"网"风雨，有网友戏称"开创了 2008 年首句流行语"。接下来有网友号召"人肉搜索"。经过了几天的时间，就有匿名人士把张殊凡的出生年月、所在学校、平时成绩以及获奖跟帖出来，精确到出生的医院都清楚。在短时间内，能够有如此众多的网友参与到对一个 13 岁小女孩的"穷追猛打"的行列中来，充分地暴露出在从众心理的作用下，人们变得简单而粗暴。对于处于群体中的网民而言，这种群体的无意识非理性色彩尤其浓重，"他不再是他自己，他变成了一个不再受他自

[①] ［法］古斯塔夫·勒庞. 乌合之众 [M]. 冯克利，译. 桂林：广西师范大学出版社，2007：14、24.

[②] ［法］古斯塔夫·勒庞. 乌合之众 [M]. 冯克利，译. 桂林：广西师范大学出版社，2007：14、24.

己意志支配的玩偶。进一步说，单单是他变成一个有机群体的成员这个事实，就能使他在文明的阶梯上倒退好几步。孤立的他可能是个有教养的个人，但在群体中他却变成了野蛮人。"① 塞奇·莫斯科维奇如是说。

（3）"人肉搜索"发起者善于获取群体中"舆论领袖（版主、管理员）"的认同，利用"舆论领袖"引导舆论的能力改变人们的认知行为，成为展开"人肉搜索"的切入点。"舆论领袖"的影响力不仅仅限于论坛内，而是存在于整个网络中。他们与美国传播学者拉扎斯菲尔德提出的"意见领袖"有很多相似之处。意见领袖是指在信息传递和人际互动过程中少数具有影响力、活动力，既非选举产生又无名号的人。在互联网上，信息的发布与传播权泛化到了各个端口。BBS 中"舆论领袖"的影响力凭借网络的参与性、互动性、开放性等特点得以发挥。网络作家"赫连勃勃大王"曾这样描述网民作为"群氓"的具体表现："比如你的个人智商是 10，但如果到了一个普遍智商为 2 的群体，你就会急速下降到跟他们差不多的水平。我发明了网络群氓，因为在网络中这种现象最为明显。我很早就在网络上混江湖，我了解网络中几乎所有的虚假、喧嚣。实际上我也是群氓，跟风、虚荣，我都有。"② 作为网络"舆论领袖"往往深谙此道。

论坛的舆论领袖影响力不但覆盖了论坛中的普通版友、网民，而且还辐射到了传统媒体。从某种意义上说论坛的舆论领袖不但在网上进行了议程设置（即讨论什么问题），还为他人讨论设定了框架（即如何讨论这个话题），从而对舆论进行引导。在交互开放的网络中，由于每个人处理信息的能力不同，大众传播时代遗留下的权威性仍在网络媒介中发挥作用，人们主动选择信息的行为满足一种"权威法则"。从目前我国一些较有影响力的论坛的参与情况看，利用这些论坛舆论领袖来引导网上舆论已成为一些大型论坛的普遍做法。由这样一些舆论领袖发起的网络搜索无疑更加具有号召力，所造成的社会影响也更大。

3. 从"把关人"理论看"人肉搜索"之传播规范

迄今为止，"人肉搜索"在群体传播过程中表现出正、负两面效应。如何最大限度地避免传播过程中"人肉搜索"产生的负面效应，网络"把关人"起到重要作用。上世纪 90 年代初，休梅克（Shoemaker）和里茨（Reese）提出了著名的五层面"把关"模式（个人层面、行业规则层面、

---

① ［法］塞奇·莫斯科维奇. 群氓的时代［M］. 南京：江苏人民出版社，2006：131.

② 刘慧. 群氓时代：现代人的"现代病"［N］. 华商报，2009-7-19.

组织层面、媒介制度层面和社会体制层面），"把关"理论从个人层面发展到了体制层面。休梅克、里茨二位所提出的五层面模式属于传统新闻传播学理论范畴，并非针对网络传播提出，缺乏对网络的个性化思考，即如何在网络传播环境下运用五层面"把关"模式。在这里，我们不妨借用五层面"把关"模式展开探讨。网络传播具有鲜明的交互性、个性化以及去中心化等特征。与传统传播学理论相比，网络环境下的"把关人"概念既包含了传统意义上的五个层面，同时还出现了一个新形式的"把关人"——网民。

（1）面对"互联网把关人"地位边缘化，"人肉搜索"参与者（网民）的"自我把关"意识成为降低传播过程中产生负面效应几率的重要手段。互联网的技术特性使得网络言论"把关"难以有效实施，网民增强自身法律意识，自觉摒弃违规操作将成为净化网络的切实有效方法。广大的网民被认为是网络传播的第一道"把关人"。在今天网络使用者享有极高的网络使用自由度的情况下，网民在充分享用言论自由的同时，对于所传播信息的真实性、公正性以及合法性负有责任。只有网民自身自觉地规范言论意识，才可能在最大限度上杜绝网络不良信息的散播。这与全民素质的提高、网络环境的完善、政府监管措施的强化等因素都有着密切的关系。对于"人肉搜索"而言，由于其在发动过程中影响范围广、反响强烈，如果发起者不能够自觉自律，则有可能造成恶劣的影响及后果（见前文例"人肉搜索引发的血案"）。

（2）作为网络信息传播的"第二道""把关人"，首先自身应具备较高的品格修养，具有甄别网络"灰色"信息的能力。尽管从技术操作角度来看，当下网络言论管理存在较大难度，但是在类似"人肉搜索"的网络信息传播互动行为当中，网络"把关人"应尽最大努力尝试信息梳理，祛"恶"存"善"。网络"人肉搜索"大多发生在信息聚合类网站和 BBS 论坛。这两类网站自由度更高，基本尊重网民的原创。网站存在着一群较为特殊的"把关人"——版主。从"把关"的过程来看，他们居于网民与编辑之间，处于第二道关卡的位置。从本质上来看，他们仍属于网民，但又有着不同于一般网民的鲜明特点，比如网站"版主"。网站"版主"基本上具备舆论领袖的特征。既然是"意见领袖"，那么就自然担负着引导舆论方向的任务。所以，对"版主"素质的要求应该是非常高的，他们的职责在于：第一，要鼓励网民们尽量表达自己的意见想法，对于正当的诉求给予支持与引导，提供技术与精神层面的帮助；对于居心不良的搜索企图，在及时发现的情况下予以制止，指明搜索发起者的错误动机，并呼吁网友认清事实，避免盲从。第二，帮助提升网民素质，加强他们的责任感，树立正确的是非道德观。第三，引导符合社会发展进步方向的舆论，具备一定的"议程设置"的能力，主动引导健康的言论发布。作为依靠共同意识唤起而达到个人目的的"人肉搜索"行为，信息夸大甚至歪曲的现象时有发生，对此，网络"把关人"作用的重要性更为凸显。

（3）对于网络信息的"把关"，除去网络使用者自身之外，政府及相关监管部门也是强有力的"把关人"。通常可采取的主要手段包括：①引导手段。面对互联网的开放性交流方式，国家和政府作为"把关人"，必须对信息进行有效的引导，同时通过扶持重点网站来贯彻自己的意图，积极充当"引导者"的角色。②技术手段。通过技术手段进行控制来实现，例如，2009年5月，国家工业和信息化部宣布，将在我国销售的所有个人电脑出厂时预装绿色上网过滤软件"绿坝"。③法律法规手段。我国已经相继出台了《互联网信息服务管理办法》、《中国互联网行业自律公约》、《互联网站禁止传播淫秽、色情等不良信息自律规范》等法律法规条文，这些法律对互联网上的信息传播均起到了约束作用。

2003年12月，中国互联网新闻信息服务工作委员会正式成立，新华网、人民网、新浪网、搜狐网等30多家互联网新闻信息服务单位共同签署了《互联网新闻信息服务自律公约》，承诺自觉接受管理和公众监督，坚决抵制有害信息。2008年8月，经全国人大常委会审议，我国《刑法》新增一个条款，有人将其称之为"非法泄露窃取个人信息罪"。据此，有全国人大常委会委员进一步提出在《刑法》中规范"人肉搜索"行为，有人甚至建议增设"人肉搜索罪"，"人肉搜索"再次面临法律的拷问。这体现了政府对媒体"把关人"的约束和引导。目前，我国网络立法滞后于网络发展的实际，尤其是对于类似"人肉搜索"、博客等新的网络传播方式缺少具体的规范，这种现状已经引起政府相关部门的高度关注，正在不断改进中。

约翰·弥尔顿在《论出版自由》中说："让我有自由来认识、抒发己见，并根据良心作自由的讨论，这才是一切自由最重要的自由。"网络给了我们前所未有的自由发表言论的机会，然而，"言为心声"，一个人希望人们接受自己的主张，重要的是能够正确地阐述自己的思想。"群众的眼睛是雪亮的"，私欲和谬误终究会被抛弃。"人肉搜索"作为网络信息传播领域的新生事物，与搜索引擎有着密不可分的联系，同时又显示出人机结合的传播模式，具有极强的互动性。"人肉搜索"有助于惩恶扬善的道德诉求，实现由虚拟到现实世界的正义回归。但是，同时要警惕由此带来的损害。人肉搜索将会持续存在并进一步强化，并且随着网络媒体技术的发展，人肉搜索将在技术操作方面呈现出新的变化。

（三）网络媒体制度化讨论

随着互联网的快速发展，我国上网人数迅速扩大（2012年末，我国网民总人数超过5.64亿[①]），已经成为世界最庞大的网民群体。与传统媒体相比网络媒体快速、互动、海量等特征决定其将对社会产生更大影响，承担更加重大的社会责任。与传统媒体诸如报刊、电视、广播等相比，网络传播拥有的无与伦比的自由性、开放性、交互性特征在带来一系列方便与精神享受的同时，也导致很多反理性、反功能的问题。在我国，随着网络监管立法工作的逐步展开，不少问题已经得到了解决。但在现有的立法状况、监管制度和技术条件下，反秩序的行为还大量存在，其中最为突出的两个问题是：不雅内容的登载似乎成为网络媒体的"特权"，把关监管的力度不够；对他人名誉权进行恶意侵害，某些情况下，行为人的责任追究缺乏明确的法律依据。

虽然网络媒体是一种科技含量高的传播与沟通工具，但是在肩负社会责任方面它与传统媒体不应该有任何差别。当前我国已经出台的相关法律法规及规范性行政管理文件对网络媒体监管也正体现了这种精神，只不过有些条款还停留在文本上。《刑法》、《计算机信息网络国际联网管理暂行规定》、《互联网站从事登载新闻业务管理暂行规定》、《互联网信息服务管理办法》、《电讯条件》、《互联网上网服务营业场所管理办法》、《计算机信息网络国际联网安全保护管理办法》等一系列法律法规，均有明确条款规定禁止制作、查阅、复制和传播淫秽色情类信息。问题的关键在于，如何制定操作性强的不雅信息判定标准以及建立行之有效的行政监管制度。技术控制手段的提高对不雅内容有效制止有举足轻重的影响，网络既能因"科技"与不法商家结合而生流弊，也能靠科技和制度而纯洁。有关监管部门可与软件开发机构进行技术攻关联合，或采取政府出资购买的方式，运用辨别力强的软件技术对多种传播方式（一对一、一对多、多对多）中的不健康内容予以自动抗阻。目前这方面的技术开发尝试可分为两类：一类为过滤软件，另一类为分级系统。软件过滤是通过自动搜寻不适宜的关键字串而筛选信息的模式，其不足之处在于该技术只根据其所选定的字词

---

① 中国互联网络信息中心（CNNIC）发布《第31次中国互联网络发展状况统计报告》

资料库作为筛选信息的标准，经常出现的结果是，可能某一信息整体上属于不雅内容，但字词描述避开"关键"字符而逃脱筛选；或者情况相反，将涉及关键字眼的健康信息处理得支离破碎。所以，这一技术的有效运用更多地依赖于内容分析方法的完善以及数字技术的改进。分级技术则要求提供网络信息服务的各类网站经营者或信息发布者以自愿方式就其网站内容或发布的信息作自我分级。分级的结果必须写入该网页的电脑程式中，并将分级的标示显示在该网页上。装有该软件的电脑在调阅网上内容时会根据分类标记来选定调阅的内容，对于违禁信息电脑会拒绝显示。作为国内最大的门户网站之一，新浪网在信息内容管理方面走在了前面。1998年，中国互联网萌芽初始。新浪网的内容管理模式从"四通利方"报道法国1998年世界杯开始，历经科索沃战争、中国加入WTO、悉尼奥运会、"9·11"事件、雅典奥运会等重大事件而逐步完善，并以一本《新浪之道》确定了新浪新闻模式。这种新闻模式不但对网络编辑的工作进行了详细的制度化安排，还为中国互联网公司内容管理确立了一个事实标准，甚至影响和改变了许多中国网民的阅读习惯。新浪网各个频道对内容编辑的规则做得事无巨细，编辑们制作每条新闻的时候都要遵循这样的规则，而在此规则下做事基本上能够规避风险，而把人为的因素降到最低。

网络空间尽管是虚拟的空间，但网络上发生的恶意侵权，甚至是危害人身安全的行为却是实实在在的，在损害结果上比之传统媒体有过之而无不及。前文提到的那起震惊全国的"人肉搜索引发的血案"便是典型案例。网络虽然并非是某些人所认为的法律真空地带，但不容忽视的是，由于网络侵权的轻而易举，不需要经过任何被拦截制止的关卡，因而是否发生侵权，全在网民的喜和怒，所以网上名誉权的侵害有着比传统媒体更严重的趋势（例如"人肉搜索"在传统媒体是无法想象的事）。遏制这一现象必须强调两点：第一，在法律上明确网络服务商和内容服务商在发生侵权行为时的责任；第二，切实加强自我监管，防止网络沦为个人泄私愤或开无聊玩笑的工具。为了避免悲剧的发生，我们必须进一步采取更加有力的措施，促进网络媒体的健康、快速发展。首先，必须保持网络媒体发展的好势头。不能因为网络出现了一些枝节问题，就谈虎色变，抑制其发展。例如，对网吧的整顿，一些地方就是采取了"一棍子打死"的办法。这种办法并不可取，针对目前我国个人电脑普及率尚且不高的实际情况，网吧在为广大网民提供廉价上网的服务方面起到了积极作用。因此，不能因为网络上存在问题就把责任推到网吧身上，而加强网吧经营管理，最大限度减少不良信息的传播才是正确方法。在营造健康向上的网络环境的同时，必须进一步促进网络从质和量上快速发展。提高网络媒体的内容质量，采取得力措施使网络尽快向广大农村发展和延伸。其次，要充分发挥网络媒体的舆论监督作用。与传统媒体相比，网络媒体凭借其强大的检索、互动以及无地域性限制等功能，在社会舆论监督方面能够发挥更大的作用。社会上存在的一些不合理甚至是违法犯罪行为，一旦在网络上公之于众，影响之大、涉及面之广、网民关注度之高都是传统媒体无法比拟的。2008年12月，一位网友上传了一组南京市江宁区房管局局长周久耕开会时的照片，并给放在周左手边的一盒市场价为1500元/条的"九五至尊"香烟来了个特写，并指出周佩戴的手表是每只售价10万元的世界名牌"江诗丹顿"。随着网上曝光周久耕一夜之间成为"网络名人"，网民群情激愤，纷纷声讨腐败局长。最终南京市政府忍受不了舆论的压力，宣布免去周久耕房管局局长职务。第三，发挥网络媒体在参政议政方面的积极作用。网民在网络上发表的观点、言论、意见，包括网友在有关重大新闻后面的留言，各个网站举办的各种形式的网上民意调查和测评，都应该作为有关部门进行决策的重要参考，应该引起有关部门的高度重视。因为，这些议论、意见、观点是网民最真实思想的表达，在其他地方是很难听到的。同时，有关部门必须从制度建设入手，使重大决策、重大政策的出台通过各种渠道和方式在网络上征求意见，听取民意。把征求网民意见制度化、规范化。政府部门还可以考虑给予一些主流网络媒体以必要的资助，以扩大言论、观点频道的规模和形式，调动广大网民发表观点、言论的积极性，最广泛地征求网民意见。

结　束　语

就在本书行将结稿之际，我国首家旨在培养网络文学创作者的公益性大学——网络文学大学宣告成立，由我国首位诺贝尔文学奖得主莫言出任名誉校长。在网络文学大学的开学典礼仪式上，莫言这样说："网络文学如同小时候农村的墙壁，能够自由抒发内心情感，更宽阔更自由。"网络文学大学的成立无疑是具有标志性意义的创举，如"农村墙壁"般有着更大自由度与参与度的网络文学创作，愈发显现出其可贵之处。同时，这一事件昭示着网络文学在深入、发展，严肃文学与网络文学的界线在进一步消逝，这一切更为本书的写作提供了有力的支撑。

本书的主要内容到此结束了。整部书稿围绕着网络环境下的文学这一命题进行了理论阐述。虽然作为论述在篇幅上暂时告一段落，但就网络文学理论研究而言还只是初涉皮毛。本书在对网络媒体这一新兴媒体的特征进行了较全面分析的基础上，对其在网络文学的兴起、发展、现状以及未来发展趋势等方面所起到的作用逐一进行了探讨，提出了"声音的文化"与"文字的文化"的新概念，指出当下网络文学正是由"文字的文化"向"声音的文化"的回归。同时借助西方文艺学中的解构理论为网络文学这一新兴文学形式从学理上找到有说服力的理论支撑。作为结论归纳为以下三点：

1. 网络文学借助网络媒体得以勃兴，是必然而非偶然

网络媒体所具有的先进性为广大文学青年提供了自由发表作品的平台。这一点在传统文学界很难做到。尽管上传到网上的文学作品停留的时间非常短暂，但是对于年轻、精力充沛的写手来说往往被视为一种乐于接受的挑战，并且网上存在着成千上万同样精力充沛的年轻人，毋庸置疑，他们将为了一个共同的文学目标前赴后继，无怨无悔。网络文学之门一经打开，便不会再关上。

2. 网络文学的产业化是新世纪文学的必经之路，市场将成为网络文学与传统文学之会师地点

作家或者写手在为人们提供精神食粮的同时，自身需要物质的食量以

为生计。成熟社会从来都应该为文学艺术的创造者提供优良的创作条件。网络文学产业化已经取得了一定的成果。传统作家开始在网上寻求新的突破。由职业经理人运作的网络文学创作平台，保证了成功的网络原创作品获得丰厚的报酬。现代化企业管理模式为文学事业的发展提供了保障。

3. 随着移动通信技术的发展，我们日常生活当中无处不在的文学将展现其新的面孔

随着移动通信技术的进一步发展，无线终端功能的进一步增强，类似手机彩信一样的移动服务终端，将使得网络文学深入日常生活成为现实。传统文学在历经解构和祛魅之后将呈现出新的形态，人类精神生活也将随之发生变化。经典厚重的文学巨著将成为文学殿堂里具有象征意义的极少数的祭品，文学将走向信息化。

参 考 文 献

[1] 高楠，王纯菲. 中国文学跨世纪发展研究 ［M］. 北京：人民文学出版社，2008.

[2] 高楠. 文艺学：传统与当代的纠葛 ［M］. 北京：作家出版社，2005.

[3] 黄鸣奋. 数码艺术学 ［M］. 上海：学林出版社，2004.

[4] 金元浦. 文学解释学 ［M］. 长春：东北师范大学出版社，1997.

[5] 毛谷风、熊盛元. 海岳风华集 ［G］. 杭州：浙江文艺出版社 1998.

[6] 蓝爱国. 游牧与栖居——当代文学批评的文化身份 ［M］. 北京：中国社会科学出版，2005.

[7] 欧阳友权. 数字化语境中的文艺学 ［M］. 北京：中国社会科学出版社，2005.

[8] 王岳川. 后现代主义文化与美学 ［M］. 北京：北京大学出版社，1992.

[9] ［英］特里·伊格尔顿. 二十世纪西方文学理论 ［M］. 伍晓明，译. 西安：陕西师范大学出版社，1986.

[10] ［加］查尔斯·泰勒. 现代性之隐忧 ［M］. 程炼，译. 北京：中央编译出版社，2001.

[11] ［加］马歇尔·麦克卢汉. 理解媒介——论人的延伸 ［M］. 何道宽，译，北京：商务印书馆，2000.

[12] ［加］马歇尔·麦克卢汉. 麦克卢汉如是说 ［M］. 何道宽，译，北京：中国人民大学出版社，2006.

[13] ［美］希利斯·米勒. 文学死了吗 ［M］. 秦立彦，译. 桂林：广西师范大学出版社，2007.

[14] ［美］詹姆斯·米勒. 福柯的生死爱欲 ［M］. 高毅，译. 上海：上海人民出版社，2005.

[15] ［美］道格拉斯·凯尔纳，斯蒂文·贝斯特. 后现代理论 ［M］.

网络文学纵论

张志斌，译. 北京：中央编译出版社，2001.

[16]［美］约翰·皮泽. 比较文学与世界文学：建构建设性的跨学科关系［J］. 刘洪涛，刘倩，译. 中国比较文学，2011.

[17]［美］丹尼尔·贝尔. 资本主义文化矛盾［M］. 北京：三联书店，1989.

[18]［法］雅克·德里达. 论文字学［M］. 汪堂家，译. 上海：上海译文出版社，2005.

[19]［法］罗兰·巴特. S/Z［M］. 屠友祥，译. 上海：上海人民出版社，2000.

[20]［法］罗兰·巴特. 符号帝国［M］. 孙乃修，译. 北京：商务印书馆，1994.

[21]［法］德勒兹. 哲学与权力的谈判——德勒兹访谈录［M］. 刘汉权，译. 北京：商务印书馆，2001.

[22]［法］古斯塔夫·勒庞. 乌合之众［M］. 冯克利，译. 桂林：广西师范大学出版社，2007.

[23]［法］塞奇·莫斯科维奇. 群氓的时代［M］. 南京：江苏人民出版社，2006.

[24]　［俄］契诃夫. 契诃夫论文学［M］. 北京：人民文学出版社，1958.

[25]［荷］约翰·赫伊津哈. 游戏的人［M］. 多人，译. 杭州：中国美术学院出版社，1996.

[26]［阿］博尔赫斯. 阿莱夫［M］. 王永年，译. 杭州：浙江文艺出版社，2008.

[27]［日］西垣通（編著訳）. 思想としてのパソコン［M］. 東京：NTT出版社，1997.

[28]［日］長屋龍人. テレビはどこへゆくのか？［M］. 放送研究と調査，1997.

[29]［日］有馬哲夫. ニューメディア·ヲォッチ——アメリカの教育現場から［J］. 河北新報夕刊文化欄，1989，2（2）.

[30]［日］本田透. なぜケータイ小説は売れるのか［M］. 東京：ソフトバンククリエイティブ出版社，2008.

[31]［日］石原千秋. ケータイ小説は文学か［M］. 東京：筑摩書房出版社，2008.

[32]［日］伊東寿朗. ケータイ小説活字革命論［M］. 東京：角川

SSコミュニケーションズ出版社，2008.

[33] LandowGeorge P *Hypertext：The Convergence of Contemporary Critical Theory and Technology.* [M]. Baltimore：Johns Hopkins Univ. Pr. 1992.

[34] Wolfganglser. "The Act of Reading" *The ory of Aesthetic.* [M]. Response，Baltimore：Johns Hopkins Univ. Pr. 1978.

[35] Joy David B. *Writing Space：The Computer，Hypertext, and the History of Writing Lawreuce* [M]. Er/baum：Hillsdale，1991.

[36] Poster M（ed）. *Jean Baudrillard：Selected Writing* [M]. Stanford：Stanford Univ. Pr. 1988.

[37] Derrida Jacques. *Spectres of Marx* [M]. Peggy Kamuf, trans. London & New York：Routledge. 1994.

[38] Peck John，Martin Coyle. *Literary Terms and Criticism* [M]. New York：Palgrave，2002.

[39] Kellner D. *Media Culture；Cultural Studies Identity and Politics between the Modern and the Postmodren* [M]. London：Routledge. 1995.

[40] James Monanco. *How to Read a film* [M]. New York：Oxford Univ. Pr. 1977

[41] Damrosch D. *What is World Literary* [M]. Princeton：Princeton Univ. Pr. 2003.

[42] Clanchy M. T. *From Memory to Written Record：England 1066—1307* [M]. Cambridge：Harvard Univ. Pr. 1979.

参考网站网址：

[1] http：//web. mit. edu/jhmurray/www/hoh

[2] http：//www. literature. org. cn/Adpage

[3] http：//www. shakespeare. com

[4] http：//www. stg. brown. edu/projects/hypertext/landow

[5] http：//www. uta. edu/huma/illuminations

[6] http：//www. wenyixue. com

[7] http：//www. qidian. com

[8] http：//search. videor. co. jp

网络文学纵论

［9］ http：//ip. tosp. co. jp

［10］ http：//twitter. com/ThelastWill/status

［11］ http：//blog. sina. com. cn

［12］ http：//www. douban. com/group

［13］ http：//www. tianya. cn/publicforum

［14］ http：//weibo. com

［15］ http：//www. 3wbx. com/good

［16］ http：//www. enfodesk. com

后　记

　　我于 2009 年获得辽宁大学文学博士学位，本书稿是在博士论文基础上拓展充实的产物。我于 1998—2003 年期间留学日本，专业是传播学，获得东海大学文学硕士学位。20 世纪末 21 世纪初，以互联网为代表的新媒体以迅雷不及掩耳之势对传统媒体社会造成巨大的冲击。正是在这样的时代背景下，我开始对新媒体文化产生兴趣，留学期间逐渐凝练学术研究方向，最终定位于数字化媒体与文学这一研究主题。回国任教于东北大学以及完成博士学位的过程中，在这一跨学科领域进一步探索积累，取得一些收获。

　　本书稿以博士论文为蓝本，而作为我博士论文指导教师的高凯征教授，在我写作完成博士论文过程中给予全方位的指导与认真严谨的修改，这些无疑成为本书学术价值方面的重要保障。本书稿在沿用了博士论文理论论述框架的基础上，拓展论述了网络游戏与文学的关系、新兴媒介（如微博）文学概况以及日本的网络文学现状等方面的内容，努力尝试对当下新媒体与文学的关系予以较全面的讨论，同时力争不囿于单纯文学理论的论证，而有意从社会文化之广大层面审视新媒体，这也许正是本书对博士论文发扬光大之所在。然而由于交稿时间紧迫，加之本人学力浅薄，虽竭力完善仍不免捉襟见肘，望学界大方之家多为包涵。

　　另外，在本书写作过程中辽宁大学教授顾奎相先生、辽宁省社会科学院研究员陈涴女士亦给予多方指导，辽宁大学出版社赵光辉先生则在具体出版事宜方面给予大力支持，在此一并感谢。

顾　宁

2013 年 10 月于沈阳